本丛书由山东省一流学科中国语言文学建设经费资助

中国现代文学研究丛书

贾振勇·主编

重构鲁迅和延安文学

袁盛勇 ◎ 著

人民出版社

目　录

前　言 ……………………………………………………………………………… 001

引言　现代性视域中的文学重构 ………………………………………… 001

上　编　重构鲁迅

第一章　鲁迅留日时期的"复古"倾向 …………………………………… 009

一、民族主义与"复古"倾向 …………………………………………… 010

二、鲁迅式"复古"倾向 ………………………………………………… 019

三、个性主义与"复古倾向" …………………………………………… 031

四、作为民族性与现代性的结晶：个性文化 ………………………… 037

第二章　实效至上·科学精神与理想人性 ……………………………… 042

　　——鲁迅留日时期对于科学思想的认知

一、实业救国与实效至上 ……………………………………………… 043

二、对于科学精神的推重 ……………………………………………… 046

三、"致人性于全"：科学精神与人文精神的同一 ………………… 056

第三章　文化自觉与"国民性"批判 ···················· 061

　　一、鲁迅：文化自觉的先驱 ························ 061

　　二、"国民性"批判的困惑 ························ 068

　　三、政治性：鲁迅思想的重要维度 ················ 074

第四章　鲁迅思想的遗憾 ···························· 087

　　——从他与周扬的根本分歧谈起

　　一、文化观念：鲁迅与周扬的根本分歧 ············ 087

　　二、权威化、一元论与鲁迅思想的缺失 ············ 093

　　三、个人主体性和鲁迅思想的偏至 ················ 097

第五章　鲁迅的另一面 ······························ 102

　　——言与思与行的不一致

　　一、鲁迅：言与思与行的不一致 ·················· 102

　　二、言与思与行不一致的极端形态："我要骗人" ···· 104

　　三、"我要骗人"：作为一种伟大的德性 ···········114

　　四、"我要骗人"与鲁迅后期苏联观 ··············· 122

下　编　重构延安文学

第六章　重新理解延安文学 ·························· 139

　　一、延安文学的命名 ···························· 140

　　二、后期延安文学 ······························ 145

　　三、延安文学的复杂性 ·· 147

第七章　民族主义与延安文学观念的形成 ················· 154

　　一、民族主义：延安文学观念形成的最初动力和逻辑起点 ··· 154

　　二、民族—现代性：“民族形式”论争中延安文学观念的
　　　　现代性呈现 ··· 166

　　三、阶级—民族主义与“党的文学”观的出场 ··············· 185

　　四、“党的文学”：后期延安文学观念的核心 ··············· 191

第八章　集体创作、民间与延安文学现代性 ············· 213

　　一、集体创作：作为一种新写作方式的诞生 ··············· 213

　　二、集体创作与后期延安戏剧作品的形成 ··············· 223

　　三、“民间”的改造和借用 ·································· 241

　　四、后期延安文学语言 ······································ 255

第九章　延安文学观念中悲剧喜剧意识的嬗变 ········· 267

　　一、悲剧意识的消解 ·· 267

　　二、“爱战胜死”：纪念高尔基 ····························· 272

　　三、喜剧意识的提升 ·· 277

　　四、“大团圆”形式 ··· 280

致袁盛勇谈《重构鲁迅和延安文学》（代跋） ············· 284

前　言

年龄大致相仿的一些学界同行，早有相互切磋、相互砥砺、共话人文理想之志愿。所以，本丛书的构想与策划，其实已持续数年。

1970 年前后出生的一批中国现代文学研究者，大多受过严格的学术训练，成长于改革开放年代，有启蒙创新之情怀；在知识结构、学术视野、文学理念、价值理想、人文诉求等各方面，也呈现出相似的代际特征。经过长期的积累与历练，不少学者取得了各自的标志性成果，有的甚至作出了对学科发展具有突破性价值的成果。从总体上看，这批学者在即将知天命之年，开始步入富有创造力的学术黄金期。本丛书的策划与编选，正是基于对中国现代文学学科发展态势之判断，对这批学者的学术探索进行主动的呼应与支持。

经过通盘考虑、反复协商并征求多方意见，本丛书编委会决定邀请在中国现代文学研究领域实力深厚、影响较大、1970 年前后出生的高校学者作为本丛书的作者。目前，已有段从学（西南交通大学）、符杰祥（上海交通大学）、贾振勇（山东师范大学）、姜涛（北京大学）、李永东（西南大学）、刘春勇（中国传媒大学）、孟庆澍（首都师范大学）、文贵良（华东师范大学）、袁盛勇（河南大学）、张洁宇（中国人民大学）十位学者加盟。编委会认为，这十位学者，学养深厚、功底扎实、思路新颖、视野开阔、研有专长、优势突出、特色明显，其成果具有探索性、多元性、前沿性和引领性，在某种程度上能代表中国现代文学研究的发展趋势。本丛书的出版，对中国现代文学研究的整体拓展、深入、提升与创新，将大有裨益。

本丛书的主要学术目的或曰学术理想在于：第一，整体展示，集体发声，形成学术代际与集束效应，追索"学术乃天下公器"之人文理想；第二，凝练各自特色，展示自家成果，接受学界检验；第三，拒绝自我满足意识，砥砺前行、奋发有为。是故，经丛书各位作者协商、讨论，一致同意将丛书名定为"奔流"，取义为：致敬前贤，赓续传统；奔流不息，创造不止。

需要特别说明的是，理想虽然丰满，现实往往骨感。丛书的构想、策划之所以延宕数年，实乃种种因素之限制，尤其出版经费一时之难以筹措。有幸的是，恰逢山东师范大学文学院中国语言文学学科获批山东省"双一流"立项学科。在山东师范大学文学院院长杨存昌教授、党委书记贾海宁教授、一流学科带头人魏建教授以及院高层次著作编委会的鼎力支持与推动下，山东师范大学文学院决定予以积极支持。

正是由于山东师范大学文学院的慷慨资助，本丛书才有机会得以问世。为此，丛书各位作者对山东师范大学文学院深远的学术眼光、襄助学术发展的魄力，表示深深的敬意与由衷的感谢。同时，感谢人民出版社的大力支持，尤其感谢责任编辑陈晓燕女士的努力与付出。

丛书即将问世之际，感慨颇多。春温秋肃，月光如水。愿学术同好：行行重行行，努力加餐饭；月光穿过一百年，拨开云雾见青天。

引言　现代性视域中的文学重构

　　回顾学术研究之路，我发现我在鲁迅和延安文学研究方面持续聚焦，用力比较多些，所产生的影响也稍微广泛些。这两个研究对象看似具有较大鸿沟，但在我的认知和研究中还是有着一些内在联系，并且已经成了我精神生命中不可缺少的重要部分。

　　我的鲁迅研究和最初所具有的较为朦胧的学术意识，应该说始于 1995—1998 年于湖南师范大学攻读硕士学位期间。在岳麓山下学习，对于自己将来的前途，起初还是懵懂无知，不知道以后到底要成为一个什么样的人，能拥有一份怎样的职业，但那时我们都把读研究生当作神圣自豪的事情。我的学术自觉，应该说要归功于湖南师范大学的优良人文环境，归功于我们这一届现代文学专业的两位导师——徐麟博士和颜雄先生。这两位老师，都是鲁迅研究专家。颜老师擅长史料，讲究证据，曾跟随李何林先生研修过，也参与过《鲁迅全集》的编注工作，相当严谨。徐老师是著名学者钱谷融先生的高足，曾跟王晓明教授一道发起过人文精神大讨论，博士论文做的是鲁迅中期思想研究，有很深厚的哲学功底，精于思辨，有着浓厚的社会意识和人文情怀；他的鲁迅研究著述可说是哲学和诗的结合，曾给我带来较为长久的激动。正是在他们的影响下，我的硕士学位论文选择了研究鲁迅，对鲁迅留日时期的"复古"倾向曾作了一个自以为还算深刻的阐述。记得答辩时，听到易竹贤、凌宇等专家的好评，心里真是美滋滋的。我不知道自己在后来的研究中是否汲取了上述两位导师的长处，但是我知道，鲁迅已经成了我赖以存在的一部分，导师们的学术精神已经成了我学术生命的一部分。尽管后来我在复旦大学攻读博士学位时，主要着力于延安文学研究，可我心里清楚，我的那种对于历史和延安文学的反思有很大一部分就来自我的鲁迅研究，来自鲁迅气的长久熏陶。2004年博士毕业后，我去北京跟随文学史家杨义先生做博士后研究，又有意识地回到鲁迅研究上来，对毛泽东时代的"鲁迅现象"做了初步探讨。其间，我对20世纪80年代以来的主要鲁迅研究成果又做了较为系统的阅读，钱理群、王富仁、汪晖、王晓明、张梦阳、孙郁、王乾坤、张福贵等先生，又一路向我走来，此时，我对鲁迅思想的本来开始有了更多倾向于反思的处理。有些时候，我开始认为王富仁、钱理群等前辈的鲁迅研究，也有着属于他们这一代学者的缺陷，就是他们还是把鲁迅当作一尊启蒙之神在供奉，他们好像总是不由自主地被鲁迅思想和文学的深邃吸附住了，不能自拔，而其思维又仿佛仍旧活在上一个时代的阴影里，鲁迅研究转而成为鲁迅幽灵的独语。我理解他们，但又想挣脱他们。王富仁先生曾说要"回到鲁迅那里去"，这是多么激动人心的口号，但在我看来，人们更应该回到一个复杂而完整的鲁迅那里去：鲁迅思想和文学中的正面与负面难以分割地联系在一起，鲁迅也并非完美的存在，而是一个有着缺陷的现代存在者。

再谈延安文学研究。想当初，我仿佛是在冥冥之中闯进延安文学这片领地的。因为2001年金秋我在美丽的复旦校园开始了攻读博士学位的三年学习生涯，不由就会常常思考学位论文的选题：我以前主要是在鲁迅研究领域小打小闹，但觉得应该再拓展一下自己的研究空间，于是思啊想啊，终于在某个深夜醒来，觉得延安文学还可以好好地研究一下。原因在于，延安这片土地上所曾生长开花的政治与人文尤其是延安文学，在当时还并不为多少人做过认真的学术性探究，它的来龙去脉与充满历史意味的歌哭，也并不为多少人所曾真正理解和把握。于是，我一头扎进了对延安时期原初材料的查阅之中，并在以后的时间里一直认真思考并言说着这个论题。在这个过程中，我终于觉得自己开始慢慢理解了曾经发生在延安文人身上的一切，我觉得在深入触摸历史肌理的途中，恍然间体悟到了一条前人未曾深入考察并运用过的叙述逻辑。记得正是从这一令人激动的时刻伊始，我才对自己博士学位论文的写作充满了难得的自信。在我的体悟中，历史就像一条河流，两岸的堤坝——无论自然的还是人为的——连同那遥不可及的大海，都构成了一些实实在在的对于人的限制。人只能在这有限的空间就像水流沿着有限的河渠流动，尽管它偶尔会漫溢堤坝，但那也并不能形成一条别样的历史的河流。在这个意义上，我对延安文人之心灵、延安文学之形成及流变的理解自会带着一种深刻的宿命论意味，自会带上一种悲观的调子。窃以为，在对现代中国文学的理解上，唯有带上这样一种悲悯的情怀和哲学观念，才会真正有所深刻领悟。作为后来者，我们必须接续前辈学者的研究，但更要在具有较为自觉的问题意识和方法论意识下超越他们的研究，唯其如此，新的延安文学研究才有希望取得更大进展。在复旦大学学习期间，我的导师吴立昌先生，他的宽容和精细，他的豁达和淡然，都曾对我产生重要影响。而那时听陈思和先生讲课，读其灵秀盎然的著作，也是一种愉悦的精神享受，他与其他学者一道，也对我产生过重要影响。

现在想来，无论是鲁迅还是延安文学，都是现代中国文学发展进程的重要构成，而对两者的研究，当然也是现代中国文学研究的一部分。"现代中国文学"可以说是一门具有知识分子气的学科。因为它是如此敏锐而切近地与当下人的精神状况发生着息息相关的联结，所以人们对它纵使贯注无边的激情也是可以理解的。在一定意义上，与古典文学研究相比，研究"现代中国文学"更是一门富有思想意味的学问，是活的而非死的学问。也正因为如此，恐怕只有在研究者的视阈中把对现代中国文学史和现代中国思想史的探究贯通起来，才能更好地凸显现代文学的本来。说到现代文学的"本来"，我想，当现代中国文学已然成为一种历史的积淀，作为一种客观存在的历史性存在物，那么它当然有着属于文学和历史的本来。因此，我把探究现代文学的意向性冲动，也就不妨称作通向现代文学的本来。但是，本来状态是一种什么样的状态，恐怕谁也不容易把它说清楚。我可以想象历史和文学的本来，但就是说不清楚这些事物的本来，我的研究也因而只是朝着那个大致不错的方向做着的一种漫步和回溯。我走在通向现代文学之本来的路上，这就是我的一部分过去和现在并且也可能是我的未来的一种存在状态。探究现代文学的本来，其实是跟研究者的知识结构、人生阅历以及对于历史和文学的感悟性积淀联系在一起的，也是跟某种特定的论述方式和研究方法联系在一起的，因而它在一定意义上具有不确定性的品格，是一种多少带有想象意味的重构性存在。在通向现代文学之本来的路上，人们不需要权威，更不需要偶像。也正因为如此，像我们这些 20 世纪 70 年代生的学人，应该在具有强烈的问题意识和学术精神之外，还要有一个明确的代际意识，所谓一代人有一代人的学问是也。倘真如此，那我们的鲁迅研究、延安文学研究，我们的现代文学研究，何尝不会生机勃勃，何尝不会做出自己学术研究的独特贡献？现代文学研究途中的重要精神活力，其实不少也正来源于此。

　　研究鲁迅和延安文学，在我看来，均应具备一种大的历史视野和人文情怀，而对"现代中国文学"的理解更应采取"大现代"的观念和视野。有学者认为："在中国，时间概念上的'大现代'是相对于学界通常所说的'小现代'即'现代三十年'（1919—1949 年）而言的。'大现代'是指从晚清民初直至当前仍在延续的现代历程，这是一个历史更长久的现代化进程。"① 现代中国之现代是未完成的现代，是仍在延续和发展的现代，是一个"动态"的现代，"当代中国"也就自然处于现代进程之中而非之外。其实，中国现当代文学研究成果和文学史著述中已有不少早就采取了此种大现代视野，比如陈思

---

① 李继凯：《"文化磨合思潮"与"大现代"中国文学》，《中国高校社会科学》2017年第 5 期。

和、王晓明主编的"现代中国文学研究书系"(广西师范大学出版社，1999)、朱德发和魏建主编的《现代中国文学通鉴（1900—2010）》（人民出版社，2012）、朱栋霖等主编的《中国现代文学史（1917—2013）》（高等教育出版社，2014）等，这些都体现了一种文学史的大现代观念和趋势。于是，在这样一种大现代视野中来研究和思考鲁迅、延安文学等现代中国思想与文学，也就能够较为清晰地探究鲁迅思想和鲁迅文学的形成、发展和特质，延安文学的形成、发展和特质，及其在与现代中国文学和文化发生互动关系时的流变与作用。其实就文化创生层面而言，鲁迅、延安文学等与现代中国的关系主要处于一种不断进行文化转型和建构的过程中，而这也是我们在探究现代文学时必须置身其间的总体历史语境和文化状态。而要深入讨论现代中国文学的文化价值及其与现代中国文化的历史性关系，首先还得回到现代中国的文化语境中予以审视和考察，还得回到那个众说纷纭的"现代性"认知观念和知识框架中予以积极揭示和辨析，进行尽可能多维度的历史和美学还原。我以为，唯其如此，对现代中国文学及其与现代中国复杂关系的历史化和知识化认知才有可能得以真正深入而全面地展开。

"还原"既是一种对于历史原初风貌的揭示和理顺，也是一种历史态度和写作立场。倘若在鲁迅和延安文学研究中，一种基础性的还原姿态和过程都没有完成，何来真正意义上的学术研究？对鲁迅和延安文学发展的基本过程及其话语实践和文本脉络等都没有梳理清楚，何来对其进行更为深刻的理解和探究？但问题是：历史研究和文学史研究真的能达到客观还原或本真还原的境地吗？更可诘问的是：难道真的有所谓"客观"与"本真"？其实，我们意图让鲁迅、延安文学等现代文学研究成为客观的，但事实上又不可能是纯然客观的，故而我们只能在学术研究中努力挣扎着前行。对于历史与文学本来的探究其实不能不打上研究者的人文烙印。还原有表象的虚假还原和内在的真实还原。表象的虚假还原在以往的现代文学研究中大量存在，不少研究者自以为掌握了科学的社会—美学或历史—美学的研究方法，但到头来并没有揭示多少历史与文学的真相，更是缺乏对于真知的探求。而内在的真实还原必须加上一个较为符合历史与文学本来的评判尺度，加上一个在还原之上进行积极反思的人文尺度。研究者并不能简单地以历史之是为是，以历史之非为非，应该有所抉择和评判。现代文学研究应该具有这样一种历史与文学之反思的品格，并且，只有在文学和历史的还原中加入这样一个反思的维度，对历史与文学进行新的有价值的重构才有可能。历史的东西并非是冷冰冰的存在，它至少含有历史主体和研究主体的温情在，而其研究在某种意义上更是一种跨越时空的深刻对话。倘若在历史和美学还原之上，没有对文学和历史的重识与意义重构，那么新的现代文学研究也终归不会富有生气地参与到当下和未来中国文学与文化的创造中去。

本书作为笔者主持国家社会科学基金重大项目"延安文艺与现代中国研究"（批准号：18ZDA280）阶段性成果，参考过不少学者的优秀成果，谨此致谢。因学识所限，缺点在所难免，恳请批评指正。

上　编
重构鲁迅

第一章　鲁迅留日时期的"复古"倾向

　　七年留日生涯（1902—1909 年）无疑是鲁迅思想渐趋个性化的关键时期。鲁迅留日时期的思想对他后来思想的发展具有决定性意义，仿佛是他后来思想的生长点，既给了他的思想发展以种种桎梏与限制，又给了他的思想发展以种种启迪与推动。鲁迅诗云："翘首东云惹梦思"（《偶成》）；又云："心随东棹忆华年"（《送增田涉君归国》）。这正表现了留日时期在鲁迅心中难以移易的独特价值与地位。

　　20 世纪 20 年代，鲁迅回顾留日时期的思想历程时说，"我们那时大抵带些复古的倾向"①。这句话其实为人们理解他当时的思想特征提供了一把钥匙。我认为，唯有正确地运用这把钥匙才能打开他留日时期的智慧之门。"复古的倾向"在当时的文化语境中虽然是不可缺少的重要一环，但是，经过鲁迅卓越的理性审视，它无疑在鲁迅的文化建构活动中呈现出一幅独异的画面。那么，这幅画面是如何形成的？其内涵又当怎样呢？它在鲁迅早期思想中有何价值与地位呢？本书在此即是想从青年鲁迅（周树人）缠绕其间的有关文化脉络入手，着重探讨他当时的"复古"倾向，并在此之上，展现其富有原创性的思想风貌。

---

① 鲁迅：《呐喊·自序》，载《鲁迅全集》第 1 卷，人民文学出版社 1981 年版，第 417 页。以下引用均为此版本，不再详注出版信息。

一、民族主义与"复古"倾向

鲁迅留日时期的文化建构及其个性启蒙活动的开展，同近代中国大多数富有变革热情的知识分子一样，最初都有着一个近代民族主义的思想背景。民族主义的内在冲动，促使青年鲁迅热切关注着祖国"风雨如磐暗故园"（《自题小像》）的历史现状，激励他如饥似渴地追求新知，而且在我看来，这也将会成为导致鲁迅意识深处价值转变的主要动因之一。可以说，青年鲁迅极大部分创造热情的奔发与喷涌，一定程度上正根源于此。这些特征在鲁迅一开始进行文化建构与启蒙时表现得如此明显，以至于在当时政治—文化思潮的影响下，它在很大程度上内在地含蕴了鲁迅当时之所以具有文化"复古"倾向的全部奥秘。这恰如周作人所言，"凡民族主义必含有复古思想在里边"①。

近代中国民族主义的价值指向在不同层面上均广泛受制于当时占有一定地位的政治—文化等社会思潮的相继兴起。因而，研究民族主义在某一历史时期的内涵及其影响就必须从当时深入人心的政治—文化事件及社会思潮来进行探询。现在，尤其当青年鲁迅作为一个时代较有典型意义的个体进入我们的研究视域，就更须与这种探询结合起来，在二者的融汇考察中凸显他曾经受到影响的普遍社会思潮及其自我选择与整合的艰难历程。

20世纪初，中国留日学生日渐增多，思想亦日趋活跃，其间一个显明标志便是自行创办了大量报刊。② 在以黄帝子孙自诩的中国学人那里，本来似乎天生具有的那种强烈的民族本能，现在经了这些报刊媒体的宣扬、鼓动，表现得更为充分了。但是一般而言，留日学生

---

① 周作人：《日本的衣食住　上》，载《知堂回想录》，河北教育出版社2002年版，第210页。

② 如创办有《译书汇编》（1900年）、《国民报》（1901年）、《游学译编》（1902年）、《湖北学生界》（1903年）、《江苏》（1903年）、《浙江潮》（1903年）等。

刊物创办伊始，并没有立即着手于排满革命的宣传，而是把主要精力放在救亡图存这一主题的发动上。这就是说，留日学生的民族情绪最初一度表现在抗击帝国主义的侵略上。因为这时的中国，经过西方列强的严威厉逼，愈益显得岌岌乎可危了。这恰如鲁迅所言："况吾中国，亦为孤儿，人得而挞楚鱼肉之……强种鳞鳞，蔓我四周，伸手如箕，垂涎成雨……"① 由于对祖国危亡有着清醒认识，所以大多具有忧患意识的学生都对西方列强的侵略行径表示了极大愤慨。"帝国主义"（Imperialism）这一名词开始在报刊上频频出现。留学生对于这一名词的解释大都突出帝国主义的扩张性、侵略性，把帝国主义阐释为"侵略主义""膨胀主义""扩张版图主义"。② 留日学生对于帝国主义流露出来的激愤情绪，在一定程度上表现了青年知识分子不甘屈服于外来列强的反抗行径。在这一爱国救亡热潮中，最足以表达广大知识界爱国心声的，便是持续时间较长的拒俄运动。留日学生报刊创办伊始即热衷于这一主题的宣传。1903 年 4 月，留日学生还激情满怀地组织了拒俄义勇队，提倡军国民主义。激进的留学生无不强调"尚武""进取"精神的积极作用，并以此批判民众的奴隶主义和顺民思想。应当说，鲁迅也以饱满的热情全身心投入了这一爱国救亡宣传运动之中。他的最初编译性的创作——浪漫传奇《斯巴达之魂》——就是题献给那些热诚的爱国者并以此激励民众奋起救亡图存的。传奇鼓吹的就是一种大丈夫誓当如此的"尚武"精神。《中国地质略论》虽说是一篇介绍中国地质及矿产资源状况的科学论文，但鲁迅的旨意显然并不在此，而在于谴责沙俄等外来侵略者对中国矿产资源的觊觎和掠夺，并以此激发民众的爱国情怀。所以文章开篇即洋溢着一片爱国热情："吾广漠美丽最可爱之中国兮！而实世界之天府，文明之鼻祖也。"并且义正词严地宣称："中国者，中国人之中国。可容外族

① 鲁迅：《中国地质略论》，载《鲁迅全集》第 8 卷，第 3 页。
② 斟癸：《新名词释义·帝国主义 Imperialism》，《浙江潮》第 6 期"附录"。

之研究，不容外族之探捡；可容外族之赞叹，不容外族之觊觎者也。"结尾更是不胜感叹，并以此点明题旨，"吾将忧服箱受策之不暇，宁有如许闲情，喋喋以言地质哉"。[1] 当然，《中国地质略论》也透露出了另外一个意向，即科学救国的主题。作为爱国思想的表现之一，"图富强"是当时留日学生的共同心愿。《说鈤》《科学史教篇》等论文译述一脉相承，鲜明地体现了这一主题。

20 世纪初，民族主义思潮风起云涌。随着对于清政府腐败本性认识的加深，激进留学生中终于掀起一股"叫咷恣肆"[2]、所向披靡的排满革命怒潮。[3] 其实，这种思想早已蕴蓄于一部分知识分子心中。中日甲午战后，明末遗老的作品被革命派人士编印出版，鲁迅说这是为了"使忘却的旧恨复活，助革命成功"[4]。革命派人士自己撰写的著作也纷纷面世，它们大都以光复汉室为干，意在激发人们对清政府的憎恨，坚定人们反满的革命意志。在这些著述中，邹容的《革命军》更是响起一片"雷霆之声"，它那"辞多恣肆无所回避"[5] 的大无畏精神在当时思想界产生了无以估量的影响。正如鲁迅所言，"倘说影响，则别的千言万语，大概都抵不过浅近直截的'革命军马前卒邹容'所做的《革命军》"[6]。鲁迅对于上述著作的影响之所以记忆犹新，主要原因便是鲁迅当时已经置身其中、感同身受了。但是应当说，鲁迅的排满思想并不是到达日本以后才萌发的，其渊源可以追溯得更远一些。据鲁迅本人回忆，他在孩童时期便在民间广泛流传的"剃头

---

① 以上引文均见鲁迅：《中国地质略论》，载《鲁迅全集》第 8 卷，第 3—17 页。
② 章太炎：《革命军序》，载《章太炎政论选集》上册，汤志钧编，中华书局 1977年版，第 193 页。
③ "排满"思潮横行于近代前 70 年，是民族主义思潮中非常重要的支流。前后经历了"反清复明""反清兴汉""反清维新""反清革命"四个阶段。最为狭义的"排满革命"是指章太炎式的种族革命。
④ 鲁迅：《杂忆》，载《鲁迅全集》第 1 卷，第 221 页。
⑤ 章太炎：《革命军序》，载《章太炎政论选集》上册，汤志钧编，中华书局 1977年版，第 192—193 页。
⑥ 鲁迅：《杂忆》，载《鲁迅全集》第 1 卷，第 221 页。

人"故事中得到了志在排满的启迪。另外，据说鲁迅早在三味书屋念书期间便已饱览了明季遗老志在光复的著作。[①] 这些阅读体验无疑为鲁迅的种族感情和种族意识埋下了更为深沉的种子。待到南京求学，由于受尽了旗人的辱骂，心灵深处更是雪上加霜，对于满人的痛恨愈加具有了深刻的个人体验。所以在赴日之前，种族意识在鲁迅心中淤积得已有相当程度，正如鲁迅所说，那时他对"排满的学说和辫子的罪状和文字狱的大略，是早经知道了一些的"[②]。正因如此，当鲁迅抵达日本后，排满思想才会引起他的莫大共鸣。那时他与同窗好友相互勉励，"鼓吹革命，志在光复"[③]。1903 年春，鲁迅毅然在弘文学院学生中率先剪去辫发，便是一种不甘"奴于异族"的反抗情绪的表现，自然也是早年萌发的排满民族革命思想所结的硕果之一。鲁迅之所以憎恶头上的辫子，最深层的原因当是辫子本身即为民族饱受屈辱的历史象征与缩影。至此，我们也更能理解鲁迅后来所以景仰太炎先生并投身于其门下，当是真如鲁迅所说，只因太炎先生不仅是一位"有学问"的学者，而且更是一位志在"排满"的"革命家"。[④]

由此观之，20 世纪初期中国近代民族革命思潮主要是针对两个不同的指涉对象而言的，对内是推翻清政权，对外是抗击帝国主义的侵略。这两重因素在青年鲁迅心中交相激荡，程度不同地表现了他的民族主义的爱国情怀。

罗素曾经指出，在 18—19 世纪的欧洲，随着民族国家的相继兴起，人们普遍感觉到一个民族必须存在具有凝聚力的"团体魂"。这一民族主义精神在日耳曼民族中尤其被发挥得淋漓尽致，并一度成为

---

① 参阅寿洙邻：《我也谈谈鲁迅的故事》，载《鲁迅研究资料》第 3 辑，文物出版社 1979 年版，第 227 页。

② 鲁迅：《因太炎先生而想起的二三事》，载《鲁迅全集》第 6 卷，第 558 页。

③ 沈瓞民：《回忆鲁迅早年在弘文学院的片断》，载《鲁迅生平史料汇编》第 2 辑，天津人民出版社 1982 年版。

④ 鲁迅：《关于太炎先生二三事》，载《鲁迅全集》第 6 卷，第 546 页。

欧洲浪漫主义运动的总原则。①20世纪初期中国民族主义思潮大约受欧洲这种民族主义思想的影响，故而在激进的知识界广泛开展了"陶铸国魂"②的宣传。陶铸国魂就是指要重铸一种能够担当救亡重任并以此拯救国家衰颓的民族精神。中日甲午战后，随着日本与中国间文化关系"逆转"态势的形成，日本人对中国愈益显示了一种普遍的蔑视心态。鲁迅分明敏感地捕捉到并提出了这个问题。他在仙台所写并完整保存下来的一封信中说道，那时日本同学来访的颇不少，但因他们大多属于所谓"阿利安人"，故"亦殊懒与酬对"。这里，鲁迅显然对日本人以高贵的雅利安人（即阿利安人）自诩深表不满。因而他更加坚信，虽然日本青年颇有"社交活泼"的优势，但是"略一相度，敢决言其思想行为决不居我震旦青年上"；因此鲁迅"以乐观的思之"，认为"黄帝之灵或当不馁歆"。③显然，鲁迅于此明确提出了"黄帝之灵"的问题。应当说，这是鲁迅立足于民族主义立场，对于革命派"陶铸国魂"运动的回应。日本人对于中国人的诬蔑——说中国人为劣等民族低能儿——鲁迅似乎一辈子也没有忘怀。那么，怎样才能重铸国魂呢？在当时的人们看来，这要借助于华夏民族悠久灿烂的历史与文化。这样，在民族主义这一总背景下，传统文化与重铸民族精神的内在关系便自然关联起来。正如当时人们指出的，"真爱国者，必使吾国之历史之现状之特质，日出入于吾心目中，然后其爱乃发于自然"，"此培养爱国心之不二法门也"。④章太炎更是认为："夫国学者，国家所成立之源泉也。……今日国学之无人兴起，影响于国家之存灭。"⑤国人所以萎靡不振，只因他们"不晓得中国的长处，见得别无可爱，就把爱国爱种的心一日衰薄一日"。因而只有让人们了

---

① 参阅[英]罗素：《西方哲学史》下册，何兆武、李约瑟译，商务印书馆1975年版，第216页。
② "国魂"或称"黄帝魂""汉魂""民族魂"等。
③ 鲁迅致蒋抑卮信，载《鲁迅全集》第11卷，第321页。
④ 《游学生与国学》，《新民丛报》1903年第26号。
⑤ 国学讲习会发起人（章太炎）：《国学讲习会序》，《民报》1906年第7号。

解汉族文化的优秀传统，才能"激动种性，增进爱国的热肠"。[①] 所以，在 20 世纪初期的民族主义思潮中，不论是激进的爱国志士，还是力举排满的种族主义者，他们大都强调如果要拯救祖国于危亡之中就必须重塑民族精神。而只有传统优秀文化与历史才是激发民众爱国热情的主要精神源泉，这似乎成了大多数知识分子的普遍看法，也是当时民族主义各种表达方式的共同特征之一。因此，当时民族主义思潮的广泛传播无疑导致了复兴传统文化思潮的持续兴起，其结果便必然是，民族主义思潮与复兴传统文化在内在意义上成了一种互为表里的关系，二者纠缠一起，互为依托。在这个意义上，鲁迅说他们留日时期大都带有一些"复古的倾向"，乃是自然而然的事情。

仔细考察之后可以发现，鲁迅留日时期的民族主义思想其实经历了一个不断发展的动态过程。在弃医从文之前，鲁迅尽管对于清政府专制统治的残酷已多所认识，并且认为"专制方严，一血刃而骤列于共和者"[②] 并不是不可能的，但就总体而言，他的最初著述中还没有坚定地反对当权政府以及由此组建的国家（State），他所激烈批评的还只是局限于清政府外交上的软弱无能，只是某些里通外合的卖国洋奴。[③] 因此，他那时所言的爱国也如当时留日学生的情绪一样是浮躁的，在理智上还没有把当权政府所代表的国家（State）与由一群因共同传统与命运为了某个共同目标而组建的民族—国家（Nation）完全理性地区分开来。[④] 这样，在他当时具有的爱国维新与光复排满的民

---

① 章太炎：《东京留学生欢迎会演说辞》，载《章太炎政论选集》上册，汤志钧编，中华书局 1977 年版，第 272—276 页。
② 鲁迅：《中国地质略论》，载《鲁迅全集》第 8 卷，第 6 页。
③ 如《中国地质略论》仅是批评一些官僚商人（如浙绅高尔伊等）的卖国行径，仅是批评清政府外交上的软弱无能，"引盗入室"，目的在于唤起有识之士"结合大群"开采矿藏。似仍停留在实业救国的认识水平上。
④ 在中国，传统"国家"与"君权"同位，"国—君"二位一体；它只有"王天下"观，没有近代意义上的民族—国家观。国家主权的概念直到近代才衍生。我在此试着把清朝政府叫作 State，把近代意义上的民族—国家观念称作 Nation，以示本质上的区别。

族主义思想之间，实际存在着一个不断滑动的中间场域。应当说，这种状态在当时留学生中普遍存在。所以，我曾试想，如果清政府在它即将灭亡的最后几年里，把后来史称"新政"的变革样式做得更加像样一些、贵族化的权能占有有节制地退回到幕后一点、对于外来侵略者表现出坚定的主权信仰，那么，当时知识界特别是政治素养还较为稚嫩的留学生是有可能更为热切地献身于当时的 State 的，至少，由于倾向于遏阻外来侵略者这一迫在眉睫的救亡活动，也会淡化对于 State 的冲击。因此，结合上文的分析，我认为，鲁迅留日生涯最初几年的民族主义思想在总体上并没有超出当时留学生的普遍水准。这就是说，鲁迅民族主义的思想深度并不表现在他所具有的爱国情怀与排满观念上——因为这是当时大多数富有变革倾向的知识分子普遍具有的道德情操——他的独异之处在于，大约以重返东京为标志，他最终超越了这种浮躁化的思想而把其锐敏的思维触角延伸到了文化民族主义的意识深处，借助这种文化民族主义的生成，鲁迅才在更高的意义上真正开始了独特的文化建构活动，他所由此而具有的"复古"倾向也才真正显现了自身的积极作用。我认为，这才是真正成就了后来伟大鲁迅的一个重要根源。

的确，民族主义是一个模糊的、极难明晰界定的概念。林毓生曾认为中国近代民族主义基于"中华民族同一性"的认同之上，而"这种同一性可以说是由于西方列强的入侵而被给予或者说强加给中国知识分子的"。与欧洲民族意识的产生机制不同，"中国的民族意识并非产生于内部的历史演进，而是来自外部的创伤性的打击"。① 如果说中国自鸦片战争后，才明确划定了一个近代民族意识由以产生的政权与地域边界，这是颇为中肯的。但是这种论述仍然没有对中国近代民族主义的特定内涵作出准确描述。应当说，中国近代民族主义观念

---

① ［美］林毓生：《中国意识的危机》，穆善培译，贵州人民出版社1986年版，第100—101页。

的产生有两个源头，一个是本土的传统民族意识资源，另一个才是来自西方的影响。由于这种双重民族意识资源的制约，中国近代民族主义呈现了极大的复杂性。传统民族意识根源于春秋时代即已产生的"夷夏之辨"，如《左传》所言"非我族类，其心必异"便是中国历史上对待民族问题的传统看法。我们知道，青年鲁迅在1906年以后发表的文章中，对于被侮辱被损害的弱小民族已经表现了极大的人道主义同情，因此，在鲁迅当时的理性观照下，意味着种族歧视与暴力狂欢的章太炎式的排满思想是与其"兼爱"的伦理信仰格格不入的。因而，在怎样的前提下，才能合理地否弃太炎先生排满思想的狭隘性，就成了青年鲁迅文化建构思路中的应有之义。其实，就中国古代民族观的渊源来看，"夷夏"不仅标志着种族的分野，而且更是一种文化独断论的表征。① 这就是说，坚守"夷夏"之防在社会文化心理层面显然内在地植根于汉族文化中心主义观念。换言之，在文化心理层面，中国民族意识的传统约束机制本质上应该是文化，而不尽是所谓种族。基于这个原因，顾炎武认为，只有在汉族文化被外来文化取替之时才能叫"亡天下"（接近近代意义上的国家），否则只能叫"亡国"（改朝换代）。② 这从侧面为晚清民族主义思想定下了一个基调。也正因如此，康有为坚持认为，民族的差别关键在于文化的差异："中国而为夷狄则夷之，夷而有礼义则中国之。"③ 梁启超也认为传统的中国是一个文化共同体，中国人忠守的目标是文化而非国家。其

---

① 冯友兰曾经着意提到《公羊传》主张中国和"夷狄"的区别不是以种族为标准，而是以文化为标准的说法。此外，翦伯赞等人认为："有些戎狄和华夏并无种族上的差异，如姬姓、姜姓之戎，他们和周人本是同族之人。他们之所以被周人看作戎人，原因就是他们文化上落后于周人。"以上分别见冯友兰：《中国哲学史新编》第1册，人民出版社1982年版，第42页；翦伯赞主编：《中国史纲要》第1册，人民出版社1979年版，第59页。

② 参阅顾炎武：《日知录》卷十三。

③ 康有为：《辨革命书》，载《辛亥革命前十年间时论选集》第1卷上册，张枏、王忍之编，生活·读书·新知三联书店1977年版，第213页。

实，这也是为什么异族入主中原能够进行长期统治的一个根本原因。如果中国古代确实存在民族意识的话，那么这是一种有别于政治民族意识的传统文化民族意识。因此，倘若真如林毓生所言，中国近代民族主义意识是来自外部给予的创伤性打击，那么，我认为，这种民族意识的最初复活与觉醒也是基于一种"文化势差"的认同之上。早在 1899 年至 1902 年间，梁启超在《爱国论》《新民说》中探讨国民民族感（近代意义上的民族感）缺乏的原因时指出，这是由于在西方入侵之前，中国人民所接触到的是在文化基点上不能与自己相比的民族，这些导致了中国就是世界的推论，"故中国之视其国如天下"。① 鸦片战争后，思想界出现了一片亘古未有的躁动与恐慌，在当时的士大夫们看来，西方文明起码在"工艺""政制"上具有中国文明无可比拟的优越性。这就是说，先前被视作"藩邦"的文化在士大夫们眼中确实存在着值得中国学习的东西，即在本质上已经承认西方文化具有自己的独特价值。于是，人们逐渐认识到，每个民族的文化都具有自身独特的民族性。因此，我认为，作为一种普遍社会心理的根源，近代民族主义意识的觉醒过程可以说是一种文化民族主义的生成过程，而这部分地根源于传统民族意识中的文化独断论因素。这是一种较之政治民族主义更能深远地影响人们心灵的民族意识。② 唯有文化民族主义能够给予动荡不安的社会以深刻有力的心理支撑，并给予清醒的文化反思。在这一意义上，中国近现代思想的变迁史，本质上即是中国传统文化思想不断在分裂与嬗变中予以重新整合的文化生成史。而在真正的文化民族主义者那里，文化重构的目的即在于从思想文化入手解决中国民族复兴的紧迫问题。

　　大约在重返东京前后，鲁迅开始对中西文化的认识具有自觉的类

---

① 参阅 [美] 勒文森：《梁启超与中国近代思想》，刘伟等译，四川人民出版社 1986 年版，第 152 页。

② 参阅 [美] 费正清：《美国与中国》，张理京译，商务印书馆 1987 年版，第 73—75 页。

文化观念。这就是说，在整体意义上，鲁迅开始将中西文化作为两大相互平行并独具价值的文化体系来加以肯定。鲁迅指出，西方文化是一种与中国文化完全不同的"殊异"之学，西方文化与中国文化一样有着自己"灿然可观"的历史，具有本民族文化所没有的足可"为师资"的"善者"（独特价值）。因此，重构中国文化既要"审己"，又"必知人"，在异质文化的相互比较与选择中，"自觉"地建构具有民族特色的现代文化"新宗"。① 由此可知，真正的近代文化民族主义观念，给予知识分子的认知态度是开放的，它不但激励人们合理地借鉴外来文化，而且也促使人们时时回顾本土文化，并在此之上对传统文化进行创造性转化。因此，文化民族主义在本质上已经内在关联于传统文化。正是在这一意义上，我认为，"复古"倾向是文化民族主义者进行文化建构的必由之路。

由上所述可知，青年鲁迅的民族主义思想无论是体现在政治民族主义（排满、反帝）上，还是表现在文化民族主义上，它都内在地含蕴了"复古的倾向"。而且，在我看来，随着鲁迅文化民族主义观念的建立，这种"复古"倾向在他早期文化建构活动中必将体现为一种更加自觉的理性追求。鲁迅对于近现代文化思想发展的重大潜在性价值，也正是从这儿开始的。

二、鲁迅式"复古"倾向

"复古"一词在中国近代思想史上，使用频率较高，且价值指向各有千秋。时至 20 世纪初，"复古"一词约有三义：（1）政治上顽固派所谓"复古"是指在"天不变，道亦不变"的前提下，力图恢复以往形成的有利于清政府苟延残喘的人文历史、伦理道德等意识形态，

---

① 此处引文均见鲁迅《摩罗诗力说》和《文化偏至论》二文。

目标纯粹指向前现代的过去。(2)晚清国粹派言"复古",是指"复兴古学",主要指复兴先秦诸子学,有诋毁独尊儒学、倡导百家文化之意。其良苦用心盖在于借光大国学以力行排满、抗击外来侵略。(3)梁启超曾在对于清代学术特别是古、今文经学进行精深研究的基础上,指出经学家中"所谓复古者",是为了"使古代平原文明之精神复活"。① 那么,鲁迅对于"复古"一词的含义又是怎样理解的呢?

鲁迅在译述《科学史教篇》时首次使用了"复古"一词。他在谈到欧洲中世纪的黑暗历史后,指出:在这"黑暗期中",虽有一二"图复古"之"伟人出","冀履前人之旧迹",但"亦不可以猝得,故直近十七世纪中叶,人始诚闻夫晓声……"② 毋庸置疑,这里所言"复古"即是指文艺复兴时期的复兴古希腊科学文化。晚清国粹学派在解释为何要追循欧洲旧辙倡导"古学复兴"时曾说:"十五世纪为欧洲古学复兴之时,而二十世纪则为亚洲古学复兴之世。"③ 那么,鲁迅所言"复古"在字面上很可能就是这种"古学复兴"的缩写而已。"复古"一词接着在《文化偏至论》与《破恶声论》等文中不断出现:一云"取今复古",二曰"苏古掇新"。意在指明文化选择应取的态度。众所周知,在鲁迅的早期文本中,"取今复古"与"苏古掇新"意义相同,所以"复"当是指"复苏",抑或"复兴"与"复活"之意。④ 因而,我们对于鲁迅"复古"倾向的确证,最为关键的问题便是弄清他到底要复苏"古"中的哪些部分,抑或"复古"倾向具体表

---

① 梁启超:《清代学术概论》,东方出版社 1996 年版,第 93 页。
② 鲁迅:《科学史教篇》,载《鲁迅全集》第 1 卷,第 30 页。
③ 邓实:《古学复兴论》,《国粹学报》1905 年第 9 期。
④ 鲁迅 1927 年在《关于知识阶级》的讲演中提到了"复兴古学"的意思。他说:"我在文艺史上,却找到了一个好名辞,就是 Renaissance,在意大利文艺复兴的意义,是把古时好的东西复活,将现存的坏的东西压倒……现在中国顽固派的复古,把孔子礼教都拉出来了,但是他们拉出来的是好的么?"(《鲁迅全集》第 8 卷,第 191—192 页。) 显然,鲁迅认为文艺复兴与"中国顽固派"表面上都是"复古",但内涵迥异。这虽然是整整 20 年后鲁迅发表的见解,但它仍有助于我们对青年鲁迅使用"复古"一词语义的理解。

现在哪些方面，并且在此之上，阐明"复古"倾向在鲁迅那里究竟有着怎样的价值指向。

对于鲁迅早期"复古"倾向的阐释，人们总是根据鲁迅在《坟·题记》《呐喊·自序》《集外集·序言》等文中提供的某些说法，把它理解为喜用古字、喜做怪句子等，或者只是把它与章太炎、邓实等的国粹主义倾向相比并。我认为，这种理解虽具有合理的一面，但失之表层，远没有揭示出鲁迅式"复古"倾向的实质所在。要想真正理解鲁迅的"复古"倾向，明了"复古"倾向在他早期文化建构中的重要价值，就必须从他早期特别是留日时期构筑的文本出发，理清文本内在的思想脉络，然后再把它们置于一定的文化语境中，加以富有逻辑性的考察，只有如此，方可在阐释者的整合视域中多少还原出鲁迅早期思想的某些本相来。本书即试图如此来论析鲁迅式复古倾向的独特内涵，提供学界没有企及的别一思路。

我在前面已经约略指出，中国传统社会中人们的认同本质上是一种文化认同。关于这一点，费正清曾经明确地论述，中国自古以来在与周边蛮夷交往中，已经形成这样的事实：中国之优势不仅在于物力超群，更在于文化的先进性。……在与中国交往中，蛮夷逐渐倾慕和认同中国文化的优越而成为中国人。中国作为东亚的中心长达几个世纪，因此中国人发展了一种类似民族主义的文化主义精神。[1] 这种文化主义无疑内含了一种文化乐观精神。费正清作此论断时，我不知道他是否读过鲁迅留日时期的文言论文，因为对于这种略为带有"自尊大"气质的文化乐观精神及其产生的历史过程，鲁迅先于他早已作了准确描述。鲁迅说，中国文化在发展过程中，"益臻美大"，周边民族"无一足为中国"所仿效，故而它的发育昌盛"咸出于己而无取乎人"。由于它始终没有遇到可比较的文化对象，"屹然出中央而无校

---

[1]　参阅壮国土：《论清末华侨认同的变化和民族主义形成的原因》，《中山大学学报（社会科学版）》1997年第2期。另参阅费正清：《美国与中国》，张理京译，商务印书馆1987年版，第74—75页。

雠"，故而给予人们"益自尊大"的乐观意识。人们凭借历史给定的这种文化优越感，总是目空一切、"傲睨万物"。关于这种文化乐观意识，鲁迅认为它实在是"人情所宜然，亦非甚背于理极者矣"。文化乐观意识体现了一种文化的先进感。平心而论，华夏文化本是建构在"夷夏之辨"观念上的主流文化，与之相对的夷文化不过是处于它的边缘的次文化而已。次文化的部分要素曾经随着华夏文化的累积与传播而被主动汲纳融合，成为主流文化的构造要素并由此更加巩固了华夏文化的中心地位。鲁迅当然认识到，鸦片战争前，华夏文化经历几千年封闭式的自我发展，也已呈现"本体"偏枯的态势："……宴安日久，苶落以胎，迫拶不来，上征亦辍，使人荼，使人屯，其极为见善而不思式。"[1] 在这种"发展既央，瘳败随起"[2] 的情势下，鸦片战争为西方文化的大量输入提供了一个契机。中国固有文化经受外来文化的冲击，日益显露出自身肌体的虚弱和不堪一击。所以鲁迅才说，"有新国林起于西，以其殊异之方术来向，一施吹拂，块然踣僵"。面对这不如人愿旷古未有的现实，整个朝野上下仿佛大梦初醒，"人心始自危"。至此，"天朝"尽善尽美的自我陶醉之梦已被击得粉碎。梦醒了无路可走诚是悲哀的，但这也为人们直面这无情的现实提供了某种可能性。伴随思想界夷夏观的渐次转变，士大夫日益惊讶于西方文化的精良而开始情愿或不情愿地向西方学习，因此，如何认识与摄取西方文化，便成了19世纪下半叶以来中国知识分子共同关切的一个主题。但是，考察中国近代文化思潮的演变史，宏观地看，19世纪中叶以后的六十年中，具体经历了"师夷长技"——"中体西用"——"维新变法"的演进历程。由这可以清楚看到中国社会文化心理单向演进的态势非常明显，亦即愈益激烈地批判中学而追求西学。中日甲午战后，激进者更显激进。至20世纪初期，在一些知识

---

① 以上引文均见鲁迅：《文化偏至论》，载《鲁迅全集》第1卷，第44—57页。

② 鲁迅：《摩罗诗力说》，载《鲁迅全集》第1卷，第64页。

分子中赫然掀起一股"醉心欧化"的浪潮。鲁迅对此有着清醒的体察并持批评态度。他说，"近世人士，稍稍耳新学之语，则亦引以为愧，翻然思变言非同西方之理弗道，事非合西方之术弗行"①，并且指出他们每每"见中国式微，则虽一石一华，亦加轻薄"②。显然，鲁迅意识到，随着对西方文化崇拜力度的加大，华夏文化开始由中心滑向边缘，"中体"大有被"西体"取代之势。在这迫不得已的自我文化放逐中，"中国文化无用了"的论调总是久久萦绕于曾经灿烂至极的华夏文化空间。③ 随着民族文化虚无主义情绪的日渐蔓延，表征华夏文化优越感的乐观情怀在人们心中日渐式微，曾经支撑中国走过漫长岁月并已积淀为一种集体无意识的近似宿命的乐观心态即将失落。这不仅是一种心态的失落，更是一种文化的失落。鲁迅似乎进而意识到，自我陶醉心态的失落并不令人感伤，让人感伤的是一种建构在文化乐观精神之上的自信心④的失落。为着追怀这种坚定的文化自信，抵消因为大量输入西方文化而带来的自卑情结，使人认识到本土文化潜在的巨大价值，鲁迅终于不无动情地写道：

> 中国之在天下……若其文化昭明，诚足以相上下者，盖未之有也。⑤
>
> 中国之立于亚洲也，文明先进。四邻莫之与伦，蹇视高步，

---

① 鲁迅：《文化偏至论》，载《鲁迅全集》第 1 卷，第 44 页。

② 鲁迅：《破恶声论》，载《鲁迅全集》第 8 卷，第 30 页。

③ 譬如国粹派学者邓实曾指出，许多忧国之士目睹神州濒临危亡之惨状，无不痛恨于"数千年之古学，以为学之无用而致于此也"（邓实：《国学无用辨》，《国粹学报》第 3 卷第 6 期）。章太炎也说："近来有一种欧化主义的人，总说中国人比西洋人所差甚远，所以自甘暴弃，说中国必定灭亡，黄种必定剿绝。"（章太炎：《东京留学生欢迎会演说辞》，载《章太炎政论选集》上册，汤志钧编，中华书局 1977 年版，第 276 页。）鲁迅对民族文化虚无主义的忧惧与批评显系由此而来。

④ 在生存哲学中，"乐观"与"自信"是两个不同的概念：前者指对未来可能性的期待，后者指对自我生存价值的确信。

⑤ 鲁迅：《文化偏至论》，载《鲁迅全集》第 1 卷，第 44 页。

因益为特别之发达……①

因此，虽然自鸦片战争以来，中国传统文化与外来文化特别是欧美文化相比仿佛相形见绌，但鲁迅坚持认为，中国"文化不受影响于异邦，自具特异之光采，近虽中衰，亦世希有"。又说，"及今日虽彫苓，而犹与西欧对立，此其幸也"②。一"希"，一"幸"，鲁迅对中国文化之丰富魅力所持的赞叹之情毕现无遗。在我看来，这些论述根源于青年鲁迅对于近代文化发展轨迹的全面审视，无疑是他对传统文化虚无主义所做的一个反拨。在这种深刻而全面的反思中，鲁迅认识到，要想重建一种新的中国文化，必须首先有着一种自信的民族主义文化精神。因而，复苏这种精神，以此貌似保守地坚守自己的一份文化情操，就成了鲁迅式"复古"倾向的首要内容。

鲁迅在《文化偏至论》中曾以批判的眼光指出，人们在摄取外来文化时，完全没有注意到中国文化发展的实情。《破恶声论》力所驳斥的便是那种因为忽略中国实情而发出的不吉利的声音。其中，鲁迅在驳斥国家主义者的"破迷信"论时指出，中国古民同希伯来、印度的古民一样也是有着自己的宗教信仰的，只不过它是多神教不是一神教，崇拜的是实体而不是虚体罢了。这也说明中国古民乃是精神"向上之民，欲离是有限相对之现世，以趣无限绝对之至上者也"③。显然，鲁迅在此似乎为了苦苦地找寻某种精神的"古源"④。他说：

> 顾吾中国，则夙以普崇万物为文化本根，敬天礼地，实与法式，发育张大，整然不紊。覆载为之首，而次及于万汇，凡一切

---

① 鲁迅：《摩罗诗力说》，载《鲁迅全集》第 1 卷，第 99 页。
② 鲁迅：《摩罗诗力说》，载《鲁迅全集》第 1 卷，第 99 页。
③ 鲁迅：《破恶声论》，载《鲁迅全集》第 8 卷，第 27 页。
④ 鲁迅：《摩罗诗力说》，载《鲁迅全集》第 1 卷，第 63 页。

睿知义理与邦国家族之制，无不据是为始基焉。①

　　这是理解鲁迅式"复古"倾向另一内涵的关键性的一段话，因此，我打算对此作较为详尽的分析。（1）鲁迅肯定地指出，华夏文化的本根是"普崇万物"。"本根"作为文化用语，首见《庄子》："惛然若亡而存，油然不形而神，万物畜而不知，此之谓本根。"②鲁迅借此意谓文化之根。"普崇万物"是指自然崇拜。自然崇拜的对象是神灵化的万物。自古至今，进行神灵崇拜时一般颇为讲究"法式"的运用。"法式"当是指"礼"。《说文》示部云："礼，履也，所以事神致福也。"杨宽先生曾经指出："'礼'的起源很早，远在原始氏族公社中，人们已经惯于把重要行动加上特殊的礼仪。原始人常以具有象征意义的物品，连同一系列的象征性动作，构成种种仪式，用来表达自己的感情和愿望。"③所以，鲁迅说的"实与法式"当是指"礼"之本义——祭祀神灵的仪式与行为。（2）鲁迅进而指出，中国的一切典章文物与政治哲学都是建构在"普崇万物"特别是"敬天礼地"这一"始基"之上。"覆载为之首"，覆载，天地也。在古人心中，"唯天地万物父母"④，"有天地，然后万物生焉"⑤。天地是万物（包括人）的生存来源和保障，因此，中国古代人无不尊天而亲地。中国文化亦由此打上自然信仰的烙印。⑥汉代大儒董仲舒更是在此之上参合阴阳五行学说创制了天人相类的学说，他曾在《春秋繁露》中认为天地人乃万物之本也。董氏由此演绎并予强化的"三纲五常"学说，最终为封建政治伦理学说的完善作了最为重要的理论建构。这就是鲁迅所言"凡

① 　鲁迅：《破恶声论》，载《鲁迅全集》第8卷，第27页。
② 　《庄子·知北游》。
③ 　杨宽：《古礼新探》，中华书局1965年版，第234页。
④ 　《书·泰誓上》。
⑤ 　《周易·序卦传》。
⑥ 　参阅张岱年：《中国哲学大纲》，中国社会科学出版社1982年版，第2页。

一切睿知义理与邦国家族之制"无不以"天地"为"始基"的意思。① 我之所以对上述引文加以较为详细的考证，只是为了说明，鲁迅对于中国政治—文化的发展历程有着较为准确独到的理解，因而，他一再强调"普崇万物"为中国文化发展之本根，具有很强的逻辑—历史说服力。鲁迅肯定"普崇万物"为中国文化之本根，目的是论证中国古民的"普崇万物"也是一人类不可缺乏的宗教信仰。那么，鲁迅为何要坚守这种信仰而反对"破迷信"之说呢？

鲁迅抵达日本后，深受欧洲哲学的熏陶。他在论述欧洲文明发展的历程时曾经十分注意到它有一个宗教学上的源头，这就是基督教。摩罗诗人如拜伦、雪莱等力主反抗的诗歌精神，无不从天魔撒旦而来。所以，我曾试想，鲁迅之所以肯定"普崇万物"，不就是在说明中国文化也有着一个宗教性的源头吗？但是，仔细一想，鲁迅以自己的文化寻根意识密切而出神地关注着原初时期的自然信仰，意义又远不止此。他分明是在尽心理解和感受产生它们的那种生命力，领悟原初人用全部生命沉淀而成的那种宗教冲动。这自然昭示着鲁迅对于朴野生命形式及其强悍生命力的向往，也寓意着新生文明借此才能孕育发展的全部奥秘。因为在鲁迅看来：(1)"普崇万物"赖以建立的万物有灵观念为人与万物的融洽对话提供了一种神性的源泉，② 而这正是 (2) 神话与诗歌（艺术）赖以产生的内在动因，这就是充沛想象力的萌生与厚积。③ 所有这些都 (3) 反映了人类不断向上的"形上"（精神）需求，表征着野性的生命体含蕴了丰富的创造性活力。

---

① 鲁迅在此只对"普崇万物"为中国文化之本根这一文化渊源做了肯定性价值判断，而对建构在此之上的典章文物制度等只是做了事实陈述。所以不能据此推断鲁迅肯定封建社会中的一切典章文物或对此表示完全赞同。

② 如《破恶声论》云，"他若虽一卉木竹石，视之均含有神秘性灵"。

③ 如《摩罗诗力说》云："古民神思，接天然之秘宫，冥契万有，与之灵会，道其能道，爰为诗歌。"又《破恶声论》云："顾瞻百昌，审谛万物，若无不有灵觉妙义焉，此即诗歌也"；"夫神话之作，本于古民，睹天物之奇觚，则逞神思而施以人化，想出古异，淑诡可观"。

鲁迅之所以赞叹"古民之朴野",并且对尼采"不恶野人,谓中有新力"表示共鸣,原因即在于"文明之朕"本"孕于蛮荒,野人狌獠其形,而隐曜即伏于内"①。正是在强调主体创造精神这点上,鲁迅竭力倡导的宗教信仰与科学研究在本质上达到了同一,因为在鲁迅眼中,科学家从事科研工作也必须具备充沛的想象力,科学演进的过程就是主体不断向客体突进的过程。②质言之,自然科学与宗教等人文学科一样都要求创造主体具有非凡的人文品格,整个人类文化史就是一部人之主体精神不断演进变迁的历史。但是,中国的人文精神状况,又怎能不让鲁迅感到痛心呢?在中国,鲁迅神往的那种强悍生命力已经荡然无存,只能偶尔在"古人之记录"、民俗文化、"气禀未失之农人"③中找到它们的影子了。正因如此,鲁迅才不同寻常地叹赏神话、赛会、神龙等的可爱,也才如太炎先生一样对村野农夫的禀性投以极其青睐的一瞥。至此,人们似乎应该理解了,鲁迅所以要阐明中国文化的本根,最深层的目的便是为着中国人生命力日渐沉沦的历史找到一个原初的基点。这分明暗示着,中国人倘要谱就新的震撼人心的篇章,定须自觉接续远古的那段历史——生命力四溢的历史。因此可以说,正是中国人生命力日渐沉沦的历史景观构成了鲁迅"复古倾向"的主要话语语境,而不是相反。正因如此,鲁迅所言普崇万物为文化之本根的说法就依然是一种富有民族气质的话语方式,也自然成了鲁迅式复古倾向的核心内涵之所在。

卡西尔曾经精湛地指出,"在对宇宙的最早的神话学解释中",人们"总是可以发现一个原始的人类学与一个原始的宇宙学比肩而立:世界的起源问题与人的起源问题难分难解地交织在一起"。④所以

---

① 鲁迅:《摩罗诗力说》,载《鲁迅全集》第1卷,第64页。

② 《科学史教篇》云:科学家们的精神,在于"毅然起叩古人所未知,研索天然,不肯止于肤廓";"仅以知真理为惟一之仪的","举其身心时力,日探自然之大法而已"。

③ 鲁迅:《破恶声论》,载《鲁迅全集》第8卷,第28页。

④ [德]恩斯特·卡西尔:《人论》,甘阳译,上海译文出版社1985年版,第5页。

我甚至想，鲁迅对于中国远古宗教信仰的个性化理解其实展示了他对于人—宇宙关系的基本理解。在"普崇万物"的文化结构中，人的创造性冲动似乎把人带到了一种让生命自由袒露并与自然进行物我两忘之对话的境界，自然成了人的对象化存在，而人也在仿佛具有灵性的自然面前成了一种对象性存在。这样，在这个具有形而上特质的宇宙图景中，人的创造性冲动对应一种原始生命力的自发景观，构成了人类特有的原始现象。而在与自然真诚对话中生成的和谐状态似乎也揭示了一种存在的可能性，倘若把它与鲁迅对人性的认识对应起来，那么它无疑提示了一种真正富有想象魅力的人性本质与世界图景。这就是：人性本是善的，人与自然本可处于和谐共生的状态。因此，鲁迅对于人—宇宙的理解，实则为他的理想人性观的架构提供了一个坚实的人类—宇宙学的基础。

在伦理社会观上，鲁迅渴望建立一个黄金世界，表现在早期思想中，便是意欲复苏东方式的和平主义。鲁迅认为，中国"文明之光华美大，而不借暴力以凌四夷，宝爱平和，天下鲜有"。并且浪漫地坚信，"倘使举天下之习同中国，犹托尔斯泰之所言，则大地之上，虽种族繁多，邦国殊别，而此疆尔界，执守不相侵，历万世无乱离焉可也"[1]。鲁迅显然于此认为，中国不仅确实存在着一种伟大的东方式和平主义，而且，倘若全世界都坚守这种秉性，那么人类就可以达到和平相处的大同世界。撰写《破恶声论》时，鲁迅显然受到了托尔斯泰思想的影响，文中多次谈到托氏的言论就是明证。仔细考察可以看出，鲁迅所引托氏的言论主要见于后来所称的《托尔斯泰与辜鸿铭书》[2]。在

---

[1] 鲁迅：《破恶声论》，载《鲁迅全集》第 8 卷，第 33 页。

[2] 此函是列夫·托尔斯泰致辜鸿铭的公开信。最早的汉译文是刘师培译的，登在《天义报》（创办于日本）第 16—19 期合刊上。鲁迅对托翁这封信的内容，自 1907 年起就非常熟悉，以至于他在 20 年后还完整地提到了在《破恶声论》中予以反驳的"不以恶报恶"的观点。此见《关于知识阶级》，载《鲁迅全集》第 8 卷，第 190 页。

这封公开信里，托氏首先对鲁迅所言的"一切斯拉夫主义"①的兽性爱国表现了普遍忧虑，并且对中国所受的蹂躏深表同情，但是，在此之上，他却对中国人的暴力反抗表现了极端的焦虑。因为在托氏眼里，中国人"不应当模仿西方民族"，而应当坚守"和人类的永久的法则相符合的生活"，把"自由的新路径指示给世界"，这就是他所认为的中国的"道"。②托氏从他的不抵抗主义出发，希望中国人再度表现出惊人的忍耐力，用"不以恶报恶"的方式沉默地蔑视异族的侵略与蹂躏。现在看来，鲁迅对托氏言论的汲取是有选择、有限度的。托氏观点建构在不抵抗主义与人道主义上，鲁迅对他的不抵抗主义与不合作思想表示了异议，认为托氏"所言，为理想诚善，而见诸事实，乃佛戾初志远矣"。但是他建基于人道主义之上表示的对于"道"的向往又引起了鲁迅强烈的共鸣，所以他才同意托氏的观点：如果世界上的所有民族都如中国一样，那就可以达到太平盛世，"辑睦而不相攻"了。追根究底，鲁迅所以同意托氏的这个观点，又是建立在他的对于中国文化的深刻理解及其理想人性论之上的。鲁迅认为，中国文化之根孕育的"道"本是"崇爱之溥博"的表征，推而广之，人间世乃至全宇宙都是一大和谐的存在，体现了"天人合一"思想的本真状态。正是有了对这种文化观的认可，鲁迅才在一种类似"境界形而上学"的基础上合乎逻辑地推演道："效果所著，大莫可名，以是而不轻旧乡，以是而不生阶级"；"民乐耕稼，轻去其乡，上而好远功，在野者辄怨怼"。这些推演显然是对于东方式和平主义社会观的形象表达。在其伦理学意义上，又显然根基于鲁迅对于人性论思想的深刻理解。鲁迅认为，"恶喋血，恶杀人，不忍别离，安于劳作，人之性则如是"；换言之，人的纯粹本性就是"用天之宜，食地之利，借自力以善生事，辑睦而不相攻"。这显然表达了一种先验

---

① 鲁迅：《破恶声论》，载《鲁迅全集》第8卷，第31页。

② 此处译文引自《东方杂志》第25卷19号，1928年，味荔译。

主义的人性论：鲁迅从人性的普遍共同性开始，推论出人有天赋的本善。既然人性本善，那么建立在人性善上的社会存在物在其终极意义上，怎么不会是东方式和平主义的呢？但是我又曾体味过，鲁迅所说的"人之性则如是"，并不是对于现世存在的指认和确证，而是一种本该如此……但是没有的喟叹。为什么鲁迅对此会有深深的哀叹之感呢？原因在于：（1）人类本具有天赋的完美人性，但是由于人乃是从动物进化而来的，所以在人的天性中便时时有"古性"（兽性）显露；又因为"历时既久"，它在人类发展历程中已经积淀为一种"入人者深"的集体无意识，纵是"哲人硕士"，亦难免不"染秽恶焉"。（2）根据鲁迅对于人之进化的理解，他认为"人历进化之道途，其度则大有差等"，因而"纵越万祀，不能大同"。① 而且，或许由于受到章太炎俱分进化论思想的影响，他更是认为人类很有可能"以日退化"成为"猿鸟蜃藻，以至非生物"。② 在这种深刻的人性论思想上，我认为，鲁迅一方面已经分明感觉到了作为一个人性善论者本应具有的光荣而伟大的历史使命。所以鲁迅才认定，目前人类所要做的，便是基于对人性善的认同，竭力阻遏并消除"兽性"的显露，让人成为"真人"。这也就是鲁迅所以要攻击那种"执进化留良之言，攻小弱以逞欲"的兽性爱国主义，而极力提倡以"弱者"为本位的人道主义的原由所在。体现在社会观上，自然便是和平主义思想的完美表达。但是，另一方面，这种社会和平观，仍然只是一种理想的价值悬设，只是为人类设置的一幅动人的远景而已。因为在鲁迅看来，虐杀人性的兽性总会伴随人类一直到永远，那种希望"战争绝迹，平和永存"的社会只有等到"人类灭尽，大地崩离之后"③ 才会最终实现。可是，到了人类灭尽的时刻还有什么人性可言呢？即使要言，还会有谁来言呢？所以，鲁迅在此实则表达了一个难以言说的人性命题，透露

① 以上引文均见鲁迅：《破恶声论》，载《鲁迅全集》第8卷，第27—33页。
② 鲁迅：《中国地质略论》，载《鲁迅全集》第8卷，第3页。
③ 以上引文均见鲁迅：《破恶声论》，载《鲁迅全集》第8卷，第32页。

了一个理想人性主义者在难以逆料的黑暗现实面前必然呈示的那层深深的悲哀。当然，这也正是"人性善"本身包含着的内在矛盾所在。

三、个性主义与"复古倾向"

倘若上述对于鲁迅式复古倾向内涵的描述大致不错的话，那么，人们从中可以明显地领略到，文化民族主义一方面促使鲁迅文化"复古倾向"的萌发，另一方面鲁迅式"复古倾向"又以其独特内涵印证并坚定了他的文化民族主义，这两者成了一个不可分割的结构循环。但是，细心的人们或许已经感觉到——而且，我认为，鲁迅也已分明意识到——他的"复古倾向"内含着一种微妙之至的品格，这就是它的通体透明的脆弱性。譬如，鲁迅一方面竭力想挽留并重新激发那传统民族文化意识中的自信心，但另一方面他又清楚地意识到，传统民族文化中的乐观情怀是由于没有遇到可比对象而生发的，这就是他所谓"自尊大"的意思，而"自尊大"颇为易于使人产生自傲的情绪，自傲得不堪一击。那么，在20世纪新的文化境遇中，它该怎样才能变得较为深厚而充实呢？又譬如，鲁迅之所以把目光投向远古的巫术—神话—宗教时期，是因为他深深感到当下人文精神的败坏与衰颓。但是，一个必然伴随而来的问题是，怎样才能让那生命力四溢的历史得以重新昭现呢？再譬如，鲁迅早期观念中人性论命题所包含的人性与兽性相互交织的矛盾性，又使鲁迅不免陷入深深的困惑之中，一个最为显明的困惑是，人类怎样才能遏制兽性而达于人性的极致呢？……所有这些与鲁迅式"复古倾向"特定内涵相伴相随的问题无不困扰着青年鲁迅的思考，但同时亦有可能把他的思想推向一个新的高度。

就在鲁迅意欲把他的文化观念推向一个新的高度的时刻，有一个生存论的问题被鲁迅切切实实地觉察到了。或许，这还得从鲁迅理解的进化论谈起。19 世纪末 20 世纪初中国式进化论文本无疑是 1898 年出版发行的严复译《天演论》。"天演论"进化观在鲁迅留日时期所起的作用体现了一定的层次性。鲁迅留日之前，即南京求学时期，是直接受此影响；到达日本后，虽然他还大段地与友人背诵着严译《天演论》，但是根据所学新知对此渐次有所修正。① 根据鲁迅当时文本所呈现的思想脉络看，弃医从文之后的重返东京阶段无疑对严译著作中宣传的进化论思想作了很大修正，可以说是较多地有了自己的见解。其中一个显明标志便是他从人性论观念特别是人道主义思想出发，强烈批判了恃强凌弱的庸俗社会进化论，因而倒是更为主动地接近了赫胥黎进化论思想的本意。这些已经多为论者所注意，在此先按下不表，我倒特别想从另外一个角度去揣摩一下鲁迅在他的早期文化建构活动中体现出来的对于进化论思想的别一理解。

达尔文进化论确实可说是开辟了一次值得骄傲的观念革命，但它也明显导致了西方自古希腊以来"真与善"同一的观念开始由此走向分离的过程。因为，在达尔文的理论里，只有自然选择是真，而自然界本来就是一个残酷无情的古罗马竞技场，物种们除了在生死存亡的竞争中获得自己的生存权利外，似乎也已无路可走了。况且，在"优胜劣汰"这一铁的生存原则面前，除了违背上帝善的本意外，还能有什么别的选择呢？这样，随着真与善的分离，亚里士多德们曾经基于"第一因"和"目的论"而预设的上帝至善观念② 轰然倒塌了。人

---

① 参阅周作人：《鲁迅的国学与西学》，载《鲁迅的青年时代》，河北教育出版社 2002 年版，第 45—46 页。

② 亚里士多德在其形而上学构想中，认为促成世界变化的有两种本质的原因，即形式和物质。形式和物质相结合，乃产生运动和变化。而运动必然开始于某处，它却不为运动着的某种东西所引起。因此，他认为，有一个永恒的不动的第一推动者。这一原因绝对完善，是世界的最高目的或至善，上帝施作用于世界，作为美好的图景或理想来影响灵魂。因而，上帝是宇宙间起统一作用的基质，是说明宇宙间一切秩序、美和生命的本原。参阅 ［美］梯利：《西方哲学史》，葛力译，商务印书馆 1995 年版，第 86—89 页。

们千百年来对于至善论偶像怀有的美妙感遭到了毁灭性的打击。因此，达尔文进化论的成功实则带来了一场信仰上的危机。由于信仰上的危机而导致的虚无之感——虚无主义的降临——在绝对意义上被尼采敏感地捕捉到了。这就是尼采喊出"上帝死了"的主要缘由之一。那么，人类是否可以消却人类特有的信仰呢？鲁迅的回答是：信仰不可失去！因而在鲁迅看来，尼采尽管批判了基督教的腐朽与虚伪，但其信仰依旧，只不过把上帝这个偶像转变为"超人"这尊偶像罢了："至尼佉氏，则刺取达尔文进化之说，掊击景教，别说超人。虽云据科学为根……则其张主，特为易信仰，而非灭信仰。"① 而且，鲁迅借尼采之口认为，中国文化的最大痼疾之一便是"无确固之崇信"②。在此意义上，以往论者单是以对进化论的肯定性分析去阐述鲁迅可能具有的思想深度，我认为是非常不够的。

另一方面，严译《天演论》在知识界的广泛传播，庶几改变了激进分子对于世界的传统看法。质言之，进化论为近代中国知识分子认识世界提供了一种全新的时间观念。它把时间理解为一种有着内在目的的不断进化的线性运动，其依据似乎不在过去，而在未来，因此是一种永无止息的上升运动。俄罗斯思想家别尔嘉耶夫曾经指出时间具有三个维度，即宇宙时间、历史时间、生存时间。关于历史时间，他认为这"象征着一条向前无限伸展的直线"。在寻找将来时，它"产生渐进的幻象，以为将来是意义的终端，是圆满的完成"。进化论时间观同这种时间观有着惊人的相似性。它们的一个显明同一的特点便是把时间理解为一种不断前进的线性运动。这种时间观无疑是一种具有决定论意义的时间观，在目的论意义上消解了人类意志的发挥。因而，人要摆脱历史必然性命运的诱惑，就须从历史时间里突破出来。这种突破，别尔嘉耶夫把它称为"生存时间"。他认为生存时间是

---

① 鲁迅：《破恶声论》，载《鲁迅全集》第 8 卷，第 28—29 页。

② 鲁迅：《文化偏至论》，载《鲁迅全集》第 1 卷，第 49 页。

"一种内在的时间","是主体性世界的而不是客体性世界的时间"。①
如果以历史时间呈现的水平线作为参照,那么,这种时间观呈现的便
是一个点,引导人在深层次上产生向上超越的倾向。这就是说,"生
存时间"仍然是时间的一种维度,它不是要取消时间的客观制约性,
而是在时间的进程中突入一种新的生命质。不但是让生命存在本身显
得更加充实,而且力图主动地改变对于时间的依赖与顺从,以使自己
自觉突入对于世界再造的历史进程。在一定意义上,"生存时间"强
调的是,人就是创造性的时间。换言之,它不是让时间来化约生命主
体,而是让生命主体去再造时间的辉煌。鲁迅当时对于进化论历史观
深入理解后,在此很有可能作出与进化论时间观不同的价值选择,虽
然依旧与它有着延续性的一面,但同时更加强调了同它断裂的一面。
正是在"断裂"这一点上,鲁迅才真正可能而且切实地把他的思想推
进到了一个新的高度——个性主义层面——并以此显现了一种新的生
存时间观。这就是说,鲁迅虽然最初是以进化论作为启动因素而趋向
个性主义,但是一旦个性主义在他的文化观念中开始呈现的时候,他
就有可能在逻辑与价值层面上产生超越进化论时间观的冲动。

个性主义是鲁迅早期思想的核心。在《文化偏至论》中,鲁迅把
"个性主义"表达为"个人主义"。但同时又明确指出,这既不是被
"识时之士""引以为大诟"的"害人利己之义",②也不是西方启蒙主
义时代的传统"个人主义",③而是现代"新神思宗"一派思想家开创
的现代人本主义。个性主义的真正内涵是基于健全个性的人格自觉。
它"兴起于抗俗",主张"入于自识,趣于我执,刚愎主己,于庸俗

① [俄]尼古拉·别尔嘉耶夫:《人的奴役与自由》,徐黎明译,贵州人民出版社
1994年版,第233—234页。
② 鲁迅:《文化偏至论》,载《鲁迅全集》第1卷,第50页。
③ 主要指卢梭与席勒等的论点。《文化偏至论》云:卢梭之后,"尚容情感之要求,
特必与情操相统一调和,始合其理想之人格";而席勒"乃谓必知感两性,圆满
无间,然后谓之全人"。

无所顾忌";"思虑动作，咸离外物，独往来于自心之天地"。① 一句话，"我"是存在的本源。正如敢于把个人主义发挥到极致的施蒂纳所说："我的权力就是我的财产。我的权力给予我财产。我自己就是我的权力。通过我的权力，我就是我的财产。"② 这就是说，任何外在的客体都是虚幻的，只有"我"才是真实的。如果一切从人的本性出发，不仅以独立的个体人格为其存在形式，而且以其非从众的个体意志和自我创造性为其基本品格，那么，人们就有可能做到"声发自心，朕归于我"，从而达到"人各有己"③ 的普遍个性解放的理想境界。这种个性主义，在鲁迅看来，无疑将是未来人类文化发展的"始基"和一切创造力的源泉。

鲁迅在此认为个性主义为未来人类文化发展的"始基"，这一点与他在《破恶声论》中认为"普崇万物"特别是"敬天礼地"为中国文化发展的"始基"的论断具有惊人的相似性。也就是说，至少在文化发生学的意义上，个性主义与鲁迅式"复古倾向"所起的作用都具有某种程度的一致性。不仅如此，在鲁迅当时的文化观念中，他的"复古倾向"与个性主义在文化批判精神上还具有内在统一的一面。

有学者认为，最早在理论上有意识地运用物质／精神二元对立框架来进行中西文化比较的是梁启超，具体反映在他于五四新文化运动后写就的《欧游心影录》中。④ 其实，就文化的表现形态而言，鲁迅早在 20 世纪初就已明确形成了物质／精神二元的观念。而且，在这二元之中，鲁迅认为倘若要拯救一个人文精神异常缺乏的民族，人的精神一元是更为弥足珍贵的。也就是说，在物质／精神二元论的观照下，鲁迅更加强调人格主体的塑造与张扬，精神发展相对物质而言具

① 鲁迅：《文化偏至论》，载《鲁迅全集》第 1 卷，第 53—54 页。

② ［德］施蒂纳：《唯一者及其所有物》。转引自姚锡佩：《现代西方哲学在鲁迅藏书和创作中的反映（上）》，《鲁迅研究月刊》1994 年第 10 期。

③ 鲁迅：《破恶声论》，载《鲁迅全集》第 8 卷，第 24 页。

④ ［日］绪形康：《近现代中国的现代化运动及其形式和演变》，《国外社会科学》1995 年第 5 期。

有极大的优先性。此时，鲁迅在进行中西文化比较中，虽然袭用了一些早已形成的中学/西学词汇，但是他已敏锐地觉察到了中学/西学词汇背后隐含着的价值判断：与西学相比，中学是陈旧落后的。这种价值判断与他对于"复古倾向"的把握背离甚远。为了符合他的文化观念，他非常果断地提出了一个新的知识范型，这就是把表层的中学/西学的对立引渡到了一个更为深层的物质精神对立的二元范畴上。这有利于较为合理地考察所有民族文化形态，有利于承担比较异质文化的重任，因而在很大程度上突破了当时流行的中学/西学二元对立以及"体用之辩"的思维模式，为鲁迅本人以及后来人们进行传统与现代化的反思奠定了基础。这可以说是鲁迅在20世纪初期近代中国文化转型期间所做出的一个重大的理论性贡献。至今为止，学界对此还缺乏必要的揭示，这是非常可惜的。借助于物质/精神二元对立范畴的观照，鲁迅清醒地认识到近代东西方文明所具有的一个通病，这就是"尚物质而疾天才"[①]。19世纪的西方文明正是出于对物质文明与技术工具理性的过分崇拜而导致了人的内面精神的丧失，使人沦为物质的奴隶，人的本性在对象化过程中丧失殆尽了。这正是现代个人主义批判之所在。而在鲁迅看来，具有极大反讽意味的是，这些在西方已经显露出极大弊端并已为大多明哲之士强烈批判的工业文明景观，在近代中国却成了人们顶礼膜拜的对象。与此相关的便是，中国传统文化特别是儒家文化具有很大的精神奴役性，制约了人的本真性情的流露以及主体创造性的能动发挥。由此看来，在鲁迅的文化观念中，"复古倾向"与个性主义无不为审视近代文明特别是近代中国文明的发展提供了一个强有力的参照点。正如我在前面已经指出的，鲁迅式复古倾向强调的对于朴野生命力的张扬为中国人生命力日渐沉沦的景观提供了一个原初的基点，这是从后往前看；而个性主义无疑为中国人生命意志的缺失提供了一个最新的制高点，这是从前往后看。鲁迅

---

① 鲁迅：《文化偏至论》，载《鲁迅全集》第1卷，第57页。

在其文化建构实践中，显然把个性主义与"复古倾向"这一前一后的文化模式联系起来，二者彼此在鲁迅的文化视域中开始趋向新的融合，结合入一个新的文化共同体中，这就是鲁迅有意"别立"的文化"新宗"。由于学界暂时还没有一个较为妥当的名称用以指称这种新的文化类型，我姑且把它命名为"个性文化"。

那么，个性文化具有一些怎样的特征呢？

四、作为民族性与现代性的结晶：个性文化

显然，全面论述个性文化的复杂性并不是我在这里所要完成的主要任务，我只想从"复古倾向"在鲁迅当时文化建构中具有怎样的作用或地位这一角度继续作一些简略的说明。鲁迅始终认为，人们"欲扬宗邦之真大，首在审己，亦必知人"。这就是说，人们要弘扬民族文化中真正有价值的东西，首先必须批判地审视本民族的文化，然后再去学习别人的东西，只有如此，人们才有可能自觉地进行文化创造。继而，鲁迅进一步指出，他的"别求新声于异邦"，最初动因不是别的，而是"怀古"。他认为，人们只要坚持"时时上征，时时反顾……时时进光明之长途，时时念辉煌之旧有"[1]的原则，民族文化就会得到健康而持续的发展。正因如此，谁能否认文化建构中的"怀古"之功呢？显然，鲁迅个性文化建构的最初动因在于"怀古"，亦即重新激发民族文化中的某些有价值的东西（"真大"）。而"怀古"的具体内涵就是鲁迅式"复古倾向"的基本内涵。

如果说"复古倾向"体现了鲁迅个性文化的民族性特征，那么，他所汲取的个性主义思想就保证了这种文化的现代性品格。鲁迅认为，新型文化的建构必须遵循如下的原则："外之既不后于世界之思

---

[1]　鲁迅：《摩罗诗力说》，载《鲁迅全集》第 1 卷，第 65 页。

潮，内之仍弗失固有之血脉，取今复古，别立新宗。"① 鲁迅个性文化就是这条指导性原则的具体产物，亦即是他的多少带有拟构意味的"复古倾向"与近代西方个性主义融合后的奇异共同体。严复在《论世变之亟》中曾经指出："尝谓中西事理，其最不同而断乎不可合者，莫大于中之人好古而忽今，西之人力今以胜古。"② 鲁迅的个性文化，显然汲取了中西文化的精华，是"好古"与"力今"的结合。这样，他的个性文化至少在逻辑层面上完整地做到了"好古而不忽今，力今而不忽古"，质言之，这种文化就是民族性与现代性的结晶品。其实，民族性与现代性的统一也是鲁迅用以评介摩罗诗人人文品质的基本尺度。摩罗诗人不仅具有令人神往的现代个性品格，而且也具有他们各自的民族性特征，这就是鲁迅所谓的他们"各禀自国之特色"③。

个性文化是建立在鲁迅的人性论思想之上的。它以"人"（个体人）为核心，充分保证人的个体自由，对于那些戕害人性的所谓人类文明，它内在地具有一种批判的意向性。由于个性文化强调人的意力的作用④，所以一些论者认为鲁迅早年思想中具有一定的无政府主义倾向，这是颇有道理的。因为无政府主义实质上就是唯意志论观念在政治上的一种表现形态。但是，由于鲁迅当时民族主义情怀的限定，故而我们也应看到个性文化思想本来具有的另外一面，这就是它所蕴含的组织化需求。在一定意义上，鲁迅当时坚信民众具有可启蒙性，并且认为，国民一旦得到真正的启蒙，具有充分的个性，就会成为社会的巨大变革力量，⑤ 就会使"沙聚之邦""转为人国"，"屹然独见于

---

① 鲁迅：《文化偏至论》，载《鲁迅全集》第 1 卷，第 56 页。

② 严复：《论世变之亟》，载王栻主编：《严复集》第 1 册，中华书局 1986 年版，第 1 页。

③ 鲁迅：《摩罗诗力说》，载《鲁迅全集》第 1 卷，第 66 页。

④ 如《文化偏至论》云："主观与意力主义之兴，功有伟于洪水之有方舟者焉"；"意力之人"为"将来之柱石"；"恃意力以辟生路"等。

⑤ 如《摩罗诗力说》云："败拿破仑者，不为国家，不为皇帝，不为兵刃，国民而已。"

天下"。^① 虽然他强调"人各有己","人立"是"国立"的前提与归宿，但是他始终没有忘记自由个体所必须负有的责任。在个性文化思想陶铸下的"人国"概念中，各自独立的个体必须被有秩序地组织协调起来，以维护自身的和平与自由，并在此之上自觉援助其他被奴役国家，达到人性的普遍和谐。^② 由此观之，鲁迅个性文化思想中的政治倾向是十分矛盾的，它既内在地含蕴了无政府主义因素，又神往于秩序化的普遍和谐。

综上所述，鲁迅留日时期的"复古倾向"有着它的特定内涵，这就是从他的民族自信心出发导致的对于文化建构的自信，并在此之上，对于当时中国社会的人文精神状态进行了理性的观照，为中国人生命力日渐沉沦的历史找到了一个原初的基点，最终初步确立了他建构在普遍人性之上的对于"黄金世界"的向往。但是，这种"复古倾向"又内含着不可回避的脆弱性品质，这促使鲁迅开始从信仰与时间两个方面对当时流行的进化论观念进行了必要的创造性修正，而由此走向以生命价值主体为核心的个性主义。这种个性主义不仅坚定了鲁迅式复古倾向的内涵，而且使这两者最终完美地结合起来，诞生了一种新型的文化类型——个性文化。至此，逻辑地看，鲁迅似乎已经走完了一条由民族主义（尤其是文化民族主义）→复古倾向→个性主义→个性文化的文化创造之路。在个性文化这个最高的文化样态中，由于它本身新质的呈示，因而最终超越了产生它的逻辑起点——民族主义——而具有了普遍化的人性主义色彩。

严格来说，或许由于民族主义思想的影响，鲁迅的复古倾向在其自身的呈示中遮蔽了一些历史的真实。比如，鲁迅坚信，正如其他民

---

① 鲁迅：《文化偏至论》，载《鲁迅全集》第 1 卷，第 56 页。
② 鲁迅倡导的现代人格模式是拜伦式的，即"贵力而尚强，尊己而好战，其战复不如野兽，为独立自由人道也"（《摩罗诗力说》），又主张"凡有危邦，咸与扶掖"（《破恶声论》），以此捍卫人之尊严与自由，抵御兽性之人的蹂躏。这自然含有"组织化"的思想在里边。

族一样，中国古民也有着自己的宗教信仰，但是他却忽略了如下一个基本事实：虽然任何一种民族文化都具有一个宗教性的源头，但是它并不能保证那个民族的文化必然得到普遍的发展，譬如印度文化的衰落恰是与其宗教源头有关。其实，纵使如鲁迅所言中国文化有一个宗教性源头，但逻辑地分析，"普崇万物"与"万物不崇"（"无确固之崇信"）的虚无主义倾向具有必然性联系，因而，就其本质来说，中国并没有宗教得以发展的可能。但换个角度看，鲁迅的独特之处亦正显现在这里。因为他对于"普崇万物"的强烈兴趣，本就是为了找寻那种朴野、强悍的生命力，找寻那种中国传统文化中本来缺失的个性自由精神，从总体上看，即是为他个性文化的建构找到一个中国文化发生学上的源头。这就揭示着，鲁迅的复古倾向带有强烈的功能、拟构色彩，它与其说是一种文化实证的产物，毋宁说是一种文化建构的策略性手段。正因如此，在鲁迅的个性文化建构中，他的"复古倾向"才并没有阻碍他对于传统文化的激烈批判。也正因如此，鲁迅才在清醒的文化焦虑中有意识地立足文化民族主义立场，进行了一次伟大的自我文化救赎。

诚然，正如人们早已认识到的，鲁迅式个性文化不仅内在地批判了伪民主，也批判了盛行于西方的技术理性主义。[①] 但这两者却是当时知识界正在极力鼓吹和倡导并即将成为一个时代主流的文化思潮。这说明，鲁迅从其个性文化建构伊始即扮演了一种边缘的角色。因此可以想象，如果鲁迅在后来的人生之路上定要汇入时代主潮中去充当一个豪气十足的弄潮儿，那么，他就必须放弃他的个性文化思想，至少在形式上。否则，他要么始终成不了时代主流中的弄潮儿，要么会呈现出一种尴尬生存的难言的苦痛。那么鲁迅，这个意欲通过个性文化的建构而去启蒙民众的近代中国的先知，他的灵魂最终将飘向何方？是仍然坚守以"立人"为主旨的个性文化思想，还是让时代主

---

① 参阅钱理群：《绝对不能让步》，《方法》1997 年第 10 期。

潮——狭隘意义上的民族政治话语——不断"修正"自己的个性文化理想？是彻底摆脱传统"鬼魂"的纠葛，还是让它继续在新的历史时空下得以创造性转化？……所有这些可能存在的问题，想必会时时敲击着鲁迅那颗敏感而忧郁的灵魂。但是，这依旧只是一种存在的可能性，因为，鲁迅1909年自东京返回故国之后，谁能料定他会走上怎样的路呢？！

第二章　实效至上·科学精神与理想人性

——鲁迅留日时期对于科学思想的认知

鲁迅少儿时期就表现了对自然之物的偏爱，他不但喜读中国古代有关自然之物如花草虫鱼等的图画书籍，而且根据周建人在《鲁迅与自然科学》中的回忆，他还动手栽培过花草，并依据观察所得纠正过古书上的偏颇与谬误。但是，他那时所读《花镜》之类的书籍并不是真正富有科学意味的，1898 年求学南京时才真正接触到了有关自然科学方面的知识。他在水师学堂及矿路学堂所学的课程有不少就是西化的课程，此时，他不但对于西方自然科学知识有所了解，而且就像在他的知识视野上打开了一扇天窗，让他由此窥见到了另外一个有别于中国传统文化的闪烁着理性精神与科学光芒的世界。留学日本之后，青年鲁迅陆续撰写和译述了《说鈤》《中国地质略论》《人之历史》《科学史教篇》等科技及科学人文思想史一类的文章，从日文转译有《北极探险记》《月界旅行》《地底旅行》等科幻小说，并与同学顾琅合编有《中国矿产志》一书。所有这些，不仅显示了鲁迅对于自然科学的浓厚兴趣，还较为集中地展示了鲁迅早期对于科学思想认知的不断变迁，并且在一定程度上昭示了他何以由关注自然科学走向人文学科（文艺、历史、哲学、宗教等）的逻辑必然性。因此，研读鲁迅留日时期撰写的一些著述，可以让我们更为深入地认识其何以要"弃医从文"的动机，更为深入地探讨他后来何以能成为一个思想家型文学家的根源所在。

一、实业救国与实效至上

19 世纪下半叶直至 20 世纪初，在天朝帝国轰然崩溃这一事实的强烈刺激下，中国掀起一股富国强兵的热潮，而"实业救国""科学救国"就是其中的重要思潮之一。"实业救国"论者譬如郑观应、张謇、汪康年等人，尽管在具体论述上各有千秋，但他们的思想中都有一个共通点，这就是：唯有兴盛实业才能改变中国积贫积弱的落后状况。换言之，振兴实业为救亡之先务。正如当时一位论者所言，"今日救亡之术，固当以振兴实业为唯一之先务"①。鲁迅早年受到了这种实业救国思潮的一定影响，这是由他所受的洋务学堂教育决定了的。鲁迅早年入南京水师学堂学习，显然是他在家道中衰后作出的一种无可奈何的谋生式选择，恐怕并不如他后来所说"走异路，逃异地，去寻求别样的人们"②那样的自觉与坚定。其实，无论是水师学堂还是矿路学堂，其目的都是为正在土崩瓦解着的清王朝培养实用型人才。当时鲁迅的思想也就不能不受到学堂规定的角色模式的影响。其实，鲁迅后来到仙台医专学医——一面救治穷苦的病人，一面也促进国人对于维新的信仰——的美梦，也是依附在行医这一职业的选择上。所有这些职业的选择其实都打上了实业救国思潮的印痕。

1903 年鲁迅发表的《中国地质略论》鲜明体现了他意欲倾心实业救国的思路。文章是从对于祖国的顿呼式赞颂开始的。他说："吾广漠美丽最可爱之中国兮！而实世界之天府，文明之鼻祖也。"又说："中国者，中国人之中国。可容外族之研究，不容外族之探捡；可容外族之赞叹，不容外族之觊觎者也。"以此表达了一种较为狭隘的

---

① 胜因:《实业救国悬谈》，载《辛亥革命前十年间时论选集》第 3 卷，张枬、王忍之编，生活·读书·新知三联书店 1977 年版，第 511 页。

② 鲁迅:《呐喊·自序》，载《鲁迅全集》第 1 卷，第 415 页。

民族主义爱国情怀。正是由于这种民族主义爱国情怀的限定，他才在文章末尾部分号召良知未泯的旧有官僚乡绅组织中国民众开采矿藏，发展工业，以使祖国尽快走上富强之路。作者最后表示了由衷感叹："吾将忧服箱受策之不暇，宁有如许闲情，喋喋以言地质哉。"① 这句话翻译成大白话就是：那么，我担心像马一样受人鞭打还来不及，哪里还有什么闲情逸致，啰啰嗦嗦地介绍中国的地质状貌呢。这说明，鲁迅撰述《中国地质略论》的本意并不只是让国人明白有关中国地质与矿藏分布的客观知识，而是以此引导国人生发爱国之心，积极投入"实业救国"这一近代较为进步的思潮中去。

鲁迅早年热衷于西方科幻小说的阅读与翻译，这一方面是受到梁启超或者日本近代小说功能观影响的缘故，另一方面也表达了鲁迅对于文学与科学关系的最初认识。1903 年，鲁迅在《月界旅行·辨言》中说："盖胪陈科学，常人厌之，阅不终篇，辄欲睡去，强人所难，势必然矣。惟假小说之能力，被优孟之衣冠，则虽析理谭玄，亦能浸淫脑筋，不生厌倦。……故掇取学理，去庄而谐，使读者触目会心，不劳思索，则必能于不知不觉间，获一斑之智识，破遗传之迷信，改良思想，补助文明，势力之伟，有如此者！"这说明，在小说与科学内容之间，鲁迅认为小说只是一种向民众宣传科学知识的较为便捷的手段，注重小说形式本身的译介并不是当时鲁迅的目的，他译介科幻小说的目的在于让人们增进自然科学常识，以此破除迷信，改良思想。又说，"导中国人群以进行，必自科学小说始"② 。与其说鲁迅是在倡导小说这种文学体裁的审美作用，毋宁说是在倡导小说特殊的宣传作用（所谓寓教于乐）更为恰当。这与梁启超宣扬的"欲新民，必自新小说始"③ 的启蒙小说观念如出一辙。在我看来，这同

---

① 鲁迅：《中国地质略论》，载《鲁迅全集》第 8 卷，第 3、4、17 页。
② 鲁迅：《月界旅行·弁言》，载《鲁迅全集》第 10 卷，第 152 页。
③ 梁启超：《论小说与群治之关系》，载夏晓虹编：《梁启超文选》下集，中国广播电视出版社 1992 年版，第 8 页。

《中国地质略论》等文字一样，反映了鲁迅此时浓厚的实效至上的功利观念。

鲁迅当时认为，自然科学以及科学技术的发展，不仅能够极大地推动祖国走向富强之路，而且能够极大地改变人们的思维结构，改变人们对于宇宙人生的蒙昧性认识。鲁迅在《说鈤》中指出，科学家"自 X 线之研究，而得鈤线；由鈤线之研究，而生电子说。由是而关于物质之观念，倏一震动，生大变象"。进而指出，科学界的每一重大发现——譬如居里夫人的发现镭——足以"辉新世纪之曙光，破旧学者之迷梦"。[①] 因此，鲁迅于其译述《科学史教篇》，在分析 19 世纪自然科学与哲学的突破性进展给西方社会带来的巨大变化时指出，科学发展之"洪波浩然，精神亦以振，国民风气，因而一新"。[②]"由是而思想界大革命之风潮，得日益磅薄"，[③] 乃是自然而然的事情。这就是说，自然科学研究的不断推进，可以改变人们旧有的思想观念，并进而促进人类的思想革命，促使人类认识世界的范式得到不断更新与演进。

正是因为科学的发展具有如此之大的魔力，它仿佛成了推动社会由贫穷走向富强、由封闭走向开放的巨大杠杆，所以鲁迅是多么热切地希望国人能够尽可能地吸收西方科学界的研究成果，并在此之上，希望中国有志之士能够致力于科技发明、献身于科学研究。那么，人们可能会问：在鲁迅看来，科学者必须具备哪些基本素养呢？

---

① 鲁迅：《说鈤》，载《鲁迅全集》第 7 卷，第 25、20 页。

② 鲁迅：《科学史教篇》，载《鲁迅全集》第 1 卷，第 32 页。《科学史教篇》显系译述之作（参阅宋声泉：《〈科学史教篇〉蓝本考略》，《中国现代文学研究丛刊》2019 年第 1 期），其实，它仍然能够反映鲁迅当时所认同和思考之处，记录了鲁迅当时阅读和思考科学与人文的踪迹，故是鲁迅思想形成过程中的一种具有时代特征的话语表达。本书引用该文和鲁迅其他译述性质文章，均主要在这意义上使用。以往对青年鲁迅这方面的认知，对其创造性自觉不自觉中都有所不适当拔高，值得清理和反思。

③ 鲁迅：《说鈤》，载《鲁迅全集》第 7 卷，第 20 页。

二、对于科学精神的推重

我认为，鲁迅在早期文言论文和译述文中，直接间接地推重以下几个方面的基本素养。

第一，必须具有坚定的理性主义信仰，有敢破敢立的大无畏精神。

科学发展的历史表明，科学上每一重大突破性进展都始于科学家对于前人乃至今人学说的大胆怀疑与否定。没有怀疑，就不会有哥白尼"日心说"取代源远流长的"地心说"这一事件的发生，也不会有爱因斯坦相对论宇宙观对于牛顿力学宇宙观的革命性变革。正因为如此，鲁迅才在《说鈤》一文中深表感叹：人们对于过去的习见往往听之任之，视而不见，缺乏怀疑精神，"怀疑之徒，竟不可得"！① 在怀疑之士很难觅得的情境下，鲁迅在译述《科学史教篇》中对于怀疑论者笛卡尔表示衷心赞许也就是情理中事。文中说，笛卡尔"以数学名，近世哲学之基，亦赖以立。尝屹然扇尊疑之大潮，信真理之有在，于是专心一致，求基础于意识，觅方术于数理"②。一般而言，怀疑精神是整个欧洲认识史上的一种渊远流长的理性传统。在近代怀疑主义者笛卡尔看来，只有信仰上帝以及信守"我思故我在"这一个人自身的实在原则，人们才有可能建立自己崭新的知识体系。一方面，笛卡尔认为，唯有上帝的观念是神圣而完善的一个先验存在，除此之外，没有任何一种观念是确实的。另一方面，他又认为，有一件事是确实的，那就是我怀疑或思维。因为怀疑意味着思维，而思维意味着存在，所以"我思故我在"。因此，笛卡尔一方面具有浓厚的怀疑主义思想；但另一方面又相信理性能够把握确实的知识，并且认为，唯

---

① 鲁迅：《说鈤》，载《鲁迅全集》第 7 卷，第 20 页。
② 鲁迅：《科学史教篇》，载《鲁迅全集》第 1 卷，第 31 页。

为理性思维才能够认识外在世界的真实本性。显然，鲁迅经由这篇译述对于笛卡尔的"语境"①关注，涉及欧洲思想渊源中的一个重要问题，这就是理性主义的信仰问题。所谓信仰，这是对于超验对象而言的，它是指一种不经确证即确信为真的认知方式和态度。"两希"（指希腊与希伯来）文化中的古希腊文化提供的信仰方式正是理性主义。它确信世界能够为人类理性所把握，它指向人本身，是人的一种自信。其实，鲁迅在《人之历史》中就开始论及这个问题。鲁迅写道，"进化之说，黏灼于希腊智者德黎（Thales，泰勒斯——引者）至达尔文（Ch.Darwin）而大定"。泰勒斯是古希腊爱奥尼亚自然哲学学派的主要创始人，是古希腊的第一个哲学家。他深信世界存在着一种本源，并且同其他自然哲学家一样，深信人的理性认识能力能够将这一本源找寻出来。因为他受到只有潮湿的种子才会萌芽的启迪，所以他大胆地提出了"水本源说"，认为万物是源于水的。应当说，这是对生命起源所作出的一种了不起的推测，因为它将生命的起源归结为自然原因，而非外在的超自然原因。所以，我认为，当鲁迅认同"进化之说，黏灼于希腊智者"泰勒斯时，他其实就是潜在地表达了这样一个肯定性判断：生物进化论的发展观念基础，起源于古希腊的理性主义信仰中。其实，正是因为达尔文有着一种强烈的非基督教的理性主义信仰，所以才能在继承拉马克等生物学家的研究成果上，力破基督教传统文化中的上帝创世与造人之说，最终在切实广博的实证材料之上，创建了真正科学的生物进化论学说。这正如鲁迅于文中所言，"进化论之成，自破神造说始"②。有学者认为，进化论的历史意义也在此昭然若揭："它把上帝创世说还原为神话，瓦解了神学的信仰基

---

① 在此借指鲁迅早期思想的构成本来就是置于一个巨大的中外文化场中进行的。质言之，鲁迅早期思想的建构并不是孤立存在，而是有着更大语义关联网络的。因而对其思想研究，也就必须考虑到一定的"语境"——语义关联网络的文化性和逻辑化生成。

② 鲁迅：《人之历史》，载《鲁迅全集》第1卷，第8、13页。

础；同时，又把包括人类在内的生物物种的生成和发展，还原为自然过程，奠定了理性主义自然史观的科学基础。"换句话说，"它以科学理论的形式，确证了理性主义的合理性，并挫败了神学目的论和决定论"①。这确乎是一个精当之论。因此，鲁迅在译述性质的文字中对于生物进化论构成的细致考察，从一个侧面深入地论证了理性主义信仰对于科学研究的重要性。只有凭借理性主义，人类才能"毅然起叩古人所未知，研索天然，不肯止于肤廓"，人类才能认识"自然之大法"。②因此，人类的任何一项发明，科学研究上的重大进展，都是经了理性之光的烛照才闪射出诱人的品性的。有了这种强烈的理性精神，人类才能穿过无知的黑暗隧道，并且把科学研究不断推向前进，人们也才不会一再陷入"泥古"或"好古"的泥坑之中。

至此，我们就会理解鲁迅在文中考察当年欧洲科学技术发达及其给全世界所带来的辉煌成就时，为何会说"观其所发之强，斯足测所蕴之厚，知科学盛大，决不缘于一朝。索其真源，盖远在夫希腊"③的话。究其实质，这科学发展的"真源"之一就是指理性主义的信仰以及与此相伴而来的敢破敢立的大无畏精神。正是如此，鲁迅才极为认同古希腊罗马科学发达的事实，认同古希腊罗马的科学家在解剖学、气象学、流体力学、几何学、机械学等诸多领域筚路蓝缕之功不可没。他们之所以能够取得巨大成就，鲁迅认为主要归根于以下两个原因：一是"运其思想，至于精微"；二是"毅然起叩古人所未知，研索天然，不肯止于肤廓"的勇于探索的精神。这也就是我在上面反复论说的理性主义信仰以及与此相伴相生的敢破敢立的大无畏精神。

第二，鲁迅认为从事科学研究必须注意运用实证性与逻辑性相统一的科学研究方法。

早在南京求学时期，由于受到维新思潮的影响，鲁迅就深受严复

---

① 徐麟：《鲁迅中期思想研究》，湖南师范大学出版社1997年版，第8页。
② 鲁迅：《科学史教篇》，载《鲁迅全集》第1卷，第26、32页。
③ 鲁迅：《科学史教篇》，载《鲁迅全集》第1卷，第25页。

译述赫胥黎《天演论》之影响，负笈东瀛并阅读日本学者有关进化论著作（如丘浅治郎的《进化论讲话》）之后，鲁迅根据所学新知于进化论有了较为准确的理解，并且对于严氏"天演论"进化观有了创造性修正，开始接近赫胥黎自然伦理进化观之本意。从某种意义上说，鲁迅早期思想渐趋成熟与独特性的标志就系于此。

1907 年译述《人之历史》最为恰当地表达了鲁迅对于生物进化发展观的准确理解。《人之历史》在对于生物进化发展观不断演进的历史性考察中，清晰而深刻地体现了如下一个观念：达尔文生物进化论的提出具有很大的说服力，之所以如此，一是根源于坚定的非基督教的理性主义信仰，二是根源于它是建构在广博的不断迁延变化的生物进化材料之上的。显然，鲁迅于此通过对于生物进化理论的历史考察，实则表达了一种注重质料论证的实证主义观念。

实证主义作为西方众多哲学思潮中的一种，直到 19 世纪中叶才逐渐兴起。但从哲学的逻辑演进看，其理论先导可追溯到近代西方的经验主义，而其更为深广的历史基因则潜在于近代科学的兴起。众所周知，近代科学的诞生导源于实验科学的兴起。而实验科学兴起的前提便是对实验观念的确立。在这一确立过程中，英国科学家培根做出了最为重要的贡献，诚如鲁迅译述文中所说，"平议其业，决不可云不伟"。[①] 培根的科学方法观本质上是实验的、定性的和归纳的方法观。正如著名科学史家丹皮尔所指出，培根的科学哲学观念远远超越中世纪欧洲哲学家的地方就在于"他清晰了解只有实验方法才能给科学以确实性"[②]。科学认识本来就是以客观事物自身为尺度去度量世界，为科学所要求的客观性与求实性正是其内在的品性之一。而实验方法的本质之一正是在于增强科学观念的事实基础。鲁迅尽管在此于

---

① 鲁迅：《科学史教篇》，载《鲁迅全集》第 1 卷，第 31 页。

② ［英］ W . C . 丹皮尔：《科学史及其与哲学和宗教的关系》，李珩译，商务印书馆 1975 年版，第 36 页。

培根有所误读，① 但正是这种"误读"反而从一个方面加深了鲁迅对于培根所说研究方法的理解："氏（指培根——引者）所述理董自然见象者凡二法：初由经验而入公论，次更由公论而入新经验。"② 这倒是在鲁迅对于《新工具》的误读之外，在广阔的学理上准确地反映了培根研究范式的精髓，至少在一定意义上肯定了培根由归纳法所得出的科学结论是建立在观察与实验所得的"经验"事实基础之上的。其实，《人之历史》中暗含的另一个论断就是：没有这种注重质料依据的科学观念的产生，就不可能产生进化论这样的学说。因为进化论的真正建构正是基于对大量实证材料的客观而准确的理解之上，质言之，它是"建立在证据的基础上"③ 的。

在实证主义者那里，归纳与实测（观察和实验）总是紧紧结合在一起的。培根作为近代归纳主义之父，正是这种研究方法的倡导者与实验者。这说明，西方近代科学成就的背后就蕴藏着逻辑科学，"如贝根（培根——引者）言，是学为一切法之法，一切学之学"④。而在逻辑法中，培根显然倾心于归纳法，正如鲁迅所指出，其所主张"为循序内籀（归纳——引者）之术"。鲁迅对于培根力主归纳的做法，给予了较为符合历史—逻辑的两重评价。一方面，鲁迅认为培根把归纳法推至极端是时势之所使然。因为在他生存的那个世纪——17 世纪——学风偏重琐碎而古怪，得到一两件细小微末的证据，往往就把它们看成重大规律的起因。为了矫正这种世风，培根才一味倚重于归纳方法。正如鲁迅所言："培庚思矫其俗，势自不得不斥前古悬拟夸大之风，而一偏于内籀，则其不崇外籀（演绎——引者）之事，固非得已矣。"既然如此，鲁迅认为把它"视为匡世之术可耳，无足深难

---

① 鲁迅在《科学史教篇》中云，培根《新工具》一书的主张为"循内籀之术，而不更云征验（实验——引者）"。

② 鲁迅：《科学史教篇》，载《鲁迅全集》第 1 卷，第 31 页。

③ ［英］罗素：《西方哲学史》下卷，马元德译，商务印书馆 1970 年版，第 46 页。

④ 严复：《〈穆勒名学〉按语》，载王栻主编《严复集》第 4 册，中华书局 1986 年版，第 1028 页。

也。"但是另一方面，鲁迅在译述文中从科学发展之史实出发，认为"悬拟"（假设）对于开拓科学研究的新领域，取得新的研究成果，大有裨益："今日之有大功于科学，致诸盛大之域者，实多悬拟为之。"①既然如此，所以很多学者对于培根的归纳方法能否"进而窥宇宙之法"表示诘难就是自然而然的。就现代科学的演进来看，假设方法已经越来越显现出它无与伦比的积极价值。譬如，影响深远的量子力学的确立，爱因斯坦相对论的提出都在很大程度上根源于大胆的假设。说得夸张一点，没有天才般的假设，就没有现代科学的长足发展。这样，鲁迅在逻辑方法上再进而迁移到对法国哲学家笛卡尔的关注就似乎成了一种必然。

如果说培根是英国近代经验主义的伟大开启者，那么笛卡尔就是大陆理性主义的杰出奠基人。他认为通过理性思维可以认识上帝，而且坚信用这种方式获知的上帝的真理远比眼睛感觉到的东西更加切实可靠。他极为满意地认为他那本质上属于演绎的哲学体系使他完全有把握肯定物质元素的存在。②显然，鲁迅认同笛卡尔是演绎法的集大成者：演绎法是笛卡尔思维方法的根本，他的哲学体系就是依赖于这种逻辑方法构建的。"我思故我在"其实就表达了这种坚定的因果演绎逻辑。在鲁迅看来，笛卡尔一味偏重演绎虽然可以"救正""过重经验者"的偏颇，但它本身恰如一意偏重归纳法一样也是一种偏颇。因此，只有把归纳与演绎两种方法结合起来，根据研究对象之需要合理予以应用，才能发现真理。这就是"内籀"与"外籀""二术俱用，真理始昭，而科学之有今日，亦实以有会二术而为之者故"③的意思。应当说，鲁迅的这种见解很有价值。恩格斯也曾肯定过这种方法。他说："归纳和演绎，正如综合和分析一样，必然是相互关联的。不应

① 鲁迅：《科学史教篇》，载《鲁迅全集》第1卷，第31页。
② 参阅［美］埃伦·G.杜布斯：《文艺复兴时期的人与自然》，陆建华、刘源译，浙江人民出版社1988年版，第140—141页。
③ 鲁迅：《科学史教篇》，载《鲁迅全集》第1卷，第32页。

当牺牲一个而把另一个片面地捧到天上去，应当设法把每一个都用到该用的地方，但是只有认清它们是相互关联、相辅相成的，才能做到这一点。"①

鲁迅对于逻辑学的极大关注始于1903年，时隔不久，严复译《穆勒名学》的出版给他留下了深刻印象。②《穆勒名学》出版于1905年，是严复翻译的第一部逻辑学著作，虽只翻译了"名学"前半部，但其对于改变20世纪中国第一代知识分子的思维结构与认知方式无疑起到了重大作用。中国哲学对于世界存在方式的表达，重视直觉、体悟，往往缺少逻辑性与实证性，显得过于笼统与玄秘。严复认为这种状况不能给人以明晰精确的认识，严重地阻碍了中国哲学与科学的发展。正因为如此，他才十分注重引进西方逻辑学。鲁迅对此显然表示赞同。但是，严复从实证主义原则出发，更加钟情于归纳法的运用，认为"格致真术，存乎内籀"。③而鲁迅则主张根据研究对象的实际需要合理地使用"内籀"（归纳）与"外籀"（演绎）两种逻辑方法，这不能不说是青年鲁迅的过人之处。两相比较，我们认为，青年鲁迅在中国近代逻辑思想史上已经显示了矫正严复式偏颇的努力。

第三，只有具备"为求知而求知，为真理而真理"的殉道精神，才能促进科学的真正发展。

鲁迅在《科学史教篇》中较为辩证地论述了基础科学研究与应用技术及其所创造的"实利"（或"实益"）的关系。一方面，鲁迅认为基础科学研究为因，而应用技术只是其果，故而不能"倒果为因"。如果把鲁迅的这种论述放到近代救亡思潮的宏大背景上加以考察，我

---

① ［德］恩格斯：《自然辩证法》，《马克思恩格斯文集》第9卷，人民出版社2009年版，第492页。

② 1903年7月，鲁迅在日本写信给二弟周作人，向他郑重推荐过约翰·穆勒的《名学部甲》（《逻辑学体系》），亦即后来严复着意要全部译完但终归只译了前半部的《穆勒名学》。另请参阅《关于翻译的通信》，载《鲁迅全集》第4卷，第380页以下。

③ 严复译：《名学浅说》，商务印书馆1981年版，第66页。

们就会立即认识到，这是针对洋务派功利性极强的富国强兵之说而发的。在近代中国，鲁迅认为，洋务派"兴业振兵之说，日腾于口者，外状固若成然觉矣，按其实则仅眩于当前之物，而未得其真谛。夫欧人之来，最眩人者，固莫前举二事若，然此亦非本柢而特葩叶耳"。显然，鲁迅在此把"兴业振兵"和基础科学研究的关系比喻为"葩叶"和"本柢"的关系。令他焦虑的是，如果国人只注重"葩叶"而忽视"本柢"，那么，整个国家在根本上是很难走上富强之路并立足于世界之林的，因为，"有源者日长，逐末者仍立拨（立刻覆灭——引者）耳"。其实，这是为中国在中日甲午战争中惨败这一沉痛的事实所证明了的。另一方面，鲁迅坚持认为那种"惟科学足以生实业，而实业更无利于科学"的观点是十分片面的。因为，随着社会的发展，分工越趋精细，"实业之蒙益于科学者固多，而科学得实业之助者亦非鲜"。所以，鲁迅提倡既要发展科学研究，又要注重技术应用，"相互为援，于以两进"。我们认为，从鲁迅早期思想发展本身来看，鲁迅上述对于基础科学与应用技术关系的深入认识，不仅是对近代中国"兴业振兵"思潮的批评，也是对他早年"实业救国"思路的一种深刻反省。

鲁迅在论及19世纪基础科学理论被应用于社会实际，产生了巨大生产力，创造了令上瞩目的"实利"（或"实益"）时指出，"而社会之耳目，乃独震惊有此点（指应用技术——引者），日颂当前之结果（指实利——引者），于学者独恝然而置之。倒果为因，莫甚于此"。其实，鲁迅在此不仅提出了基础科学与应用技术的因果关系问题，而且也提出了"学者"（科学家）求知取真的态度问题。换言之，鲁迅认为在科学家那里有比"实利"性追求远为恒常的追求在。那么，这是一种怎样的恒定精神呢？

鲁迅指出，社会"实益"的产生与兴盛，乃是基础科学研究自然而然的结果，并不是科学家刻意相求的产物。这就是鲁迅所言"酝酿既久，实益乃昭"的意思。譬如，18世纪中叶，欧洲各国尽管涌现出了大量科学家，并在化学、生物学、地质学等自然科学研究领域取得了重大成就，但它们是否在当时给社会带来了很大的实际利益，鲁迅认为这是难以回答的。但是，鲁迅相信，经过较长时间的准备，只要科学研究"流益曼衍，无有断绝"，只要"气运"（时代条件）具足，自会"实益骈生"，改善人们的生活。因此，鲁迅指出，18世纪中叶那股科学进步思潮，在当时虽还难以看到有什么"实益"产生，但是到了18世纪末，"其效忽大著，举工业之械具资材，植物之滋殖繁养，动物之畜牧改良，无不蒙科学之泽，所谓十九世纪之物质文明，亦即胚胎于是时矣"。对于科学家孜孜以求基础科学研究的情形，鲁迅进而反问道："试察所仪，岂在实利哉？"显然，鲁迅在此意欲强调的是，真正的科学家并不盲目追求所谓社会"实利"，而是"以知真理为惟之仪的"，"举其身心时力，日探自然之大法而已"。质言之，鲁迅其实就是在推崇一种"为求知而求知，为科学而科学"的殉道精神。这种殉道精神在绝对意义上毫无外在的功利性企图，有此精神素养，才能促进科学的真正发展。鲁迅推崇这种"为求知而求知"的研究精神，也是与他对于纯粹"科学"的认识相一致的。鲁迅说，"科学者，以其知识，历探自然见象之深微"[1]，换言之，人们以一定方法探究到的自然本性方面的系统知识的总和，就是科学。

在我看来，鲁迅于此实则已经触及中西科学观念的根本性差异。在西方，古希腊先哲们就曾开创了一条以求知取真为目的科学研究传统。鲁迅在《人之历史》《科学史教篇》中一再提到的希腊先哲泰勒斯，不仅是西方第一位哲学家，也是西方几何学研究的鼻祖。陈康认为："他从以功利为目的的埃及人手中将量地的零碎法则改变成一种纯粹以求真理为目的的几何学，因此建设了西洋科学的非实利精神（disinterestedness），奠定了数理科学——因此一切科学——的基

---

[1]　鲁迅：《科学史教篇》，载《鲁迅全集》第1卷，第25—33页。

础。"① 后来，柏拉图认为科学与哲学都是知识，它们产生于人类的爱智心理，而爱智心理产生于惊愕。亚里士多德认为，惊愕的人认为自己无知，所以他们开始不遗余力探讨宇宙人生，以使自己摆脱愚昧。古希腊人的这种观念后来形成了一条科学（学术）研究传统，深深地影响了西方科学以及一切学术性活动的开展。而在中国，严格说来，并没有产生真正意义上的科学，因而也就没有这种"为求知而求知"的科学研究精神。这是由中西两种不同文化体系的差异所造成的。在中国古代，人们着力探寻的是人自身的修养而不是人之外的客观世界。诸子学说尤其是儒家学说之所以被后人奉为圣说，乃是因为它所倡导的"内圣外王"等价值观念为统治者易于奴役人民提供了一种神圣不可侵犯的伦理道德框架。因而，在儒家学说设定的伦理主义历史本体一元论的绝对支配下，一切对于科学探究活动的些许萌芽都会消融在修身养性的生存过程中，而所谓的技术发明——譬如为中国人津津乐道的古代四大发明——也就最终只会成为"器"，成为"艺"，最终只会沦为以君权为价值旨归的政治—伦理道德一元论的附庸。因此，在中国这块极为注重等级伦理生存秩序的土地上，怎么会有纯粹的科学之花盛开呢？梁启超曾在 1922 年指出，"多数人以为：科学无论如何高深，总不过属于艺和器那部分"。又说，"那些绝对的鄙厌科学的人且不必责备，就是相对的尊重科学的人，还是十个有九个不了解科学性质"。② 那么，到底什么是科学呢？他认为，科学是为学问而学问，为真理而真理。③ 两相对照可知，鲁迅早已先梁氏多年有了类似的认识，虽然他的论述不及梁氏如此彰显，但在逻辑生成这一层面上仍然让人不由不表示叹服。

---

① 　汪子嵩、王太庆编：《陈康：论希腊哲学》，商务印书馆 1990 年版，第 437 页。

② 　梁启超：《科学精神与东西文化》，载夏晓虹编：《梁启超文选》下集，中国广播电视出版社 1992 年版，第 399—400 页。

③ 　参阅梁启超《学问之趣味》《科学精神与东西文化》诸文。

三、"致人性于全"：科学精神与人文精神的同一

鲁迅上述对于欧洲科学史的正本清源的考察，一方面体现了鲁迅的执著而务实的求知态度，另一方面表现了鲁迅对于近代中国救国思潮的强烈批评兴趣。从这一点上说，鲁迅是想在对近代救国思潮及欧洲科学本源精神的清理上，有意识地建构一种不同于以往的救亡——启蒙学说。鲁迅留学日本之后，一直在思索有关理想人性的问题。理想人性在他早期的个性文化架构中，不仅仅是一种形而上的价值悬设，而且在很大程度上成为青年鲁迅进行个性文化启蒙的重大内驱力之一。因而，即使在谈似乎较为纯粹的科学问题，鲁迅也为之着上了理想人性的神采，并由此终于把科学与人性的全面发展联系起来，把科学与人类良知结合起来。

鲁迅在论及中世纪科学研究衰微的原因时曾引用 19 世纪英国科学家华惠尔的话说，有四个因素导致了学术的衰颓："一曰思不坚，二曰卑琐，三曰不假之性，四曰热中之性（热情而固执——引者）"。华惠尔的言论见于他所著的《归纳科学的历史》一书，现在一般把它们翻译为：一是概念不明确，二是经院学派的烦琐哲学，三是神秘主义，四是只凭热情而不借重理性的主观武断。两相参照，可知鲁迅当时的理解还是大致不差的，只不过他的表述更为简约而已。鲁迅进而指出，19 世纪英国物理学家丁铎尔对于华惠尔所列的第四个原因有不同意见。丁铎尔认为，对于脑力（理智力）很强的人，固执而热情不但不会妨碍科学发展，反而有助于科学研究，"故人有谓知识的事业，当与道德力分者，此其说为不真"。显然，这里所谓"道德力"并不是指一般所谓伦理道德，而是特指科学家所必须具备的热情固执的执著精神。这种执著精神对于研究主体来说，无疑是人的文化心理的重要构成部分，也就是人文精神内含着的一种品性。接着，鲁迅又从 19 世纪众多科学家——如兰克、赫胥黎、菲涅耳、华莱士、本

生——的成功经验中，明确指出，"盖科学发见，常受超科学之力"的推动，"故科学者，必常恬淡，常逊让，有理想，有圣觉，一切无有，而能贻业绩于后世者，未之有闻"。这就是说，在一定程度上，科学家从事科学研究必须有着非科学的人文精神的内在心理支撑，舍此，则不能有巨大成功。鲁迅进而指出，这种合乎人之本性的人文精神正是"近世实益增进之母耳"。因此，鲁迅认为，"惟若眩至显之实利，摹至肤之方术，则准史实所垂，当反本心而获恶果，可决论而已"。联系鲁迅对于近代洋务维新思潮的批评性审视可知，他在此实则强调了近代人文精神在中国异常缺乏的现状。

　　1789年爆发的法国大革命是一场体现了历史必然要求的正义之战，不论现在人们对法国大革命会做出什么样的评论，在当时以及后世的许多历史学家看来，它确乎是一场正义之战。青年鲁迅也是如此看待的。他在论述法国人民之所以能够战胜法奥等联军的猖狂反扑时，特别引用丁铎尔的话说，"特以科学之长，胜他国耳。"为什么可以如此述说呢？因为在人们眼里，当法国革命军队处于"武库空虚，战士多死"的险境时，促使国民精神振作并最终击败反动军队进攻的正是科学。鲁迅借丁铎尔之口指出，"其时学者，无不尽其心力，竭其智能，见兵士不足，则补以发明，武具不足，则补以发明，当防守之际，即知有科学者在，而后之战胜必矣。"继而，鲁迅引用法国物理学家阿罗戈所著书中的一个例子，叙述了该国数学家蒙日运用科学知识研制火药以解燃眉之急的感人事迹，从一个侧面论证了科学家在法国大革命中所起的重大作用。那么，是什么促使科学家自觉释放如此巨大的威力并且使得后人对之加以欣然赞许呢？在鲁迅看来，这是由于同情并支持法国大革命的科学家"爱国出于至诚"，所以才产生了如此巨大的作用。正因如此，鲁迅才引用丁铎尔的话说，法国大革命时期，"实生二物，曰：科学与爱国"，"大业之成，此其枢纽"。①

---

①　鲁迅：《科学史教篇》，载《鲁迅全集》第1卷，第29—35页。

如果没有一种强烈的爱国之心，那么科学家就不会如此自觉地把自己的智慧奉献给祖国的解放。从这也可看出，鲁迅对于民族的独立仍是十分向往与肯定的。但是，科学终究是一种客观的存在，它既可伸张正义，也可论为嗜杀者残虐人们的工具。鲁迅后来在《答国际文学社问》时指出："我在中国，看不见资本主义各国之所谓'文化'；我单知道他们和他们的奴才们，在中国正在用力学和化学的方法，还有电气机械，以拷问革命者，并且用飞机和炸弹以屠杀革命群众。"① 这说明，科学对于人类的得害与否，完全取决于人的精神素养及其价值取向。因此，鲁迅对于科学家在法国大革命时期的突出表现所作的由衷赞美，应该说缘自一种对于正义与良知的捍卫。唯有在这个意义上，他才认为科学不仅是可信的，而且是可爱的。"故科学者，神圣之光，照世界者也，可以遏末流而生感动。时泰，则为人性之光；时危，则由其灵感，生整理者（治理国家者——引者）如加尔诺，生强者强于拿坡仑（拿破仑——引者）之战将云。"

　　这里，鲁迅在肯定"科学"为"人性之光"时，显然内在地引发出了一个比"科学"更大更广且远为基本的范畴——人性。鲁迅从他的理想人性观念出发，提出了"致人性于全"的主张。这是鲁迅早期思想最为富有独创性的观念之一。那么，怎样才能"致人性于全"？他认为："盖无间教宗学术美艺文章，均人间曼衍之要旨，定其孰要，今兹未能。"② 这就是说，自然科学与人文学科都闪烁着人性的光辉，对于人性的全面发展都有着同样的重要性。但在人文学科中，鲁迅尤其强调了文艺的重要性。因为文艺在他看来，能够培养人们的审美感情以及敏捷锐利的思想。显然，在这点上，他自然而然地抨击了洋务派中那种唯实业是崇而轻视文艺的风气，也批评了留日学生"很有学法政理化以至警察工业的，但没有人治文学和美术"③ 的潮流。所以，

① 鲁迅：《答国际文学社问》，载《鲁迅全集》第6卷，第19页。
② 鲁迅：《科学史教篇》，载《鲁迅全集》第1卷，第29—35页。
③ 鲁迅：《呐喊·自序》，载《鲁迅全集》第1卷，第417页。

鲁迅在强调对于科学本根的探究时，指出："顾犹有不可忽者，为当防社会入于偏，日趋而之一极，精神渐失，则破灭亦随之。盖使举世惟知识之崇，人生必大归于枯寂，如是既久，则美上之感情漓，明敏之思想失，所谓科学，亦同趣于无有矣。"① 从这种观念出发，鲁迅极力展示了美妙而合理的愿望：人类不仅要有牛顿一样杰出的科学家，也须有莎士比亚一样伟大的文艺家。正是在这个意义上，鲁迅在《文化偏至论》《破恶声论》等文中才又异常激烈地批评了浅薄的科学主义者，而认为宇宙人生之"事理神閟变化，决不为理科入门一册之所范围"②。这样，鲁迅经由对于理想人性的神往，而把此时对于科学似乎纯粹的关注转到对于科学—人性的关注上，再由科学—人性的关注过渡到对于文艺—人性的聚焦上来。这种富有逻辑性的转换轨迹恰好在一个重要层面上昭示了鲁迅思维焦点的转移，并且为他 1906 年前后"弃医从文"这一伟大事件的发生找到了一种坚实确切的理性说明和内在依据。正是自此之后，他才坚定他的文艺启蒙之路："我们的第一要著，是在改变他们的精神，而善于改变精神的是，我那时以为当然要推文艺，于是想提倡文艺运动了。"③

综上所述，20 世纪初期鲁迅对于科学思想的认识经历了一个不断变迁的过程。他所涉及的科学思想观念非常广泛，既有对于科学功能层面的分析，又有对于科学精神、科学认知方式等层面的探讨。显而易见，他在对于科学思想的考察中始终自觉地把它与以下方面关联起来：首先总是把它与中国传统文化联系起来，其次总是把它与近代救国思潮联系起来。前者是较为隐蔽的潜在性关联，后者是较为直露的外在性呈现。这说明，在对鲁迅进行个案研究时，必须把他当时构筑的文本及其意欲阐释的思想文化观念置入一定的文化语境中加以历史—逻辑分析，并且在研究者的整合视域中力图清晰地体现这一在中

---

① 鲁迅：《科学史教篇》，载《鲁迅全集》第 1 卷，第 35 页。
② 鲁迅：《破恶声论》，载《鲁迅全集》第 8 卷，第 28 页。
③ 鲁迅：《呐喊·自序》，载《鲁迅全集》第 1 卷，第 417 页。

西文化碰撞交融中形成的较为复杂混沌的语义场。再次，鲁迅早期对于科学思想的认识体现了一个不断自我深化的过程，其演变轨迹可以约略概括为：以实业救国为核心的实效至上观念—科学精神—理想人性。并且最终由对人性发展的终极关怀，在"致人性于全"这一层面上，把自然科学与人文学科同一起来，把科学精神与人文精神同一起来。鲁迅对于文艺启蒙道路的选择也自此凸显出来。

第三章 文化自觉与"国民性"批判

一、鲁迅：文化自觉的先驱

鲁迅所处时代是一个大变局时代，也是一个方生方死离合未定的时代。作为一个浸染着传统也沐浴了西风的读书人，鲁迅在晚清民初应该说是经历了一个文化感受上的嬗变期，既有感伤、悲愤，也有亢奋和激进，而到了五四新文化前夕，他更是到了一个甘于沉埋入古碑和拓片之间的境地。其间的寂寞和无聊，在我看来，乃是与一种文化上的悲凉感联系在一起。此种体验其实在鲁迅早年《文化偏至论》等文言论文中，均具有突出体现。

鲁迅在其留学时期开创的文化启蒙之路，其实就是从这个悲凉的文化感开始的，他在当时中国文化的九曲低洄中感受到了无边落木萧萧下的苦楚，但也看到了不尽长江滚滚来的文化生命和内在活力。他的文化自觉的最初形成，本是带有几许落寞的心境，也是具有几分特异的现代意识的，在总体性的混沌感中是含蕴了不少悟道的智慧的。

鲁迅的文化观经历了一个过程，这是毋庸置疑的，但是，其间有一以贯之之处，这就是在文化的民族性和世界性之间，鲁迅均着眼于二者的调适和兼容，以及在此之上的创造性发展。鲁迅早先倡导"取今复古，别立新宗"（《文化偏至论》），后来高举"拿来主义"（《拿来主义》），并且向往于一种"自由趋使，绝不介怀"（《看镜有感》）

的汉唐气魄，这些均无一处是引导人们去割裂中国文化的，反而是促使人发挥文化创造的主体性和自信力，中西兼顾，相生相合，而去创造一种属于新的时代和世纪的中国文化。鲁迅在文学和文化创造的根基处始终着眼于一种始源性东西的探寻，他早年所谓的"复古"因而不仅仅具有历史性内涵，更是具有形上的方法论意味，其间是寄寓了一种文化生命的民族向度和人文情怀的。所以，鲁迅的文化观始终具有一种生命的热度和民族情怀，与其说他是从文化民族主义走向世界主义，毋宁说他是用新的世界视野和人类情怀重构了他内心深处的文化民族主义，而其旨归当然是让中国人站起来融入世界潮流中去，让一盘散沙似的中国发展成一个真正的"人国"，而不至于从"世界人"中所挤出。所以，鲁迅思想的底里仍旧是属于民族的，既有些孔孟老庄的意味，也多有韩非和嵇康的愤激，汉唐气魄和魏晋风度在他文学和文化的创造上不仅仅是一种口号，更是一种气质，流淌在其血脉中，形构在他的话语实践中。因此，作为一个现代中国的思想先驱，鲁迅的文学和文化之路是中国文化自我拯救和复兴之路延续和发展的一部分，而非割裂和阻断。

文化的自觉是跟知识分子所具有的人文批判意识联系在一起的。生命的热度只有经过医生职业性眼光的审视，才能转化为一种真正让人安心的健康体征。鲁迅在《狂人日记》中揭示了鲜血淋漓的某种属于东方的沉沦，而"救救孩子"的呼声至今仍回荡在历史和现实之中；又塑造了愁苦可怜但又于无意识中具有某种超越性精神内涵的阿Q，意在揭示某种国民性的病根；即使在《野草》一类充满诗意和人生哲理的创作中，自称所采撷的也不过是地狱边缘的几朵白色小花，令人无法产生美的遐想。如此等等，鲁迅其实在对于"铁屋子"体验的多维度展示中，也把自己的心烧在其间。鲁迅未尝不是狂人，未尝不是阿Q，但其更心系来自无穷远方的人们，乐于驱逐和审视人间的鬼魅，又何其不是他笔下那个执著前行的过客。所以，鲁迅文学实践中的批判，并非是一种所谓文化的破坏，他不停地往前走去，也就指向了人生和文化之路的建构。请问这难道不是一种更为深刻的文化自觉吗？

当然，鲁迅是人不是神。鲁迅的文化自觉在其文学和思想实践中所具有的苦恼、矛盾和彷徨也是跟他的呐喊紧密联系在一起的，鲁迅在文学和思想实践中前行的路，也未尝不是一条在犹豫彷徨中挣扎前行的路。鲁迅在文学和思想实践中的挣扎与回还，其实就是一个知识分子在特定历史境遇中的文化自觉，在这自觉中，现代中国文化的现代性缺陷才会得以彰显，也才会获得拯治。在这意义上，真实地面对鲁迅及其他现代中国文学与文化的先驱，回到一个复杂而完整的鲁迅那里去，对鲁迅思想之正面和负面均予以历史性凝视，在我看来，乃是一种对于鲁迅精神的自觉承继和光大。

"鲁迅是谁？"这个问题曾经令人产生困惑，但鲁迅自有其文学和思想的本体，鲁迅就是鲁迅。在我看来，鲁迅本质上是一个悲观主义者。鲁迅有乐观一面，但在本质上不是一个浅薄的乐观主义者，并非如那些革命文学批评家所言，鲁迅只会百无聊赖、醉眼陶然地跟他的弟弟周作人说几句人道主义的呓语。悲观主义意识和情怀，其实在当代一定时期的文化场域中总是处于缺失的状态。

新中国成立初期，胡风曾经高呼新的纪元开始了，赞叹鲁迅具有不死的青春；现代中国文学的旗手之一郭沫若在纪念鲁迅逝世十三周年之际，也写了抒情诗《鲁迅先生笑了》，想象和盛赞鲁迅在新的社会场域中的灿烂笑容。其后，于乐观主义情怀极度张扬的时代，鲁迅思想中的悲观意识却被最大限度地遗忘了，在这种自觉遗忘中，鲁迅思想中的质疑精神和批判意识不是被人为地忽略，就是发生了根本扭曲和变形，而这不仅会极大地影响人们对于鲁迅的正常接受，也会使当时的知识分子主动地放弃自己本来所具有的批判和质疑的能力。对于一个伟大社会中的文化变革来说，知识分子有否这种理性批判和质疑精神，其实具有毋庸置疑的价值。没有它们，社会主义初级阶段文化的创制将会处于一种畸形甚或停滞的状态，因为没有这种理性批判和质疑精神的复活与承传，文化的创造就会失去它部分的根基。本来，怀疑主义精神的获得是现代知识分子自我独立的表征，五四时期之所以令人神往，原因之一即在于它为现代知识分子也因而为现代中国历史确立了建基于理性信仰之上的怀疑主义精神。胡适认为"五四"是一个价值重估的时代，鲁迅借狂人之口说出"从来如此，便对么？"的话语，这些都表征着对怀疑主义理性精神的肯定和认同。可以说，强烈的质疑精神是理性主义者进行文化批判时所必然拥有的重要气质之一。但在那一时代的文化人和那些鲁迅诠释者与宣传者看来，怀疑之剑在指向社会时具有进行阶级分层的必要，只能指向社会中"腐朽"的东西，而对"新生"的东西不能进行怀疑。这样，鲁迅身上所具有的质疑精神当然不是遭遇失落，就是会发生深刻的意识形态转化。当然，这种主体性悬置或缺失景观的形成是与当时的文化人自我主体性的沉落密切相关的，而他们也在对鲁迅早期思想之个性主义的批评，尤其是曾在对胡风派鲁迅研究的批判中，自觉不自觉地放弃了知识分子理应具有的自我主体性。在这意义上，"鲁迅"在当时所发生的一些精神变形和断裂，其实跟知识分子的自我性缺失处于一种同构状态，换言之，他们在遏制和转化鲁迅自我主体性的同时，也弱化或散落了自己的意志或精神。鲁迅就是在这样一种状况下被塑造成了一个革命斗士和红色卫士。

如所周知，在马克思、恩格斯那里，他们的著作中始终贯彻着一种彻底的批判理性精神，即使现在看来也具有足以震撼人心的魅力。这是一种历史唯物主义的批判，更是一种在坚守共产主义理想维度之上的有着强烈人文关怀的批判。难能可贵的是，在马克思和恩格斯那里，这种批判性锋芒不仅犀利指向唯心主义与庸俗唯物主义，指向所有不合理的社会现状，而且也指向自己参与其中的革命运动，并在革命活动暂时结束或失败之后总能对之进行清醒的反思和总结，而把批判的维度引向对自我理论的构建与修正之中。因而，马、恩的著作始终保持了一种鲜活的人文品性，焕发着生生不息的原创性魅力。在一定意义上，毛泽东在其意识形态理论创构中无疑承继了此种批判性，毛泽东称之为"马克思主义的批判精神"或"历史唯物主义的批判精神"。① 他自延安时期开始其非凡的思想构建时，最为突出的特征是反对本本主义或教条主义，强调从中国革命实际出发，走有民族特色的马列主义中国化之路。他把理论建构置于自己对革命现实和民族文化的深刻体验上，其实正是为了通过对国际派教条主义进行尖锐批判而使革命理论不至于走向僵化的境地。这表明，毛泽东等优秀的中国马克思主义者具有把人的能动性从语词符号构筑的牢笼式教条中解放出来的实践性意向和价值。诚如毛泽东所言，这是一种永远具有批判活力的马克思主义，而非死的马克思主义。显然，"批判性"让毛泽东自延安时期开始在其意识形态理论创构中焕发出了一种历史性活力。在这意义上，毛泽东思想及其话语中的批判性与鲁迅思想及其话语中的批判性确实具有相通的一面。毛泽东和鲁迅在 20 世纪中国的相遇与其说是偶然，毋宁说是一种必然。

令人遗憾的是，后来社会和文化的建构中却出现了种种历史的悖论和矛盾。原本在批判中建构起来的一种思想被教条化了、凝固化了、绝对化了。原本深刻的鲁迅被符号化了。比如，鲁迅的批判意识在当时知识分子的自我批判和革命大批判中好像无所不在，但在本质上已经背离了鲁迅进行自我批判和文化批判、社会批判的价值指向，鲁迅的批判说到底是指向自由和非奴役的，是个人的批判，不是群体性的人身攻讦，不是使人死的，而是使人活的。当然，鲁迅在进行有关文明批判和社会批判时，也带有某些负面的因素，但其批判的本质跟当年"革命大批判"中的批判是截然不同的。革命大批判中的批判毫无理性可言，它们始终处在一种令人不安和恐惧的非理性状态。在这样的时代氛围中，鲁迅思想中的某些消极因素也被很不恰当地扩大化运

① 毛泽东：《反对党八股》，载《毛泽东选集》第三卷，人民出版社 1991 年版，第832 页。

用。这也是一定时期非常突出的鲁迅现象之一。所以，对于当下那些真诚热爱鲁迅的人而言，倘若真的还想在全球化语境中重构一种对于鲁迅的信仰，那么，就有理由要求在重新回到鲁迅那里去的同时，首先必须回到一个复杂而完整的鲁迅那里去，既要承续他，又要超越他。鲁迅所能启示的当代意义应当更多在于：处于多元化时代，人们理应在一种制度性的框架中自由且自在地观照鲁迅，理应跟鲁迅发生某种可供自由驱使绝不介怀的历史性对话和交流。对鲁迅的深刻认知应该是一种力求基于反思和超越的认知，鲁迅的现代应该是在被人意识到他的思想和文学等都蕴含着某些不可回避的内在缺陷而形成的：鲁迅并非完美无缺的鲁迅，而是有着缺陷的鲁迅。鲁迅并非唯一的现代思想资源，尽管显得极为重要，但也仅是其中的一种而已。工具实用主义甚或完全抽象地理解和建构鲁迅，其实只能造成一种无休无止的消解与内耗，当然，这些认知也含蕴了不少有益的成分，但它们总是把鲁迅重构为一个可以超越自我、历史和他人的神话，或者是一个玄之又玄的神仙般的鲁迅。在此种状态下，"鲁迅"很多时候均被虚幻的话语所营造，而产生种种无聊乃至虚妄的历史幻象。其实，真实的鲁迅并非一个同一化的平面，而是一个蕴含着差异性的生命，在其内部，往往是伟大和平凡并存、正面和负面同在的。鲁迅研究空间的拓展和深化，只有在回到一个真实而复杂的鲁迅那里去才能有效获得。

精神和文化的向度本就五彩斑斓，文学和思想的资源也是那样地深浓如海。记得孙郁曾言：在其思想深处，既欣赏鲁迅，也喜欢周作人；鲁迅是药，胡适是饭；而对于社会和个体人生，二者更是缺一不可。① 其看法是富有智慧的。因为，鲁迅思想内部极为富有历史张力，让人紧张，稍有不慎，就会让人产生一种身心的撕裂。鲁迅是让人疼痛的存在，是一个游走于天堂和地狱之间、白天和黑夜之间、阴与阳

---

① 参阅孙郁的《鲁迅与周作人》（河北人民出版社 1997 年版）、《鲁迅与胡适》（辽宁人民出版社 2000 年版）诸书。

之间的影，这个影有一半是栖息在坟之上的，对常人而言还是颇为充满怪异色彩的。影是鲁迅别一种意义上的幽灵，而幽灵是充满了一种不确定性的，这也可能是一种文化的现代性之表征吧。而一般民众是倾向安宁、闲适、惬意的生活（当然，鲁迅身上也曾有三个"闲暇"的美誉），有谁能喜欢自我幽灵化、怪异化、痛苦化呢？所以，笔者倒是希望鲁迅的痛苦和那种精神的独异性还是更多让知识分子来承续吧，因为知识分子的命运在较高层次上应该说是鲁迅式的，心灵的张力和由此带来的孤独既是一种高处不胜寒的孤独，也是一种通达自由和文化创造的孤独。真正意义上的知识分子天生就是一个个精神分裂症患者，也是一群孤芳自赏的精神花痴，他们注定能够承受和担当。所以，面向大众和社会不要轻言和许诺"普及鲁迅"的话。在孤独中通向自由和创造的美感，还是让知识分子来领受吧，一般民众只要学会如何分享这个精神旅程即可。当然，社会大众一旦学会了此种精神的分享，那么也就真正走向了启蒙的路。启蒙就是让人找到一条通向自我光明的路。或许也只有如此，鲁迅等先驱者身上所曾焕发而出的启蒙之光才会真正照亮自己，也照亮别人，进而照亮整个社会和宇宙。悲观是需要的，但乐观更是人类通达旅程终点的必要存在方式和状态。倘真如此，那我们能够感受到的鲁迅"沉沦"景观，就会在辩证的意义上更为深刻地获得一种超越历史的人文价值，并以此促进中国当代和未来文化生机勃勃的伟大建构。

且让我们重新回到鲁迅的根基处沉思。通过真切还原，在沉思和对话中重构而出的鲁迅，不应成为一种新的意识形态，或某种主流话语之异化。凝视和探究鲁迅的自由，及在此之上的话语互动，本身就是一种文化的宽容和民主，亦能促动当代中国文化的自由发展和进步。

在这意义上，作为一位文化自觉的先驱者，鲁迅文学及其思想的穿越必将生动地活着。——是的，在人类精神的天空，鲁迅乃是永远不会逝去的存在！

二、"国民性"批判的困惑

在鲁迅的文学创作及其思想创构中，"国民性"确实为一个挥之不去的命题，确切地说，不仅是鲁迅思想的命题，更是整个现代思想史的命题。由于身内身外的原因，国民性之于鲁迅，与其说是明朗的、清晰的，毋宁说是混沌的、复杂的。"国民性"与"立人"一起，一直都为人们理解他的思想带来一团难以言说的迷雾，以致我们在这不无令人气短的时代，还不得不要跟鲁迅一起同去品尝"国民性"的悲观苦酒。

"国民性"范畴，自清末民初以来经历了一番演变。鲁迅对它的思考并不是一种自足的行为，而是对其所处时代的"国民性"话语有所警觉和汲纳的结果。因而，从这一范畴的演变与鲁迅思想之关系着眼，应该把它理解为一个动态而非静态的过程。鲁迅在《摩罗诗力说》中第一次使用"国民性"这个词。文中说"裴伦大愤，极诋彼国民性之陋劣"，可见"国民性"在此指国民之品性或民族性；文中也说到"国民精神之发扬，与世界识见之广博有所属"，可见"国民精神"是"国民性"中较好的部分，后者包括前者，但不等于前者。留日时跟许寿裳经常探讨的"中国国民性中最缺乏的是什么"中的"国民性"是指民族性，是中性词。"五四"时鲁迅所言的国民性大都是指民族劣根性，带贬义色彩，而且多把它与"改造"或"批判"连用，含义有所趋于一端。"劣根性"既指向平民或下等人，也指向贵族或上等人，知识分子也是它经常纠缠的对象。"国民性"在鲁迅那里虽然可以说一开始就带有某种阶级性色彩，但它与马克思从经济学角度论述的绝不一样，它更具有超阶级的内涵。其中阶级性含义的加强，是 1926 年以后的事，但即使在这时，鲁迅对它的把握跟早期、中期思想仍有一脉相承之处。因此，对"国民性"内含的理解，应该把它置换到具体的思想语境中去，不应加以抽象化或本质主义的理解。我认为，与其玄学式地去找寻中国国民性的"原点"和"密码"，不如具体地去探究国民性在鲁迅那里到底是如何呈现出来的历史过程。

"国民性"是个外来词，来自日本明治维新时期对英语 national character 或 national characteristic 的翻译。梁启超等晚清知识分子最初从日本引入国民性概念时，意在用来构建中国的现代民族国家理论。梁启超在 19 世纪末 20 世纪初写了一系列探讨中国国民性的文章，因此，鲁迅早在去日本留学之先就有可能接触到国民性理论，但他对于国民性表现出来的理论激情确实形成于日本。由于鲁迅当时所处语境的复杂性，因此必须考虑到国民性话语在鲁迅早期思想中的复合性质。至少有以下几重因素必须注意到：一是流亡日本的中国思想家和革命志士——如梁启超、章太炎、孙中山、杨度等人——对于国民性问题的理解和宣扬，二是日本近代以来日本思想者——如福泽谕吉、涩江保、内村鉴三、嘉纳治五郎等人——对这个问题的思考，三是当时日译本欧美著作中所传播的国民性理论。所有这些，构成了鲁迅置身其间的复合型文化语境，只有充分注意到这个语境的存在，才有可能还原鲁迅早期的国民性思想，否则，就会无异于瞎子摸象。在第三重因素中，日译本美国传教士史密斯的《中国人气质》无疑对鲁迅触动最大；近年来，在后殖民文化语境下，鲁迅"改造国民性"思想也因之受到了莫大怀疑。冯骥才《鲁迅的功与"过"》中表达的观点显然具有一定的代表性，它的冲击力决不亚于 20 世纪 80 年代新儒家指责鲁迅断裂了中国传统文化的观点。从学理上说，冯氏的看法其实并不新颖，因为它是承青年学者刘禾的分析而来。刘禾于 1993 年发表了一篇题为《一个现代性神话的由来：国民性话语质疑》①的论文，最初从跨语际书写的角度考察了国民性话语内涵的复杂性。但她

---

①　载陈平原、陈国球主编：《文学史》第 1 辑，北京大学出版社 1993 年版。后收入刘禾：《语际书写》，上海三联书店 1999 年版。

并非像冯氏一样简单地认为鲁迅的国民性话语直接来源于传教士的有关理论，或者似某些人那样对这种来源加以简单地拒绝，而是极为细腻地探讨了两者之间的张力。1926 年，鲁迅在评价日本作者安冈秀夫的《从小说看来的支那民族性》一书时说："他似乎很相信 Smith 的《Chinese Characteristics》，常常引为典据。这书在他们，二十年前就有译本，叫作《支那人气质》；但是支那人的我们却不大有人留心它。"[①] 这段话表明，鲁迅在赞成对《中国人气质》给予译介的同时，也主张对它采取批评分析的态度，即所谓吸其精华而去其糟粕。因此，鲁迅并没有轻信史密斯的传教士话语，而是对其保持了足够的警觉，他的清醒之处恰恰在于，在其创作与思想创构中，他抵制了这种话语的不良侵袭。

鲁迅"改造国民性"思想确实是个奇妙的混合物。国民性之于鲁迅，建基在他的阴郁而惨痛的人生体验之上。其一，"从小康人家而坠入困顿"是他刻骨铭心的体验之一，他在这途中看清了世人的真面目，尤其是 S 城人的可恶面孔。其二，是仙台医专的幻灯片事件对他的强烈刺激，他一辈子对此都难以忘怀。他说："从那一回以后，我便觉得医学并非一件紧要事，凡是愚弱的国民，即使体格如何健全，如何茁壮，也只能做毫无意义的示众的材料和看客，病死多少是不必以为不幸的。所以我们的第一要著，是在改变他们的精神，而善于改变精神的是，我那时以为当然要推文艺，于是想提倡文艺运动了。"这样，鲁迅的"改造国民性"与其文学观就有了一种紧密的关联。但是，这只是鲁迅丰富体验的一部分，更为严重的是，《新生》杂志的流产，《域外小说集》几乎没有销路的遭际，使他意欲用文学改造精神的英雄主义迷梦过早地蒙上了一层失败的阴影。所以当他后来追述《狂人日记》的创作时，才会有"铁屋子"的惊人比拟，也才会把希望寄托于渺渺的将来，勉为其难地开始他的创作之旅："是的，我

---

① 鲁迅：《马上支日记》，载《鲁迅全集》第 3 卷，第 326 页。

虽然自有我的确信，然而说到希望，却是不能抹杀的，因为希望是在于将来，决不能以我之必无的证明，来折服了他之所谓可有，于是我终于答应他也做文章了。"① 可是，鲁迅的创作并没有使他最终忘怀于寂寞的悲哀。他先前相信文字的力量，但到后来就感到文学是最不中用的人做的，有实力的人不开口，就杀人。谈到民众，他不无愤慨地说，"群众，——尤其是中国的，——永远是戏剧的看客"②。后来又说："我之得以偷生者，因为他们大多数不识字，不知道，并且我的话也无效力，如一箭之入大海。否则，几条杂感，就可以送命的。民众的罚恶之心，并不下于学者和军阀。"③ 虽然他为自己和为别人的设想有着迥然的不同，"不愿将自以为苦的寂寞，再来传染给也如我那年青时候似的正做着好梦的青年"④，但也常常止不住夹带着书写了自己黑暗的体验，字里行间盛满了寂寞的悲哀。所以当他听说《呐喊》被人当作课本，拿去给小孩和青年进行启蒙时，他就感到大为恼火，不仅"见了《呐喊》便讨厌"，并且认为它"非但没有再版的必要，简直有让它绝版的必要，也没有再做这类小说的必要"。⑤ 一个以启蒙为职志的文学家居然多次说出这样不无悲观的话来，使我禁不住要表示出我的怀疑或困惑：鲁迅的小说还能算是启蒙小说吗？若是，那又是一种什么样的启蒙小说呢？

《阿Q正传》自诞生以来，就被当作国民性批判的典范作品，不但周作人、茅盾等人这么认为，而且鲁迅自己也毫不隐晦地指明了这一点。鲁迅说阿Q是他多年来意欲刻画的"一个现代的我们国人的魂灵"⑥。我现在想问的是："我们国人的魂灵"中是否也包含了作者自

---

① 鲁迅：《呐喊·自序》，载《鲁迅全集》第1卷，第415—419页。

② 鲁迅：《娜拉走后怎样》，载《鲁迅全集》第1卷，第163页。

③ 鲁迅：《答有恒先生》，载《鲁迅全集》第3卷，第457页。

④ 鲁迅：《呐喊·自序》，载《鲁迅全集》第1卷，第419—420页。

⑤ 秋士（孙伏园）：《关于鲁迅先生》，《晨报副刊》1924年1月12日。

⑥ 鲁迅：《俄文译本〈阿Q正传〉序及著者自叙传略》，载《鲁迅全集》第7卷，第81页。

己呢？鲁迅曾用嘲讽的语气指责批评者对他的责难："十二年前，鲁迅作的一篇《阿Q正传》，大约是想暴露国民的弱点的，虽然没有说明自己是否也包含在里面。然而到得今年，有几个人就用'阿Q'来称他自己了，这就是现世的恶报。"① 如果这里还比较含混，那么下面这段话就能提供一个比较清楚的诠释性路径："我的方法是在使读者摸不着在写自己以外的谁，一下子就推诿掉，变成旁观者，而疑心到像是写自己，又像是写一切人，由此开出反省的道路。"② 这里的"读者"，在我看来也是隐含了作者的。如果把它与下面这句话联系起来，意思就更加明确了。鲁迅说："我的确时时解剖别人，然而更多的是更无情面地解剖我自己。"③ 这种自我批判意识早在《狂人日记》中就很有震撼力地显露出来，它至少表明，鲁迅的国民性话语是一种自我在场的启蒙话语。显然，他想把自己拽进话语场的同时，也一并让读者沉入其间，在自我反省中杀出一条生路。这种写法其实也根源于他在日本时的体验。他在《藤野先生》中追叙当年看幻灯片的情景，说："但偏有中国人夹在里边：给俄国人做侦探，被日本军捕获，要枪毙了，围着看的也是一群中国人；在讲堂里的还有一个我。"④ 这后一句为《呐喊》"自序"所无，它告诉我们，鲁迅具有强烈的自省意识，因为他也把自己置放在这群看客当中。逝世前一月，鲁迅还在强调这一自我反思的立场。他说："我至今还在希望有人翻出斯密斯的《支那人气质》来。看了这些，而自省，分析，明白那几点说的对，变革，挣扎，自做工夫，却不求别人的原谅和称赞，来证明究竟怎样的是中国人。"⑤ 明白这一点，就不难理解冯骥才一类观点的谬误了。

康德曾经指出，要敢于认识，要敢于运用你自己的理智，这是

---

① 鲁迅：《再谈保留》，载《鲁迅全集》第5卷，第144页。

② 鲁迅：《答〈戏〉周刊编者信》，载《鲁迅全集》第6卷，第146页。

③ 鲁迅：《写在〈坟〉后面》，载《鲁迅全集》第1卷，第284页。

④ 鲁迅：《藤野先生》，载《鲁迅全集》第2卷，第306页。

⑤ 鲁迅：《"立此存照"（三）》，载《鲁迅全集》第6卷，第626页。

启蒙运动的口号；而启蒙运动的开展需要"在一切事情上都有公开运用自己理性的自由"①。在现代中国，除却所谓文学启蒙或审美启蒙之外，还有两种基本的启蒙，一种是思想启蒙，一种是政治启蒙。五四时期的启蒙是思想启蒙，但在对科学与民主的呼唤中，也包括了政治启蒙，对人性自由与解放的渴望始终是流贯其间的一个主题。但是政治启蒙在后来却发生了严重变形，最终蜕化为党派启蒙，对科学与民主、自由与解放的呼吁仅仅沦落为一种夺取政权的策略。启蒙主体也由知识分子转换为政治官僚，启蒙者/启蒙对象之间的关系发生了不应有的颠倒。那么在这种转换与颠倒中是否存在某种必然呢？前几年在探讨"鲁迅如何被利用"这一问题时，有人认为鲁迅的名字在他逝世后，"作为政治文化的一个符码，便开始被广泛使用了。毛泽东在延安，以及以后发表的有关鲁迅的评论，都是在这一意义上进行的。对鲁迅的这种肯定，是一种名义上的肯定，抽象的肯定，整体象征性的肯定"②。应该说，这是有一定道理的。但是，我们不能据此否定毛泽东以政治家身份解读鲁迅思想的合理性。它所具有的学理合法性并不是由毛泽东的地位决定的，而是由鲁迅思想本身所具有的政治性特质决定的。但是，鲁迅又确实是一个丰富的存在，他的思想精髓并不能进入当时政治实用主义者的视域。不少人之所以会犯下错误，一个根本原因，就在于他们没有意识到自己还是一个老阿Q的后代——在本来应该进行自我启蒙和反思的地方放逐了启蒙和反思。

当然，国民性问题非常复杂。鲁迅所言国民劣根性，现在看来，有些确实并不一定为中华民族和中华文化所独有。它们与其说是民族的，毋宁说是人类的；与其说是区域的，毋宁说是世界的。而其根源，可能就在文化和人性劣根性的相通上。蓝眼睛和黑眼睛都是眼睛，而且是人类的眼睛，是无法直视阳光和容易回避黑暗的眼睛。

---

① [德]康德：《历史理性批判文集》，何兆武译，商务印书馆1990年版，第24页。
② 林贤治：《鲁迅如何被利用》，原载《岭南文化时报》1998年8月10日，此见《鲁迅研究月刊》1998年第10期。

三、政治性：鲁迅思想的重要维度

"政治"在 20 世纪中国语境中是一个很显庄严但又令人畏惧的字眼。20 世纪 80 年代中期以来，学界对于中国现当代文学与思想史的研究大都采取了一种非政治的研究方法，而对文学中有关政治因素的描写愈益显示了一种鄙薄的态势；与此相关，在"重写文学史"的倡导下，学界对于以往在新民主主义理论指导下的著述进行了充分反思。无疑，这在很大程度上促进了中国当代学术研究的长足发展。但是，在中国现代史上，"政治"是那样紧密地含蕴在社会物质生活和精神生活的各个方面，因此，如果把"政治"悬置起来而想深刻地切入并理解历史，这是绝对不可能的。面对中国现代文学乃至思想史中政治因素的影响与存在的事实，研究者应该采取一种什么态度呢？我想，读读杨义先生所说的如下一段话，是会得到一定启示的。他说："现代文学史是与现代政治因缘很深的学科。写现代文学史而不谈政治对它的推动力和影响力，是无法解释许多带基本性质，甚至影响文学史发展阶段和形态的文学现象的。因此写现代史离不开一种宏观的、远大的、深刻的政治意识，而不是那种琐碎的、短浅的、浮面的政治术语转借。"①

鲁迅是中国现代文学的杰出代表和奠基人，他的思想和整个 20 世纪上半叶中华民族的精神历程是那样紧密地关联着。这一事实至少告诉我们：在研究鲁迅思想的发展及其复杂构成时，研究者应该充分考虑到它的"政治性"存在：为什么他的思想具有一种政治性特点？这种政治性构成表现在哪些方面？对于这种政治性构成的理解应该采取一种什么态度或者研究视角？所有这些问题，都是值得我们重新加以探讨的。

---

① 杨义：《关于现代文学史编撰的几点随想》，《中国文学研究》2000 年第 3 期。

众所周知，中国近代先进的知识分子大都有着一个民族主义的思想背景，只不过有的倾心于政治民族主义，有的却致力于文化民族主义的张扬。鲁迅在日本留学的最后几年显然更加倾心于文化民族主义。周作人曾经指出，"凡民族主义必含有复古思想在里边"①。所以鲁迅在后来回顾当时的情形时才会坦率指出："我们那时（指留日时期——引者）大抵带些复古的倾向。"②后来，鲁迅虽然因具有人类（世界）主义的广阔思想视野，具有一种伟大思想家的博大胸怀，而扬弃了民族主义的狭隘性，但是，我们并不能就此否定民族主义在他思想建构中的积极作用，并不能就此否定他在骨子里仍是一个严肃的民族主义者。在一定程度上，民族主义在其思想建构中的积极作用正表现在他对中华民族如何走向自由、如何建立真正的现代民族国家的思考上。

鲁迅早期提出过要把中国建立成为一个"人国"的设想，以为"欧美之强""根柢在人"，"是故将生存两间，角逐列国是务，其首在立人，人立而后凡事举；若其道术，乃必尊个性而张精神"，"个性张，沙聚之邦，由是转为人国"。③显然，这个"人国"观念是从个性主义出发加以设定的，但是，它又无疑体现了一定的社会组织化色彩，体现了一定的隶属于"人"的社会责任感。换言之，鲁迅提倡并一意坚守的个性主义与一般人所理解的个性主义不同，它是把个体与群体的自觉紧密结合在一起的。正如鲁迅所说："人各有己，而群之大觉近矣。"④因此，人立是国立的前提，但国立又是人立的保证。在鲁迅思想中，个体与群体、人立与国立的关系原本是一个不可分割的结构循环，具有二位一体的特点。

---

① 周作人：《日本的衣食住·上》，载《知堂回想录》，河北教育出版社2002年版，第210页。
② 鲁迅：《呐喊·自序》，载《鲁迅全集》第7卷，第417页。
③ 鲁迅：《文化偏至论》，载《鲁迅全集》第1卷，第56—57页。
④ 鲁迅：《破恶声论》，载《鲁迅全集》第8卷，第24页。

目前在研究界存在一种误解，以为鲁迅"立人"思想中所体现的自由是一种绝对的自由，是一种具有玄学意义的自由。我认为，这是一种片面的理解。鲁迅多次强调，他要立的人是"真人"或"真的人"。而这种人必须具有他所倡导的新的伦理观念。鲁迅在五四时期提出过一种以幼者为本位的伦理观，主张人们为了使年幼的人能够得到健全发展，而要敢于"背着因袭的重担，肩住了黑暗的闸门，放他们到宽阔光明的地方去"①。这种伦理观下的"人"显然不是沉溺于世外桃源的人，而是有着明确的社会责任感的人。鲁迅曾自述他所创作的启蒙小说，一方面是"听将令"的结果，是一种"遵命文学"，但另一方面，这"将令"可"是我自己所愿意遵奉的命令，决不是皇上的圣旨，也不是金元和真的指挥刀"。②这也表明，鲁迅确乎是追求个性自由的，但他所追求的自由并不是绝对的自由，而是强调承担社会责任的自由。

正是这种强烈的社会责任感，使他在进行创作时总是抱着要改良社会与人生的严肃态度，也使他把自己的思想牢固地建立在所处的现实环境中。鲁迅所处的时代，是一个内忧外患日趋严重的时代："五四"以后，国内阶级斗争和对外民族斗争更是愈演愈烈，共同把中华民族推向了水深火热之中。正因如此，鲁迅的命运自然会跟中国特有的现实人生发生着难以割断的血肉联系，他的思想也就自然会具有更加分明的政治性内涵。

鲁迅是这样一个思想家：他的思想并不是一种逻辑思辨的产物，即不是如康德、黑格尔等哲学大师一样所进行的理论抽象的产物，而是产生在与各种现实人生的接触和体验中。因此，当我们把握鲁迅思想中的政治性内涵时，首先得把其放到他的战斗实践中来加以理解。

反抗专制黑暗的社会，永远不屈服于外在势力的奴役，这是鲁迅

---

① 鲁迅：《我们现在怎样做父亲》，载《鲁迅全集》第1卷，第130页。
② 鲁迅：《〈自选集〉自序》，载《鲁迅全集》第4卷，第456页。

本身的人格魅力所在。为了更有效地反抗政府的专制统治，鲁迅总是善于团结一切进步向上的青年，并且教育他们要形成统一战线，注重斗争方法，提倡韧性的战斗精神。当"左联五烈士"被无辜杀害，他把悲痛久久压抑在心底，后来终于写成《为了忘却的记念》等一类深情绵邈的文章。我认为，鲁迅对于进步青年生命和革命文学前驱者之血的爱惜与关注，不单是对于一种自然生命的关注，更是对于一种政治生命的关注。在这种关注性的目光中，是不难看出鲁迅思想所具有的政治性内涵的。

　　可以说，鲁迅一生没有参加过真正意义上的具有党派性质的政治团体，但是，为了表达对于黑暗政府的反抗，为了争取民众的基本权利，为了推动中国民主自由运动的发展，为了显示中国左翼阵营不可忽视的战斗力量，他多次参加了有关进步"宣言"的发起、组织与签名工作。比如，他在"女师大风潮"中，参加了《对于北京女子师范大学风潮宣言》（1925 年 5 月）以及《反对章士钊的宣言》（1925 年 8 月）的签名，前者更是由鲁迅起草并予组织的著名宣言。1927 年以后，他对于文化界、思想界的一系列进步活动也大多给予了密切注视与配合。1927 年年初，他由厦门转至广州，就曾有联合创造社共同进行革命斗争的想法。他在给许广平的信中说："其实我也还有一点野心，也想到广州后""与创造社联合起来，造一条战线，更向旧社会进攻"。[①] 能够有力证实这一想法的行为，便是他在创造社起草的《中国文学家对于英国知识阶级及一般民众宣言》（1927 年 4 月）上签了名。正如有人指出的："鲁迅在这篇宣言上签字，进一步表明了鲁迅在第一次国内革命战争期间的政治态度。他是旗帜鲜明地站在中国无产阶级一边的，站在共产党的一边的。"[②] 后来，他在一些重要宣言上也都郑重签了名，比如《中国自由运动大同盟宣言》（1930 年 2

① 鲁迅 1926 年 11 月 7 日致许广平信，载《鲁迅全集》第 11 卷，人民文学出版社 1981 年版，第 191 页。

② 倪墨炎：《鲁迅署名宣言与函电辑考》，书目文献出版社 1985 年版，第 36 页。

月)、《中国文艺工作者宣言》（1936 年 6 月)、《文艺界同人为团结御侮与言论自由宣言》（1936 年 9 月）等。这些，既表明了鲁迅对于言论自由、人身自由、民族自由的热烈向往，也表示了作为一个文学家在当时白色恐怖环境下所应具有的文学观念和人文立场。

鲁迅与"左联"的关系，是人们很早就给予特别注意的。鲁迅加入"左联"并对"左联"给以积极指导，这一事件本身就富有深刻的政治性内涵：它既表达了鲁迅同左翼文化界一道对于国民党文化专制政策的示威，也表达了鲁迅对于无产阶级革命文学发展前景的殷切希望。曾经有人认为，鲁迅加入"左联"是党组织派人（比如冯乃超等）游说的结果。不可否认，这种游说确实起了一定作用，但不能说成是决定的作用；起决定作用的应该是整个社会环境的变化和鲁迅自身思想发展的结果。鲁迅本来具有一种以弱者为本位的人道主义思想，对于民众，他虽然有过"庸众"的说法，并说他们"永远是戏剧的看客"。[①] 但是，在"怒其不争"之外，他又往往"哀其不幸"。正是有着这种对于底层民众的人道主义关怀，所以当他在广州亲眼看到残酷的流血事件，便会自然而然地把祖国和民族的希望寄托在无产阶级身上，而倾向于真正的无产阶级革命文学的发展，也就是其思想发展的必然。鲁迅加入"左联"不是感情冲动的结果，他在加入之初早就怀有一种自我牺牲的精神。他当时在给一位青年朋友的信中说：倘若那些"左联"成员，"真能由此爬得较高，则我之被踏，又何足惜。中国之可作梯子者，其实除我之外，也无几了"[②]。这说明，鲁迅加入"左联"有着自觉的心理准备，是他当时倾心革命的政治思想的一种合乎逻辑的发展。

加入"左联"后，鲁迅对于马克思主义阶级斗争学说的信心更加坚定了。他省察自己后期思想的转变时，说过如下一段话：

---

① 鲁迅：《娜拉走后怎样》，载《鲁迅全集》第 1 卷，第 163 页。
② 鲁迅 1930 年 3 月 27 日致章廷谦信，载《鲁迅全集》第 12 卷，第 8 页。

先前，旧社会的腐败，我是觉到了的，我希望着新的社会的起来，但不知道这"新的"该是什么；而且也不知道"新的"起来以后，是否一定就好。待到十月革命后，我才知道这"新的"社会的创造者是无产阶级，但因为资本主义各国的反宣传，对于十月革命还有些冷淡，并且怀疑。现在苏联的存在和成功，使我确切的相信无阶级社会一定要出现，不但完全扫除了怀疑，而且增加许多勇气了。①

应该说，鲁迅当时对苏俄"十月革命"及社会主义建设的赞扬和肯定都是发自内心的。这也说明，苏俄所走的"路径"进一步坚定了他的阶级论观念，而阶级论观念也使他更能对苏俄式的革命和社会主义建设保持一种高度的热情。

鲁迅此时所具有的阶级论观念，特别富有成效地表现在他和梁实秋有关文学和人性关系问题的论争上。梁实秋认为人性在许多方面具有超阶级性的特点，人性在不同的人群中具有可通约性，因而只有表达了这种最基本的永恒人性的文学才能算是真正的文学。当时，鲁迅运用手中阶级论的思想武器，对之进行了激烈批判。鲁迅说："文学不借人，也无以表示'性'，一用人，而且还在阶级社会里，即断不能免掉所属的阶级性，无需加以'束缚'，实乃出于必然。"进而又鲜明指出："倘说，因为我们是人，所以以表现人性为限，那么，无产者就因为是无产阶级，所以要做无产文学。"②

综上所述，鲁迅思想中确实具有非常丰富的政治性内涵，并且它们成了鲁迅思想的一个重要构成。20世纪80年代中期以来，研究界除了老一辈的学者外，再也很少有人涉足或客观地论及鲁迅思想中的这一重要维度，这虽然有其特定文化、思想语境的限定，但我们不能

---

① 鲁迅：《答国际文学社问》，载《鲁迅全集》第6卷，第18页。
② 鲁迅：《"硬译"与"文学的阶级性"》，载《鲁迅全集》第4卷，第204页。

不指出，这种有意无意的忽视已经遮蔽了人们对于鲁迅思想的准确理解。在我看来，人们要想深入理解鲁迅思想特别是后期思想的发展脉络和丰富内涵，就必须把握好政治性这一维度在鲁迅那里所占有的重要地位。

其实，鲁迅身上散发出来的政治性魅力早就为人所注意了。而对它阐释得最为系统且富有深度的就是中国的马克思主义者。在中国马克思主义革命家、思想家、研究家中，瞿秋白是运用马克思主义眼光全面认识鲁迅思想发展及其独特魅力的第一人。他的《〈鲁迅杂感选集〉序言》因其较为成功地揭示了鲁迅前期思想的独立特征，揭示了鲁迅前后期思想嬗变的轨迹——从个性主义走向集体主义，从进化论进到阶级论——而使它成为运用马克思主义话语方式分析鲁迅思想及其作品的一个里程碑式的文本。鲁迅逝世后，代表中国马克思主义者给予鲁迅以最高评价的是毛泽东。1940 年，他以饱满的革命激情明确指出：

> 鲁迅是中国文化革命的主将，他不但是伟大的文学家，而且是伟大的思想家和伟大的革命家。鲁迅的骨头是最硬的，他没有丝毫的奴颜和媚骨，这是殖民地半殖民地人民最可宝贵的性格。鲁迅是在文化战线上，代表全民族的大多数，向着敌人冲锋陷阵的最正确、最勇敢、最坚决、最忠实、最热忱的空前的民族英雄。鲁迅的方向，就是中华民族新文化的方向。①

毛泽东认为，鲁迅不仅是一个巍然独立的文化巨人，而且是一个中国现代史上最伟大的思想家，他为现代中国确立了基本的人生原则与价值观念，因此，他不仅值得中国马克思主义政党的尊重，也理应

---

① 毛泽东：《新民主主义论》，载《毛泽东选集》第二卷，人民出版社 1991 年版，第 698 页。

受到全体国民的敬佩。毛泽东所确立的鲁迅方向，鼓舞了一代又一代中国人的革命信心，也规范了共和国成立后三十年间的鲁迅研究。所有的研究都只有符合"新民主主义论"这一框架才能得到一定程度的认可，因而，正面的阐释常常代替了思想研究本应具有的交锋，与此相应，鲁迅形象在人们心中也就日趋单薄、纯净而终于成为神化了的鲁迅。无可讳言，毛泽东关于鲁迅的论述是从政治家的角度来加以认识的，会受到这一独特视域的限制，但是，我们不能据此否定毛泽东以政治家身份解读鲁迅思想的合理性。它所具有的学理合法性并不是由毛泽东的地位决定的，而是由鲁迅思想本身所具有的政治性特质决定的。

但是，鲁迅又确实是一个丰富的存在，他的思想犹如浩瀚无垠的海洋和灿烂生辉的星空：有人说鲁迅的思想是个性主义，所以把他比作中国的尼采；有人说鲁迅思想的主流是人道主义，所以把他叫作中国的托尔斯泰；也有人说他是中国的马克思，这就道出了他的共产主义情怀。在我看来，鲁迅思想更是上述三个方面有机构成的整体，强调某一方面而忽略其他方面的研究都无异于盲人摸象。单就本文论及的政治性内涵来说，鲁迅思想内部也不是通体透明的，而是非常复杂的，这是因为鲁迅始终有着一个敢于反思、批判的头脑，因而他的思想内部总是存在着一种来自并非简单认同或盲从的思想张力。比如对于革命，鲁迅一方面承认这种斗争方式的合理性，但另一方面，他又对于这种带来生命无端毁灭的斗争形式进行过深刻反思："革命的被杀于反革命的。反革命的被杀于革命的。不革命的或当作革命的而被杀于反革命的，或当作反革命的而被杀于革命的，或并不当作什么而被杀于革命的或反革命的。"[①]这说明，鲁迅在作为革命者之外，毕竟还是一个具有人道主义情怀的思想家。再如鲁迅与"左联"的关系，它的复杂性也是非常明显的。他的对于"四条汉子"的严峻批评——

① 鲁迅：《小杂感》，载《鲁迅全集》第3卷，第532页。

把他们比作鞭打奴隶的"革命工头"或"奴隶总管"——都是为人们所熟悉的。"左联"解散后，鲁迅更是觉得心中有一股大怨气，以至为了发泄这怨气而写了一系列杂文（如《三月的租界》《出关的"关"》《半夏小集》等），甚至发表了很有影响的《答徐懋庸并关于抗日统一战线问题》。鲁迅认为揭露这些文坛的鬼蜮的嘴脸，也是值得留给将来的一点遗产。这表明，鲁迅加入"左联"后，并没有丧失他的独异个性和批判锋芒。而所有这些复杂性的认识，是不能进入政治视域的，这就势必对鲁迅的精神世界造成某种认识上的阉割，造成现代中华民族精神资源的损失。为了尽可能地减少这种不应有的遮蔽和损失，20世纪80年代初期王富仁终于喊出了"回到鲁迅那里去"的口号。自此以后，人们在探讨鲁迅时，都力求找到一个更加贴近鲁迅思想本身的研究视角，力求使自己的研究方法具有更大的包容性，力求使研究主体的视域与被研究对象的思想界域达到一定程度的融合，以期为人们还原出一个真实的鲁迅，并让鲁迅在当代中国的人文建设中发生应有的积极回响。所有这些努力都是值得肯定的，新的鲁迅研究恐怕也只有建立在这种坚实的基础上，才能取得令人信服的成果。

但我认为，重新开始进行的鲁迅研究仍然可以采用马克思主义的历史的美学的研究方法，并且可以站在时代发展的高度，有选择性地借鉴西方新马克思主义流派的研究成果，对于鲁迅特别是他的后期思想进行新的梳理与整合。但是，这里所说的马克思主义是体现了切实的人文关怀的马克思主义。人文关怀是对人的生存状况的关注，它自始至终维护建立在人性之上的人的尊严，并对人类的解放与自由保持着不懈的永恒追求。在这个意义上，马克思与鲁迅在这21世纪学者研究视域中的再度相遇定是非常自然的。

鲁迅和马克思在思想性原则上具有某些一致，比如他们都强调思想自由的重要性。人们在对物质世界的追求之外，也有对于精神世界的热烈追求。鲁迅早就认为，人们倘若"不安物质之生活，则自必有形上之需求"①。在他看来，每一个精神个体本应具有一片独特的思想天空。正因如此，他才经常鼓励青年要学会独立判断、思考，也才不惮反抗政府对于言论自由的压制与剥夺。只有这样，"无声的中国"才会变为有声的中国。马克思也曾激烈地批判过资本主义社会的书报检查制度，并说过如下一段富有诗意且耐人寻味的话：

> 你们赞美大自然令人赏心悦目的千姿百态和无穷无尽的丰富宝藏，你们并不要求玫瑰花散发出和紫罗兰一样的芳香，但你们为什么却要求世界上最丰富的东西——精神只能有一种存在形式呢？我是一个幽默的人，可是法律却命令我用严肃的笔调。我是一个豪放不羁的人，可是法律却指定我用谦逊的风格。一片灰色就是这种自由所许可的唯一色彩。每一滴露水在太阳的照耀下都闪现着无穷无尽的色彩。但是精神的太阳，无论它照耀着多少个体，无论它照耀什么事物，却只准产生一种色彩，就是官方的色彩！②

这说明，马克思孜孜以求精神形式的多样而自由的表达，并对人的心灵的丰富性有着极为热烈的张扬。

鲁迅和马克思都继承并发扬了西方文艺复兴以来的人文主义传统，致力于个体和人类的解放是其进行文化思索和哲学探讨的基本出发点与最终归宿。马克思的学说并不是一种冷冰冰的存在，它具有饱满的人文激情。只要认真读一读马克思的原著，人们都会明确感觉到这一点。无论是他青年时期写下的《1844年经济学哲学手稿》，还是在他思想成熟期写下的《资本论》，都可以发现他对人的尊严、权利等的执著追求。他设想的共产主义社会即是一个能够充分满足人性需求并能保证每个个体人得到自由发展的社会。"立人"是鲁迅思想的

---

① 鲁迅：《破恶声论》，载《鲁迅全集》第8卷，第27页。
② 《马克思恩格斯全集》第1卷，人民出版社1995年版，第111页。

核心。鲁迅在他的文化批判中之所以要激烈地批判中国传统文化特别是儒道两家文化，最根本的原因就是这些文化在现实生存实践中已经成为人性发展的桎梏，具有"吃人"的本性。"人"是鲁迅思考文化问题和社会问题的基本出发点。五四时期，鲁迅以人类主义的眼光明确指出："东方发白，人类向各民族所要的是'人'。"① 由此出发，他发现"中国人向来就没有争到过'人'的价格，至多不过是奴隶"，并据此断定整个中国历史是一部"想做奴隶而不得"和"暂时做稳了奴隶"的历史。② 所以，鲁迅进行的文化批判和社会批判，归结到一点，都是致力于"人"的发现和建立。鲁迅创作的文学也是人的文学，文学在他心中并不是终极目的，其终极目的是"人"。这样，在致力于人的解放这一层面上，鲁迅的思想与马克思的学说具有惊人的一致性。这种一致性在一定程度上根源于他们大致相近的思想来源。虽然由于时代不同，鲁迅在建构他的人学思想时具有较马克思更为广阔的思想资源，但有一些资源却是共同的：这就是西方文艺复兴运动、启蒙运动以来的人文主义传统，这就是体现在卢梭、康德、黑格尔、费尔巴哈等著名思想家、哲学家著作中的人本主义传统。在相距并不遥远的时代，人的理念分别在马克思和鲁迅的思想文化建构中得到了充分体现。

在对人的关注上，鲁迅和马克思一样总是关注着现实的人，而非抽象的人。马克思是从现实的人出发来探讨社会历史问题和哲学问题的。马克思说，在哲学探讨上，他采用了一种非常独特的观察方法："这种考察方法不是没有前提的。它从现实的前提出发，它一刻也不离开这种前提。它的前提是人，但不是处在某种虚幻的离群索居和固定不变状态中的人，而是处在现实的、可以通过经验观察到的、一定条件下进行的发展过程中的人。"③ 正是在这一意义上，他强调指出人

① 鲁迅：《随感录四十》，载《鲁迅全集》第1卷，第322页。
② 鲁迅：《灯下漫笔》，载《鲁迅全集》第1卷，第212—213页。
③ 《马克思恩格斯选集》第1卷，人民出版社2012年版，第153页。

的本质在其现实性上，它是一切社会关系的总和。对于人性，马克思也因之采取了一种历史唯物主义的观察方法。他认为，人性是由人的一般本性和每个时代历史地发生了变化的人的本性构成的。在这方面，鲁迅显然采取了一种类似于马克思的观察方法。鲁迅虽然肯定人的形而上需求的正当性，但是，他思考问题时并不采取一种空泛抽象的玄学立场，而是强调从现实人生出发去观察问题和解决问题。这是一种面向人生的现实主义态度。他的这种态度既贯穿在他的文化批判中，也贯穿在他的社会批判中，更贯穿在他的整个文学创作中。面向生命的长河，他既不喜欢沉溺于过去，也不喜欢把"黄金世界"预约给将来，而是执著于现在。所以鲁迅本人就像他笔下的"过客"，永远听命于那个来自远方的神秘声音的召唤，明知前面是坟而偏要不停地走。无疑，这是一种精神界战士的姿态。他用自己的双脚终于踩出了一条辉煌而又悲壮的人生之路。在一个"忍看朋辈成新鬼，怒向刀丛觅小诗"（《为了忘却的记念》）的混乱年代，鲁迅无愧是一名"真的猛士，敢于直面惨淡的人生，敢于正视淋漓的鲜血"①。因此，他所追求的并不是没有国家或民族的抽象的人和人生，而是把最大的关心，放在中国社会、文化的历史与现实的问题上。

其实，鲁迅和马克思在中国的相遇对于每一个热爱鲁迅的人来说并不陌生。1906 年 10 月，青年鲁迅在日本东京会见了日本社会主义运动的先驱者堺利彦；1926 年至 1930 年间，鲁迅面对急遽变化的社会形势，自觉地阅读、翻译了较多的马克思主义文艺书籍……所有这些，都是不争的事实。它们为人们理解鲁迅的马克思主义观，以及马克思主义如何有效地影响了鲁迅的思想——当然，也包括观察其影响的限度——提供了一条不可多得的路径。但是，在我看来，要想理解鲁迅思想与马克思主义学说的关系，更须把它们放到一定的思想场中进行较为细致的比较研究，以期让它们在深刻的意义上进行更为充

---

① 鲁迅：《记念刘和珍君》，载《鲁迅全集》第 3 卷，第 274 页。

分的对话。而这对话的前提在于：他们在各自思想领域都始终把追求人的自由、解放当作最初与最终的目标。在这个意义上，马克思和鲁迅在中国研究者的视域中不仅有可能是相通的，而且是平等的。文化的自信和自觉，其实在根本上既来自文化创造者和思想者的自由与平等，也来自不同思想和文化间的自由与平等。只有在这意义上，超越不同视界的文化与思想融合才不仅是可能的，并且会成为活生生的文化繁衍和文化生态的一部分，而与日月同光！

第四章　鲁迅思想的遗憾

——从他与周扬的根本分歧谈起

一、文化观念：鲁迅与周扬的根本分歧

鲁迅加入"左联"不仅是个历史事件，而且是个思想事件，其间所具有的丰富内涵还有待深入发掘。鲁迅加入"左联"是对还是错？我以为，对于历史上已然发生的事件，讨论对与错已经没有多少意义，重要的是讨论它何以发生。鲁迅从其思想根源上说，是必然会发生"左转"的，鲁迅的思想本来就是理想化的左派，因此，他是天然的"左联"成员，他加入"左联"并欣然接受其盟主位置是必然的，反之，才是不可想象的。

当然，这里所言"左派"并非贬义而是褒义，不论是指思想激进也好，还是说思想进步也罢，左派在当时很受大众欢迎，也是充满了难得的历史正义感的。但是，"左联"对于鲁迅和中共来说自有其并不完全相同的价值：鲁迅把它当作反抗黑暗并借此造就一大批文化战士的阵线，因此，他更加注重文学、文化的创制和实绩的取得，也就更加注重历史和现实的实际情形，注重加强对于创作主体自由人格的引导和培植。在这一点上，鲁迅显然是把"左联"当作抵抗奴役争取自由的一条战线来加以扶持和期待的。而对中共来说，尽管成立"左联"也具有反抗国民党黑暗统制的明确意图，但它更是标志着中共在国统区思想文化界进行组织化管理或领导的

开始，在"左联"内部建立党团组织就是此种意志的体现。所以，在"左联"成立之初，正如有论者所指出，事实上就设定了两个不可违逆的领导中心：一是倚重于个人魅力或个人权威的鲁迅，二是中共设立的党团组织。既然如此，那么"左联"内部也就必然会存在难以解决的矛盾。在"左联"成立初期，只是因为瞿秋白、冯雪峰等人的存在，其间隐伏的矛盾才会处在一种潜在的状态，而对于瞿、冯二人尤其是瞿氏，鲁迅曾把他引为人生难得的知己，因此，瞿、冯二位对于"左联"工作的介入和领导，也是倚赖着一种值得鲁迅信任的个人魅力的，他们在团结鲁迅的工作中无疑涂抹了更多的艺术色彩，无疑显现了难忘的尊重鲁迅的一面，因而鲁迅才会对他们表现出一种特别的好感，也才会对"左联"不断寄予较高的希望。尽管如此，鲁迅和他们之间尤其跟冯雪峰之间的不满其实还是部分地存在着，只是当时没有公开罢了。比如对于冯雪峰，胡风就曾回忆过鲁迅在"两个口号"论争期间对他所发的牢骚："替雪峰做事真难，明明一件事说定了，但过不一天跑来，又改变了主意……"胡风对此评论道，鲁迅的"原则性立场使他看出了雪峰的一个弱点。雪峰富于政治斗争的灵活性，但这种灵活性有时迫使他不免放松了思想上的原则性"。应该说，胡风的看法还是比较准确的。正是因为冯雪峰当时的政治激情比较高昂，有时不免放弃了思想的原则性，所以他对鲁迅也会生出些许不满的。1936 年 6 月上旬，为了答复托派并给"民族革命战争的大众文学"这一口号做些解释，冯雪峰为病中的鲁迅拟写了《答托洛斯基派的信》和《论现在我们的文学运动》，前面的复信是鲁迅吩咐的，后面带有理论解释性的短文却是冯的自作主张，所以鲁迅听了之后，虽也表示了同意，"但略略现出了一点不耐烦的神色"。对此，冯雪峰显然觉察到了，所以从鲁迅家出来，他就对胡风表示了他的不满："鲁迅还是不行，不如高尔基；高尔基那些政论，都是党派给他的秘书写的，他只是签一个名。"① 由此看来，冯雪峰当年也是想对鲁迅在政治方面加以某些工具性利用的，而且，此种想法在领导前期"左联"的冯雪峰那里，也是部分地存在着的，所以鲁迅才会对此一直保持清醒的态度。

倘说鲁迅跟冯雪峰之间的某些误解和不满是可以理解的话，那么到了周扬、田汉等人这里，就变成不可容忍的了。原因在于，周扬接任"左联"党团书记之后，对鲁迅的态度越发表现了某些不够尊重的地方，这在周扬自己也是承认了的。单说后来"两个口号"论争期间对于鲁迅及其年轻朋友的轻慢和攻讦，就会引起鲁迅不可原谅的厌恶和反感，更不用说周扬等人解散了鲁迅仍想保留的"左联"。所以，鲁迅在《答徐懋庸并关于抗日统一战线问题》一文中才会以那种不留情面的嘲讽语气概称周扬等人为"四条汉子"，并认为他们"左得可怕"，是"拉大旗作为虎皮，包着自己，去吓呼别人；小不如意，就倚势（！）定人罪名，而且重得可怕的横暴者"，是"自以为出人头地""以鸣鞭为唯一的业绩"的"奴隶总管"。② 鲁迅在其生命的最后对于周扬等人的严厉批评，带有算总账的意味，其间所含的不满和愤怒并非一时心血来潮，而是几年来一系列事件相刺激的结果。跟周扬、田汉搅混在一起的"左联"人员，他们从 1932 年 12 月鲁迅发表《辱骂和恐吓决不是战斗》伊始，就对鲁迅逐渐表示了这样那样的批评和人身攻击。他们不是指斥鲁迅具有极其浓厚的右倾机会主义色彩，是戴白手套的和平革命论者，就是批评鲁迅具有买办意识与调和意识，而这些显然已经不是在进行一种单纯的文化批评或文化论争了。这些不当的言辞对于鲁迅来说，是可忍孰不可忍！所以，鲁迅在最后公开表达他对周扬等人的不满和批评时，其实已经在他心中压

---

① 胡风：《鲁迅先生》，载《胡风全集》第 7 卷，湖北人民出版社 1999 年版，第 109、107 页。

② 鲁迅：《答徐懋庸并关于抗日统一战线问题》，载《鲁迅全集》第 6 卷，第 534—538 页。

抑了较长时间。鲁迅在给友人的信中就曾多次表达过他的那份心酸、不满和厌恶。不妨略举几条如下：其一，"敌人是不足惧的，最可怕的是自己营垒里的蛀虫，许多事都败在他们手里"①。其二，"叭儿之类，是不足惧的，最可怕的确是口是心非的所谓'战友'，因为防不胜防。例如绍伯（田汉——引者）之流，我至今还不明白他是什么意思。为了防后方，我就得横站，不能正对敌人，而且瞻前顾后，格外费力"②。其三，"敌人不足惧，最令人寒心而且灰心的，是友军中的从背后来的暗箭；受伤之后，同一营垒中的快意的笑脸。因此，倘受了伤，就得躲入深林，自己舐干，扎好，给谁也不知道。我以为这境遇，是可怕的"③。其四，"有些手执皮鞭，乱打苦工的背脊，自以为在革命的大人物，我深恶之，他其（实）是取了工头的立场而已"④。这样的表白在鲁迅生命的后期真是太多了。正因如此，鲁迅最后跟周扬等人的公开决裂，是潜伏在地下之烈火的一次突破性爆发，而到了他写那份准遗嘱时，仍然宣告即使死了对其一个也不宽恕，可见他们是多么深深地伤害了鲁迅的心。所以，鲁迅不论对其怨气多大，斥责有多严厉，从鲁迅不堪忍受的心灵这个角度来说，也是可以理解的。

但是，由于鲁迅的公开指责，中国现代左翼文学内部的矛盾已经呈现为一种不可解决的态势。随着鲁迅的去世和全面抗战的到来，这种矛盾暂时被遮蔽了。曾有一种观念，就是人们往往把30年代鲁迅跟周扬等人的矛盾简单看作一种人事的纠葛，不仅在30年代就存在此种看法，所谓"鲁迅派""雪峰派""胡风派"的说法就是从那时绵延而来，而且到了20世纪50年代，此种认识更是根深蒂固地存在着。关于周扬与胡风之间的矛盾，林默涵曾经深刻指出："不能否认周扬和胡风之间在历史上有一些矛盾和争论，但周扬主持的对胡风文艺思

① 鲁迅：《341206·致萧军、萧红》，载《鲁迅全集》第12卷，第584页。
② 鲁迅：《341218·致杨霁云》，载《鲁迅全集》第12卷，第606页。
③ 鲁迅：《350423·致萧军、萧红》，载《鲁迅全集》第13卷，第116页。
④ 鲁迅：《360515·致曹靖华》，载《鲁迅全集》第13卷，第379页。

想的批判并不是如有些人所说，是个人之间的恩怨引起的，而是由于文艺思想上长期存在的分歧与斗争。"①对胡风如此，对鲁迅又独不然？所以，理解鲁迅跟周扬在"左联"时期的矛盾，最主要的还得从文学和文化观念上着手进行考察。

在文化观念上，鲁迅自留日时期伊始就志在建构一种以"立人"为价值旨归的个性文化，他虽然也谈到了"立国"，但其前提条件是立人，而立国也是为了保证人的本性和价值得以更好地实现，这就是他在《文化偏至论》中所言的"人国"的内涵。这个观念不仅成了他日后进行启蒙文学创作的内在动力，事实上也是鲁迅思想中的一个不变的圆心，尽管他自五四时期就对启蒙文学创作产生了些许质疑，表示了一定的悲观，并且后来终于加入并在名义上领导了以集团形式存在的"左联"，因而具有了一定的无产阶级集体主义观念，但是，这个中心点还是始终存在于他的内心深处，也存在于他那犀利无比的致力于文化批判和社会批判的文字中，他曾经之所以对苏联社会做出无比崇高的赞美，一个重要原因就是他在左翼文化人士传播的苏联形象中感受到了人类史上第一个"人国"的建立，感受到了这个人国所能焕发出的神奇瑰丽的色彩，而这样一个"人国"的建构正是鲁迅文化观念的最终价值指向，所以，你叫他在那样一个美妙无比的苏联面前怎能不感到激动呢？不论鲁迅对于苏联的认识产生了怎样的偏差或误会，这里还是体现了鲁迅的一个本源性的思想根基的，这就是在"人立"基础上的"人国"的建立，它始终成为鲁迅进行历史、现实和文化观察的一个不变的点。正因如此，所以鲁迅才会对于任何形式的奴役——精神的和物质的奴役尤其是前者——表现出无法调和的反感与永远的抵抗。鲁迅同意加入并参与发起和领导"左联"，实际上已经在文化姿态上做出了一定的自我退让和蜷缩，他在左翼文化内部日渐加强的"我要骗人"心态其实也是此种退让的表征之一，但是，

---

① 林默涵：《胡风事件的前前后后》，《新文学史料》1989 年第 3 期。

鲁迅依然固守了他的文化价值底线，这就是对于上述文化中心点的坚守，我以为，他就是选择沉默，也不会让渡这个中心点的。——这就是以文学家和思想家的姿态始终傲然挺立着的鲁迅！

而周扬呢，他在 30 年代确立的文学观念乃是一种比较显明的党的文学观念，而这也是他在当时所能确立的文化观念。他在那时大谈普罗文学或无产阶级革命文学时，尽管也曾借鉴俄国革命民主主义美学家的有关论述，但其核心价值指向仍然是一种党的文学观念。在这样一个文学乃至文化观念的建构中，文学的政治性是第一义的，没有政治性就没有文学性，文学性就是政治性，这是周扬在"左联"时期所确立的带有本体性意味的无产阶级文学观念。在这样的观念中，文学的生命及其存在的价值就在于彻底的政治化，所以周扬在当时跟"自由人"胡秋原和"第三种人"苏汶进行论辩时，在他探讨文学真实性等问题时，才会强调"文学自身就是政治的一定的形式"的观点，并且认为"作为理论斗争之一部的文学斗争，就非从属于政治斗争的目的，服务于政治斗争的任务之解决不可"。在这个意义上，周扬就会异常凸显文学的阶级性、党派性，并把党派性标举为无产阶级文学的最高范畴加以运用，以为只有把握了文学的党派性才能达到文学的真实性，也才能达到文学的艺术性。何谓"党派性"？周扬解释道："'党派性'云者，实际就是'阶级性'的更发展了的，更深化了的思想和实践。列宁对于文学的党派性的规定，可以说是对于文学的阶级性的更完全的认识，也可以说是关于阶级社会中意识形态的阶级的性质的马克思，恩格斯的命题之更进一步的发展和具体化。"① 这里强调的其实就是列宁提出的党的文学观念。依照这样一套话语逻辑，无产阶级文学的作用就在于它所必然具有的党派政治性功能，而要更好地发挥这样的战斗功能，当然就要严格按照党的政治指示来进行文

---

① 周扬：《文学的真实性》，载《周扬文集》第 1 卷，人民文学出版社 1984 年版，第 67、65 页。

学的创作，而要保证党的指示和阶级斗争政策得以贯彻和实现，当然就会要求革命文学作家严格服从党的组织化管理。

由此观之，周扬在 20 世纪 30 年代所具有的党的文学和文化观念跟鲁迅坚守的个性文化观念属于两种不同的文学范畴，这样两个不同的文化体系倘若被强行捆绑在一起，那么就必然会发生思想的碰撞和交锋，这样就遭遇了一个不可解决的难题。

二、权威化、一元论与鲁迅思想的缺失

在我看来，他们之间的思维方式和话语方式其实都带有一种趋向权威化的一元论色彩。

鲁迅在内心恐怕是把自己定义为左翼"思想界的权威者"的[①]，尽管他多次嘲讽过纸糊的桂冠或高帽，也宣告自己不会做青年人的"鸟导师"，但是倘若据此认为鲁迅并不喜欢指导文艺青年的进步，也不愿别人衷心地钦佩他，那就真是受了他的那种带有一点诡异性的话语的当了。在鲁迅的内心深处，他实在以为于左翼文化内部，只有自己的意见或观点才会符合现代中国进步文化的发展方向，其他人的意见那就不过尔尔，皆"茄花色"[②]了。"茄花色"是绍兴方言，乃鲁迅在"左联"成立会上对于另外一些成员的观感，意谓并不怎么好看或者不过如此的意思。这个观感其实在鲁迅晚年已经形成了一个深刻

---

① 林语堂曾言："鲁迅太深世故了，所以为领袖欲所害。……那时左派已攻入鲁迅阵营，欲意扶为偶像，我眼见鲁迅揭白旗投降，而内心有疚，所以有最后与胡风一谈。此乃苏联高尔基（Gorky）所决不肯为。是为深懂世故之害。"（林语堂：《记周氏弟兄》，载鲁迅博物馆等编：《鲁迅回忆录（散篇）》中册，北京出版社1999年版，第766—767页。）林氏此说还是有些道理的。但鲁迅喜作左翼文学界之领袖的原因恐怕并非"世故"一项可以解释，而是复杂多多。
② 鲁迅：《300327·致章廷谦》，载《鲁迅全集》第12卷，人民文学出版社1981年版，第8页。

印象，而且随着他对周扬等人反感的加强，这个判断就已经成为一个不可改变的思维定式了。在这样的认知状态下，鲁迅何尝不愿意做一个名副其实的"左联"盟主呢？鲁迅怎能容忍周扬们不时从背后给他放几枝冷箭呢？周扬们写文章批评他，跟他抬杠，甚至于不择言辞和手段对他进行人身攻击，其目的恐怕还是想颠覆鲁迅在左翼文化内部的权威性，或瓦解其在左翼文化内部的指导性地位。不仅如此，周扬们的批评和诽谤其实已经在根本上不可避免地触及了他的文化理念，所以，他压抑在胸间的愤懑就会越来越多，待到徐懋庸不识时务地打上门来，终至于不得不狂怒并发出他的"狮子吼"了。

而周扬呢，他跟鲁迅的关系经历了一个由比较亲近到不断疏离的过程。作为"左联"后期的党团书记，周扬一方面如其本人后来所言年轻气盛，不知天高地厚，故确实存在对鲁迅不太恭敬之处；另一方面，他在内心也想确立自己在左翼文化内部至少是左联内部的权威地位，以保证其文化观念和左联决议的顺利实行。鲁迅曾跟胡风说过，"周扬是一定要做卢纳恰尔斯基的"①。卢氏当时为苏联的人民教育委员，也就是文艺、文教方面的国家领导人。这表明在鲁迅眼里，周扬有着一定的仕途上的雄心，但在周扬看来，培植并维护自己在左翼文化内部的权威性并非为了党内权力的获得，乃是为了完成党的文化使命。他们在现实中所实践的，就是要建构一种强有力的组织形态，并依凭其实现自己准备为之献身的文化理念。这是一种基于革命的信仰。在此种状态下，不仅周扬和鲁迅一样不能容忍左翼文化以外的某些文化观念的存在，而且在终极意义上，他们在左翼文化内部相互之间也不能容忍，这样就为左翼文化的发展埋下了一个难以去除的病根，"亲鲁派"和"周扬派"在后来之所以演绎到不可调和的地步，根本原因正在这里。

问题是，鲁迅和周扬在 20 世纪 30 年代各自坚守了自己的文化立

① 胡风：《鲁迅先生》，载《胡风全集》第 7 卷，湖北人民出版社 1999 年版，第 96 页。

场，并且都愿意为自己信奉的文化理念献出自己的生命，尽管自文化本身来讲，其间当然存在高与低、优和劣、真与伪的区别，但是，这种坚守倘若都是出于自愿的，出于一种个人化的选择，那么，这有什么值得指责的呢？更何况，在左翼文学发展中，两人还具有不少相近的地方。所以，在此要给予反思的并非仅仅是他们所信奉的文化观念的不同，更在于探究是否存在建构那样一种能够包容不同文化观念的文化机制的可能。

我以为，无论是鲁迅还是周扬，他们在"左联"时期都没能去建构一种能够容纳异己文化观念存在的政治—文化机制，这才是他们在现代文化建构途中存在的最大遗憾。但相对而言，不论从各方面的资质，还是从中共内部的纪律而言，作为一个"左联"党团组织的负责人，这个机制的倡导对于周扬来说都是有些强人所难的，因为周扬更多的是要思考如何去建构一种一元化的组织结构，他的思考只能在这个结构内部被动地进行，因此他的思考肯定是极有限度的。换言之，周扬思考问题的有限性是被政党的政治—文化逻辑内在规定了的，他是不能突破这个思想的框架的。正因如此，周扬不能对于民主化的政治—文化机制给予一定的思考是可以理解的。鲁迅则不然。因为他不仅是党外人士，而且他的思想及其文化观念本来就是以反对精神的奴役著称的，他的所有文字都是为了反对那种专制化的历史、文化和社会的，本来就是为了追求一种生命和言论的自由的。在30年代，鲁迅既直面了国民党的专政，也经历了革命文学派的批评家对于自己的无理指摘，更经受了"左联"内部人员的种种非议和明明暗暗的批判，因而在其有限的人生中，已经感受了太多的精神奴役，对于此种奴役状态，鲁迅在其写给友人的书信中，也在部分杂文中多有揭露，应该说，这是一份宝贵的现代文化遗产，但又是一份多少带有不足意味的遗产。面对"左联"内部产生的问题，鲁迅在其公开的和私下的言论中所表现出来的不满和怨气，大都是针对个人的，他以为某些"左联"人员对于自己的不尊敬和不公正态度，对于自己思想的误解和人身攻击，对于自己所造成的新的精神奴役，都是出于个人的道德因素，以为在这样一些人格卑下的"左联"人员的领导与掺和下，左翼文化定会走向历史的误区，定会削弱自己的实力。在这里，鲁迅对于左翼文化发展的担忧是体现了他的真知灼见的，但是，周扬所要建构的左翼文化本来就不是鲁迅心中的左翼文化，鲁迅的批评当然就有些南辕北辙、不着边际了；更为重要的是，周扬等人在"左联"时期的所作所为，难道真如鲁迅在答复徐懋庸的公开信中所言是借革命以营私吗？"周扬派"的人员对于鲁迅及其弟子程度不同的种种批评，难道都是有违革命的道德吗？我认为，这些都是值得探讨的问题，而鲁迅把周扬们的所作所为总是归结为个人的道德或品行，恐怕也有些过于简单化了。

鲁迅所遭遇的问题，与其说是他与周扬之间的个人问题，或者把它归结为周扬等人的个人德性所致，毋宁说乃是两种不同文化观念必然发生碰撞的问题，或者说是"左联"本身的问题。面对"左联"的现实存在和种种弊病的出现，鲁迅本来极有可能更为积极和富有远见地倡导建构一种富有包容性的文化机制，但鲁迅只是感受到了"左联"内部问题存在的严重性，却没能从文化机制的建构方面做出富有远见的思考。可以说，鲁迅在"左联"内部存在的问题面前止步不前，而只是把它们的存在简单归结为周扬等的个人道德问题，并且在后期"左联"的实际领导者面前表现出那样一种桀骜不驯的老脾气，把自己的满腔怒火发泄在周扬等个人身上，但没能面向那样一种有机化的组织发言，没能面向如何建构一种普遍化的文化机制寻思。鲁迅的批评从积极方面说，当然也是为了促进左翼文化如何取得更好的发展，但是充斥其间的那种诉诸一元化的话语实践，那种把文化、思想问题归结为个人道德问题的思维方式和批判方式，那种对于民主的文化机制思考的缺失，都极有可能在别一意义上为某种文化历史化状态的形成提供强有力的思想资源和话语资源，在某些状态下经过"善意"的转化，"鲁迅"也就有可能而且真的走向了鲁迅思想的反面。

这在鲁迅现象史上是非常令人痛心的一幕，值得深思。后来的研究者总是把此种鲁迅现象的发生归结为时代的原因、政治的原因，以为是当时的批判者有意扭曲了鲁迅思想的结果，这个认识当然有其显而易见的真理性，是一种客观存在的历史事实，谁也不能否认，但是，鲁迅思想中的某些文化因素的缺失和局限是否也是一个原因呢？我以为，这也是值得探讨的，而且在未来的鲁迅研究中，更应引起人们尤其是鲁迅研究者的注意，因为我们在鲁迅身上所感受到的那些负面因素的存在，往往正是通过这些研究者的阐释和揄扬而得以传承的。

三、个人主体性和鲁迅思想的偏至

鲁迅并非反对民主，作为一个致力于个人主体性文化基座建构的思想家和文学家，鲁迅一生的话语实践可说都是为了追求个人精神的自由和解放，他怎能反对民主呢？但是，鲁迅对于民主的理解带有一定的本质主义特性，也带有一定的经验主义特点，因而，他对于民主的社会性以及民主政体的建构与完善是关心不够的，不仅关心不够，而且往往会在历史和现实的批判之上走上另外一种理念的偏至。有人以为鲁迅是文学家，他对政治家的事情不感兴趣，因而对于民主政治建设的忽视本是可以理解的。实则不然。因为鲁迅在 20 世纪初期留学日本的时候，已经在关注并思考这个问题了。这具体表现在 1908 年发表的《文化偏至论》中。在这篇杰出的论文中，可以见出鲁迅对于西方民主政体的变迁史相当熟悉，他的有关对于现代民主政制的思考显然也是对于清末所谓改良派主张的一个回应。当时的维新改良派人士鼓吹君主立宪，建议仿效西方的代议制民主政体，但在鲁迅看来，建构此种"国会立宪"式的民主政体仍然有悖于历史发展的最新潮流，跟他在当时所接受并予倡导的个性主义文化观念相抵牾。鲁迅在当时乃是从个人主体价值实现的绝对性角度来考量西方的民主政制的，并且，他把立人作为立国的一个绝对的基础性前提，而非相反。这样，我们就可看到鲁迅对西方民主政制的尖锐批判。在他看来，西方的民主政体在本质上是一种强调"众数"和"众志"的"众治"，在此种社会民主观念的作用下，人们往往会压抑甚或忽视个体的独异和自由，往往会漠视甚至残害思想界的先觉者或明哲之士。鲁迅说，欧美诸国"社会民主之倾向，势亦大张，凡个人者，即社会之一分子，夷隆实陷，是为指归，使天下人人归于一致，社会之内，荡无高卑。此其为理想诚美矣，顾于个人殊特之性，视之蔑如，既不加之别分，且欲致之灭绝"。又云："流风至今，则凡社会政治经济上一切权利，义必悉公诸众人，而风俗习惯道德宗教趣味好尚言语暨其他为作，俱欲去上下贤不肖之闲，以大归乎无差别。同是者是，独是者非，以多数临天下而暴独特者，实十九世纪大潮之一派，且曼衍入今而未有既者也。"这里痛惜的是在追求民主政治的借口下，对于个体差异性和自由性的扼杀。由此出发，鲁迅更是以为，此种"托言众治"的民主政体，"必借众以陵寡"，而其"压制乃尤烈于暴君"，也就是说，西方三权分立的民主政制对于人的个性和自由的压迫比古代的君主专制还要厉害些，这是因为"古之临民者，一独夫也；由今之道，且顿变而为千万无赖之尤"。认真追究起来，这些看法主要还是根于鲁迅对于历史、人性和国民素质的悲观态度：在历史上，"民主"不过是政治投机分子借以"遂其私欲"的"空名"；再者，"人群之内，明哲非多，伧俗横行，浩不可御，风潮剥蚀，全体以沦于凡庸"，而这凡庸的众数往往会泯灭天才的个性乃至生命，"一梭格拉第（苏格拉底——引者）也，而众希腊人鸩之，一耶稣基督也，而众犹太人磔之，后世论者，孰不云缪，顾其时则从众志耳"。所以，在鲁迅看来，立国的首要任务并非建构类似西方的民主政制，也并非追求所谓的"物质文明"，而是在于立人，在于提高国民的素质，使每一国民都具有健全的思想和自由的意志，所谓"人立而后凡事举"，所谓"人既发扬踔厉矣，则邦国亦以兴起"，就是这个意思。鲁迅以为，要想兴国，要想真正向西方学习，就要抓住西方现代文明进步的根本，而欧美之强"根柢在人"，所以，"立人"才是振兴中华民族的"本原"，其他如民主政制之类都是枝叶罢了。鲁迅的这种"任个人而排众数"①的思想，在当时应该说是一种独异之见。独异之处在于，它在当时不仅是一种跟世俗之见迥然不同的观点，而且是一种吸收了斯蒂纳、叔本华、尼采等人的唯意志论思想而形成的观点，此种观念的形成，不仅对于作为思想家和文学家鲁迅的诞生具有毋庸置疑的本源性价值，而且使其有可能在现代中国思想史上形成一种能够对中国传统文化发生积极抵抗的文化形态，此种文化形态乃是一种反现代的现代性。在这意义上，青年鲁迅对于西方民主政制的批判其实是一种寻找如何振兴古国的始源性工作，值得肯定。

但问题的复杂性在于，鲁迅在批判西方民主政制之流弊的同时把民主政制本身也否定掉了，这就形成了一种把脏水和婴孩一起泼了出去的不良局面，形成了一种新的反现代性的认知图示。反现代是对于现代的怀疑，这对于一个现代的思想家来说，是应该具备的基本质素，但是，在一些重要的思想家那里，反现代性仍是现代性的延续，是有益于现代性得以积极凸显的另一种现代性，它的一个前提仍是对于"现代"的肯定，现代乃是反现代得以存在的根基，因此，无论是现代还是反现代，其实它们都是一个追求如何更好地"现代"的思想过程。因此，青年鲁迅对于西方民主政制的批判显然有些操之过急，也简单照搬了那些西方思想家的批判性成果，对于晚清和整个现代中国来说，鲁迅的这个思想显然都表现了一定的历史超前性，也因而表现了一定的历史性错位。其次，鲁迅当时对于西方民主政制的认识还存在一些知识上的不足，没有真正理解卢梭等人的民主思想。在卢梭那里，民主思想在理论上正是从个人主义原则引申出来的。鲁迅把民主制简单理解为个人必须服从"众数"和"众志"的原

---

① 鲁迅：《文化偏至论》，载《鲁迅全集》第 1 卷，第 44—57 页。

则，其实是极不准确的，是与卢梭的社会契约论思想相违背的。诚如有学者所指出的，卢梭在《社会契约论》中"所确立的民主制的基本思想并不是少数服从多数的原则，而是一个更高的原则，即'公意'（lavolontégénérale，亦译作'共同意志'），少数服从多数原则是由公意选择和制定出来的，从原则上说，公意本来也可以不选择少数服从多数原则，而选择例如说全体服从全体（这极少有可行性），或多数服从少数、甚至服从一个人的原则（如在战争情况下），那都只是一个具体执行的问题，只不过在通常情况下，'少数服从多数'是具有可行性而又弊病最少的原则，因而被采纳得最多而已。所以公意并不能等同于'众意'（lavolontédetous）。众意即'所有人的意志'，它们是众说纷纭、各不相同的；公意则是包含在这些杂多意志中的那种每个人所共同的东西。例如，每个人都可以不同意别人、哪怕是多数人的意见（这都属于众意），但每个人都必须维护别人、哪怕是与自己意见极端对立的人的发言权（这属于公意）（伏尔泰有句名言：'我坚决不同意你的观点，但我誓死捍卫你表达自己观点的权利。'）。法律也是如此，每个人都可以认为某项判决不公正，或某条法律必须修改，但没有人能够真正不要法律，无政府主义者离了法律，首先遭殃的是他自己。尼采之所以能宣扬他的超人学说，而没有被不喜欢他的人处以私刑，端赖当时已基本确立的德国资产阶级法律。法律是个人自由的保障，哪怕对那些不承认这一点的人也是如此。当然这只是从抽象的大原则上来说的，至于具体在实施中法律（公意）不得不走向异化，变成多数对少数、甚至少数对多数（这点鲁迅还没有看到）的压制，并且人们还心甘情愿地忍受这种压制（变成'庸人'），这已经是在更高层次上的问题了，是在连起码的法制都还没有建立的国度里所不容奢谈的。"① 由此可知，鲁迅对于西方现代民主制度的内在精

---

① 邓晓芒：《从〈文化偏至论〉看鲁迅早期思想的矛盾》，载《人论三题》，重庆大学出版社 2008 年版，第 170—171 页。

神还是缺乏真正理解，对于西方的自由意志学说和民主制度的关联更是缺乏深刻把握，因而，这在一定意义上也会导致鲁迅思想中"偏至"的发生。

其实，没有民主政制的建构和维护，现代意义上的个体自由就不能得到保障，立人也就会成为一句空话。在民主政制的建构中，现代意义上的理性启蒙往往会在个体人那里得到制度性的普及与认可。在鲁迅思想的构成中，自由和民主并未处于一个互为依存和发展的状态中，而是一方面对于民主制表示着抵抗和漠视，另一方面又想极力凸显着个体精神的自由。显然，这是一个悖论，一个会困惑鲁迅一生的悖论。当然，其责任并非鲁迅等先驱者所能全部承当，因为至少在民国时期，鲁迅对奴役制度的批判从来就没有放松过。在一定意义上，鲁迅通过对于自由的渴望是有可能通向民主的，而对于民主制的建立是否要完全依从西方的模式，是否就不能摸索着建构一种既符合现代中国需要又符合世界潮流的模式，也是一个大可深究的课题。其实，在以往较长时期里，人们对民主的诉求和渴望也没有放弃过，人民至上和人民当家做主就是两个普遍且激动人心的口号。我想，此前一些不好的历史场景诚然是鲁迅不愿看到的，但是，不断飞扬的"鲁迅"也曾参与其间，鲁迅思想中的某些因素——比如对于西方现代民主制度的批判和漠视，那种不断趋向一元化状态的话语方式和"我要骗人"的思维方式——就成了一定时代能够加以随意利用的资源。在这点上，鲁迅思想中的某些跟其现代性思想不相吻合的因素才是值得予以重新认识的，我以为，人们在对其进行还原的同时，也应给以适度剥离。也正是在这意义上，本书才想再次强调指出，对于鲁迅来说，他在"左联"后期其实已经异常显明地感到了内部问题的严重存在，却没能在如何建构一种能够包容异己性思想观念或文化观念存在的文化机制方面给以积极思考，这无论如何都是鲁迅思想的遗憾。总之，鲁迅在"左联"后期有无关于建构民主性文化机制的思考，鲁迅在当代和未来中国的历史性回响是会大不一样的。

第五章 鲁迅的另一面

——言与思与行的不一致

一、鲁迅：言与思与行的不一致

1936年8月，鲁迅在病稍好期间写过一篇《半夏小集》，是由一些感想式的断片缀合而成的，有的其实就是一些带有寓言意味的速写，其间确切地表达了鲁迅对于文艺界和某些事件的忧心和不满。按照冯雪峰的理解，《半夏小集》可以说"是针对当时文艺界某些不好的现象的，这些现象使他很不满，所以他的批评也比较的尖锐。这种比较尖锐的批评当然是可以的，而且需要的；但当时因为广泛的抗日统一战线还没有完全告成，我们努力要克服的是宗派主义和关门主义，在各界人民爱国团体中如此，在文艺界也如此。鲁迅先生大概感觉到他在这时候着重批评到了立场上和思想上的投降的倾向以及其它不好现象，是有些不合时似的"。因而，鲁迅以为冯雪峰看了他的文章会不以为然，不一定表示认同的，他有些矛盾似的自怨自怜地说道："其实也没有很大意思，倒不一定要发表的。这里也看出我的'小'来！"冯就此指出："所说看出他自己的'小'来，我想，是说他为他所说的'癞皮狗'或'毛毛虫'们而生气，是有些不值得的。"①

---

① 冯雪峰：《回忆鲁迅》，载《雪峰文集》第4卷，人民文学出版社1985年版，第259页。

我以为，冯雪峰的理解虽然不无道理，但是，鲁迅所言自己"小"的本意或许并不在此。一方面，鲁迅在他生命的晚期感到了革命文艺界内部存在的问题的严重性，因此他不能不予以批评，这种不绝如缕地由笔端流露出来的批判性其实也正是他的老脾气使然，没有批判性和那种不吐不快的讽刺性，恐怕就没有鲁迅了，他的那种大义凛然的风骨其实亦正表现在此。倘若把鲁迅所批评的不良现象或不良现象的萌芽果真看作是不值一提的"毛毛虫"，那倒真把鲁迅看小了。另一方面，鲁迅在言说此种批评和不满时又不能不有所顾虑，因此，鲁迅才会"存在着一些抑郁的精神"，才会使用一些"有缺陷的'伊索寓言'式的寓言说话"。① 冯雪峰曾以为这是鲁迅当时仍然处于被压迫者地位的缘故，因而这种抑郁的精神也是人民忧郁情绪的反映，在我看来，把这种理解置放在当时的社会环境中，是有其道理的，因为鲁迅在当时并没有言说的自由；但显然也是不够确切的，原因在于鲁迅是有他的老脾气的，也就是说，他那不自由的言说方式不仅是外在环境给予他的，也是他内在的某种心理机制暗示或传递给他的，诚然，这种心理机制也是在他经历了诸多人生痛苦之后形成的，但是它在形成之后就成了一种固有的内在性，这个内在性颇能制约并规训鲁迅的言行，并且往往会成为鲁迅思想中的一种主导力量。所以，我这里所言的老脾气是指鲁迅的一种生存方式和话语方式，因为鲁迅所处的年代究竟是一个知难行也不易的年代，故而可把这个老脾气理解为鲁迅言与行所固有的一种状态。一般以为，鲁迅是位言行一致的文学家和思想家，实则不然，鲁迅是很难做到言行一致的，他的心灵苦痛有不少正是来自对于这种不一致的自觉和挣扎。鲁迅反对"瞒和骗"，斥责做戏的"虚无党"，在创作中执意要撕下伪善者的假面，但在鲁迅自己，其实也很难披沥自己的真心，所以，按照日本学

---

① 冯雪峰：《回忆鲁迅》，载《雪峰文集》第 4 卷，人民文学出版社 1985 年版，第 258 页。

者竹内好 1947 年的理解，这就是体现在鲁迅身上言与思或言与行的不一致甚或"背离"①。

二、言与思与行不一致的极端形态："我要骗人"

在这个言与思或言与行的不一致甚或背离上，纵观鲁迅一生，可说是渐行渐远，亦即呈一种下滑趋势，这个状态跟他经历的险峻人生密切联系在一起，于是，也就在一定意义上呈现为一种不断沉沦的历史和思想景观：鲁迅是一个"沉沦"的存在。此话怎讲？我们知道，鲁迅留日时期曾经提出一种"白心"的说法，这个"白心"就是诚实不欺，要使自己的思想根植于并言说出真实的内心，就是他在《破恶声论》中所言"声发自心，朕归于我"②的意思。其实这是立人的一个基本途径，也是要达到为他正在探求的所谓理想人性的一个基本路径，而对于精神界战士来说，也是一个基本的启蒙伦理要求。正是本源于这种心的自觉，鲁迅留日时期的思想和言说才会体现为那样一种雄视古今中外而浩瀚渊深的气魄，他的言行也才会显得那样洒脱不羁率真合一，而这，乃是唯有具备"白心"的摩罗诗人和精神界战士才能达到的一种境界。所以，鲁迅在此其实为自己今后的人生走向确立了一个带有根本意义的人格原点，也开启了自己的文化启蒙之路，而这条道路的独特性在于，它是意欲通过内面精神的光芒去照亮并驱除外在社会人生的黑暗的，在这个意义上，青年鲁迅其实已经为自己确立了一个言与思与行必须合一的精神界标。但是，他在以后的路途上有否真正做到此点呢？鲁迅后来对此显然有着深

---

① 竹内好以为"鲁迅是做不到言行一致，并自觉到不一致而一生痛苦的人"。又说，"许多人感受不到这种背离"。详见 [日] 竹内好：《从"绝望开始"》，靳丛林编译，生活·读书·新知三联书店 2013 年版，第 193 页。
② 鲁迅：《破恶声论》，载《鲁迅全集》第 8 卷，第 24 页。

刻而复杂的体验。

在鲁迅留学日本的后期以及一般所谓鲁迅沉默期的十年里，鲁迅在言与思与行是否合一的问题上不断遭遇了种种心理危机。第一个危机是《域外小说集》发行的失败和《新生》杂志的流产带给他的，这让鲁迅致力于文学启蒙和文化启蒙的理想遭遇了第一次挫折，在鲁迅的心里也就不能不滋生了一种失望的情绪。鲁迅在《呐喊·自序》中写道："我感到未尝经验的无聊，是自此以后的事。我当初是不知其所以然的；后来想，凡有一人的主张，得了赞和，是促其前进的，得了反对，是促其奋斗的，独有叫喊于生人中，而生人并无反应，既非赞同，也无反对，如置身毫无边际的荒原，无可措手的了，这是怎样的悲哀呵，我于是以我所感到者为寂寞。"[1]第二个危机是民国初期一系列的政治变故和袁世凯时期的政治高压气氛带给他的，这使鲁迅感到了所谓共和理想的失败——他于 1925 年初在《忽然想到》中追忆说这让他感到久没有所谓中华民国，感到还是在做奴隶——加之他先前对于启蒙理想的幻灭之感，所以也就只好沉浸在会馆里，用了种种方法麻醉自己，读佛经，抄古碑，而且这还似乎真的产生了效果，用他在《呐喊·自序》中的话来说，就是"我的麻醉法却也似乎已经奏了功，再没有青年时候的慷慨激昂的意思了"[2]。没有了青年时的慷慨激昂，也就意味着必须放弃对于留日时期确立的志在立人的启蒙理想和在此之上建立人国的政治理想的坚守，但这是可能的吗？我以为对于鲁迅来说，完全放弃是不太可能的，所以他在会馆所写的日记中才会不经意间流露出对于世俗人情和社会丑态的不满，但他又确实把那扇志在启蒙的窗口悄悄关闭了，在这点上，鲁迅的消沉是明显的。所以后来纵使陈独秀在上海创办了《青年杂志》，开始了旨在思想启蒙的新文化运动，鲁迅也还是冷眼相看、保持沉默，并没有燃烧

---

① 鲁迅：《呐喊·自序》，载《鲁迅全集》第 1 卷，第 417 页。

② 鲁迅：《呐喊·自序》，载《鲁迅全集》第 1 卷，第 418 页。

起启蒙的激情。但是，消沉并不意味着消失，鲁迅其实并没有完全放弃对于启蒙的向往，只是他把这份情怀埋在心底，再也不愿轻易发言罢了。可在这点上，鲁迅又确实产生了一重心理障碍，他欲言说而不能，拒绝言说也不能，这是一种人生的两难，所以鲁迅在沉默期间的痛苦是难以想象的。在我的理解中，鲁迅心中内敛了的苦痛就像一层层斑驳的青苔包裹了本来可以用来取火的燧石，必得有人来拨开这青苔的缠绕，燧石才有可能在幽暗中再度发出它的光明。这个契机随着《青年杂志》的移师北上，终于来到了。对于鲁迅文学启蒙热情的再度激发，对于处在待死堂中的鲁迅精神的重新激活，陈独秀和钱玄同无疑起了关键性作用。鲁迅曾经对此表示了深深感激。关于陈独秀，鲁迅说："《新青年》的编辑者，却一回一回的来催，催几回，我就做一篇，这里我必得记念陈独秀先生，他是催促我做小说最着力的一个。"[1]但是，再度直接焕发其文学创作和思想启蒙激情的，还是钱玄同。鲁迅在《呐喊·自序》中回忆道：

> 那时偶或来谈的是一个老朋友金心异，将手提的大皮夹放在破桌上，脱下长衫，对面坐下了，因为怕狗，似乎心房还在怦怦的跳动。
>
> "你钞了这些有什么用？"有一夜，他翻着我那古碑的钞本，发了研究的质问了。
>
> "没有什么用。"
>
> "那么，你钞他是什么意思呢？"
>
> "没有什么意思。"
>
> "我想，你可以做点文章……"

金心异就是钱玄同，这是林纾在小说《荆生》中用来影射钱玄同

---

① 鲁迅：《我怎么做起小说来》，载《鲁迅全集》第4卷，第512页。

的一个人物，鲁迅顺手拿来，当作钱氏的别名。钱氏在 S 会馆的质问和督请无疑是个经典的场景，倘若没有他的劝说和质疑，恐怕鲁迅还会继续他的沉默。鲁迅说，他当时很快就明白了钱氏的意思，"他们正办《新青年》，然而那时仿佛不特没有人来赞同，并且也还没有人来反对，我想，他们许是感到寂寞了"。而这寂寞，也正如大毒蛇一样缠住了鲁迅的灵魂，所以在这地方，肯定于鲁迅心头迅速掠过了一丝尖刻的快意，不然，他怎会产生惺惺相惜的情感呢？也正是在这地方，我们看到了鲁迅心灵的曙光，鲁迅所遭遇的心理危机看来能够得到解决了，但是且慢——

　　"假如一间铁屋子，是绝无窗户而万难破毁的，里面有许多熟睡的人们，不久都要闷死了，然而是从昏睡入死灭，并不感到就死的悲哀。现在你大嚷起来，惊起了较为清醒的几个人，使这不幸的少数者来受无可挽救的临终的苦楚，你倒以为对得起他们么？"

　　"然而几个人既然起来，你不能说决没有毁坏这铁屋的希望。"

　　鲁迅的问和钱玄同的答实在高妙得很。鲁迅在此提出了他的"铁屋子"论，"铁屋子"可说是他在沉默期间的一个深刻体悟，这个意象在我看来是鲁迅再度发声的一个前提，也是其后来致力于文学启蒙和思想启蒙的一个带有发生学意义的话语场，更是鲁迅为自己参与启蒙运动而划定的一个边界。"铁屋子"表达了鲁迅对于中国历史和文化的悲观性体察，而现实社会就是这个历史与文化的延续和投影。因此，鲁迅对于钱玄同发出的启蒙之约最初仍想表示拒绝，但是钱的回答拯救了愿在黑暗中沉没的鲁迅，使鲁迅找到了一个摆脱心理危机的理由。鲁迅说："是的，我虽然自有我的确信，然而说到希望，却是不能抹杀的，因为希望是在于将来，决不能以我之必无的证明，来折服了他之所谓可有，于是我终于答应他也做文章了，这便是最初的一篇《狂人日记》。"① 显然，这里表达了鲁迅对于悲观和希望之无的确信，这个确信是建立在过去和现在的个体经验之上的，但是希望的有存在于未来，这是超出了个体的经验的，不能经验和证实的东西虽然未必有，但也未必无，正是在这一点上，鲁迅带着一种犹疑的心态重新焕发出了启蒙的呐喊。他的呐喊似乎震撼和摇动了整个中国历史和文化的根基，他在小说和杂感中再度焕发的激情确实让人领略了五四时期那种狂飙突进的气息，因而这个鲁迅不难让人想起曾经为他所深情呼唤的摩罗诗人和精神界战士。人们据此认为，鲁迅成了一个坚定而伟大的启蒙战士，但是，根据一些论者的看法，这也会造成一种莫大的历史性误读。

因为直面鲁迅的本心，他的悲观仍是不可摆脱的底里，只要"铁屋子"意象在鲁迅的思想和经历中不曾根除，那么鲁迅对于启蒙就会采取一种表里不一的态度。所以，当鲁迅在五四时期摆脱了他的第一次心理危机，并且开始发出第一声启蒙呐喊的时候，他在事实上就形成了别一种应对危机的心理机制，这就是"我要骗人"。具体说来，鲁迅此时发出的声音当然是一种充满了痛切之声的启蒙之音，但是鲁迅在表达启蒙的同时往往也拆解了启蒙，这就是狂人何以由一个启蒙的战士回复到常人状态的真正原因。鲁迅在创作中不敢把启蒙坚持到底，就是因为鲁迅自己并不愿把启蒙坚持到底，经历了沉默期的鲁迅区别于早年鲁迅的一个地方，就在于鲁迅此时已经走在了一条言和行日渐背离的路上，鲁迅并不敢表达他的真正绝望，但是也不愿表达那个无所依傍的希望，鲁迅就是处在这样一个精神的夹缝中，他不愿让自己的心灵走向分裂的境地，所以就采取了那样一种互为拆解又互为支撑的话语方式，这就是"我要骗人"。或许唯其如此，鲁迅的心灵才会趋向暂时的平衡，也才不会走向崩溃吧。所以，鲁迅的创作和启蒙在某种意义上是一种自我拯救的方式，没有创作和启蒙就不会有文

---

① 鲁迅:《呐喊·自序》，载《鲁迅全集》第1卷，第418—419页。

学史上的鲁迅，也不会有思想史上的鲁迅，而没有"我要骗人"的心理机制的驱使和支持，鲁迅不是沉默就是死亡，当然也就不会在沉默中爆发了。"我要骗人"是鲁迅 1936 年 2 月写的一篇文章，他在文中写道："为了希求心的暂时的平安，作为穷余的一策，我近来发明了别样的方法了，这就是骗人。"①其实如上所述，此种"骗人"早已成了文学家鲁迅心理结构的一部分，它是跟五四时期作为文学家鲁迅的诞生同时产生的，鲁迅到了生命的最后，一方面揭示了"我要骗人"的客观性存在，这倒可说是以自我坦白的形式说了真话，但另一方面又说这是他近来发明的方法，倘若有读者相信了，那才真是笨伯的罢，原因在于"我要骗人"并不是鲁迅一时的心血来潮之举，而是自五四时期重新开始他的启蒙工作时就一以贯之的，并且是他赖以维持心理平衡的一种相当稳固的思维方式和话语方式。这也多少富有意味地表明，鲁迅即使到了生命的最后，也是不经意间仍然以说谎的方式透露了他在写作中善于掩饰说谎的实情。

对于此种言与行的不一致，鲁迅在"五四"以后多有自省式的说明，这表明，鲁迅并非没有意识到他的骗人，而是非常自觉地实践了这样一种话语方式。

1924 年 9 月，鲁迅在给李秉中的信中写道："其实我何尝坦白？……我不大愿意使人失望，所以对于爱人和仇人，都愿意有以骗之。"②

1925 年 5 月，鲁迅跟许广平反复强调道："我所说的话，常与所想的不同"；"我对人说话时，却总拣择那光明些的说出"；"我为自己和为别人的设想，是两样的"。③

1926 年 11 月，鲁迅在厦门的深夜里坦陈："偏爱我的作品的读者，有时批评说，我的文字是说真话的。这其实是过誉，那原因就因为他

---

① 鲁迅：《我要骗人》，载《鲁迅全集》第 6 卷，第 485 页。
② 鲁迅：《240924·致李秉中》，载《鲁迅全集》第 11 卷，第 430—431 页。
③ 鲁迅：《两地书·二四》，载《鲁迅全集》第 11 卷，第 79—80 页。

偏爱。我自然不想太欺骗人，但也未尝将心里的话照样说尽，大约只要看得可以交卷就算完。"又说："有人以为我信笔写来，直抒胸臆，其实是不尽然的，我的顾忌并不少。我自己早知道毕竟不是什么战士了，而且也不能算前驱，就有这么多的顾忌和回忆。"①

其实，没有这种顾忌和回忆，或许就不会有鲁迅的非凡创作了，因为正是有了这类顾忌和回忆，鲁迅才会在一种回返往复的咀嚼中体味心灵的坚强与脆弱，悲凉与欢欣，希望与绝望，并在此之上，才有可能更多地在自我和时代需求之间架起一座沟通的桥梁。鲁迅在创作中运用的"曲笔"往往就是这类顾忌的表征。1922 年年底，他在介绍《呐喊》时写道："既然是呐喊，则当然须听将令的了，所以我往往不恤用了曲笔，在《药》的瑜儿的坟上平空添上一个花环，在《明天》里也不叙单四嫂子竟没有做到看见儿子的梦，因为那时的主将是不主张消极的。"②

在很大程度上，鲁迅的"我要骗人"心理及其话语方式就是从这种顾忌和曲笔发展而来的，前者只不过是后者的一种极端形式而已。我以为，相对留日时期，倘说五四时期还只是鲁迅发生言与行背离的第一阶段，那么，鲁迅在广州经历国民党发动的"清党"事变之后，由于感受了异乎寻常的政治残暴和血腥恐怖，他的背离就会走向一个更深的阶段，这是伴随着鲁迅对于文学启蒙的又一次质疑而发生的必然。本来，在"清党"事变发生前夕，鲁迅根据自己以往在北京时期的经验，尤其是 1926 年"三一八"惨案发生之后的体察，已经感到在一个军阀混战的时期，文学相对革命来说是最没有力量的了。鲁迅说："文学文学，是最不中用的，没有力量的人讲的；有实力的人并不开口，就杀人"。又说："中国现在的社会情状，止有实地的革命战争，一首诗吓不走孙传芳，一炮就把孙传芳轰走了。自然也有人以为

---

① 鲁迅：《写在〈坟〉后面》，载《鲁迅全集》第 1 卷，第 283—284 页。
② 鲁迅：《呐喊·自序》，载《鲁迅全集》第 1 卷，第 419 页。

文学于革命是有伟力的，但我个人总觉得怀疑。"①想不到这些话几天之后又一次得到了变本加厉的验证，这就更会促使鲁迅对于文学启蒙产生一种消极的看法，更会加重鲁迅对启蒙自五四时期本来怀有的质疑，也会促使鲁迅再次走向沉默。

鲁迅说，他被这次"清党"事变吓得目瞪口呆，他曾指斥段祺瑞政府所制造的"三一八"惨案是民国以来最黑暗的一天，但"清党"事变中发生的那种血的游戏显然让他感到更加令人难以置信的震惊、恐怖和愤怒，也让他不由再次陷入了自我的反省之中。1927 年 9 月，他在《答有恒先生》中表达了自己的沉痛悔恨，以为自己此前从事的启蒙工作不意间倒成了一种新的帮凶：

> 我曾经说过：中国历来是排着吃人的筵宴，有吃的，有被吃的。被吃的也曾吃人，正吃的也会被吃。但我现在发现了，我自己也帮助着排筵宴。先生，你是看我的作品的，我现在发一个问题：看了之后，使你麻木，还是使你清楚；使你昏沉，还是使你活泼？倘所觉的是后者，那我的自己裁判，便证实大半了。中国的筵席上有一种"醉虾"，虾越鲜活，吃的人便越高兴，越畅快。我就是做这醉虾的帮手，弄清了老实而不幸的青年的脑子和弄敏了他的感觉，使他万一遭灾时来尝加倍的苦痛，同时给憎恶他的人们赏玩这较灵的苦痛，得到格外的享乐。②

显然，鲁迅把自己比作泡制醉虾的帮手，以为因他的启蒙文字而觉醒了的青年所受的格外苦痛是跟他联系在一起的，自己难逃其责，因此，启蒙的积极意义在当时的社会条件下还能剩下些什么呢？这样，鲁迅对启蒙的悲观心态也就不能不加深了，他在五四时期所持有

---

① 鲁迅：《革命时代的文学》，载《鲁迅全集》第 3 卷，第 417、423 页。

② 鲁迅：《答有恒先生》，载《鲁迅全集》第 3 卷，第 454 页。

的"铁屋子"论不仅没有消失,反而在新的残酷现实的冲击下显得更加深重了。在此,鲁迅其实又经历了一个历史的循环,他的顾忌也就不能不多了起来,他在说与不说之间徘徊着、犹豫着、痛苦着,而当他开始新一轮言说的时候,我们可以清楚地看到,即使他有意识地增加了一部分马克思主义的内容,在阶级革命论的吸引下,他仿佛又找到了新的自信,但是,他的思维方式和话语方式不仅没有改变,反而显得更加稳固了,这就是"我要骗人"在他生命的晚期才得以明确提出的原因。我们可以体会鲁迅叫出"我要骗人"的沉痛心情,这是在深浓的夜色和无法撼动的铁屋子的压抑下所发出的生命的绝叫,鲁迅本来不想这样,他要披露自己的真心,践履他早年确立的"白心"誓言,做一个名实相符的知识分子,但是,由于生命经常受到历史、现实等的多重挤压,由于他经常痛感到生命的脆弱和命运的无常,所以,他把真心越来越包裹得严实了。许寿裳曾说:"鲁迅是仁智双修的人。唯其智,所以顾视清高,观察深刻,能够揭破社会的黑暗,抉发民族的劣根性,这非有真冷静不能办到的;唯其仁,所以他的用心,全部照顾到那愁苦可怜的劳动社会的生活,描写得极其逼真,而且灵动有力。"还说:"鲁迅又是言行一致的人。他的二百万言以上的创作,任取一篇,固然都可以看出伟大的人格的反映,而他的五十六年的全生活,为民族的生存而奋斗,至死不屈,也就是一篇天地间的至文——一篇可泣可歌光明正大的至文。这仁智双修言行一致八个字,乃是鲁迅之所以为鲁迅!"①许氏究竟是鲁迅的挚友,他把鲁迅确实涂抹得高大了一些,在此暂且撇开"仁智双修"不说,单说这"言行一致"四字,就是颇可疑问的,所以,对于那些以鲁迅老友自居的人写的回忆性文字,无论是貌似客观的叙述还是声情并茂的赞美,都是不能全然采信的。鲁迅在《我要骗人》中说:"而我,却愈加恣意

---

① 许寿裳:《悼亡友鲁迅》,载鲁迅博物馆等编:《鲁迅回忆录(专著)》上册,北京出版社 1999 年版,第 448—449 页。

的骗起人来了。如果这骗人的学问不毕业，或者不中止，恐怕是写不出圆满的文章来的。"这虽然含有一点讽喻在里边，但对鲁迅来说，也是他为文的实情，是他知晓如何深文周纳、比较世故的一部分。因而又说："要彼此看见和了解真实的心，倘能用了笔，舌，或者如宗教家之所谓眼泪洗明了眼睛那样的便当的方法，那固然是非常之好的，然而这样便宜事，恐怕世界上也很少有。"① 真实的心之所以不能在文字构筑的表象图式中得到完全了解，主要在于鲁迅既不相信文字具有那样神奇的魔力，也不相信作者真的在文字的构图中表达了自己真实的心。鲁迅以为这是很可悲哀的事，但是，除了继续在文字中说些吞吞吐吐的话，继续干些"我要骗人"的勾当之外，还能做些什么呢？显然，到了生命的最后，鲁迅分明透彻地意识到了"我要骗人"的无能和无奈，似乎想摆脱它的规制，但又不能，这是一种怎样的痛苦啊。所以死对于他来说，或许才真是一种彻底的解脱。

王晓明曾用三次逃离来概括鲁迅"五四"以后的一生："一九一八年，他从绍兴会馆的'待死堂'逃向启蒙主义的呐喊队；一九二六年，他又从风沙蔽日的北京逃向温暖明亮的南方；一九三〇年，他要从孤寂的自由知识分子的立场，逃向与共产党结盟的激进反抗者的营垒。"因此，自 1918 年始，鲁迅的一生就是不断从悲观和绝望中逃离的一生，但是，"这三次逃离都不成功，它们给他的打击，也一次比一次更沉重"②。本来，命运之神已经看中了他，要选他充当宣告民族和文化衰亡的伟大先知，要请他创制现代中国历史悲剧的伟大启示录，所以才让他不断品尝悲观和绝望的苦酒，但是，鲁迅总是不愿认真地谛听命运之神的启示，不愿正视自己悲观主义的命运，因而不愿也不能将悲观主义信仰到底，他选择了自以为是当然也是有苦难言的逃离，不是落入孔子式的理想主义，就是陷入老庄式的虚无主

---

① 鲁迅：《我要骗人》，载《鲁迅全集》第 6 卷，第 488—489 页。

② 王晓明：《无法直面的人生：鲁迅传》，上海文艺出版社 2001 年版，第 238 页。

义。鲁迅曾经概括中国古代文化是瞒和骗的文化，中国古代文人大都不敢正视历史和现实之重，但鲁迅自己又何尝不是如此？所以，自"五四"始，鲁迅所走的是一条不断犹疑的路，并且在言与行的不一致上愈行愈远，他曾把自己定位在"历史中间物"的位置，这看似是清醒、理性的，是符合现代中国历史的某些实际的，但是，鲁迅在这样的定位中已经把自己的半个身子交给了那个鬼气弥漫的传统，他既要揭示它，又要掩饰它，因而，在鲁迅的内心无不交缠着一条执著如怨鬼的毒蛇，这条毒蛇的面孔是那样的令人捉摸不透，真真假假，明明灭灭，鬼火似的闪烁着，最后终于咬啮着他的灵魂，让他过早地离开了人间。这条纠缠在鲁迅内心的毒蛇就是他之所谓"我要骗人"。[①]这是一个现代启蒙主义者的悲哀。

三、"我要骗人"：作为一种伟大的德性

鲁迅何以非要采取这样一种"骗人"的姿态？何以在言说时要显得那样瞻前顾后、有所顾忌？原因之一，我在上面已经约略谈过了，这就是鲁迅在五四时期重新走上启蒙之路时所怀有的一种心态，或者说，这是鲁迅之能重新踏上启蒙之路的一个前提，而它，根源于鲁迅对于"铁屋子"的体验。这是十年沉默期带给鲁迅的一种非常深刻和怪异的体悟，有了此种体悟，就把鲁迅从留日时期誓言"我以我血荐轩辕"的儒生状态中区别开来，也把鲁迅从那种决绝的无所顾忌的启蒙姿态中区别开来，而有了对于此种体悟的坚守，鲁迅特立独行的生存方式和话语方式才能得以确立，并使他有可能在现代中国文学史和思想史上发出真正独异、如鬼火样闪烁的人文光芒。因为鲁迅带

---

① 参阅王彬彬：《多少话，欲说还休——关于鲁迅的"顾忌"》，《鲁迅研究月刊》1997 年第 3 期。该文观点及论述对本节内容多有启发，谨此说明并致谢。

着这样一种虚无而又实有的"铁屋子"体验开始其新的启蒙创作，所以鲁迅在启蒙的要义上原本就是自相矛盾的：他要进行启蒙，用现代理性的光芒照亮自己和别人，但是，他又恰恰沉溺在一种独自偷偷品味传统情趣的遐想中；他要进行启蒙，人们也毫不犹豫地把他定位成一个启蒙主义者，但他对启蒙的信念始终处在一种不断动摇和下移的态势中，因而他根本上就不是一个坚定的启蒙主义者。也正因如此，鲁迅的创作话语中就多了一层悖论的因素，你不能以常态的眼光看待它，你必须穿越其表象的迷惑才能探寻到言说的底里。那么，从这个底里中氤氲而出的又是些什么呢？首先是鲁迅常说的阴森"鬼气"，不管他在言说中如何遮掩，这缕鬼气总会不期而至，悄悄冒出。其次就是只有在熬煮中药时才能闻到的那种独特气味，是苦中带腥，也是能令人微醺的那样一种带着毒气的药酒的气味。1927 年，鲁迅曾经追述自己独守厦门岛上的心态，这是颇能说明他的话语实践所蕴含的独特生命内涵的：

　　记得还是去年躲在厦门岛上的时候，因为太讨人厌了，终于得到"敬鬼神而远之"式的待遇，被供在图书馆楼上的一间屋子里。白天还有馆员，钉书匠，阅书的学生，夜九时后，一切星散，一所很大的洋楼里，除我以外，没有别人。我沉静下去了。寂静浓到如酒，令人微醺。望后窗外骨立的乱山中许多白点，是丛冢；一粒深黄色火，是南普陀寺的琉璃灯。前面则海天微茫，黑絮一般的夜色简直似乎要扑到心坎里。我靠了石栏远眺，听得自己的心音，四远还仿佛有无量悲哀，苦恼，零落，死灭，都杂入这寂静中，使它变成药酒，加色，加味，加香。这时，我曾经想要写，但是不能写，无从写。①

---

①　鲁迅：《怎么写——夜记之一》，载《鲁迅全集》第 4 卷，第 18 页。

倘能产生此种如饮药酒的感受，那么也就捕捉到了鲁迅作品的神韵。既然如此，鲁迅当然就会有所顾忌了，文学和思想的启蒙原本是要给人以生存的勇气，但他的思想中阴郁和黑暗的成分居多，而这，无论如何是与启蒙的目的背道而驰的。关于这些，鲁迅曾经多次强调过："我自己总觉得我的灵魂里有毒气和鬼气，我极憎恶他，想除去他，而不能。我虽然竭力遮蔽着，总还恐怕传染给别人。"①1925年，在给许广平的信中写道："我已在《呐喊》的序上说过：不愿将自己的思想，传染给别人。何以不愿，则因为我的思想太黑暗，而自己终不能确知是否正确之故。……所以只能在自身试验，不敢邀请别人。"②1926年，他于《写在〈坟〉后面》中更是细腻地诉说过这个意思：

> 我只很确切地知道一个终点，就是：坟。然而这是大家都知道的，无须谁指引。问题是在从此到那的道路。那当然不只一条，我可正不知那一条好，虽然至今有时也还在寻求。在寻求中，我就怕我未熟的果实偏偏毒死了偏爱我的果实的人，而憎恨我的东西如所谓正人君子也者偏偏都矍铄，所以我说话常不免含胡，中止，心里想：对于偏爱我的读者的赠献，或者最好倒不如是一个"无所有"。我的译著的印本，最初，印一次是一千，后来加五百，近时是二千至四千，每一增加，我自然是愿意的，因为能赚钱，但也伴着哀愁，怕于读者有害，因此作文就时常更谨慎，更踌躇。……还记得三四年前，有一个学生来买我的书，从衣袋里掏出钱来放在我手里，那钱上还带着体温。这体温便烙印了我的心，至今要写文字时，还常使我怕毒害了这类的青年，迟疑不敢下笔。③

---

① 鲁迅：《240924·致李秉中》，载《鲁迅全集》第 11 卷，第 431 页。

② 鲁迅：《两地书·二四》，载《鲁迅全集》第 11 卷，第 79—80 页。

③ 鲁迅：《写在〈坟〉后面》，载《鲁迅全集》第 1 卷，第 284—285 页。

　　读着这些话，我深深感动于鲁迅的良苦用心，因为他终究眷恋着的还是年轻读者的生命，鲁迅不愿看到他们因为读了自己所可能写出的天地间最黑的咒词而受到影响，并因之和社会对抗，而现出生命的危机。所以，当鲁迅1926年和1927年相继在北京和广州目睹了残酷异常的血的游戏后，他更是为自己的文章有可能唤醒了"铁屋子"中的青年并因此而遭致杀害而感到惶恐不安，这就可以理解他何以在这几年里总会写出不断反思并自责的文字。鲁迅曾于《写在〈坟〉后面》一文中说道，尽管他也有着向青年读者坦陈真实之心的念头，但一想到年轻生命的宝贵，也就没有勇气做下去了。由于一意顾念别人的生命，鲁迅当然就不会如实披沥自己的真心了，也就不会成为一个呐喊不止的启蒙主义战士了。言语的装饰在此显现了善的力量和品格，因而，他所怀有的顾忌和"我要骗人"的理念也就成了一种爱的大蠹了。在此意义上，鲁迅"我要骗人"之类的话语也就含蕴了一种不可否定的伟大德性之美在里边。

　　关于生命，鲁迅认为人的生存是第一要义，人都不存在了，还能说有什么人生的意义呢？这个观念其实在"五四"一代知识分子那里，乃是一个根深蒂固的存在。尊重和善待别人的生命，同时对自己的生命也爱护有加，这理应成为一个现代公民的常识。在人生和社会中，鲁迅是明确反对人们赤膊走上战场的，也明确反对人们尤其是青年去做一些看似勇敢实则鲁莽之极的无谓牺牲，因而主张壕堑战，其目的就在于尽可能保存人的生命，而对鲁迅本人来说，也便能使自己更多地写下一些揭露社会黑暗的文字，能够不断地给那些欢呼天下太平的正人君子们揭露一些人世的缺陷，让他们也感到一点别扭，感到一些不舒服。鲁迅曾经坦言：

　　　　我的确时时解剖别人，然而更多的是更无情面地解剖我自己，发表一点，酷爱温暖的人物已经觉得冷酷了，如果全露出我的血肉来，末路正不知要到怎样。我有时也想就此驱除旁人，到

那时还不唾弃我的，即使是枭蛇鬼怪，也是我的朋友，这才真是
我的朋友。倘使并这个也没有，则就是我一个人也行。但现在我
并不。因为，我还没有这样勇敢，那原因就是我还想生活，在这
社会里。还有一种小缘故，先前也曾屡次声明，就是偏要使所谓
正人君子也者之流多不舒服几天，所以自己便特地留几片铁甲在
身上，站着，给他们的世界上多有一点缺陷，到我自己厌倦了，
要脱掉了的时候为止。①

鲁迅明白自我生命的有限性和脆弱性，人的意志无论怎样坚强，
但如果没有了生命，也会失去依凭，在这个意义上，俗语所言"好死
不如赖活着"还是有其特定的生命内涵的。按照我的理解，鲁迅是把
自己的生命跟献身于文学和思想启蒙的职志紧密联系在一起的，因
此，他对生命的保存就看得比一般人更重。鲁迅在《死》中曾说自
己是死的随便党，以为自己并不害怕死的到来，这其实还是一句"我
要骗人"的话。他在谈到晋人刘伶时说过："刘伶喝得酒气熏天，使
人荷锸跟在后面，道：死便埋我。虽然自以为放达，其实是只能骗骗
极端老实人的。"②我以为这话也正可用来评价鲁迅对于死的态度。鲁
迅其实是位害怕生命无端消失的智者，在死面前，他给人的印象不仅
是位世故老人，而且简直是个胆小鬼，也许这是一种错觉吧，但我们
又确乎可以找到一些例证来做说明。在这意义上，鲁迅并不能成为一
般意义上的革命者，这在他自己也是承认了的。鲁迅曾对增田涉说：
"攻击我的批评家们说，鲁迅不是真正的革命家，原因是，如果是真
正的革命家，早已该被杀掉了。他还生存着在这儿叨叨唠唠，这就是
并非真正革命家的证据。这是实在的，我也承认这道理。自从我们干
起对清朝的革命运动以来，我的朋友大都被杀掉了，活下来的很少

---

① 鲁迅：《写在〈坟〉后面》，载《鲁迅全集》第 1 卷，第 284 页。
② 鲁迅：《写在〈坟〉后面》，载《鲁迅全集》第 1 卷，第 283 页。

啊！"显然，鲁迅在此是有感而发的，这让他不能不想起早年参加光复会的事。光复会的人大都具有不怕死的革命英雄气概，鲁迅却并非如此。增田涉回忆道，鲁迅"曾经向我说过，他在晚清搞革命运动的时候，上级命令他去暗杀某要人，临走时，他想，自己大概将被捕或被杀吧，如果自己死了，剩下母亲怎样生活呢？他想明确地知道这点，便向上级提出了，结果是说，因为那样地记挂着身后的事情，是不行的，还是不要去罢"①。就这样，鲁迅由于牵挂母亲而没有成为一个敢于抛头颅洒热血的革命志士。究其原因，鲁迅曾在1925年跟许广平通信之初就说过，以为自己多疑，害怕自己和别人生命的无端失去，才会终于做不成行动的革命者，更做不成革命的领导者，"其结果，终于不外乎用空论来发牢骚，印一通书籍杂志"②。这个结果看似无力和无能，但其实正是鲁迅对于自己生命归宿的定位，鲁迅愿意用他的生命来创制那种看似软弱的空论，舍此，别无所求，这实在是鲁迅依自不依他的个性表现，所以，鲁迅的固执是带着一种特别的生命意味的，也是带有几分传统士大夫和现代知识分子相混合的道德品性和个人趣味在里边，它仍然不过是鲁迅所言人道主义和个人主义思想在他心中交相起伏的表征罢了。鲁迅曾言，"还是切己的琐事总比世界的哀愁关心"③，又说，"远地方在革命，不相识的人们在革命，我是的确有点高兴听的，然而——没有法子，索性老实说罢，——如果我的身边革起命来，或者我所熟识的人去革命，我就没有这么高兴听。有人说我应该拚命去革命，我自然不敢不以为然，但如叫我静静地坐下，调给我一杯罐头牛奶喝，我往往更感激"④。这确是夫子自道，颇能表达他的真性情。鲁迅为了完成自己的使命而过多地注重生

---

① ［日］增田涉：《鲁迅的印象》，钟敬文译，载鲁迅博物馆等编：《鲁迅回忆录（专著）》下册，北京出版社1999年版，第1390、1362页。

② 鲁迅：《两地书·八》，载《鲁迅全集》第11卷，第32页。

③ 鲁迅：《怎么写——夜记之一》，载《鲁迅全集》第4卷，第22页。

④ 鲁迅：《在钟楼上——夜记之二》，载《鲁迅全集》第4卷，第30页。

命的保存和延续，这有什么不好呢？而为了保存自己的生命，鲁迅讲究言说的分寸，有时不免因为顾忌而把文章做得有那么一点子晦涩和迷离，让那些据说不满三十岁就看不懂他的文章的不更事的人们远离他的心曲，这又有什么不好呢？所以，不论是为自己还是为别人，鲁迅特别注意到生命的保存，并且不免在极端意义上运用了那种"我要骗人"的话语方式，但其间缠绕着的不就正是鲁迅真实的心么？所以在这意义上，我以为鲁迅的"我要骗人"不是恶而是善。

李长之曾经富有洞察力地指出，鲁迅小说创作中几乎有个共同点，这就是关于死亡的书写，而死亡的阴影爬满鲁迅小说叙事的肌理并非偶然，"乃是代表着鲁迅一个思想的中心，在他几经转变中的一个不变的所在，或者更可以说，是他自我发展中的背后唯一动力，这是什么呢？以我看就是他的生物学的人生观：人得要生存"。并且认为，"他的一切奋斗，一切抗战，一切同情，都似乎出发自这个思想中心"。① 日本学者竹内好曾在《鲁迅》一书中最早认为李长之这一论断是个卓见，肯定他发现了鲁迅之所以成为鲁迅的那个本源性的东西，而这就是"人得要生存"这个质朴的生活信念，唯一不同的是，竹内认为李氏把它当作思想家鲁迅的根底来看待，而自己则把它作为文学家的鲁迅的根底来分析。其实，竹内在此误会了李氏，鲁迅本来就不是一个普通意义上的思想家，李氏也认为鲁迅并不是一个具有体系性的思想家。竹内说："人得要生存。鲁迅并没把它当成一个概念。他是作为一个文学者以殉教的方式去活着的。"② 李长之其实也是如此来看待作为文学家的鲁迅的。对鲁迅来说，也正因如此，他才会对生命的保存抱着一种执著的信念，并对如何保存生命的基本作着深刻而痛苦的抵抗，而在此种坚持不懈的抵抗中，鲁迅终于以自己对于死的

① 李长之：《鲁迅创作中表现之人生观——鲁迅批判之五》，《国闻周报》（沪）第12卷24期，1935年6月24日。
② ［日］竹内好：《近代的超克》，孙歌编，李冬木等译，生活·读书·新知三联书店2005年版，第8—9页。

预感和挣扎成就了文学的生，在这个意义上，死才真正是他文学的完成。循此，我理解鲁迅所处境遇的尴尬和艰难，他在生与死、光明与黑暗、希望与绝望、实有与虚无、历史与现实之间缠绕又关联，因而难于决断，他只好把这缠绕性的体验采取一种相应的话语方式呈现出来，这就是"我要骗人"。鲁迅宁愿一人担承历史的黑暗，他说要背负黑暗的闸门就背负了黑暗的闸门，在这个意义上，鲁迅是有可能成为现代中国思想史上的基督的，他要以有所遮蔽的方式言说生与死的真实，他要在无所有中拯救那些沉酣在"铁屋子"之中的人。所以，鲁迅在《我要骗人》中所举的例子看似信手拈来，实则寄托了他的深意。文中的小孩显然代表着天真烂漫的生，而八十岁的老母无疑表征着即将到来的死，但无论是生还是死，她们所能获得的希望和欢欣，都是根源于鲁迅对真实境遇的着意遮蔽，亦即根源于他的善意的谎言。鲁迅云"我不爱看人们的失望的样子"①，因此，他宁可捐钱给募集灾款的小孩，也不愿把政府官员腐败和贪婪的真相告诉她，不愿惊醒她的美梦；也正因如此，鲁迅本不相信天国的存在，但是为了能给老母以生前与死后的慰安，仍说愿意毫不踌躇地告诉她天国的存在。在这个意义上，鲁迅正是以善意的谎言充实了人们的希望，而唯独让自己担承了并不舒服的真实痛苦。这些痛苦的真实压迫着他的灵魂，使他在爱爱仇仇的人世间确切体验了生存的艰辛和病态，他当然有所痛苦的绝叫，但这绝叫仍如地下的烈火不能喷薄而出，又似不能根治的肺病深重地潜伏于他的躯体，于此可以想见鲁迅所能承受的痛苦的剧烈程度，这使得鲁迅的作品里含蕴了一些令人不寒而栗的东西。增田涉以其对鲁迅文本的细腻感受和鲁迅晚年生存状态的体察，曾经部分地道出了此种魂灵书写的真相：

　　在鲁迅晚年的小品里，实际可怕意味的东西很多。像《我

---

① 　鲁迅：《我要骗人》，载《鲁迅全集》第6卷，第487页。

要骗人》、《火、王道、监狱》、《写于深夜里》、《半夏小集》等，都有着使人感到可怕的东西。从什么地方产生这可怕的意味呢？是由于那些文章所具有的政治的战斗性的缘故。对于强权压迫的悲痛叫喊，不能从表面堂堂地说出，因而有无限含蕴的隐藏在内部的东西。是几乎使人感到"病态"的可怕。晚年的他，肺脏已经完全被病菌所侵蚀。……这时候，我得到的印象是，他在肉体上也表现着一些可怕的地方；文章也变成晚年那样的险峻、痛烈。①

越是体察到鲁迅经受了常人难以忍受的精神和肉体上的双重痛苦，我也就越会感觉到鲁迅在"我要骗人"的话语方式中确乎含蕴了一种伟大的德性。

四、"我要骗人"与鲁迅后期苏联观

20世纪90年代以来，随着苏联档案的不断解密，鲁迅曾经对苏联的讴歌就越来越成为一种不良的历史性行为或误识而受到人们的批评与反思，这也就不能不成为鲁迅现象史上一个不可回避的重要问题而时时受到研究者的关注。② 在此，笔者拟结合对鲁迅思想和当代社会鲁迅接受与传播情形的总体性认知，对此问题做一番重新审视和探讨。

关于此，许广平曾写过《鲁迅眼中的苏联》（1946年）、《略谈鲁迅与苏联文学的关系》（1957年）、《向往苏联》（1959年）等文章，对鲁迅与苏联的关系进行过较为细致的梳理，在一段时期内，这也成了她在很多场合乐意谈到的话题。1959年，她曾对此做过一次概述，

---

① ［日］增田涉：《鲁迅的印象》，钟敬文译，载鲁迅博物馆等编：《鲁迅回忆录（专著）》下册，北京出版社1999年版，第1363页。

② 对此，朱正、周葱秀、钱理群、张永泉等学者曾进行过较为详细的探讨。

不妨引录如下：

> 十月革命开辟了人类历史的新纪元，第一个无产阶级专政的国家在苏联出现、成长和壮大，关系着全世界工人阶级和劳苦大众以及一切被压迫人民的解放与希望。因此，鲁迅和一切革命者一样，对于伟大的十月革命，在它刚刚发生不久之后，立即表示热烈的欢迎（如《热风·圣武》）；对于苏联人民的社会主义建设与艰苦奋斗精神，热烈的给予赞扬（如《南腔北调集·林克多〈苏联闻见录〉序》）；对于帝国主义的阴谋干涉苏联，忿怒地加以揭露与反对（如《南腔北调集·我们不再受骗了》）；对于被反动派断绝的中苏两国人民之间文化交流的恢复，表示热烈的祝贺（如《南腔北调集·祝中俄文字之交》）。由于鲁迅是一个作家，所以他对于苏联的认识，还有着一条殊途同归的道路，这就是苏联的文化艺术，早就使他倾心，使他羡慕。对于苏联的艺术，无论音乐、美术、电影，特别是木刻，他是极口称道，赞扬不已的；对于苏联的文学作品，如所周知，他早就极力推重，设法翻译、介绍、传布的。尤其是一些马列主义的文艺理论书籍和一些优秀的文学作品，他更是冒着生命的危险，来向革命青年和广大读者介绍推广的。他把这种工作，比为普洛米修斯偷天火给人类，比为私运军火给造反的奴隶，借以向人民指明方向，鼓舞大家的斗争意志。[①]

许广平在此注意到了鲁迅作为一个文学家的特点，应该说，这是一个很有眼光的看法。诚然，鲁迅后来对于苏联的认识和感情最初是在俄罗斯文学作品的阅读中孕育起来的。他在早年所写《摩罗诗力

[①]　许广平：《"党的一名小兵"》，载《许广平文集》第 2 卷，江苏文艺出版社 1998 年版，第 323—324 页。

说》中就曾重点评介了普希金、莱蒙托夫等俄罗斯作家，也曾提到了后来对其创作产生了重要影响的果戈理；他在与周作人合译《域外小说集》时，也曾重点译介了契诃夫、安特莱夫、迦尔洵等人的作品。五四文学革命以后，鲁迅对俄罗斯文学以及随后出现的苏联文学表现了更加浓厚的兴趣，应该说，鲁迅在精神上对其产生了相当程度的共鸣。1932年9月，鲁迅在《竖琴》"前记"中说："俄国的文学，从尼古拉斯二世时候以来，就是'为人生'的，无论它的主意是在探究，或在解决，或者堕入神秘，沦于颓唐，而其主流还是一个：为人生。"①同年12月，他在《祝中俄文字之交》中认为俄国文学给先觉的中国人做了"切实的指示"，认为它是人们的"导师和朋友"。他又说："我们的读者大众，在朦胧中，早知道这伟大肥沃的'黑土'里，要生长出什么东西来，而这'黑土'却也确实生长了东西，给我们亲见了：忍受，呻吟，挣扎，反抗，战斗，变革，战斗，建设，战斗，成功。"②可见，鲁迅在俄罗斯文学和后来的苏联文学中汲取了不少文学和思想的养分。章太炎曾经认为正是鲁迅对俄国文学情有独钟，所以才会发生后来的"左倾"，这是很有道理的。

1949年4月，冯雪峰在为苏联汉学家罗果夫所编《鲁迅论俄罗斯文学》一书所写的序言中，重点论述了鲁迅与俄罗斯文学和苏联文学的深刻关系。他在具体谈到鲁迅与苏联文学的关系时指出："鲁迅从苏联文学得到的帮助，主要是在文学思想上。他很早就开始注意苏联文学，即当苏联结束着革命内战时期而转入新经济政策的时候，苏联的作品开始有外国的译本了，他就已经开始注意的；但他和苏联文学发生真正亲密和深刻的关系的，是紧接着中国一九二五——二七年大革命之后，他正在转变为一个共产主义者，领导着中国无产阶级的革命文学运动（即在思想上拥护无产阶级和共产党领导中国民主革

---

① 鲁迅：《〈竖琴〉前记》，载《鲁迅全集》第4卷，第432页。

② 鲁迅：《祝中俄文字之交》，载《鲁迅全集》第4卷，第460、462页。

命的左翼作家们的文学运动）的时候开始的。这个时候，在鲁迅是一个新的开始；和他前期的开始时一样，先着重于世界无产阶级革命文学的理论和作品的介绍与翻译，从一九二八年起到他逝世时止他所翻译的苏联文学作品和马克思主义者的文艺理论，在他后期的战斗的文学工作上居了极重要的部分。"而他在译介和阅读苏联文学时所特别关注的，"首先是苏联文学所反映的革命和他的教训，以为这对于中国革命以及他本人都有帮助；其次，他把苏联文学看作新的美学的实绩，以为这对于中国新的革命文学的创造是可以做参考和范本的"。①冯雪峰的这个看法在 1949 年之后的鲁迅研究界仍然产生了较大影响，具有一定代表性。姚文元在 1959 年 9 月出版了一本他在扉页上题为"献给伟大的社会主义祖国建国十周年"的书，这就是在当时及后来产生了广泛影响的《鲁迅——中国文化革命的巨人》。他在书中既承续了冯雪峰的上述观点，又进一步发展了它，提出了自己的看法。他说："鲁迅自己在几十年中辛勤地不断地向中国人民介绍着俄罗斯文学和苏联文学。他翻译'毁灭'和别的作品，是抱着很深切的对苏联和苏联人民的爱，抱着向中国人民介绍苏联革命斗争的渴望。他看待'毁灭'，'就象亲身生的儿子一般爱它'，这是海一样深的真情。……苏联的文学，真实地反映苏联人民英雄的斗争和无产阶级的革命气概，纸上轰响着暴风雨一样的劳动人民呼喊前进的声音。对于中国人民，这是一个现实的教育；对于中国的新文学，这是一个范例。"②尽管姚文元当时正在猛烈批判冯雪峰、胡风以及其他文艺批评家的所谓修正主义文艺思想，也在批判冯雪峰等人对于鲁迅思想的阐释，但是这段话仍然不能不说是对冯雪峰上述论断的承续。姚文元又着重指出，苏联文学和苏联本身一样在鲁迅思想的前后转变中发挥了重大作用。他说：1927 年前后，"正当鲁迅经历着思想上矛盾的时候，苏联

---

① 　冯雪峰：《鲁迅和俄罗斯文学的关系及鲁迅创作的独立特色》，载《雪峰文集》第 4 卷，人民文学出版社 1985 年版，第 65—66 页。
② 　姚文元：《鲁迅——中国文化革命的巨人》，上海文艺出版社 1959 年版，第 153 页。

的十月革命胜利后的情况和苏联新兴的无产阶级文学，对他产生了越来越大的影响"，"使他思考了很多的问题，推动了他朝新的思想发展，成为他从革命民主主义发展到共产主义的思想动力之一"。他又说："在鲁迅思想转变的过程中，象红线一样地贯串着苏联和苏联文学给予他的巨大影响。"①姚文元把鲁迅思想发生转变的重要原因之一归结为苏联和苏联文学的影响，这是他的一个较为独特的论述。当时有论者就此指出，姚文元这个方面的论述，往往被研究者"所忽略"，"确实可以弥补人们过去认识的不足"。②在姚文元看来，苏联文学促使鲁迅产生了新的无产阶级思想，确立了马克思主义的阶级论观念，使他有可能在各种因素的促动下完全从小资产阶级和革命民主主义立场转变到无产阶级立场上来。这一点鲁迅本人确实也曾作过说明。比如他说，在俄国文学（含苏联文学）中自己"明白了一件大事，是世界上有两种人：压迫者和被压迫者"。鲁迅认为，这在当时乃是一个"大发现，正不亚于古人的发见了火的可以照暗夜，煮东西"。③它在一定程度上表明，鲁迅在接受马克思主义阶级斗争学说之前，其实就已经在俄罗斯文学尤其是苏联文学中对于类似的阶级论观念有了一定的初步认识，换言之，他是带着自己阅读俄国文学的宝贵经验走近并接受马克思主义的，这个过程并非凭空产生，也非一蹴而就。

在更好理解了苏联文学之后，自然也就增进了鲁迅对于苏联社会制度优越性的了解。对此，姚文元曾经认为："鲁迅把苏联文学的成就看作苏联整个社会主义建设成就的一个部分，这些杰出的、纪念碑似的作品，证明苏联在文化上踏上了世界的高峰。"④这里所言杰出的作品是指《毁灭》和《铁流》等一类曾被鲁迅所译介或喜爱的苏联

---

① 姚文元：《鲁迅——中国文化革命的巨人》，上海文艺出版社1959年版，第46、49页。

② 林志浩：《鲁迅——中国文化革命的巨人》，《文学评论》1960年第2期。

③ 鲁迅：《祝中俄文字之交》，载《鲁迅全集》第4卷，第460页。

④ 姚文元：《鲁迅——中国文化革命的巨人》，上海文艺出版社1959年版，第153页。

文学名著，尽管这些作品对于现在的年轻读者已经没有多少吸引力了，但在当时仍然产生了很大影响。姚文元的这个论断还是比较符合鲁迅的思想实际的。鲁迅在《祝中俄文字之交》中的开篇就曾自豪地指出："十五年前，被西欧的所谓文明国人看作半开化的俄国，那文学，在世界文坛上，是胜利的；十五年以来，被帝国主义者看作恶魔的苏联，那文学，在世界文坛上，是胜利的。这里的所谓'胜利'，是说：以它的内容和技术的杰出，而得到广大的读者，并且给与了读者许多有益的东西。"[1]鲁迅把苏联文学与此前的俄罗斯文学并列，可见，这个新生的社会主义文学在鲁迅眼里已经具有经典的价值和地位，评价不可谓不高。针对有些批评者曾有对于苏联摧残文化的指摘，鲁迅1932年5月义正词严地反问道："列宁格勒，墨斯科的图书馆和博物馆，不是都没有被炸掉么？文学家如绥拉菲摩维支，法捷耶夫，革拉特珂夫，绥甫林娜（谢芙琳娜——引者），唆罗诃夫（肖洛霍夫——引者）等，不是西欧东亚，无不赞美他们的作品么？"[2]既然苏联在并不太长的时间里出现了如此优秀的作家和作品，可见苏联是多么优越的国度。这种优越性在鲁迅看来不仅体现在文化上，也体现在经济上。鲁迅对于经济问题关心较少，知之不多，但是在对苏联的评价上好像又特别看重经济是否得以发展，生产力水平是否有所提高。他在1932年写的几篇有关苏联的文章中反复强调了这一点。比如，他在为《苏联闻见录》一书所写的序言中说："我相信这书所说的苏联的好处的，也还有一个原因，那就是十来年前，说过苏联怎么不行怎么无望的所谓文明国人，去年已在苏联的煤油和麦子面前发抖。"又说："政治和经济的事，我是外行，但看去年苏联煤油和麦子的输出，竟弄得资本主义文明国的人们那么骇怕的事实，却将我多年的疑团消释了。我想：假装面子的国度和专会杀人的人民，是决不会

---

① 鲁迅：《祝中俄文字之交》，载《鲁迅全集》第4卷，第459页。

② 鲁迅：《我们不再受骗了》，载《鲁迅全集》第4卷，第429页。

有这么巨大的生产力的"。① 在《我们不再受骗了》中又振振有词地反驳那些苏联的批评者："小麦和煤油的输出，不是使世界吃惊了么？"② 鲁迅对于苏联经济的了解实在有限，作为例子的就是这个小麦和煤油的输出，但在他眼里，苏联经济水平或生产力得到了切实提高，值得肯定和赞赏，那些苏联的批判者都是不值一驳、别有用心的。

鲁迅对于苏联文化和经济的肯定与赞美，其实都是为了回到苏联这个国度的本体上去。非常显明的问题是，苏联在较短的时期里为何能够取得在鲁迅看来如此巨大的成就？它的核心动力是什么？这就不能不论及鲁迅一生探索和追求的"人国"命题。鲁迅以为，苏联之所以能够得到如此快速的发展，就是因为它已经是个"人国"，是个一切为了工农大众并打破了重重枷锁、解放了人性的国度。他饱含激情地说道，在苏联，人们"将'宗教，家庭，财产，祖国，礼教……一切神圣不可侵犯'的东西，都像粪一般抛掉，而一个簇新的，真正空前的社会制度从地狱底里涌现而出，几万万的群众自己做了支配自己命运的人"③。显然，鲁迅眼中的苏联已经实现了他早年的立人和立国的理想，在此，苏联的社会主义制度和建国理念所内含的马克思主义精神在本质上跟他所具有的"人国"理念发生了相当程度的契合，底层人在这样一个国度里获得了前所未有的个性解放，成了能够自己支配自己命运的人。显然，鲁迅始终怀有的人道主义、个性主义和平民主义思想在此都得到了充分实现，所以苏联在他看来才会成为一个共产主义的天堂。他对苏联的这种认识和感情当然也会促使他进而转向对于马克思主义和社会主义制度的赞颂和神往。他省察自己后期思想的转变时，说过如下一段话：

先前，旧社会的腐败，我是觉到了的，我希望着新的社会的

① 鲁迅：《林克多〈苏联闻见录〉序》，载《鲁迅全集》第4卷，第427、424页。
② 鲁迅：《我们不再受骗了》，载《鲁迅全集》第4卷，第429页。
③ 鲁迅：《林克多〈苏联闻见录〉序》，载《鲁迅全集》第4卷，第426页。

起来，但不知道这'新的'该是什么；而且也不知道'新的'起来以后，是否一定就好。待到十月革命后，我才知道这'新的'社会的创造者是无产阶级，但因为资本主义各国的反宣传，对于十月革命还有些冷淡，并且怀疑。现在苏联的存在和成功，使我确切的相信无阶级社会一定要出现，不但完全扫除了怀疑，而且增加许多勇气了。①

应该说，鲁迅当时对苏俄"十月革命"及社会主义建设的肯定和赞扬都是发自内心的。这也说明，苏俄所走的路径将会进一步坚定他对于马克思主义的信仰，而反过来也会促使他对苏俄式的革命和社会主义建设保持一种更为高昂的热情。我们知道，鲁迅对于苏联的这份热情并非来自他的实际观感和体察，而是来自左翼文化人士的正面宣传，并且主要来自他对于林克多《苏联闻见录》和胡愈之《莫斯科印象记》等有关书籍的阅读和信任，所以，严格说来，鲁迅对于苏联的认识乃是建立在很不充分的根据之上，对于苏联的赞美也不能不是苍白的，只可说还是一种想象。但是，鲁迅在赞美中所流淌的那种目的论观念和人国理想却不能说不是美好的，因为它更多地指向了人类的未来。在这一点上，鲁迅讴歌苏联才会成为可以理解的，故而不能对此横加指责。在 20 世纪上半叶，作为一个先觉的中国知识分子，倘若从来不对苏联和社会主义发生一定向往，那才真是不可想象的。就说作为自由主义知识分子的代表胡适吧，他在五四时期并不赞同在中国实践马克思主义，在 1926 年 6 月却写有长文《我们对于西洋近代文明的态度》，其中对社会主义表示了高度赞美，认为社会主义乃是 19 世纪中叶以后现代文明的大趋势，已经取得了非常可观的成就。他说："十八世纪的新宗教信条是自由，平等，博爱。十九世纪中叶以后的新宗教信条是社会主义。这是西洋近代的精神文明，这是东方

---

① 　鲁迅：《答国际文学社问》，载《鲁迅全集》第 6 卷，第 18 页。

民族不曾有过的精神文明。"① 一个多月后，胡适取道苏俄前往欧洲，特别观览了这个已经实行了社会主义制度的国家，深为当时苏俄全新的社会气象和文明风范所感动，迫不及待地向友人表达了对于苏俄的观感以及兴奋不已的心情。他说，苏俄的人是"有理想与理想主义的政治家；他们的理想也许有我们爱自由的人不能完全赞同的，但他们的意志的专笃（Seriousness of purpose），却是我们不能不十分顶礼佩服的。他们在此做一个空前的伟大政治新试验；他们有理想，有计画，有绝对的信心，只此三项已足使我们愧死。// 我们这个醉生梦死的民族怎么配批评苏俄！"尽管他不赞同无产阶级专政，却认同在莫斯科相遇的美国芝加哥大学教授 Merriam 的如下观点："苏俄虽是狄克推多（专政——引者），但他们却真是用力办新教育，努力想造成一个社会主义的新时代。依此趋势认真做去，将来可以由狄克推多过渡到社会主义的民治制度。"② 可见，在 20 世纪上半叶尤其是 30 年代这样一个红色年代里，社会主义和苏俄已经成为中国知识分子可以共享的思想来源之一。③ 在这一意义上，鲁迅赞美苏联有其合理的时代内涵。

但问题也正由此浮现出来。鲁迅设置了一个"人国"的理想，并

① 胡适：《我们对于西洋近代文明的态度》，载《胡适全集》第 3 卷，安徽教育出版社 2003 年版，第 10 页。
② 胡适：《欧游道中寄书》，载《胡适全集》第 3 卷，安徽教育出版社 2003 年版，第 50—51 页。
③ 当然，话要说回来，胡适对于社会主义尤其是苏联的赞美只是非常短暂的事情。1954 年 3 月，胡适在台北发表题为《从〈到奴役之路〉说起》，对于奥地利经济学家海耶克"一切社会主义都是反自由"的观点大加赞赏，并对自己在 20 年代中期鼓吹社会主义的言行表示公开忏悔。他说："在民国十五年六月的讲词中，我说：'十八世纪的新宗教信条是自由、平等、博爱；十九世纪中叶以后的新宗教信条是社会主义。'当时讲了许多话申述这个主张。现在想起，应该有个公开忏悔。不过我今天对诸位忏悔的，是我在那时与许多知识分子所同犯的错误；在当时，一班知识分子总以为社会主义这个潮流当然是将来的一个趋势。我自己现在引述自己的证据来作忏悔。"(此见雷颐：《罗曼·罗兰的担忧与胡适的反悔》，载谢泳编：《胡适还是鲁迅》，中国工人出版社 2003 年版，第 219 页。)

且受到当时左翼文化和红色 30 年代气氛的感染，认为苏俄正在走向通往"人国"的建设途中，甚至认为已经实现了自由的人国，这似乎是一个合历史目的论哲学观的现实表达。

许广平于 1959 年曾对鲁迅理解的这个"人国"做过阐释："苏联是光明幸福的人间天堂，一切国家的人民都要走向这条路的。"[①]这是一种典型的根植于历史目的论观念的想象，体现了一种较为独特的必然性逻辑。其间蕴含的现代性历史观显然承进化论时间观而来。正是在这一点上，鲁迅第一次真正背离了在其思想中根基甚厚的历史循环论时间观，鲁迅复杂思想中所具有的某些乐观方面也就不加掩饰地呈现出来。正因如此，鲁迅在当时才会为苏联的种种行为进行不择言辞的辩护：有人批评苏联摧残文化，他却说苏联带来了工农文化的兴旺；有人指责苏联缺乏自由，他却认为这只是限制了上等人的自由；有人预言苏联知识阶级就要饿死，他却以为这是抵达无阶级社会之前的一种非常短暂的现象；有人认为苏联本来应该是光明，可到处充满黑暗，他却以为这只是恶鬼的眼泪，不怀好心；有媒体不满苏联对于人民进行专政，他却以"正面之敌的实业党的首领，不是也只判了十年的监禁么"这样的实例来做反驳，并用以证明苏联政府的仁慈；有人批评苏联经济的衰退，因而人们购领物品必须排成长队，他却认为这是由于"苏联内是正在建设的途中，外是受着帝国主义的压迫"的缘故，而且又反观了其他国家和中国更加悲惨的情形——"我们也听到别国的失业者，排着长串向饥寒进行；中国的人民，在内战，在外侮，在水灾，在榨取的大罗网之下，排着长串而进向死亡去"[②]。如此等等，不一而足。在如此状态下，鲁迅对于苏联在当时可能存在的一些致命缺陷就会失去其应有的洞察力。随着苏联在 20 世纪 90 年代初期的解体及其档案的解密，人们蓦然发现，鲁迅的苏联观不能不说缺

---

① 许广平：《"党的一名小兵"》，载《许广平文集》第 2 卷，江苏文艺出版社 1998年版，第 325 页。

② 鲁迅：《我们不再受骗了》，载《鲁迅全集》第 4 卷，第 429—430 页。

乏一种富有穿透力的思想眼光，鲁迅在当时的不少辩护和说明现在看来还是有违一些历史的真实。

比如，关于物资供应的匮乏，人们现在都知道，斯大林时期的苏联在全国强制实行集体农庄的政策，不仅严重损害了农民的利益，而且造成了农业生产力的溃败，直接导致了物资匮乏、人民生活的艰难，尽管如此，苏联政府却还要宣扬国民经济领域取得了巨大成就，制造百业俱兴的假象，其结果，外国的左翼人士——包括我们的鲁迅——当然就要受到蒙蔽了。再如关于鲁迅提到的"实业党"事件，人们现在也清楚地知道，这乃是斯大林在肃反扩大化以前亲自导演的一幕戏剧，其目的一是制造资本主义各国进攻苏联的假象，二是在一些技术知识分子中找到替罪羊，用以说明苏联经济工作中出现的问题并非政府的原因，而是这些知识分子进行内外勾结破坏苏联经济的结果，其用心真可说是良苦之极。在斯大林的亲自策划和导演下，也在"实业党"首领拉姆辛的积极配合下，这幕戏剧真是演得天衣无缝，达到了斯大林想要的宣传效果。其结果，不仅表现了苏联政府的仁慈，转移了人们把经济问题怪罪于政府的视线，而且在各共产国际分部造成了武装保卫苏联的宣传攻势，进一步促成了社会主义和资本主义在意识形态领域进行分裂的事实。① 在这一点上，不仅当时共产党提出了"武装保卫苏联"的口号，就是鲁迅也受到了直接影响，接受了同样的观点。1931年"九一八"事变后三天，鲁迅在答文艺新闻社问时指出，日本占领东三省，显然"是进攻苏联的开头，是要使世界的劳苦群众，永受奴隶的苦楚的方针的第一步"②。在《我们不再受骗了》中，鲁迅更是开门见山地指出："帝国主义是一定要进攻苏

---

① 参阅朱正《关于排队购物的说辞》《"实业党"的审判》诸文，见朱正：《鲁迅论集》，浙江人民出版社2001年版，第229—244页。本文有关鲁迅对苏联的历史性误识，受到朱正不少启发，谨此说明并致谢。

② 鲁迅：《答文艺新闻社问——日本占领东三省的意义》，载《鲁迅全集》第4卷，第310页。

联的。"①鲁迅思想的深刻性在此无疑受到了历史的质疑，这是不能不让人表示痛心的。鲁迅研究者对此大多表示谅解，以为责任并不在鲁迅，而在于苏联政府伪造并隐瞒了历史的真相。比如朱正一方面详细考察了有关苏联的一些历史真相，为鲁迅对苏联的辩解表示惋惜，另一方面又试图为鲁迅的迷误进行开脱。"当年鲁迅能够看到的，只是那些一个劲儿地宣扬假象掩饰缺点的报刊，今天我们却可以看到苏共中央的绝密档案。我们能够看得清楚些，不是我们比鲁迅高明，而是比他幸运。"又说，受到苏联蒙蔽的又岂止鲁迅，又岂止 30 年代的人？假如鲁迅了解到"实业党"和其他事件的真相，他就会说"我们真正受骗了"。因此，鲁迅在 30 年代为苏联做过那样一点不切实际的错误辩解，"人们也就不必大惊小怪了"。②日本学者丸山昇也说："我们不能因鲁迅没有看透这些裁判（'实业党'审判——引者）的危险而责难他。"③或许，这是一种同情之理解吧，因为鲁迅究竟并非是一个完美无缺的预言者。但是，鲁迅思想中对于苏联所可能产生的危害缺乏足够警觉，这无论如何不是一个优点。朱正曾以为鲁迅当时看不到揭示苏联黑暗面的真实材料，才会为苏联进行辩护，这个理由其实不能成立，应该说，正是因为鲁迅通过国内外的报刊媒体和旅行记一类的书籍看到了过多的对于苏联阴暗面的揭露和批评，所以他才会仗义执言进行辩论。退一步说，即使他看不到真实的材料，也不能得出鲁迅就不能做出相反结论的可能，因为鲁迅究竟是一位具有独立和批判意识的思想家，人们有理由以深刻思想家的眼光来要求他。

　　本书在前面已经从合目的论角度涉及鲁迅思想中存在的问题，此外，还有一个重要原因必须谈及，这就是鲁迅思想中的认识论因素。我们可以分析鲁迅认识和评价苏联的方法，并由此揭示鲁迅思想中可

---

① 鲁迅：《我们不再受骗了》，载《鲁迅全集》第 4 卷，第 429 页。

② 朱正：《鲁迅论集》，浙江人民出版社 2001 年版，第 234、244 页。

③ ［日］丸山昇：《活在二十世纪的鲁迅为二十一世纪留下的遗产》，《鲁迅研究月刊》2004 年第 12 期。

能存在的某些缺陷。只要阅读一下《林克多〈苏联闻见录〉序》《我们不再受骗了》诸文，就会发现，鲁迅在评价苏联时总是采用比较的方法，把苏联跟帝国主义进行对比性分析。比较的方法原是较为科学的方法，可以通过同类事物或不同类事物的对比来凸显某一类事物的特征，加深人们对事物的认识。"五四"以来的现代中国文化先驱者，他们往往形成了一种新/旧、中/西二元对立的意识结构，这根源于他们所具有的进化论观念，也根源于他们合目的性的现代历史观。此种观念使他们很容易产生一种意识形态化的认知结构，这在鲁迅那里也是非常明显的。他在当时所具有的进化论哲学观念总是促动他趋向新的东西，形成了一个唯新至上的情结。

不妨再来做些具体的例证分析。鲁迅说，苏俄革命"恐怕对于穷人有了好处，那么对于阔人就一定是坏的"，这是站在阶级论角度，把苏联的美德置放在穷人/阔人这样一个二元对立的结构中加以凸显；又说，"工农都像了人样，于资本家和地主是极不利的"，所以帝国主义"一定先要歼灭了这工农大众的模范。苏联愈平常，他们就愈害怕"，这是站在阶级论立场，突出了帝国主义政治的罪恶本性，从反面强调了苏联政治的伟大。鲁迅认为，帝国主义的所谓文明批评家"是大骗子，他们说苏联坏，要进攻苏联，就可见苏联是好的了"[1]；又说，"帝国主义和我们，除了它的奴才之外，那一样利害不和我们正相反？我们的痛疽，是它们的宝贝，那么，它们的敌人，当然是我们的朋友了"。在《我们不再受骗了》最后部分指出："帝国主义的奴才们要去打，自己（！）跟着它的主人去打去就是。我们人民和它们是利害完全相反的。我们反对进攻苏联。我们倒要打倒进攻苏联的恶鬼，无论它说着怎样甜腻的话头，装着怎样公正的面孔。"[2] 这些话语反映的，已是典型的二元对立的认知态度和思维方式。显然，鲁迅

---

[1] 鲁迅：《林克多〈苏联闻见录〉序》，载《鲁迅全集》第4卷，第424、426—427页。

[2] 鲁迅：《我们不再受骗了》，载《鲁迅全集》第4卷，第430—431页。

在此已经抵达了一个似乎充满思想诡辩术的境地。但在一定历史时期，人们对鲁迅这方面的思想进行诠释时却采取了一种肯定和极其张扬的态度。当然，由于政治情势的需要，鲁迅思想和话语中的另外一些方面，在后来中苏交恶甚至破裂时期也能得到及时而有效的利用。这其实也是值得深入探究的鲁迅现象之一。

1961 年 9 月，在纪念鲁迅诞生八十周年之际，林志浩对作为马克思主义者的鲁迅思想进行了阐释，以为阶级论和集体主义是鲁迅后期思想的基础，并在此之上，论述了鲁迅的苏联观。他说，晚年鲁迅已经"站到了无产阶级的立场上来，以明确的阶级观点来揭露资本与劳动的对立，帝国主义与社会主义的对立。这使他明白了'世界上的资本主义文明国之定要进攻苏联的原因。工农都象了人样，于资本家和地主是极不利的，所以一定先要歼灭了这工农大众的模范'"。其间所引鲁迅的话也是出自《林克多〈苏联闻见录〉序》。林氏又说："在世界范围内的阶级斗争中，鲁迅自觉地站在无产阶级和社会主义方面，反对进攻苏联，维护世界人民和社会主义的利益，他不只是爱国主义者，而且是一个爱国主义与国际主义相结合的伟大战士。"[1]周建人也曾写道："鲁迅后期的作品，达到了革命的政治内容和尽可能完美的艺术形式的高度统一，克服了前期文章中存在的某些形而上学片面性的缺点，表明他的思想进到了马克思主义化的高度。"[2]但倘若真是如此，则鲁迅的"横眉冷对"也就不容许他把辩证法真正贯彻到底。正因如此，鲁迅至少在他的苏联观上已经违背了他曾着力提倡的一种自以为行之有效的阅读方法和思维方法，这就是所谓"推背图"方法。按照鲁迅的界定，就是正面文章反面读，反面文章正面

---

① 林志浩:《鲁迅的马克思主义思想——纪念鲁迅诞生八十周年》,《光明日报》1961 年 9 月 25 日第 2 版。

② 周建人:《学习鲁迅　深入批修——批判周扬一伙歪曲、污蔑鲁迅的反动谬论》,《红旗》1971 年第 3 期。

看。① 这个方法对于鲁迅破译国民党政府的新闻报道曾经发挥了重要效用，但是，他在阅读苏联政府和左翼人士的报道或介绍性文字时，就没有贯彻这个方法，因而对斯大林时期的苏联才会表现出无以复加的赞美，缺乏质疑和反思。可以说，在有关历史场景面前，鲁迅仿佛刹那间就丧失了进行理性批判和质疑的能力，这无疑也是值得深入探究的问题。当然，鲁迅是人不是神，既然如此，鲁迅在这个问题的认识上存在一些不足，乃至在其思想中存在一些消极因素，也是可以理解的；但是研究者为其存在的缺陷予以毫无原则的辩护，也是不合适的，为尊者讳往往会阻碍人们对于一个真实而复杂的鲁迅的还原与重构，往往会违背学术求真的本质。当代中国之所以在社会主义道路上开创了一条具有民族特色的建构与发展之路，并不断积累和创构了具有中国特色新时代的社会主义思想文化，提出了"人类命运共同体"这样具有理想价值内涵和文化信仰的重要命题，主要原因在于富有智慧的人们既敢于直面和及时总结其他国度所曾具有的经验与教训，也敢于直面和总结一些现代文化先驱者比如鲁迅等所具有的某些历史局限。其实，如何看待一个具有缺陷的鲁迅，也是一个关乎如何进行鲁迅研究的问题，借用张福贵的话："这既是一个如何超越学术史的问题，也是一个如何认识和实现鲁迅思想价值的问题。"② 在这个意义上，我们也就可以理解，20 世纪 80 年代以来中国文学和文化的现代化进程为何行进得如此沉稳而自信。

---

① 参阅鲁迅：《推背图》，载《鲁迅全集》第 5 卷，第 91 页。

　鲁迅在此显然受了陈子展《正面文章反看法》一文启发。但是，对鲁迅来说，换个方位看待本国权势者的思想和眼光应该说是一直如此的。

② 张福贵：《鲁迅研究的三种范式与当下的价值选择》，《中国社会科学》2013 年第 11 期。

下　编

重构延安文学

第六章　重新理解延安文学

　　20世纪四五十年代之交，随着中国社会格局与政治格局的重大变化，中共领导的延安文学界和左翼文学中的主流派别发生了相当自觉的汇合，并且遵从阶级分析方法，以毛泽东文艺思想作为理论依据，对于文艺理论话语和文学派别进行了全面的阶级形态划分和富有历史意味的清理。此种批判清理，正如洪子诚所指出的，无疑是"实现四五十年代文学的'转折'的基础性工作"[1]。1949年7月，以中华全国文学艺术工作者代表大会（第一次文代会）在北平召开为标志，这种转折性工作在政治上取得了绝对性胜利。周扬在大会报告中明确指出："毛主席的《在延安文艺座谈会上的讲话》规定了新中国的文艺的方向，解放区文艺工作者自觉地坚决地实践了这个方向，并以自己的全部经验证明了这个方向的完全正确，深信除此之外再没有第二个方向了，如果有，那就是错误的方向。"[2]这表明，延安文学所代表的文学方向最终被规定为传统学科意义上的"当代文学"的新方向，延安文学也必然由党的文学和区域性文学转换为一个新的民族国家文学的重要资源，并且在意识形态的超越性方面自会呈现更为深远的影响。延安文学的现代性价值仿佛瞬间发生了质的飞跃，它所具有的历史和文化边界也被不断突破，其意义空间似乎拥有了无限可能。正因为如此，重新梳理和研究延安文学，也就为人们更好地理

---

[1]　洪子诚：《中国当代文学史》，北京大学出版社1999年版，第9页。

[2]　周扬：《新的人民的文艺》，载《周扬文集》第1卷，人民文学出版社1984年版，第513页。

解人民共和国文学尤其是前 27 年文学的发展提供了一个恰当的历史性基座。

倘若采取整体性新文学发展眼光来看，20 世纪 40 年代的延安文学在 20 世纪中国文学史上更是起着承前启后、继往开来的重大作用，它仿佛成了一个影响中国左翼文学在日后更为激进发展的重要穴位。在左翼文学的发展链条上，延安文学显然承续了 20 世纪 30 年代普罗文学和苏区文学的不少革命性传统，但也形成了某些与之迥然不同的现代性要素，这些要素的形成自然是与某种政治文化氛围的不断强化以及信仰观念的重新确证和坚守密切相关的。因此，如何看待延安文学对此前左翼文学传统的承续，又怎样认识延安文学自身之独特现代性传统的形成，就成了一个非常富有学术价值的问题。在我看来，左翼文学在 20 世纪 30 年代由于创造社、太阳社等不同文学团体中的革命作家与鲁迅、茅盾、瞿秋白、冯雪峰、胡风以及周扬等人的共时性存在而呈现出复合型特征，因而在其传统内部回响着并不完全同质的种种观念碰撞，这一传统也因之成为一个充满了悖论和张力的丰富性存在，借助著名文论家巴赫金的术语来说，它是一个具有丰富内涵的类似复调式结构的那样一种存在。

一、延安文学的命名

我想接下来首先考论一下"延安文学"的命名历程。倘若从延安文学生产的体制化过程及其意识形态本性来看，从其所隶属的革命文艺之一端来看，延安文学当然可以被置换为延安文艺。"延安文艺"从字面上说当来源于毛泽东《在延安文艺座谈会上的讲话》（以下简称《讲话》），但它是指称在延安召开的革命文艺工作座谈会，而非指称作为革命文艺本身的延安文艺。何其芳曾在谈到"鲁艺"（鲁迅艺术文学院）于文艺整风后应该开设的文学教育课程时说："应有专课经常研究文艺现状，其内容应包括对于抗战当中大后方和目前延安及其他根据地的文艺作品，文艺问题，文艺活动的研究。"①何其芳在此其实已经提到了延安的文艺，这正是"延安文艺"这个概念呼之欲出的前奏，但是其所言延安的文艺仍然具有较强区域性色彩。1946 年 8 月 23 日，全国文艺界协会延安分会和陕甘宁边区文化协会以"延安文艺社"的名义刊出了一篇表明即将创办《延安文艺》杂志的文稿，号召延安文艺工作者和文艺爱好者"用大众作风，大众气派"来写"延安，陕甘宁边区的人民生活。写人民的生产，政权，武装。写人民各种各样的斗争和创造"。并且解释说："这刊物叫《延安文艺》，就是我们有决心要照毛主席'延安文艺座谈会讲话'的精神，文艺为工农兵服务的方针，加倍的努力往前做去。"②该刊尽管没能出版，但它在此明确提出了"延安文艺"这一概念，而且从写什么和怎么写两方面凸显了延安文艺的意识形态本性，所以值得注意。有人说，延安文艺或延安文学这个名称的正式提出"应是 1984 年《延安文艺丛书》的出版以及这一年年底陕西省社会科学院《延安文艺研究》的创刊"③，这个说法显然不符合历史实际。因为如上所述，"延安文艺"的名称从字面含义到一种文学形态的真实指称，应该说都是源起于延安时期。在延安文人眼里，延安文艺无疑是指发生在延安以及陕甘宁边区的文艺运动与文艺作品，显然，这是一种狭义理解。随着时间的推移，人们对延安文艺的理解日渐呈现出广义色彩。20 世纪 80 年代中期，丁玲、贺敬之等老延安文人曾经率先对延安文艺进行了广义的理解。丁玲说："延安文艺是抗战时期，在党中央和毛主席直接关怀和正确领导之下，向人民学习，和人民一起共同斗争的结果，是整个革命事业的一部分。它不仅仅局

① 何其芳：《论文学教育》，《解放日报》1942 年 10 月 16—17 日第 4 版。
② 延安文艺社：《〈延安文艺〉需要什么稿子?》，《解放日报》1946 年 9 月 3 日第 4 版。
③ 张器友：《新时期的解放区文学研究》，《安徽大学学报》2002 年第 6 期。本段文字受其启发较大，特此说明并致谢。

限于延安地区，局限于抗战时期。我们不能把它看小了，看窄了。"①
贺敬之也提出了跟丁玲相类似的看法，而且还参照中国文学史上的
"建安文学"阐述了构建"延安文艺学"的主张。在谈及延安文学史
上的作家时，他跟丁玲一样都是把整个根据地和解放区的作家涵括
其中，并不局限于延安及陕甘宁边区。② 显然，这是一种广义理解，
这样延安文艺就与沿用至今的解放区文艺这个概念在内涵和外延上
相当或平行了。解放区文艺是一个为学界此前普遍使用的概念，周
扬于第一次文代会所做报告《新的人民的文艺》中对此有着较为明
确的论述。那么，丁玲、贺敬之等人为何又想以"延安文艺"这个
概念去取代解放区文艺呢？对此，"左联"老作家林焕平曾经以"延
安文学"为例做了清楚说明。他认为，延安文学"从整体上说来，
就是在延安思想指导下，表现以延安为中心的解放区的那个历史时
期的革命与战争的生活"的文学，延安思想，就是指毛泽东思想。
他又说，"延安文学所体现的文艺观，就是马克思主义、毛泽东思想
的文艺观，它突出地体现在毛主席的代表作《在延安文艺座谈会上
的讲话》里"。而且，由革命事业总体上说，"从红军到达陕北，建
立陕北根据地到全国解放，建立中华人民共和国，中国革命都是以
延安为政治中心、思想中心和指挥中心"。因此，他明确指出有必要
把"解放区文学"更名为"延安文学"，在他看来，后者较前者更能
准确体现延安时期此类文学的"政治思想性"，即此种文学的政治意
识形态属性。③ 应该说，林焕平的看法是有一定道理的，而且，说延
安文学较解放区文学更能体现其本身所内含的意识形态属性，更是
显得准确而犀利。正是在这个意义上，本书赞同"延安文学"的广

---

① 丁玲：《研究延安文艺，继承延安文艺传统（代发刊词）》，1984 年 12 月《延安
　文艺研究》创刊号。
② 参阅贺敬之：《继承　发扬　革新　创造——答〈延安文艺研究〉主编问》，《光
　明日报》1984 年 12 月 28 日。
③ 林焕平：《延安文学刍议》，《文艺理论与批评》1992 年第 3 期。

义说法。延安文艺在其发展中主要一部分是指文学运动和文学创作，也有更为直观形象的部分，它们包含了音乐、美术、歌舞、戏剧等各种艺术形态的广泛运用，只是由于本人受自身所学和所从事专业限制，研究主要限定在文学领域，并且是在现代中国文学史的意义上展开探讨，所以本书多用"延安文学"而非统而言之的"延安文艺"；但是，本书在涉及戏剧、美术、音乐等艺术形态和延安文化运动时，还是用"延安文艺"来说明。在现代中国文学史上，延安文学是一种较为独立的文学形态，它跟 20 世纪 40 年代其他区域的文学并不一样，具有一定美学和政治意识形态的超越性品格，此种超越性品格因为加入了一个新的意识形态的信仰维度，而使其具有更为真切和久远的当代价值。当然，其所具有的某些历史局限性也是为一定时期的政治文化所内在决定了的，而其局限性其实也恰好构成了延安文学的重要特色之一。

把延安文学作为现代中国文学中的一支重要流脉加以研究，自然应该在文学史意义上对其起止的上下限时间做一界定。一般而言，人们把延安文学的下限大体设定在 1949 年 7 月第一次全国文代会的召开，而不是仅仅机械地划到 1947 年 3 月中共中央机关撤离延安，在我看来，这是易于为大家所认可的。较有争议的是它的上限。有研究者把它的上限设定在中共中央率领工农红军到达陕北的 1935 年 10 月，这在一般意义上的文学史描述中是可以接受的，也有研究者把它设定在中共中央进驻延安的 1937 年 1 月，更有研究者由于认为此前的苏区文学是延安文学的先导和源头，所以甚至主张把它的上限设定在苏区文学时期。我认为，延安文学史形成的开端自有其富有标志性的文学事件存在，这个事件乃是中国文艺协会于 1936 年 11 月 22 日在陕北保安的成立。因此，狭义的延安文学的上限应该设定在这里。之所以如此，是由于中国文艺协会的成立是延安文艺史上的重要事件。其重要性主要表现在：它是由刚刚奔赴保安的左联作家丁玲等人与原苏区作家李伯钊等人共同发起成立的，并且得到毛泽东、洛甫、博古等中央领导的大力支持与充分肯定。它的成立表征着"左联"作家与苏区作家在新的历史阶段的会合的开始，表征着中共中央在新的历史时空对文艺等意识形态领域予以构建的开始，正因如此，毛泽东才会极力称誉它的成立"是近十年来苏维埃运动的创举"①。自此之后，延安时期的文学发展才可以说终于走向了一个新的自觉阶段。因此，笔者研究的延安文学，其上限主要设定在 1936 年 11 月，但在渊源上可以上溯至 1934—1935 年的区域性红色文艺，乃至更早的苏区文艺和左翼文学，下限设定在 1949 年 7 月。而这样一个时期，其实是包含了全面抗战和解放战争两个历史阶段的，而它的发展起点当然也就主要在全面抗战这个历史阶段。此种文学既是指延安文人创作的文学，也是指广泛意义上的大众文艺运动，因为自延安文艺整风后，延安文学活动的开展在本质上与其说是一场文学运动，毋宁说是一场富有宣传鼓动性的政治文化运动来得更为恰切。文艺整风之后的延安文艺在那贫瘠的黄土高原上终于亘古未有地发挥了大众文艺的神奇力量，曾经默默出生又老死的陕北农民和各根据地农民在延安文艺运动的宣传下被更为有效地发动、组织起来，因之也就经历了前所未有的新的意识形态启蒙。这些和在部队、工厂等地方产生的宣传教育作用结合起来看，应该说，延安文艺（文学）确曾发生了巨大的社会效益，这样的社会效益中是包含了新的启蒙形式和内容的。所以，延安文学的发展，其最后阶段所具有的意识形态属性尽管有其较为独特的现代性内涵，但是，它在某些层面还是跟现代中国文学中的"五四"启蒙传统具有一定承续性，并非完全割裂。当然，此种启蒙的内容和形态确实跟五四时期不一样了，是一种基于中国化马克思主义尤其是毛泽东新民主主义理论及其社会、革命实践的文化思想与政治启蒙。

---

① 《毛主席讲演略词》，《红色中华》1936 年 11 月 30 日第 1 版。

二、后期延安文学

周扬、茅盾、郭沫若等人在第一次文代会上对解放区文艺均做了程度不一的精彩论述，他们对解放区文艺是站在一个时代的高度尤其是政治的高度来予以肯定和赞美的。当然，其中他们所言的解放区文学主要是指 1942 年延安文艺整风之后的延安文学，即后期延安文学。无疑，在 1949—1976 年间中国当代文学的发展中，成为其直接理论和文学资源的乃是后期延安文学，而非作为总体的延安文学，这在 20 世纪 50 年代经历对丁玲、萧军等人的"再批判"之后表现得更其明显。历史地看，并且只要不带有一些新的意识形态偏见，延安文学确乎可以发展为"党的文学"，这是要真实贯彻党的政治意图的文学，具有较强的意识形态宣传性和实用主义色彩，但是，在其革命功利主义的凸显中，其实蕴含和昭示了对于中国共产党、马列主义、毛泽东思想、新民主主义乃至社会主义和共产主义以及人民群众的坚定信仰。所以，在某种意义上，后期延安文学从主流层面而言，不仅是一种新的意识形态表现形式，而且其本身就是一种有其明确信仰内涵的意识形态。不如此理解，恐怕就不能深刻领悟其所蕴含的深刻社会性、实践性和启蒙性特质。这其实也是一种具有新的政治、文化内涵的文学现代性。它的存在有其政治、文化及社会发展共振方面的原因，也是左翼文学在当时发展的一种必然。因为在一个民主的空间里，任何党派正如个人一样都有发展自己文学与文化的权利，而且，尽管相较于执政的国民党而言中国共产党还是在野党，势力也比较薄弱，但毫无疑义是代表了历史发展的前进方向和自古以来沉潜于民族心理之中的"天意"的。其在当时制定的政策都是有利于民族和民众获得自由与解放的，因而是顺应了历史发展方向的。退一步说，即使在话语形态上，经过一定的话语转换性论证，党的文学的合法性在表象意义上完全可以转化为一种新的民族国家文学的合法性。换言之，党的文学的存在及其历史性转换是具有某种逻辑必然性的。回想新中国成立之初，此种历史性转换还契合了非常广泛的民族主义心理基础，得到了当时各个层面很多文艺家的认同。因此，延安文学作为一种非常重要的资源在当时直接参与构建共和国文学的冲动与激情，我们并不能把它简单地归结为是政治功利的因素，它的转换是建立在一种复合型的历史语境中。总之，无论是从党的文学观念之内在构成来进行富有逻辑的思考，还是从发生学的层面来进行富有历史感的考察，随着中国政治格局在1949年的成功转换与更替，后期延安文学在党的文学之要义上都会必然转换为一种民族国家型文学，不仅仅是一种文学资源，而且是一种较为独立的文学话语和形态。其实，这也正因应了周扬曾经阐述毛泽东《讲话》时所做的充满自信的预言："我们今天在根据地所实行的，基本上就是明天要在全国实行的。为今天的根据地，就正是为明天的中国。"①因此，在这个意义上，倘若在当前这个全新的历史语境下对延安文学形成更为本源性的理解，尤其更为深入地探讨后期延安文学富有历史深度的形成，那么无疑是非常具有学术价值的事情。

毋庸讳言，当延安文学在新中国成立之初经历了那种历史性转换之后，也确乎带来了一些并不仅仅关乎文学的矛盾，周扬曾经花了不少精力试图予以解决的就是这些本来不可化约的矛盾，事实上当然也就没有取得成功。因此，历史往往比人们想象的要复杂得多。而对于延安文学所曾经历的那种非常具有历史意味的转换来说，我想它的复杂性在于，延安文学被置入当代文学的发展中尽管会产生一些无法克服的内在矛盾，但是，这个矛盾的解决并非是延安文学本身所能提供的。我认为，既然大多数作家已在当时表达了一种艺术和思想倾向上的基本认同，因此，把后来当代文学在1949—1976年间呈现出的一

---

① 周扬：《艺术教育的改造问题——鲁艺学风总结报告之理论部分：对鲁艺教育的一个检讨与自我批评》，《解放日报》1942年9月9日第4版。

些斑驳暗影归根于延安文学及其观念本身，这是有失公平的。因为，正如我在前文所言，后期延安文学作为一种党的文学，在 20 世纪 40 年代的政治与历史文化场域中，它的诞生有其合理性，它的存在有其合法性根基。对于中国共产党领导的左翼文艺运动来说，左翼文学发展至更为独特且为人瞩目的党的文学阶段，其实是中国共产党在文化领域的胜利，其间所体现的勃勃生机曾经历史地存在着。具体来说，延安文学作为一种历史性存在物，它跟中国现代革命进程发生了亘古未有的密切联系，它发生了中国文学史上从未有过的革命性作用。因此，完全可以认为：作为一种以服务于革命政治尤其是党的政治为旨归并且发生了新的历史性变迁的现代中国左翼文学形态，后期延安文学在完成其历史性使命这一点上无论如何也是激动人心的，是毫不逊色于世界左翼文学之林的。进言之，这是一种具有鲜明阶级—民族色彩的党的文学，是一种具有自身规定性的现代性文学，是一种基于信仰和趋于信仰的文学。延安文学具有较为明确而独特的现代性特征，这是毫无疑义的，但是，其现代性所具有的革命内外和文学内外的色彩，色彩程度的多寡和深浅，所发挥的正反两方面的作用，也是客观存在、并不一致的，需要予以认真还原和重构。我认为，即使单从这点来说，倡导重新对延安时期的文学与文化展开富有历史深度的研究，并在此之上重写延安文学史，也具有不可低估的学术价值。

三、延安文学的复杂性

而要重新探究延安文学甚或重写延安文学史，意味着我们必须首先对延安文学的形成、发展及其富有独特现代性意味的审美文化形态有一个全新的认识和清理。在对延安文学的理解方面，人们以往是做得很不够的，无论是肯定还是否定，依凭的大多是一种先在的观念，人们不是先去触摸和领悟延安文学较为真实的历史，而是从一定的先在观念出发去表象地构建一部延安文学的历史。在此种状况下，延安文学史给人的面貌无不显得单一和苍白。在我看来，延安文学及其现代性赖以形成的历史具有非常复杂的一面。其复杂性至少表现在如下几个方面。

第一，延安文学在其资源的取舍和重新整合上显现了它的复杂性。延安文学的形成既跟20世纪30年代的苏区文艺有着直接的承继关系，也跟30年代的左翼文学有着更为重要的承继关系，不仅在其写作人员的构成上，而且在其艺术表现形态上，它都体现了这两方面传统的冲突和汇合，用毛泽东的话说，这是"亭子间的人"和"山顶上的人"的冲突和汇合。延安文学也在一定程度上承继了"五四"启蒙文学传统，这在前期延安文学——比如丁玲等人的小说和杂文——中表现得非常明显，人们以往对此表现了足够注意，但是对后期延安文学中的"五四"因素却表现了一种盲视和漠然的态度。其实，后期延安文学并没有完全隔断"五四"文学传统，因为在毛泽东的新民主主义话语构建中，他对"五四"并非如蒋介石一样采取了一种冷漠的态度，而是采取了一种改造和转换的态度。正是在这转换中，"五四"在新的意识形态话语中表现了一定的灵活性，它并没有完全消失，而是发生了新的变化。正因为如此，延安文学发展至后期，它在跟"五四"新文学传统的关系上显现了更为隐蔽和复杂的一面，其间的关联和变异，均值得予以更为翔实而系统的总结和探讨。此外，延安文学在其发展过程中跟民间文艺形态也发生了这样那样的历史性关联，对民间审美文化形态的重视其实贯穿了延安文学发展的始终。以上所言是从纵向来说的，倘若把考察的视野拓宽些，考虑到俄苏文学和整个世界文学的影响，那么，延安文学在其发展过程中呈现出来的现代性面影就更为复杂了。

第二，延安文学的复杂性表现在它的发展始终是与延安文人的命运联结在一起的。在一定意义上，延安文学形成和发展的历史正是延安文人心态和认知结构不断发生历史性变迁的历史。这在文学形态上其实是为党的文学观所内在决定了的，在话语形态上也是为新的意识形态话语的日渐确立所决定了的。站在当时党的立场和整个民族、阶级需求的立场上，有其合理性。须知，毛泽东《讲话》的产生，在当时有其明确的历史和现实依据，也是有其鲜明的政治、文化针对性的。20世纪80年代中期以来，有些研究者从一些先在的政治文化观念出发对此颇不以为然，甚至采取一种否定性的批判立场，这并非一种合理的历史认知态度。但是，在探讨延安文学的形成时，人们以往确乎并非从更为接近历史本真（倘若确有所谓本真的话）的角度出发去更为真实地考察延安文人的心理和思维变迁，尤其令人遗憾的是，在揭示延安文学的审美形态变迁时，不少研究者根本没有注意到把这两者联结起来作出富有历史意味的思考，没有把这作为一条更为内在的文学形成线索来探究后期延安文学的历史。而在我看来，延安文学尤其是后期延安文学赖以形成的隐秘心理机制其实正在这一要紧处。在这一点上，中共党史研究界已在此前与时俱进思潮的鼓舞下，远远走到了延安文学研究界（甚至整个现代文学研究界）的前头，就连一些老一辈革命家——比如薄一波在《七十年奋斗与思考》一书的上卷中——早就采取了一种直面延安整风与抢救运动之复杂性的可贵姿态，这种姿态显然要比延安文学研究界所秉持的，来得更为真切和动人。

如上所言，后期延安文学中某些审美形态的形成其实包括了一部复杂的知识分子心态和认知的变迁史，但是人们对此还缺乏做出富有历史穿透力的学理性观照。对于一般的延安文人来说是如此，对于那些民间艺人来说更是如此。举例来说，陈思和曾经极富洞察力地提出了现代中国文学研究中的"民间"视角和民间审美文化形态，无疑给现代中国文学研究开拓了一片新的空间，但是，秉承这一理论的大多数研究者在考察延安时期文学时恰恰忽略了新的理论话语和政权机构对民间艺人的收编和改造。而在我看来，1942年后延安文艺中的"民间"在逻辑起点上正是从收编和改造民间艺人甚或改造人开始的。在延安，当时有人谈到要改造陕北的说书时，就认为首先要"改造说书匠"，原因在于"这是改造说书的中心环节"。① 其实，就延安时期党的文化政策来说，这也是为文化工作中的统一战线方针所决定的。毛泽东对此做过明确指示。他说："在艺术工作方面，不但要有话剧，而且要有秦腔和秧歌。不但要有新秦腔、新秧歌，而且要利用旧戏班，利用在秧歌队总数中占百分之九十的旧秧歌队，逐步地加以改造。"在人员方面，"我们的任务是联合一切可用的旧知识分子、旧艺人、旧医生，而帮助、感化和改造他们"。② 其中所谓旧艺人即是指民间艺人。毛泽东在此说得非常明确具体，他希望文化工作者不仅要改造和利用民间艺术，而且要改造和利用旧戏班和民间艺人。而在这个收编和改造过程中，民间艺人的真切感受和他们所能发挥作用的限度却被我们的研究界长久地忽略了。正因为如此，倘若人们在研究中能够真切地触摸和认知延安文人以及民间艺人所曾具有的灵魂震荡，深入探讨其所曾具有的独特心理机制，并且把延安文学中的某些审美形态的形成与之结合起来予以考察，那么，延安文学的历史及其现代性内涵就会更为复杂而丰满地呈现在世人面前。

第三，从文学观念的嬗变来说，延安文学的复杂性乃在于它的艺术观念和审美形态的形成均经历了一个动态过程，这是其现代性赖以形成独特内涵的必然。应该把后期延安文学的形成理解为是在党的政治权力与文化观念主导下，通过延安文人和民间力量的多向度努力而不断建构出来的，换言之，延安文学不是生而具有的，而是在历史进程中历史性地形成的。因此，对延安文学的追问，正可放到对延安文学形成历史的探究中去加以考察，人们理应让它在一种动态的历史叙述和构建中呈现出来，让它在不断接近历史本真的过程中毫无遮蔽地敞开自身。人们一般以1942年文艺整风为界把延安文学的发展分为前后两个时期，这是符合历史实际的，但我们必须弄清楚的是，这两

---

① 林山：《改造说书》，《解放日报》1945年8月5日第4版。
② 毛泽东：《文化工作中的统一战线》，载《毛泽东选集》第三卷，人民出版社 1991年版，第1012页。

个阶段是怎么演变的，在其内在的思想和审美内涵上，后期相对前期
而言又经历了怎样的承续、转换和裂变。比如，在延安文学观念的演
变过程中，民族主义是一个贯穿其发展始终的重要因素，但它在前期
更多地倾向于一种为国共两党都能接受的较为普泛的民族主义，这在
延安文化界倡导的"民族形式"论争中得以充分表现出来，在理论形
态上形成了一种较为开放的以民族—现代性为内涵的现代性形式。但
发展至后期，民族主义由于阶级论观念的切入而在新的意识形态话语
中嬗变为阶级—民族主义，延安文学观念随之走向了"党的文学"阶
段，延安文学观念的现代性也就由"民族形式"论争时期的民族—现
代性转换为阶级—民族—现代性，进而言之为党的—民族—现代性。
这个文学观念的嬗变显然并非一蹴而就，而是经历了一个复杂过程。
重新研究延安文学观念的形成就必须直面这个复杂过程，并要把这个
过程尽可能富有历史感地言说出来。在延安文学现代性观念中呈现出
来的这种复杂性，其实也正体现在延安文学话语实践之中，体现在那
些含蕴了一代知识分子之历史想象和心灵历练的文本中。由于此种复
杂性的存在，也由于当时处在一种空前持续紧张的战争氛围中，因而
即使后期延安文学尽管在本性上已然成为党的文学形态，成为一种基
于信仰和趋于信仰的文学，但在其内部仍然存在从文学观念到话语实
践之间的一定意义上的差异性，而此种差异性的存在和缝隙无疑又增
强了延安文学现代性的复杂内涵。

　　综上所述，正是因为延安文学在艺术观念和审美形态的形成以及
话语实践上经历了一个动态发展过程，并且此过程跟延安文人较为独
特的心理机制以及那种具有历史意味的权力机制较为紧密地缠绕在一
起，所以我们理应在研究中对之采取一种复杂化的态度，要用建构主
义而非本质主义的视角来看待延安文学的总体性形成和发展。在一定
意义上，正是由于某种更为内在的权力机制和意识形态的导引，延安
文学现代性在其形成过程中承担的复杂性远远超出了那些文学作品本
身体现出来的复杂性。正因为如此，新的延安文学研究应该直面这种

复杂性，并把它作为延安文学研究得以重新展开的一个重要起点来对待。单纯从艺术审美角度根本不能揭示延安文学的丰富历史。或许，纯文学视角与延安文学尤其是后期延安文学本就格格不入，尽管它也有不容置疑的观照和运用价值。因此，在我看来，只有采取一种较文学本身更为阔大的研究视角，只有采取一种动态的而非静态的、复杂的而非褊狭的学术眼光，进言之，只有采取一种在一定程度上既能契合延安文学之复杂发展进程，又能对之给以反思性清理的研究态度和方法，人们才有可能真正走向延安文学的历史深处，也才有可能充分凸显延安文学在其发展进程中呈现出来的复杂化景观，才有可能真正对 20 世纪 40 年代的延安文学进行新的富有历史和当代价值的重构。

延安文学的发展及其现代性内涵有其较为特别的内在脉络。延安文学现代性跟任何一种现代美学形态及其意向性内涵一样，既有其特点，做出了贡献，也有其缺陷，尽管其缺陷在一定意义上也恰好构成了其所具有的特质之一，但还是应该予以真切还原和适度反思。当然，倘若把其所具有的缺陷也当作一种纯粹的现代性景观来欣赏、把玩乃至提倡、发扬，那么在其极端层面是会导致文学发展走向自我崩溃边缘的，基于信仰和趋于信仰的文学也会在艺术生命和社会结构的变迁中发生一种历史性衰颓。后来"文革"文学主流层面之文学异化场景的出现，是否与之构成了一定内在关联，其实从文学生产机制和文学观念的呈现等方面均可深入探究。本来，自延安时期党的文学观念和政治文化生态促使延安文学成为一种坚定而诚实有力的信仰文学时，延安文学在根本上应该具有一种世俗的超越性而成为文学信仰的一部分，但是，此种超越性在话语实践中却由于世俗政治和生活的羁绊又往往显得力不从心，充满了虚弱和悖论，以致在后来的文学发展中缺乏一些应有的艺术格调和人文品格，也缺乏在一种趋向更多自由和个体性的文化创造与评价机制中能够较为从容和有涵养地安妥作家自己与人类的灵魂。在这个意义上，只有采取复杂化、动态性和整体性观照的历史眼光和方法，在一种较为博大而从容的当代文化生态建构中，人们在重构延安文学现代性等问题时才会真正焕发出一定思想活力，延安文学也才会真正成为一种活生生的思想和文化状态、一种富有历史意味的存在而得以再度敞开。

第七章　民族主义与延安文学观念的形成

一、民族主义：延安文学观念形成的最初动力和逻辑起点

探讨延安文学的形成，自然包括了探究延安文学观念的形成在内。延安文学的现代性，在其文学观念的前后嬗变过程中体现得还是比较明显的。大体而言，延安文学观念在其发展中，以1942年夏季延安文艺整风运动的开展为界可以分为两大阶段，这也正因应了延安文学前后期历史性分野的形成。我以为，前期延安文学观念在其赖以形成的初始阶段具有某种内在动力的东西存在，这是作为一个具体化的延安文学观念在特定时空赖以成形的逻辑起点。那么，这是一个什么样的存在和起点呢？

1936年，当中国历史与文学面临着新的转折和变化时，鲁迅明确指出：由于抵抗日本侵略是"中国的唯一的出路"，是关乎"民族生存的问题"，因而，文学也将在革命文学运动的基础上"更具体底地，更实际斗争底地发展到民族革命战争的大众文学"。[①] 在这里，鲁迅显然把文学发展与时代的中心课题即民族救亡和民族革命问题紧密联结起来。它无不预示着，新阶段的文学既然是民族抗战条件下的文学，那么文学发展中民族主义精神的日渐高扬不仅可能而且必要，

---

① 鲁迅：《论现在我们的文学运动》，载《鲁迅全集》第6卷，第590—591页。

而这也将反过来决定这一时期文学的总体精神状貌。在这个意义上，民族主义在 20 世纪 40 年代中国文学的发展中必将成为一种富有统摄力的意识形态并因之成为文学发展的内在动力之一。

在 20 世纪三四十年代文学的发展中，就救亡文学到抗战文学所蕴含的情感表现而言，虽然既有悲哀消极的亡国之音，也有颇含忧伤无奈的哀怨之语，更多的却是那种刚强有力而又充满自信的隆隆鼙鼓之声：这是一个民族发出的呐喊，也是一个民族意欲走向新生的呼唤。臧克家在诗作《伟大的交响》中礼赞了全民踊跃参与救亡的激情和行为："救亡的感情象沸水，/ 使大家全都变成了疯狂，/ 这声音，比敌人的炸弹更响，/ 这声音，象爆裂的火山一样。"被闻一多誉为"时代的鼓手"的诗人田间似乎在用激将法鼓动大家走上前线，冲锋陷阵："假使我们不去打仗，/ 敌人用刺刀 / 杀死了我们，/ 还要用手指着我们的骨头说：'看 / 这是奴隶！'"（《假使我们不去打仗》）在这里，诗人显然道出了争取民族解放与独立的重要性，应该说，这是每一个富有民族气节或精神的人都能切身感受到的心灵呼唤，是对中国这个古老国度的眷恋和热爱。正如艾青用他颇含深情的忧伤调子所歌唱着的："为什么我的眼里常含泪水？因为我对这土地爱得深沉……"（《我爱这土地》）随着救亡与抗战运动的全面展开和深入发展，中华民族对于帝国主义早已蕴蓄于心的怨恨之情得到了前所未有的大释放，所以即使那些曾经具有唯美风格的诗人也都一改忧郁缠绵的诗风，最终发出了愤怒的吼声。譬如，曾经被人誉为"雨巷诗人"的戴望舒在被日本宪兵抓进监狱后，面对死亡的威胁，他也唱出了慷慨激昂的壮丽之歌："如果我死在这里，/ 朋友啊，不要悲伤，/ 我会永远地生存 / 在你们的心上。// 我们之中的一个死了，/ 在日本占领地的牢里，/ 他怀着深深仇恨，/ 你们应该永远地记忆。"（《狱中题壁》）在这有关"仇恨"的记忆中，中国人其实已经走了太长的路。这条路的情感基座与价值指向可以用一个笼而统之的语词来概括，这就是民族抗战时期非常浓郁的"民族主义"。

这里所言的"民族主义"当然是属于历史范畴的现代概念。它表明，中国的民族主义是世界现代化进程的产物，换言之，"把中国纳入民族国家轨道上并相应地产生中国民族主义的历史动力，是世界范围的现代化过程"①。这也就是中国大陆学术界为何把中国现代史的分期普遍定在 1840 年鸦片战争的缘故。但也正因如此，所以中国民族主义意识的产生在一定意义上不仅是被迫的，而且总是伴随着不绝如缕的侮辱感。可以说，中国自鸦片战争至抗日战争之间发生的所有对外战争，在其基本性质上都是民族抵抗战争，而其后贯穿 20 世纪前半期的民族主义更是具有强烈的"反帝"内涵。其实，由于中国民族主义产生自给中国人带来无穷耻辱的鸦片战争，可以说，20 世纪前半期中国的民族主义在致力于民族统一与独立的同时，也具有一种为西欧各国民族主义所异常缺乏的内涵，这就是：人们往往把"中国的民族主义看作是反对帝国主义的有效的理论"②。在这个意义上，反对帝国主义正是民族主义最重要的形式之一。日本帝国主义对于中国的野蛮侵略无疑最大限度地激发了这种内在地蕴含了反帝情绪的民族主义，于是，完全可以说，中国伟大的抗日战争正是在这种民族主义不断高涨的情境中进行直至胜利结束的。

当时民族主义意识的不断高涨也为中国国民党和共产党两党统一战线的最终形成提供了坚实而广阔的政治、文化基础。1931 年"九一八"事变后，民众救亡意识日渐活跃；1935 年"一二·九"运动爆发，标志着以青年学生和知识分子为主体的民族主义意识的普遍觉醒与勃发。这种知识分子的民族主义运动既进一步激发了民众的民族意识，又给国民党的民族主义以极大影响，也使共产党进一步看到了民族新生的希望所在。这样，国共两党均在民族矛盾与阶级矛盾的取舍上面临着严肃的思考与抉择，否则，定将难以适应以抗日救亡为

---

① 徐迅：《民族主义》，中国社会科学出版社 1998 年版，第 132 页。

② ［日］池田诚编著：《抗日战争与中国民众——中国的民族主义与民主主义》，中国人民抗日战争纪念馆编研部译校，求实出版社 1989 年版，第 26 页。

基础的中国民族主义政治的内在发展要求。应该说，能够自觉对政治路线进行调整，用以同不断高涨的抗日救亡运动相适应，并且对在民众间自发产生的民族主义动向给以坚强有力指导的，乃是中国共产党。1935 年 12 月，中共中央在陕北瓦窑堡举行政治局会议，在对共产国际七大精神和中共驻共产国际代表团所发宣言《为抗日救国告全体同胞书》（《八一宣言》）研究的基础上，作出了《中央关于目前政治形势与党的任务决议》。决议把建立"最广泛的反日民族统一战线"①作为党的战略总方针，这表明，中国共产党在政治路线上已经转到了抗日民族统一战线的策略上来。1936 年"西安事变"的发生，为中国共产党倡导的抗日民族统一战线在全国范围内的最终建立提供了千古难逢的机会。以此为契机，第二次国共合作终于得以实现。

在这一国共合作最初得以实现的时期，有一个事件必须引起我们的注意，这就是国共两党同祭黄帝的事件。1937 年清明节，国共两党共赴陕西黄陵县黄帝陵祭祀。次年，两党又一次共祭黄帝陵。首祭黄帝陵之祭词云：

> 赫赫始祖，吾华肇造；胄衍祀绵，岳峨河浩。……频年苦斗，备历险夷，匈奴未灭，何以家为。各党各界，团结坚固，不论军民，不论贫富。民族阵线，救国良方，四万万众，坚决抵抗。民主其和，改革内政，亿兆一心，战则必胜。还我河山，卫我国权……②

如所周知，黄帝是古代传说和后来想象里中华民族的祖先，因此，黄帝本身已经成为一个具有民族凝聚力的符号，在其陵墓中自然

---

① 《中央关于目前政治形势与党的任务决议》，载中央档案馆编：《中共中央文件选集》第 10 册，中共中央党校出版社 1991 年版，第 604 页。

② 艾克恩编：《延安文艺运动纪盛》，文化艺术出版社 1987 年版，第 12 页。

充塞并回荡着能够激发民众义愤的幽灵般想象。于是，国共两党共祭黄帝陵就不再是一种简单的仪式，而是成了一种象征，一种精诚合作、不计前嫌、共赴国难的象征。倘说黄帝作为一个文化符号的全部魅力在于它成了中华民族的象征，那么它自然也成了民族主义情怀得以栖息的最佳能指所在。因此，国共两党与其说祭祀的是黄帝，不如说是听凭政治文化民族主义的呼唤而有意识地祭起民族主义这面席卷全国的大旗。

1936年春夏，面对新的政治形势，周扬等人在中共驻共产国际代表的指导下解散了"左联"，并且提出了"国防文学"的口号，鲁迅等人也提出了本来可以与之相依存的"民族革命战争的大众文学"的口号。1936年10月，文艺界不同派别的作家共同签名发表了《文艺界同人为团结御侮与言论自由宣言》，在一定范围内初步确立了文艺界的统一战线。全面抗战爆发后，随着政治上民族统一战线的确立，民族主义作为一种较为宽泛的意识形态进一步渗透在抗战时期的文化发展之中，自然也进一步渗透在文学之中。其间一个具有鲜明组织化的标志是"文协"（全称为"中华全国文艺界抗敌协会"）的成立。1938年3月27日，"文协"在武汉召开成立大会，它的成立，标志着全国文艺界抗日民族统一战线的正式形成。它的成员包括了除汉奸以外的各抗日阶层、阶级和不同党派、艺术流派的文艺工作者，他们在民族主义的召唤下似乎开始了在文艺上一致抗日的新局面。"文协"在其成立宣言中指出："为争取民族的自由，为保持人类的正义，我们抗战；这是以民族自卫的热血，去驱击惨无人道的恶魔；打倒了这恶魔，才能达到人类和平相处的境地。"①为着完成争取民族自由独立与解放的神圣使命，文艺家们又宣告："我们是中国的

---

① 《中华全国文艺界抗敌协会宣言》，原载1938年4月1日《文艺月刊》第9期，此见文天行等编：《中华全国文艺界抗敌协会资料汇编》，四川省社会科学院出版社1983年版，第12页。

文艺人"①，我们"有我们的理论"，"有我们的创作"，文艺家应该坚守自己文艺抗战的"岗位"，热切地深入"民间与战地"，以笔杆代枪杆，运用文艺这一特殊的武器，"给民众以激发，给战士以鼓励"，总之，是用文艺去激发民族"抗战的精神"。于是，这自然要求新的文艺创作也必须内在地蕴含有能够促进抗战的民族主义精神。正因如此，他们认为，在抗战的年代，"最辛酸，最悲壮，最有实效，最不自私的文艺，就是我们最伟大的文艺。它是被压迫的民族的怒吼"②。这是说，就当时而言，最伟大的文艺就是那种异常凸显了中国民族主义精神的文艺、最能推动民族抗战的文艺。反过来说，只有那些反映了民族主义精神并能激发民族意识的作品，才有可能成为那一特定时代的伟大作品。于是，在文学与民族主义之间，起着质的规定性的显然并不是文学自身，而是民族主义这样一种意识形态。

　　抗战时期的民族主义对延安文艺的渗透与规训也经历了一个大致相近的过程。首先，表现在延安文艺统一战线方针的确立。随着国共两党抗日民族统一战线方针的最终确立，中共领导人也就自然把统一战线观念带进了对文艺和文化问题的思考中。1938年4月，毛泽东在鲁迅艺术学院（以下简称"鲁艺"）成立大会上就明确指出，文艺工作的"作风应该是统一战线。统一战线同时是艺术的指导方向"③。半个多月后，他又应邀赴"鲁艺"演讲，进一步具体阐述了这个问题。他说，过去中国文艺界在对艺术的看法上，有以徐志摩为代表的艺术至上主义者，有以鲁迅为代表的马克思主义艺术论者，前者

---

① 中华全国文艺界抗敌协会：《告全世界的文艺家书》，原载1938年4月1日《文艺月刊》第9期，此见文天行等编：《中华全国文艺界抗敌协会资料汇编》，四川省社会科学院出版社1983年版，第15页。

② 《中华全国文艺界抗敌协会宣言》，原载1938年4月1日《文艺月刊》第9期，此见文天行等编：《中华全国文艺界抗敌协会资料汇编》，四川省社会科学院出版社1983年版，第12—13页。

③ 语见柯仲平：《是鲁迅主义之发展的鲁迅艺术学院》，《新中华报》1938年4月20日第4版。

是"一种艺术上的唯心论",是一种错误的主张,而只有后者才是为中共所坚持的正确主张。可他接着明确指出:"但现在为了共同抗日在艺术界也需要统一战线,正如鲁迅先生所说的那样,不管他是写实主义派或是浪漫主义派,是共产主义派或是其他什么派,大家都应当团结抗日。"①这样,毛泽东为延安文艺的发展较早确立了统一战线的方针。这也构成了毛泽东正在予以创构的新民主主义意识形态之一部分。1940年,毛泽东在《新民主主义论》中指出:"所谓新民主主义的文化,就是人民大众反帝反封建的文化;在今日,就是抗日统一战线的文化。"他又说:"在中国,文化革命,和政治革命同样,有一个统一战线。"这个文化统一战线是共产党在文化上取得胜利的法宝之一,至当时为止可以分为四个时期,而最后一个时期"就是现在的抗日战争时期"。他说,"在中国革命的曲线运动中",这一时期"又来了一次四个阶级的统一战线"。②他所言"四个阶级"是指无产阶级、农民阶级、城市小资产阶级和民族资产阶级。1944年,毛泽东在陕甘宁边区文教工作者会议上又作了题为《文化工作中的统一战线》的讲演,进一步阐述了在陕甘宁边区,"在战争期间,这种统一战线就尤其要广泛"的重要性。③ 其次,表现在一系列带有抗日民族统一战线性质的文艺组织或团体的建立。在"文协"成立之前的1937年11月,共产党领导建立了陕甘宁边区文化界救亡协会,这是全面抗战后在敌后根据地成立的第一个以文学团体为核心的抗日文化组织。1938年9月,陕甘宁边区文化界抗战联合会在延安成立,次年5月,为了加强同"文协"联系并使自身更符合文艺统一战线的要求,遂更名为中华全国文艺界抗敌协会延安分会。这些文艺组

---

① 毛泽东:《在鲁迅艺术学院的讲话》,载《毛泽东文集》第二卷,人民出版社1993年版,第121页。

② 毛泽东:《新民主主义论》,载《毛泽东选集》第二卷,人民出版社1991年版,第698—703页。

③ 毛泽东:《文化工作中的统一战线》,载《毛泽东选集》第三卷,人民出版社1991年版,第1011页。

织或团体的建立，表明统一战线方针在以延安及陕甘宁边区为中心的根据地有了具体的组织化落实，而这一落实也表征着延安文人对文艺统一战线方针的认同，正是在这一认同中，民族主义观念亦开始日渐浮现在人们的文学视域之中。于是，在对文学与抗战、与民族主义之关系的思考上，延安文艺界也有着与前述"文协"之"宣言"大致相近的认识和理解。

1939 年，周扬主持出版《文艺战线》，他在"发刊词"中指出：在战火中诞生的《文艺战线》本身"就是一个统一的战线"，是"整个抗日民族统一战线的一部分，民族自卫战争的意识形态上的一个战斗的分野"；它是"所有站在民族立场上的作家的共同地盘"，是他们互通声气、互相来往的"精神的桥梁"。在民族战争中，"革命作家与中间作家之间的界限现在也已成为不必要了"，因为"在民族革命斗争的意义上，但凡用自己的笔服役于抗战的作家都有权利被冠以革命的称号"。意思是说，在抗战期间，由于民族利益大于阶级利益，故民族立场盖过了阶级立场，民族精神已远远高于阶级情怀，唯有在民族主义召唤下，文艺界才会日益走向团结，才会消除那先前横亘在各派作家之间的那堵既高又厚的"墙"。[1] 他在另一篇文章中也明确指出，在民族抗战的历史情境下，反对日本帝国主义的野蛮侵略是全民族各阶级的共同任务，而"先进的阶级应当是执行这个任务最坚决最彻底的，他把自己阶级的立场统一在民族的立场下面"。因而在民族抗战的现实面前，"只有最坚定地把定民族的立场，最高度地发挥民族精神的文学，才能成为伟大的文学"。[2] 这种认识，无论对当时的文学家、批评家还是革命家来说，恐怕并不能被看作一种敷衍的政治表态，更应被看作一种实在的体认，因为民族主义作为一种实行社会总动员的意识形态资源，在全

---

① 周扬：《我们的态度》，1939 年 2 月 16 日《文艺战线》创刊号。

② 周扬：《从民族解放运动中来看新文学的发展》，1939 年 3 月 16 日《文艺战线》第 1 卷 2 号。

面抗战之初已经呈现出优于其他任何"主义"的实效。而在此时基于对民族主义的体认来思考抗战文艺的本性及其走向的，我认为可以艾思奇作代表。

艾思奇认为，如果不是"从死的形式的规定上，而是从中国的现实环境的特点上"来考察，那么不仅可以把当时及以后的文艺命名为"抗战文艺或抗战期间的文艺"，而且这种文艺的发展有其特定的质的规定性。那么，这是一种怎样的规定性呢？纵观艾思奇的分析，我觉得可以把它概括为如下几个方面来谈：其一，他认为，文艺界之所以能形成广泛的"团结"，那基础并不仅仅在于"文协"的成立及其机关刊物《抗战文艺》"所表现着的全国团结的精神"，因为这还仅仅是"形式上"的；更重要的应该在于，"过去各派的文艺家在思想上创作上都是向着一个共同的方向，都不约而同的要面向着抗战的现实"，这样，文艺作者的身份就至少具有双重内涵，他不再只是一个文艺作者，而且更是"作为一个自觉的民族成员而活动着进步着"。[1] 于是，作为"民族的作家"当会看到，比起对于文艺特殊性的强调来，人们对于"抗战的现实"或"抗战的时代"的强调有其更为充分的理由，正是在这一点上，后者对前者具有优先的统摄权。换言之，文艺要想求得发展，在民族抗战的境遇中，就必得隶属于抗战的现实。[2] 他认为，当时文艺界之所以能结成统一战线并达到广泛团结，其基础恰恰在于人们对文艺具有"这样的了解"，而这，正是"抗战以前所没有能够做到的"。其二，文艺作者在当时之所以能够如此看待文艺的属性及其发展方向，原因不仅在于作者本身所具有的民族身份的规定，亦即作为一个中国人的身份的规定，而且在于"抗

---

[1] 艾思奇：《抗战文艺的动向》，1939 年 2 月 16 日《文艺战线》创刊号。

[2] 延安"文艺突击"社在"革新号创刊词"中也曾表示，"文艺必须服从于抗战，成为抗战力量的一部，这一个大的原则是不应有疑义的"。（本社：《文艺界的精神总动员——代革新号创刊词》，1939 年 5 月 25 日《文艺突击》第 1 卷 1 期。）这说明，在延安，文艺服从抗战救亡的观念已经成为不容置疑的文学理念了。

战中的激烈的社会变动改变了（至少也动摇了）每个作者自己的生活，任何一个作者都不能不被卷入抗战的旋涡"，这样，"民族的生死存亡的问题已经直接地肉（疑为'合'——引者）拍到自己的生活上来了"。于是，抗战中"现实的变动使文艺不能不变动，就是作者不想变动，现实的事实也要逼着他变动"。因而，这是当时的文艺"不能不向着新方向发展的一个重要原因"。其三，在艾思奇看来，"抗战中全国人普遍的空前觉醒，是文艺发展的一个最大的动力和泉源"。这是因为，民族的存亡问题即使连那些先前并不自觉的人也感受到了，已经成了每个中国人不得不思考的带有存在论意味的问题，于是，人们为了更好地面对现实，为了自身与民族的生存，也就自然会对作为"人类认识现实的工具"之一的文学艺术有新的要求。故而他认为，倘若一个民族文艺的向上发展程度可以表征这个民族的精神和生命的发展前途，那么，"目前中国文艺界的发展程度也可以表现中国民族争取胜利和生存的前途。而其所以能表现的原因，是在于前者的发展程度指示着后者的自觉或觉醒的程度，整个民族的觉醒程度愈高，它就愈更有力量去取得胜利"[1]。这表明，抗战文艺的价值首先取决于它所表现的民族主义精神，它的发展动力也正来源于中国民众之民族主义精神的普遍觉醒与高涨。至此，艾思奇显然已从文艺必须服务于抗战、作为民族作家置身于抗战生活的现状以及文艺发展的动力与泉源三个层面，较为全面深入地探讨了抗战文艺的根本属性及其发展走向。而无论是在哪个维度上，都可看出抗战的现实境遇及蕴含其中的民族主义对于文学发展，自然也包含对延安文学发展所具有的制约作用。这表明，延安文学观念在其最初形成阶段确乎是以民族主义作为其逻辑起点与内在动力的。

中国的民族主义不仅导致了延安文学观念的最初形成，而且也为

---

① 艾思奇：《抗战文艺的动向》，1939 年 2 月 16 日《文艺战线》创刊号。

人们观察新文学的发展历程提供了富有时代气息或历史内涵的全新视角。1938 年 5 月，以"陕甘宁边区文化界救亡协会"名义发表的一篇文章指出："近代中国文化运动，本来是和救国运动不可分开的，文化运动是救国运动在意识上的表现，而文化运动最优秀的先驱者，时常就是救国运动中最具忠肝热血的先驱者。"① 这是说，中国近代文化的发展与民族解放运动有着难以分割的密切联系，前者是后者的心声，后者是前者的动力。文化上如此，新文学的发展又何独不然？周扬正是沿着这样的思路来考量整个新文学的发展，并进而对新文学史给以初步理论总结的。1939 年，周扬在一篇影响广泛的论文中开宗明义指出："中国新文学从开始就和民族解放运动密切地联系着，这个联系贯彻了新文学的全部历史。"② 他又在"鲁艺"授课讲稿中写道："中国革命的基本任务是反帝反封建；新文学运动，不管它发展进程的曲折与表现形态的复杂，在其根本内容与内在趋势上，总是服从于这个任务的。新文学运动就是文学上的民族民主革命的运动。"③ 周扬是从社会历史角度来考察新文学的发展历程的，他所运用的马克思主义社会历史批评方法，使得他必然会联系中国社会发展的历史特点以及社会矛盾的转化来思考新文学的发展。他认为，在中国近代史上，中国与帝国主义的矛盾是最主要矛盾，因此中国的解放运动在终极上都和反帝的"民族斗争有不可分离的关系，就是反封建制度的人民革命也是以打倒帝国主义为最终的目标。这就决定了中国新文学与民族解放运动的内在的深切的联系，而每次文学上的运动都与民族解放斗争相呼应"。接着，他从新文学发展的不同时期具体逐一论述了新文学与民族解放的密切关系。他认为，"五四"新文学运动是整个

---

① 陕甘宁边区文化界救亡协会：《我们关于目前文化运动的意见》，1938 年 5 月 21 日《解放》第 39 期。据考，这篇文章本是陈伯达所作，曾收录于他的著作《在文化阵线上》（生活书店出版）。

② 周扬：《从民族解放运动中来看新文学的发展》，1939 年 3 月 16 日《文艺战线》第 1 卷 2 号。

③ 周扬：《新文学运动史讲义提纲》，《文学评论》1986 年第 1 期。

爱国运动的一个重要组成，即使新文学作家普遍具有激烈的"欧化"主张，但也是为了"振刷民族的精神"，在根本上"仍是出于一种民族解放的深沉思想"；而革命文学是在五卅事件的直接刺激下发展起来的，由此之后出现了文学与反帝意识的"结合"，或者说文学中的反帝思想"开始形成"；九一八事变后，救亡文学或反帝文学大大发展，《八月的乡村》和《生死场》一类作品造成轰动，正表明了在民族革命高潮中新文学发展的必然趋势，而文学上统一战线的形成更是"文学上空前未有的旗帜鲜明的民族阵线"，至此，"文艺与民族解放运动的联系达到了从来不曾有过的显著的密切的程度"。周扬认为，"文学上三次运动都和反帝民族斗争相配合，这决不是一个偶然的巧遇"，而是由中国社会的半殖民地性质所决定的。所以，"中国民族与侵略的异民族之间的矛盾一天不解除，文学中的民族思想的实质便一天存在"。我们知道，民族主义正是把文学中意欲表达的这种"民族思想"或民族精神视为维护政治秩序正当性的价值基础，因此，周扬探讨新文学与民族解放运动之关系，实际是想探讨新文学发展进程中民族主义思想的必然性存在，是想从社会历史角度追究并型构中国现代文学那不断听凭民族主义召唤与渗透的传统。可以说，"民族主义"在新文学中所经历的是不断向上提升或日益强烈的过程，因此，这不但为"民族主义"在新文学发展中所处的位置作了富有历史意蕴的说明，也为20世纪40年代文学的发展构建了一个有着"必然"含义的合理性根基："在民族的巨大的事变面前，只有最坚定地把定民族的立场，最高度地发挥民族精神的文学，才能成为伟大的文学。"①于是，这也再一次证明，"民族主义"确乎是20世纪40年代主流文学观念赖以形成的内在动力之一，也确乎是延安文学观念最初赖以形成的一个重要逻辑起点。这种文学上的"民族主义"在事实上已经日

---

① 周扬：《从民族解放运动中来看新文学的发展》，1939年3月16日《文艺战线》第1卷2号。

渐成为一种强势话语，其所蕴含的意识形态化权力曾在当时文艺界对梁实秋等人提出的"与抗战无关"论开展的有关批判中表露无遗。

至此，倘若联系整个现代中国文学的发展历程来看，我们会发现一个十分有趣而充满历史意味的事件，这就是：延安文学乃至当时整个左翼文学阵营对于民族主义的认同，以及在文学与民族主义之间即将呈现出来的复杂关系，其实在 20 世纪 30 年代初国民党南京政府倡导的民族主义文学运动中早已试图完整地表达过，而在那时，左翼文学界恰恰是以对其加以激烈批判而著称的。[①] 并且在 20 世纪 40 年代，战国策派的陈铨等人也在文学和文化的建构上有过较为强烈的民族主义诉求，但也遭到过左翼文化界的严厉批评。如此等等，均是很有意味的，其间一个重要方面，或许就在民族主义之于当时政党政治的历史演绎可能发生了一些不同含义的内在变迁。而随着政治文化语境的变化，在延安文学观念现代性的进一步发展中，它也终究会以一种新的状貌呈现在世人面前。

二、民族—现代性："民族形式"论争中
延安文学观念的现代性呈现

抗日战争伊始，延安文化界对延安文学观念的形成即表现了一

---

① 民族主义文艺运动是 20 世纪 30 年代初在国民党政府推动下相继发生在上海、南京、杭州等地的文学运动，其中尤以上海的"前锋社"最为有名。倪伟认为，标志着这场运动兴起的《民族主义文艺运动宣言》尽管在理论诠释上显得粗疏而简单，但它在中国现代文学史上第一次明确提出了民族主义要求，并且把文艺创作与民族国家建设直接联系起来，因而它具有重要的文学史价值。它从一个方面呈现了中国社会在当时正在发生的巨大的结构性变化，这个变化表现在社会思想和意识形态层面，就是民族主义再次蓬勃兴起。参阅倪伟：《"民族"想象与国家统制——1928—1948 年南京政府的文艺政策及文学运动》，上海教育出版社 2003 年版，第 101 页。

种理论的自觉，如上所述，这种理论自觉在相当程度上适应了政治—文化民族主义发展的内在要求，故而是民族主义话语在文学理论与批评上的一种显明表达或呈现。但是，当文学理论与批评在不同的场域或空间得以展开时，它就显得具体而复杂得多。在延安，文学界不仅普遍意识到开展文学批评的必要，而且意识到了进行文学理论构建的紧迫性。1939年，艾思奇指出：文学理论的建立"是今后最重要的而又最繁难的工作"，它需要凭借作家创作试验以及各派理论家的互相研究、讨论才能建立起来；但是，各种有关文学的争论，"必须以统一为前提。争论不是为着见解的分裂，而是为着共同走向一个目标，是为着找到某些共同的见解，作为一般的指导的理论基础"。[①] 周扬在当时代表《文艺战线》编委会在发刊词中也明确指出，理论批评现在"成了战时文艺活动的最弱的一环"。基于这个判断，他认为"战时文艺理论批评的工作的建立是十分重要的"，文艺界需要"有计划有系统地来开始一个理论的运动"，它"只（应为'不只'——引者）限于应付当前迫切的问题，而且要考虑到新文艺的较永久的建设"。在此之上，他表示，"我们愿意"在文艺理论构建中贡献"自己的一点微小的力量"。[②] 周扬等人的上述态度，其实代表了延安文学理论界的共同心声。在他们的自觉努力下，应该说，延安批评界显现了空前的理论探讨热情，而作为其间一个显明标志的，则无疑是对文学上"民族形式"问题的理论倡导与探讨。

研究界普遍认为，抗战时期文学上"民族形式"问题的探讨直接受到毛泽东所作的相关论述的启发与推动。1938年10月，毛泽东在中共中央六届六中全会所作的报告中指出，共产党作为一个指导伟大的革命运动的政党，必须把马克思主义革命理论、民族历

---

①　艾思奇：《抗战文艺的动向》，1939年2月16日《文艺战线》创刊号。

②　周扬：《我们的态度》，1939年2月16日《文艺战线》创刊号。

史知识和革命实践运动结合起来。怎样才能做到有机结合并使之产生最大革命效应呢？毛泽东明确指出："……马克思主义必须通过民族形式才能实现。没有抽象的马克思主义，只有具体的马克思主义。所谓具体的马克思主义，就是通过民族形式的马克思主义，就是把马克思主义应用到中国具体环境的具体斗争中去，而不是抽象地应用它。成为伟大中华民族之一部分而与这个民族血肉相联的共产党员，离开中国特点来谈马克思主义，只是抽象的空洞的马克思主义。因此，马克思主义的中国化，使之在其每一表现中带着中国的特性，即是说，按照中国的特点去应用它，成为全党亟待了解并亟须解决的问题。洋八股必须废止，空洞抽象的调头必须少唱，教条主义必须休息，而代替之以新鲜活泼的、为中国老百姓所喜闻乐见的中国作风和中国气派。"① 这里，毛泽东其实并非针对文艺问题，而是针对党内"学习"尤其是"马克思主义中国化"问题来谈的。但在毛泽东的思想观念中，一定的文化形态往往是一定政治形态的反映，因此，当他认为在党的政治领域必须采取"民族形式"时，往往就能根据其致思的特点恰当地推论出文化上的"民族形式"问题，并进而推论出文学上的"民族形式"问题。1940年，他果然在《新民主主义论》中毫不含糊地把"民族形式"引入文化领域，指出："中国文化应有自己的形式，这就是民族形式。民族的形式，新民主主义的内容——这就是我们今天的新文化。"② 正是在这个意义上，周扬等人在延安率先组织文艺界进行民族形式问题大讨论，并且在《文艺战线》上组织出版"艺术创作者论民族形式"

---

① 毛泽东：《中国共产党在民族战争中的地位》，载《论新阶段》，东北书店1947年版，第111页。此文原为《论新阶段》报告的第七部分，刊于1938年11月25日《解放》第57期。后收入《毛泽东选集》时对这段文字略有修改，可参阅《毛泽东选集》第二卷，人民出版社1991年版，第534页。

② 毛泽东：《新民主主义论》，载《毛泽东选集》第二卷，人民出版社1991年版，第707页。

特辑，^① 无疑是非常敏锐而及时的。因此，认为文学上"民族形式"问题的论争直接受到毛泽东相关论述的促发，应该说是合乎历史实际的。我们必须进一步追问的是：促使毛泽东提出"马克思主义中国化"这一命题的动力何在？为什么文艺上的"民族形式"问题一经提出，就能引起全国文艺界的广泛共鸣？

我认为，要想较为准确地解释这些现象，恐怕还得回到那个"民族主义"意识形态和思潮中去找寻。毛泽东曾经不无自豪地宣告："十月革命帮助了全世界的也帮助了中国的先进分子，用无产阶级的宇宙观作为观察中国命运的工具，重新考虑自己的问题。走俄国人的路——这就是结论。"^②但毛泽东后来认识到共产国际、苏联领导人对中国革命造成的危害，并且也深深领教了唯共产国际马首是瞻的王明派等人的厉害之后，便在心里滋长了另外一种情绪和意念，这就是：不仅走俄国人的路，也要走自己的路。这就导致了马克思主义中国化命题的最终提出。其实，在具体论述到这一命题的那个报告的开头，毛泽东首先讨论的是国际主义和爱国主义的关系，这是一个切入口，也是提出上述命题的框架性设定。他说，"中国共产党人必须将爱国主义和国际主义结合起来"，因为"只有民族得到解放，才有使无产阶级

---

① 载 1939 年 11 月 16 日《文艺战线》第 1 卷 5 号。此特辑共刊有冼星海的《论中国音乐上的民族形式》、罗思的《论美术上的民族形式与抗日内容》、萧三的《论诗歌的民族形式》、柯仲平的《论文艺上的中国民族形式》、何其芳的《论文学上的民族形式》、沙汀的《民族形式问题》6 篇论文。编者为此写的按语云："下面是一个民族形式问题特辑，专请艺术各部门的几位创作者执笔的。因为是创作者，从事的部门又不尽同，所以都献出了各自的心得与独见。大家的意见，在对文艺民族形式之建立的积极主张上，是一致的。新文艺过去还民族化，中国化，大众化得不够，正因为不够，所以需要向这方面特别努力，这也是大家所共同承认的。自然，在个别具体问题上，还不免有意见上的若干差异，如在民族化的具体做法上，在对新文艺过去成就的评价上，在对旧形式及其可能利用的限度的估计上。这些问题是需要讨论的，更仔细更深入的，这样才能使民族形式问题的理论更为精密与坚实。"

② 毛泽东：《论人民民主专政》，载《毛泽东选集》第四卷，人民出版社 1991 年版，第 1471 页。

和劳动人民得到解放的可能。……因此，爱国主义就是国际主义在民族解放战争中的实施"。① 这表明，毛泽东在当时提倡"马克思主义中国化"，或倡导"民族形式""中国作风和中国气派"，均是在国际主义／民族主义或国际／中国的框架性关系中提出的，即在民族战争的背景下，国际共产主义运动应该与被压迫民族的民族解放事业联系起来。因为在抗战期间，并非阶级问题，而是民族问题，成为中国共产主义运动的主导性问题。对中共来说，在国际共产主义范畴内提出"民族"问题更是有其具体的政治含义和历史背景：通过诉诸"民族"问题，获得共产主义运动内部的民族自主性，或者说，摆脱共产国际的支配，使中共成为一个具有独立自主权及相应意识形态的政党。② 而且在我看来，这也有利于中国的共产主义运动融汇到民族解放事业中，并使之有可能在理论与实践层面成为真正中国的、民族的，即符合中国民族主义需求的运动。因此，"马克思主义中国化"及其相关命题显然是在民族主义背景下提出的，后者是前者的深层动力所在。

其实，无论是"中国化"还是"民族形式"，这些概念都不是毛泽东的最初发明，究其来源一部分是从斯大林"社会主义的内容，民族的形式"这一论断所得到的启示，③ 一部分却显然是从其哲学、

---

① 毛泽东：《中国共产党在民族战争中的地位》，载《毛泽东选集》第二卷，人民出版社 1991 年版，第 520—521 页。

② 参阅汪晖：《地方形式、方言土语与抗日战争时期"民族形式"的论争》，载《汪晖自选集》，广西师范大学出版社 1997 年版，第 344 页。

③ 在毛泽东做《论新阶段》报告之前，陈伯达撰文指出："一些文化工作者还没有具体地注意到、理解到斯大林关于苏联文化发展所提出的社会主义内容和民族形式的名论，而去根据自己民族的革命运动，根据自己民族的特点，根据自己民族所需要的文化运动，把这名论在实际中最广泛地具体运用起来。"（陈伯达：《论文化运动中的民族传统》，1938 年 7 月 23 日《解放》第 46 期。）我认为，毛泽东极有可能受过这段话的影响，因为毛泽东那时对《解放》等刊物上的文章看得非常仔细，而且更重要的是他当时对陈伯达在理论研究上有所器重。后来，郭沫若明确指出："'民族形式'的提起，断然是由苏联方面得到的示唆。苏联有过'社会主义的内容，民族的形式'的号召。"（郭沫若：《"民族形式"商兑》，1940 年 9 月 25 日《中国文化》第 2 卷 1 期。）

政治助手艾思奇和陈伯达等人那里借鉴而来的。艾思奇曾在 1938 年
4 月发表题为《哲学的现状与任务》的文章，其中首次提出"中国
化"概念，随即得到陈伯达等人的支持。早在 1936 年，陈伯达在
与艾思奇等人发起新启蒙运动时就曾强调指出，新哲学者即马克思
主义唯物论者并没有把哲学问题与中国的现实问题紧密结合起来，[1]
但他把民族化、中国化问题当作抗战文化运动的核心问题，时间当
在 1938 年以后。这年 5 月，陈伯达等人在一篇带有宣言性质的文章
中明确指出："文化的新内容和旧的民族形式结合起来，这是目前文
化运动所最需要强调提出的问题，也就是新启蒙运动与过去启蒙运
动不同的主要特点之一。"[2] 可见，艾思奇、陈伯达等人在毛泽东提
出"中国化""民族形式"等概念之前就已明确使用过了。而艾思奇
等人对"中国化""民族形式"问题的关注，其实是在更大范围内契
合了抗战时期的文化思潮。现代中国文化发展至全面抗战时期，经
历了一次大的转折，这就是由五四时期的"世界化"向"中国化"
突转：抗战时期的总体时代精神无疑已从五四时期的世界主义转向
了民族主义。这是一种总体的结构性变动。1941 年，郭沫若曾对此
有过一段生动描述："'学术中国化'口号的提出，更引起文化各部
门的热烈响应。文艺创作者热情讨论恢复文艺的民族形式问题；戏
剧家研究各地方戏作实验公演；音乐家也搜集各地民歌，研究改良，
作实验演奏；社会科学家研究着中国的实际、中国的历史；自然科学
家在研究着国防工业……等中国具体问题，并提倡出了'中国科学
化运动'的口号；哲学家在研究着中国的古代哲学与思想上在抗战

---

[1]　参阅陈伯达：《新哲学者的自己批判和关于新启蒙运动的建议》，1936 年 9 月 10
日《读书生活》第 4 卷 9 期。
[2]　陕甘宁边区文化界救亡协会：《我们关于目前文化运动的意见》，1938 年 5 月 21
日《解放》第 39 期。据考，这篇文章本是陈伯达所作，曾收录于他的著作《在
文化阵线上》（生活书店出版）。但当时既然以"协会"名义发表，故其作者可
云"陈伯达等人"。

建国上的各种问题。"① 著名学者嵇文甫认为，"中国化"是现代中国文化论争的"深化"、"醇化"和"净化"，是近代以来古今中西之争的最完美的综合与总结，它是随着学术通俗化或大众化运动而生长出来并且"随着抗战建国运动而展开的一个学术运动"。但是，它并非是一个复古的运动，而是发展中国现代文化的内在需要，用嵇文甫的话来说，即是"中国需要现代化，需要把世界上进步的学术文化尽量吸收，使自己迅速壮大起来"。所谓"中国化"，"就是要把现代世界性的文化，和自己民族的文化传统，有机地联系起来"，"它是以吸收外来文化为其前题（提）条件的"。② 这说明，"中国化"思潮的出现，在其基本意义上是抗日战争的产物，是民族主义席卷文化领域的广泛表征，也是现代中国文化自身于构建途中合乎逻辑的发展。这表明，就中国而言，现代国家的建立过程并不止是一个民族自决的过程，而且也是构建文化同一性的过程，抗战时期"民族形式"的论争其实正从一个重要方面探讨了现代民族文化同一性和主体性的形成与创造途径。换言之，文化上"民族形式"的构建过程与民族国家的想象性建立过程是互动的，具有同构性特点。诚如冼星海所言，中国艺术完全可以建立"新的民族形式"，它必将"随着一个崭新的民族而出现"。③ 我认为，"民族形式"问题之所以能引起全国文艺界的广泛注意，其根本原因正在这里。

让我们再具体回到"民族形式"论争上来。在延安，最早将毛泽东有关"中国作风和中国气派"的观念与文艺上的"民族形式"问题关联起来的是柯仲平。1939 年 2 月，他在一篇题为《谈"中国气派"》的短文中说："每一个民族，都有自己的气派。这是由那民族的特殊经济、地理、人种、文化传统造成的"，"最浓厚的中国气派，正被

---

① 郭沫若：《四年来之文化抗战与抗战文化》，载王锦厚等编：《郭沫若佚文集（1906—1949）》上册，四川大学出版社 1988 年版，第 398 页。
② 嵇文甫：《漫谈学术中国化问题》，1940 年 2 月 15 日《理论与现实》第 1 卷 4 期。
③ 冼星海：《论中国音乐上的民族形式》，1939 年 11 月 16 日《文艺战线》第 1 卷 5 号。

保留、发展在中国多数的老百姓中"。这里，柯仲平点明了民族个性及其形成与传统、民间的关系。又说，"国际主义的马克思主义应该中国化，其他优良适合的西洋文化也同样是应该中国化的"。[1]不久后他又说，文艺工作者应该发挥高度创造性，不仅"使马列主义的艺术中国化，而且使西方艺术的优良作风中国化"。[2] 这就把毛泽东关于党内学习的经典论断自然关联到中国文化、文艺如何发展的路径上来。自此，有关"民族形式"问题的讨论在延安文学界渐次弥漫开来，而什么叫"民族形式"，它的具体内涵如何，到底如何形成，怎样判断它的创造性形成，也就逐渐成为这次讨论的核心问题。

"中国作风和中国气派"是与"民族形式"紧密相连的命题，在有些论者看来，它们可以相互置换，但在事实上，前者比后者的含义要广泛一些。而且，即使单就"民族形式"来说，也有把它理解为民间形式或传统形式的，陈伯达最初使用时就存在这种较为含混的理解。比如他说，要使在文艺创造上为中国老百姓所喜闻乐见，"这就不能拨开广大老百姓年代久远所习惯的民族形式"[3]。他所言"民族形式"即是指民间形式或传统形式。但当时延安文学界普遍认为，尽管可以如柯仲平一样通过诉诸本国的经济、地理、种族和文化传统来界定和说明"民族形式"，但"问题的麻烦"在于，它"不是一种既成的事物"，而是"一种新生的尚待创造的东西"。[4] 因此，"民族形式"毋宁说是一个复杂的存在：它既关联形式，又涉及内容，既是民族的，又是世界的，因而也具传统性和现代性。陈伯达说，文艺上的民族形式"包含有各种表现的形式，如民族风俗、格调、语言等"，但

---

① 柯仲平：《谈"中国气派"》，1939 年 2 月 7 日《新中华报》第 4 版。

② 柯仲平：《介绍〈查路条〉并论创造新的民族歌剧》，1939 年 6 月 25 日《文艺突击》第 1 卷 2 期。

③ 陈伯达：《关于文艺的民族形式问题杂记》，1939 年 4 月 16 日《文艺战线》第 1卷 3 号。

④ 光未然：《文艺的民族形式问题》，1940 年 5 月《文学月报》第 1 卷 5 期。

它在"实质上，不只是简单的形式问题，而也是内容的问题"。① 艾思奇也表达了类似意见。他说，"如果把运用旧形式的问题仅仅看做形式的，技术的问题，是错误的，没有结果的。在形式上它是要创造新的民族的作风，在内容上（这是重要的）却是为着要反映民族斗争的新的现实。"② 他们所谈即是"民族形式"所含的形式与内容问题。萧三说："愈是民族的东西，它便愈是国际的。"③ 一位民族美术论者认为，创造民族新形式，要尽量"把民间的趣味，把地方的色彩灌输到美术的创作上去"，因为有地方性的就有世界性，"民族形式是发挥国际主义的正确方法"。④ 光未然更是强调指出，没有民族性的作品，"首先便在自己民族中间立不住脚，还谈得到对于国际艺术的贡献吗？因此，愈是强调艺术的国际性，愈是应该发扬民族性"。上述所谈即是"民族形式"所含的民族性与世界性或现代性问题。关键是，当时有不少论者像光未然一样认为，"理想中所企图达到的民族形式"应该是上述几对矛盾体的综合，是"这样的一种好东西"：既具有通俗性，又具备艺术性；既富有民族性，又具备国际性。⑤ 因而它至少表明，"民族形式"这种有待创造的新形式是一种既有民族性又含现代性的现代形式，是一种新的创制，民族—现代性乃是其特有的现代性内涵。于是，"民族形式"问题与现代性问题在这种对于"创造性"的期待中更加清晰地关联起来。而这，也突出表现在延安文学理论界对"民族形式"问题与"五四"新文学传统之关系的处置上。

在新的历史条件和语境下，如何认识与评价"五四"新文学传

---

① 陈伯达：《关于文艺的民族形式问题杂记》，1939 年 4 月 16 日《文艺战线》第 1 卷 3 号。
② 艾思奇：《旧形式运用的基本原则》，1939 年 4 月 16 日《文艺战线》第 1 卷 3 号。
③ 萧三：《论诗歌的民族形式》，1939 年 11 月 16 日《文艺战线》第 1 卷 5 号。
④ 罗思：《论美术上的民族形式与抗日内容》，1939 年 11 月 16 日《文艺战线》第 1 卷 5 号。
⑤ 光未然：《文艺的民族形式问题》，1940 年 5 月《文学月报》第 1 卷 5 期。

统及其与"民族形式"问题的关系，其实是有关新的民族形式建构的大问题，因为它关系到"民族形式"建构的历史走向和价值取向，关系到是在一个什么样的基点上来构建新的民族形式的。延安文学理论界对"五四"新文学传统的评价在"民族形式"讨论之初应该说存在一定分歧，因而那种认为延安在此问题上没有给予充分论争的说法① 是不尽准确的。而且，在下面的论述中我们更会感到"论争"中激烈交锋的事实性存在。对于这个问题，我想先从萧三谈起。他是从对新诗的评价上来认识"五四"新文学传统的。他埋怨说，"中国诗的新形式是什么呢？它只是欧化的，洋式的，这不能说是中国的新形式"，也"不是中国的民族形式"，因为这些新诗"不合中国人的口味，中国人不喜欢读，读了也记不得"。② 显然，这是借对新诗的批评来达到对"五四"文学传统的否定。与之针锋相对的是何其芳，他从进化论角度全面肯定了新诗的进步性。他认为，新诗采用的自由诗形式是比古体诗进步得多的形式，是"全世界的诗目前所达到的最高级的形式"，中国新诗"在形式上的进步"很是迅速，它已"足够表现现代人的复杂的，深沉的思想、情感"。正因如此，他认为创造"民族形式"的基础"无疑地只能放在新文学上面"，"只能是新文学向前发展的方向，而不是重新建立新文学"。③周扬在当时也持类似立场。一方面，他对"五四"新文学进行了反思，认为它确实存在不够大众化的缺陷，民族新形式也还"没有最高完成，语言形式的缺点还严重存在"；另一方面，他仍坚持认为，"五四"新文学"大量地吸收了适合中国生活之需要的外国字汇和语

---

① 这种观点普遍存在于现今通行的文学史教材和研究论著中。教材方面请参阅钱理群、温儒敏、吴福辉：《中国现代文学三十年》，北京大学出版社 1998 年版，第 463 页。另外，旷新年在《中国 20 世纪文艺学学术史·第二部下卷》（上海文艺出版社 2001 年版，第 244 页）中也认为："在延安，民族形式的讨论并没有展开真正的争论。"

② 萧三：《论诗歌的民族形式》，1939 年 11 月 16 日《文艺战线》第 1 卷 5 号。

③ 何其芳：《论文学上的民族形式》，1939 年 11 月 16 日《文艺战线》第 1 卷 5 号。

法到白话中来，使它变为了更完全更丰富的现代中国语"，即使它还存在严重不足，文学"新形式比之旧形式，无论如何是进步的，这一点却毫无疑义"。因而他认为，"完全的民族新形式之建立，是应当以这为起点，从这里出发的"。① 上述周扬、何其芳对"五四"新文学的看法，其实代表了当时延安文学观念的主流：通过重新肯定"五四"文学的历史意义，表达了对"民族形式"构建中价值取向上之现代性立场的期待。这种期待也具体表现在延安理论界对鲁迅创作所给予的肯定性论述上。

在这次有关"民族形式"问题的讨论中，不少论者多次提到鲁迅作品特别是其小说的非凡成就。巴人认为，判定什么样的作品才算具有中国气派和中国作风，对其进行"抽象的原则的规定是不大可能的，举例来说，鲁迅的《阿Q正传》是有中国的气派与中国的作风的。鲁迅的文艺杂感是有中国的气派与中国作风的"②。如果说巴人的观点还只能算是左翼的，那么艾思奇、周扬等人的论述可就属于地道的延安文学界了。艾思奇在回答"五四"以来新文艺运动是否产生了具有民族气派和民族风格的作品时，明确指出："鲁迅先生不但在他的创作里表现了这不妥协、积极向上的精神，而且很成功地发扬了民族的好的传统；他的作品所以成为五四新文艺运动的最高的成果，也正因为它在形式和内容上都不但是新的而且也是民族的。"③ 周扬更是肯定地说："受果戈理影响最深的鲁迅，他笔下所刻划出来的人物、世态与风习不是俄国式的，而是十足地中国的，他的描写的笔调是十足的中国式的笔调。《狂人日记》以及其他短篇的形式虽为中国文学史上所从来未有过的，却正是民族的形式，民族

---

① 周扬：《对旧形式利用在文学上的一个看法》，1940年2月15日《中国文化》创刊号。

② 巴人：《中国气派与中国作风》，1939年9月《文艺阵地》第3卷10期。

③ 艾思奇：《旧形式运用的基本原则》，1939年4月16日《文艺战线》第1卷3号。

的新形式。"① 当时在"鲁艺"任教的沙汀也不无自豪地指出，鲁迅的作品是中国新文学史上"最民族"化的作品。② 就连陈伯达，他虽暗示性地指出过鲁迅作品不够通俗的缺陷，但也不能不承认鲁迅小说尤其是《呐喊》的创作，不仅是新文艺运动中"成功之最大的"，而且是达到了"世界水准的作品"。③ 显然，除陈伯达采取了较为含混暧昧的态度外，上述诸人无不认为鲁迅创作了最富有民族特色或民族新形式的典范作品。我认为，他们在"民族形式"论争中对鲁迅的极力肯定，既是对鲁迅本人及其作品的颂扬，也自然包含了对于民族新形式创造的期待，而且也内含了一个建基在肯定"五四"新文学之上的对于民族形式创造的评价标准问题。再具体而言，即在他们的批评视域中，鲁迅不仅是最能体现"五四"新文学创作实绩的典型，而且代表了未来中国新文学的发展方向。故而在我看来，他们极力标举鲁迅创作成就和风格的重要动机之一，是想借此为"民族形式"的创造提供具体可循的范本，换言之，是想为评判"民族形式"的创造性确立一个真正的尺度。它暗示着，这个尺度不是由外国文学所提供，也不是由中国古典文学或民间文学所提供，而是由以鲁迅为代表的"五四"新文学所给出。现在看来，这个传统所赖以充分体现的即是文学的民族—现代性，这就是说，对于不断丰富的民族—现代性之渴求是构成其评判"民族形式"是否具有创造性的一个重要标准。

我之所以说"五四"新文学得以充分体现其属性的是文学的民族—现代性而非"现代性"本身，乃是由于首先在不少"民族形式"论者看来，"现代性"已经成为新文学传统中的一个重要部分，用周

---

① 周扬：《对旧形式利用在文学上的一个看法》，1940 年 2 月 15 日《中国文化》创刊号。

② 沙汀：《民族形式问题》，1939 年 11 月 16 日《文艺战线》第 1 卷 5 号。

③ 陈伯达：《关于文艺的民族形式问题杂记》，1939 年 4 月 16 日《文艺战线》第 1 卷 3 号。

扬的话来说，即已"成为中国民族自己的血和肉之一个有机构成部分了"。中国新文学接受了西方文化的影响，并且如鲁迅《狂人日记》一样是在外国文学的直接催生下发展而来，这是人所周知的客观存在，故而周扬认为"欧化与民族化并不是两个绝不相容的概念"。因为当时所谓"欧化"，在其基本精神上是指西欧文化思想中的"人的自觉"，而这，是与当时中国社会所普遍要求的人民的自觉和民族的自觉相符合的。① 因此，中国之民族性和民主性建构的需要是现代性立足中国的前提，也是其立足中国新文学的基础。正是在这个意义上，"五四"新文学的合法性基础既是现代的，也是民族的，它在很大程度上应合了对于不得不纳入世界体系的民族国家的想象，也是现代中国民族主义缠绕其间的内在体现。其次，由于"民族形式"讨论背景的内在设定，周扬等人对于"五四"新文学内在构成的探讨是存在某种犹疑的，这就是在肯定其所内含的现代性之外，又着力在对其进行反思的基础上强调了它的大众性与民间性传统的存在。艾思奇认为，"五四"新文学是往创造新的民族形式路上走的，它虽然也有着难以克服的内在缺陷，但这个运动的主流，仍是为着使文学成为大众的、平民的东西；② 它的产生，在当时是"作为中国传统的革命文学的姿态而出现，因此它是以现实主义和大众性为目标"③。周扬也持相似看法。他指出，"五四"新文学在其发生与发展的基本趋势上，并非远离大众，而是与之相接近，它的"否定传统旧形式，正是肯定民间旧形式，当时正是以民间旧形式作为白话文学之先行的资料和基础"，在此之上，它终于"把章回小说改造成了更自由更经济的现代小说体裁，从旧白话诗词蜕化出了自由诗"。虽然当时有关"民间""平民"的观念还带有很大的局限，但总是向民众接近了一大步，

---

① 周扬：《对旧形式利用在文学上的一个看法》，1940 年 2 月 15 日《中国文化》创刊号。
② 艾思奇：《旧形式新问题》，1939 年 6 月 25 日《文艺突击》第 1 卷 2 期。
③ 艾思奇：《旧形式运用的基本原则》，1939 年 4 月 16 日《文艺战线》第 1 卷 3 号。

并且由此形成了文学与民众不断接近的"光荣战斗传统"。① 何其芳更是认为，"五四"以来的新文学都是"旧文学的正当的发展"，是与旧文学有着"血统关系的承继者"。② 上述对"五四"新文学中民间传统的强调，虽然在当时为左翼文学理论家胡风所诟病③，但无疑揭示了"五四"新文学中被后来的文学史家基于现代性立场所隐没已久的"民间"一脉或"传统"一脉。故而在我看来，这不仅在一定程度上符合新文学发展的历史事实，而且这种从形式的相对独立性出发，注重对中国文学之历史传统予以重塑的做法也是值得重视的。更为重要的是，它在为"五四"新文学找到合法性的存在依据时，也部分地满足了当时"民族形式"讨论中对于民间形式或旧形式等形式因素的时代性需求，因而，上述论者的良苦用心值得我们给予同情之理解。

其实，倘若从文艺思潮的自身演进来看，"民族形式"讨论是20世纪30年代文艺大众化思潮合乎逻辑的发展，而从近处看则是全面抗战初期如何利用旧形式问题在理论上的继续与深化。这从当时延安"民族形式"讨论的言说思路和诸如《旧形式新问题》（艾思奇）、《对旧形式利用在文学上的一个看法》（周扬）等论题上均可清晰地感受到。陈伯达更是在一篇文章中开宗明义地指出，"近来文艺上的所谓'旧形式'问题，实质上，确切地说来是民族形式问题"④。1938年4月，徐懋庸在总结丁玲领导的西北战地服务团的经验时，明确号召延安的文艺工作者"往民间去，采集民间的艺术形式，而配之以新内

---

① 周扬：《对旧形式利用在文学上的一个看法》，1940年2月15日《中国文化》创刊号。

② 何其芳：《论文学上的民族形式》，1939年11月16日《文艺战线》第1卷5号。

③ 胡风在1940年出版的《论民族形式问题》一书中对周扬、艾思奇、何其芳等人的上述看法均给予了严厉批评。可参阅李泽厚：《中国现代思想史论》，安徽文艺出版社1994年版，第79—89页。

④ 陈伯达：《关于文艺的民族形式问题杂记》，1939年4月16日《文艺战线》第1卷3号。

容，加以应用"；并且化用鲁迅之语说，"只要配上新内容，旧形式就不成其为完全的旧形式了。采用之际，或有改造，这改造就会使旧形式渐渐变为新形式"。① 此后，如何处理旧形式与新的"民族形式"创造之关系也就逐渐成为讨论中的焦点问题。"旧形式"在延安一般被理解为"民众的形式"，是中国民众用来反映自己生活与情感的"文艺形式"之一，② 因而它不是指其"统治阶级的形式"，而是指其"民间形式"，如旧白话小说、唱本、民歌、民谣以及地方戏、连环画等等。③ 旧形式的利用问题之所以能成为那个时期文学讨论的焦点，除了与"民族形式"论争所共有的民族主义背景以及抗战文艺本身的政治功利性要求之外，中国文学家生存空间的转折性变化也是一个重要因素。抗战爆发后，随着北平、上海、天津、南京、武汉等大都市的相继沦陷，中国文艺工作者被迫发生了大规模的迁徙，文学活动被迫由都市转向边缘的乡村和城镇。这种文学在地理空间上的位移不仅改变了文学家的生存状态，重构了乡村与都市的关系，而且深刻影响了中国的文学形态，重绘了中国文学的地形图。正如艾思奇所言，随着作家在这战争的浪潮里，"由专家的生活改变成群众的生活，由城市的工作转入了乡村的工作"，"旧形式的问题"也就被许多文艺家在实际工作中再次提出来了。④ 周扬也说，"抗战给新文艺换了一个环境。新文艺的老巢，随大都市的失去而失去了，广大农村与无数小市镇几乎成了新文艺的现在唯一的环境"⑤。但问题是，新文学在

---

① 徐懋庸：《民间艺术形式的采用》，《新中华报》1938 年 4 月 20 日第 4 版。鲁迅在《论"旧形式的采用"》中指出："旧形式是采取，必有所删除，既有删除，必有所增益，这结果是新形式的出现，也就是变革。"（《鲁迅全集》第 6 卷，第 24 页。）

② 艾思奇：《旧形式运用的基本原则》，1939 年 4 月 16 日《文艺战线》第 1 卷 3 号。

③ 周扬：《对旧形式利用在文学上的一个看法》，1940 年 2 月 15 日《中国文化》创刊号。

④ 艾思奇：《旧形式运用的基本原则》，1939 年 4 月 16 日《文艺战线》第 1 卷 3 号。

⑤ 周扬：《对旧形式利用在文学上的一个看法》，1940 年 2 月 15 日《中国文化》创刊号。

边缘文化区域遭遇到了从来没有过的尴尬和挫折：以往的新文学在偏远的乡村民间差不多成了完全的陌生化存在，新文学与民众、士兵的阅读能力和审美爱好之间存在的距离也就异常触目地呈现出来。① 在这种状况下，文学家的创作不得不进行新的调整，以期积极应对乡村区域文化对都市现代文化的挑战，并在此基础上发展自己的新文学。于是，旧的民间形式或地方形式的利用问题自然浮现在文学家和批评家的视域之中，而如何处理它与"民族形式"的关系也就必然会成为此次讨论的焦点之一。

陈伯达曾经指出："民族形式应注意地方形式：应该好好研究各地方的歌、剧、舞及一切文学作品的地方形式之特性。特别是各地方的文艺工作者应注意在自己的地方形式上发挥起来。"② 而关于地方形式、民间形式或旧形式在"民族形式"创造中的作用问题，也就是何其芳所言应占多大"比例"问题，③ 事实上在延安跟在国统区一样也存在不同意见的交锋与碰撞。萧三从否定"五四"新诗的立场出发，首先认为理论批评界把传统的民族形式和民间形式命名为"旧形式"是"不妥当"的。因为有旧必有新，而"新"往往是进步的别称，这就无形中把传统的民族形式贬低了。而在事实上，不少新诗人偶尔写就的"旧诗每每比他自己所写过的很多新诗好"。因此，他主张新的民族形式的创造"必得通过历史的和民间的形式"，换言之，"新形式要从历史的和民间的形式脱胎出来"。这样，在新的诗歌形式的创造上，诗人自然应该"向民族几千年来的诗词学习，向民间歌谣学习"。④ 这倒有点先知先觉地接近了毛泽东后来在 20 世纪 60 年代为

① 参阅柯仲平：《论文艺上的中国民族形式》，1939 年 11 月 16 日《文艺战线》第 1 卷 5 号。
② 陈伯达：《关于文艺的民族形式问题杂记》，1939 年 4 月 16 日《文艺战线》第 1 卷 3 号。
③ 何其芳：《论文学上的民族形式》，1939 年 11 月 16 日《文艺战线》第 1 卷 5 号。
④ 萧三：《论诗歌的民族形式》，1939 年 11 月 16 日《文艺战线》第 1 卷 5 号。

新诗所指引的前进道路了①，当然，这是后话。光未然认为，"民间文学总是在文艺传统中起着主导的作用，它是取之不尽、用之不竭的文艺的泉源"，因而"必须站在自己传统的基础上"来吸收外来的文学营养。② 这就有点接近向林冰那个民间形式是民族形式之中心源泉的观点了。现在看来，与上述截然不同的文学观念在当时才真正形成了延安文学观念的主流。茅盾曾经指出，延安文化界对民族形式问题的讨论经历了一个过程："起先，萧三、陈伯达发表了一点个人的意见。不免对于旧形式估价过高。但也并不曾取消'五四'的传统。同时也有相反的意见起来。到了去年年底，他们的意见受了批判，他们也不作那样的主张了。"③ 他说的正是这个情形。在讨论中，沙汀首先"不同意把旧形式利用在文艺上的价值抬得过高"，因为在他看来，"决定一篇作品的价值和意义的主要因素到底是内容，是作者的观点和精神"。④ 茅盾、周扬、艾思奇、何其芳、冼星海等人也都赞同这种内容决定论，因而主张对待旧的文艺形式采取辩证分析的态度。茅盾当时指出，中国传统文艺形式中的不少特征，"实在都是封建社会经济的产物"，倘若有人以为这些便是"民族的"，更想在这上面建立新的民族形式，"那就不免是大笑话了"。⑤ 周扬在《我们的态度》《对旧形式利用在文学上的一个看法》等文中明确提出了旧形式和民间形式利用的"限度"问题，他指出："对于旧形式的利用的意义，需要有一个正当的理解。……要估量它（指旧形式——引者）的能被利用的限度，在利用它的时候一刻也不要忘了用批判的态度来审查和考验

---

① "民歌中倒是有一些好的。将来趋势，很可能从民歌中吸取养料和形式，发展成为一套吸引广大读者的新体诗歌。"见毛泽东：《致陈毅》，载《毛泽东文艺论集》，中央文献出版社 2002 年版，第 334 页。

② 光未然：《文艺的民族形式问题》，1940 年 5 月《文学月报》第 1 卷 5 期。

③ 茅盾：《在戏剧的民族形式问题座谈会上的讲话（摘录）》，1941 年 2 月 1 日《戏剧春秋》第 1 卷 3 期。

④ 沙汀：《民族形式问题》，1939 年 11 月 16 日《文艺战线》第 1 卷 5 号。

⑤ 茅盾：《旧形式、民间形式与民族形式》，1940 年 9 月 25 日《中国文化》第 2 卷 1 期。

它，把它加以改造。"① 这乃由于"民间旧有的形式，一则因为它也是反映旧生活的……二则因为在它表面仍然包含有封建的毒素，所以它并不能够在那一切复杂性上，在那完全的意义上去表现中国现代人的生活。"② 何其芳在旧形式利用的限度问题上与周扬持相同看法。他甚至认为在旧形式或民间形式中恐怕再也找不到更多可被新文学加以利用的资源，因而主张"民族形式"的创造"仍然主要地应该吸收"欧洲文学的养分，原因在于它比中国旧文学和民间文学"进步"，而它们"尤其是在表现手法方面，不但无损而且有益于把更中国化，更民族化的文学内容表现得更好"。③ 艾思奇说："我们的眼光是从发展方面来看的，运用旧形式，其目的不是要停止于旧形式，而是为要创造新的民族的文艺。"④ 这就点明了利用旧形式只是新文艺发展途中必经的一个环节，只是一种属于资源性的东西，而不是新文艺发展本身。而如果采取以民间形式为本的态度，"民族形式"往往就会成为大众化或通俗化的别名，对此，茅盾、周扬、何其芳等人表示了不敢苟同的意见。茅盾认为，倘若"把属于宣传教育的通俗化工作与属于文艺创造的民族形式的建立，混为一谈"，那实在是"不小的错误"。⑤ 由此出发，周扬认为在坚持大众化、通俗化即"以旧形式为主"的文艺创作之外，也必须发展"仍以知识分子学生为主要对象，但同时并不放弃争取广大群众的从来的新文艺"⑥，这也就是何其芳希望文学界继续为着"小市民阶层的知识分子"而写的"更高级的东西"，即更

---

① 周扬：《我们的态度》，1939 年 2 月 16 日《文艺战线》创刊号。
② 周扬：《对旧形式利用在文学上的一个看法》，1940 年 2 月 15 日《中国文化》创刊号。
③ 何其芳：《论文学上的民族形式》，1939 年 11 月 16 日《文艺战线》第 1 卷 5 号。
④ 艾思奇：《旧形式运用的基本原则》，1939 年 4 月 16 日《文艺战线》第 1 卷 3 号。
⑤ 茅盾：《旧形式、民间形式与民族形式》，1940 年 9 月 25 日《中国文化》第 2 卷 1 期。
⑥ 周扬：《对旧形式利用在文学上的一个看法》，1940 年 2 月 15 日《中国文化》创刊号。

高级的艺术。① 因为这些"不为大众所理解的作品"也有"存在的权利"，"这文艺所拥有的知识分子的读者虽在全国人口中只占着少数，但是他们在社会上和抗战中却起着极大的作用"②。而且，在当时的周扬看来，利用旧形式本来就"不是单纯作为一种艺术形式的实验或探求，而毋宁更是应客观情势的要求，战斗的需要，作为一种大众宣传教育之艺术武器而起来的。大量地需要旧形式的理由是在这里"。因此，他认为"向旧形式要求它所不能有的那样的高度的艺术性，是一种绅士式的恶意的态度"。③ 至此可以看出，周扬、何其芳等人实际认为抗战时期的文学可以分为两个大的层次：一是大众化、通俗化的创作，其宣传性远甚于艺术性；二是更为高级的新文学，其艺术性理应远甚于宣传性。于是，我们完全可以认为，置身于"民族形式"论争中的周扬、何其芳等人，在文艺实践上坚持了一种艺术形态的二元论观念——这为不同的读者对象、创作目的所决定——但在最终的价值取向上又无疑指向了文学的民族—现代性："在伟大的民族解放斗争中，我们的文学运动是继续着五四以来的道路：我们是要创造独立的、作为世界文学光荣的一部分的中国自己的民族文学的。"④ 在我看来，伴随延安"民族形式"讨论始终的所谓"演大戏"热以及后来被指斥为"关门提高"的"鲁艺"之正规化、专门化教学，若单从文学观念的演进来看，显然就是上述二元论主流文学观念在延安文艺实践中自行展开的结果。当然，话要说回来，在对文学民族—现代性的追求上，那些与何其芳等人在文学观念上大为不同的"民族形式"论者又何独不然？因为就"民族形式"论争本身而言，它在终极目的上与其说是对此前都市"现代文化"并由此对帝国主义殖民文化的抵

---

① 何其芳：《论文学上的民族形式》，1939 年 11 月 16 日《文艺战线》第 1 卷 5 号。
② 周扬：《我们的态度》，1939 年 2 月 16 日《文艺战线》创刊号。
③ 周扬：《对旧形式利用在文学上的一个看法》，1940 年 2 月 15 日《中国文化》创刊号。
④ 周扬：《中苏英美文化交流》，《解放日报》1943 年 2 月 6 日第 4 版。

抗，毋宁说是为了建构一种更为适合中国的"现代文化"的抵抗，说到底，是为了建立一个合理的现代民族国家而进行的抵抗。正因如此，无论是地方形式、民间形式，还是传统的民族形式，只有在民族—现代性的统摄下才能显示其自身存在的价值，并且只有如此，才能转化为新的"民族形式"并成为其内在构成的有机部分。

正是由于身处延安的"民族形式"论者在终极意义上秉持了一种民族—现代性立场，因而他们当时致力于文学建构的心态在总体上应该说是开放的，而且对于中国新文学的未来走向也是颇有几分自信和乐观的。但问题是，这种自信和乐观在很大程度上似乎根源于那个仿佛无所不能亦无所不包的"民族主义"，也根源于那个实实在在的抗日民族统一战线。因此，可以推断的是，倘若"民族主义"或当时"统一战线"中的某些因素发生一些出人意料的质的变化，那么，延安文学理论界所具有的上述自信和乐观也会发生相应变化和调整，并且有可能改变其本有的内涵，而使延安文学的现代性呈现出全新的历史文化色彩。

三、阶级—民族主义与"党的文学"观的出场

我在前面指出，"民族主义"在抗战期间是一种富有统摄力的意识形态，但问题是，随着时间的推移和政治情势的变化，"民族主义"在各种不同的政治和文化力量那里，已经日益成为具有不同政治和文化内涵的符号，如果说在抗日民族统一战线形成之初这还只是一种潜在的构成，那么到40年代初它就逐渐演变为一种显露的存在了。在此种情况下，人们不仅乐于在"民族主义"口号下表达各自不同的政治与文化立场，而且也在事实上改写了"民族主义"的本有内涵及其基本架构。这也异常突出地表现在40年代初期的文学发展之中。比如1940年，就在"民族形式"论争广泛开展之际，以陈铨、林同济、雷海宗等人为首的"战国策派"也出现在文学领域，虽然它在当时

被左翼文化界也自然被延安文化界指称为法西斯主义文学派别，但其主旨也是意在造成一种民族文学运动。又如国民党文人张道藩等在 1942 年相继抛出《我们所需要的文艺政策》等文章，其目的虽然是想建构一种党国的文学，但在维护"国家至上，民族至上"的前提下，仍然主张文艺上"当前的急务"是"建树独立的自由的民族文艺"。① 因此，倘要深入探究延安文学观念的形成，明了驱动延安文学观念形成的底里，也必须进一步把它置放到这一逐渐变形并趋分化了的"民族主义"背景中去加以理解，否则，延安文学观念的独异性也就不能为人所深刻把握。由此必须追问的是："民族主义"在 40 年代初的延安政治—文化界是否真的经历了一种变形？那是一种怎样的变形？由此形成的延安文学观念究竟具有怎样的独异性？而要准确地回答这些问题，我想首先还得从毛泽东那里谈起。抗日民族统一战线本是中国共产党在民族主义思潮涌动的背景下积极应对历史境遇的产物，是一种有利于民族解放和无产阶级自身发展的政治合作机制。它的成功建立展现了中国共产党顺乎民意和天意的主体性姿态，而此种姿态在毛泽东的理论构想和实践中其实就是一个领导权问题："在统一战线中，是无产阶级领导资产阶级呢，还是资产阶级领导无产阶级？是国民党吸引共产党呢，还是共产党吸引国民党？"② 而如何面对国民党的强权统治，牢牢把握民族统一战线的"政治领导"权，如何在统一战线中坚持独立自主的原则，"乃是革命成败的关键"③。

---

① 张道藩：《我们所需要的文艺政策》，1942 年 9 月 1 日《文化先锋》第 1 卷 1 期。
② 毛泽东：《上海太原失陷以后抗日战争的形势和任务》，载《毛泽东选集》第二卷，人民出版社 1991 年版，第 391 页。
③ 毛泽东：《中国共产党在抗日时期的任务》，载《毛泽东选集》第一卷，人民出版社 1991 年版，第 262 页。毛泽东当时对中国共产党及其领导的军队在抗战中所处的地位具有清醒的判断。他认为："抗日民族统一战线是以国共两党为基础的，而两党中以国民党为第一大党，抗战的发动与坚持，离开国民党是不能设想的。"（毛泽东《论新阶段》，1938 年 11 月 25 日《解放》第 57 期。）因此，在实际组织领导上他知道当时不可能取代国民党，故只提政治上的领导权。历史证明，这是相当明智的做法。

1941 年"皖南事变"的发生，更加坚定了毛泽东在此问题上的看法。正因为如此，当时《解放日报》有社论在阐释国民党与民族主义的关系时指出："中国共产党一诞生就担当起反帝反封建的历史任务，就有反帝反封建的政纲。由于有了中国共产党，才会有国民党的反帝的民族主义。"①后面一句所表达的内容其实在前后两者之间并不能构成必然的逻辑联系，而且也与历史事实相悖，但它从一个方面有力地表明了党派意识对民族主义渗透的不可思议的强度：即使连民族主义也慢慢变成政党意识形态的产物了。这样，如果说统一战线在一定程度上反映了共产党的民族主义理论，那么，毛泽东等人对于政治领导作用的坚守，在理论和实践两方面其实就是强调了阶级性对于"民族主义"的渗透，而通过这一"渗透"，民族主义就有可能在终极意义上得到一定程度的改写，并有可能促使它形成另一种意义上的民族主义观念。而这种阶级性对于民族主义的渗透在毛泽东那里是通过另一理论建构或历史叙述完成的。

　　毛泽东曾经明确指出，"离开了中国共产党的领导，任何革命都不能成功"②，又说，"中国革命如果没有无产阶级的领导，就必然不能胜利"③。这里所言"必然"不仅含蕴了历史目的论意味，而且具有充分的意识形态属性，因此也就具有话语构造的特征。但无论如何，这种"必然"论在当时已经形成了一种有着自身逻辑魅力的话语规范，并且满足了当时中国民众对于帝国主义日本进行民族抵抗的意识形态需求，换言之，它在事实上满足了中国民众特别是底层民众对于民族现代性的追求与想象：现代民族国家的建构不仅体现在民族的抵抗之中，也表现在阶级的反抗之中。于是，民族抵抗与阶级反抗也就仿佛

①　社论：《国民党与民族主义——为纪念"九一八"十二周年而作》，《解放日报》1943 年 9 月 18 日第 1—2 版。
②　毛泽东：《中国革命和中国共产党》，载《毛泽东选集》第二卷，人民出版社 1991 年版，第 651 页。
③　毛泽东：《中国革命和中国共产党》，载《毛泽东选集》第二卷，人民出版社 1991 年版，第 645 页。

具有某种不言自明的同构性。这种同构性在毛泽东那里其实就是阶级利益与民族利益或阶级斗争与民族斗争的一致性问题："在民族斗争中，阶级斗争是以民族斗争的形式出现的，这种形式，表现了两者的一致性。"① 在此种话语架构内，民族利益可以被转换为阶级利益，阶级利益也可被自如地转换为民族利益。这样，我们可以说，毛泽东此时的统一阵线理论或民族主义理论的全部奥妙在于：如何让一个富有战斗力的阶级和政党以及它所领导的革命根据地成为中华民族的伟大先驱。延安政治文化界显然意识到了这一理论在新的形势下为共产党所赋予的民族主义式的道义责任。1942 年，《解放日报》发表社论指出："我们的党已经是一个有几十万党员的群众性的大党，它的一举一动不仅要向自己的阶级负责，而且它不能不向整个中华民族负责了。"② 又如 1943 年该报发表的社论所言："中国共产党与中华民族早已结成血肉相联的关系，有共产党在，中华民族就可以保证不至于灭亡。反共反人民反民族，三者是一件事"。③ 这是因为，"共产党是我们国家民族人民的救星"④，"没有共产党，就没有中国"⑤。这样，对于民族主义来说，阶级论就像一个楔子已经毫无疑问地揳进了它的灵魂深处，民族主义也就因之发生了某种深刻的变形。其实，在民族主义中贯注阶级论观念，可以说是马克思主义中国化的必然结果。因为，在一定意义上，共产主义运动在中国的展开已经成了民族主义运动的一部分，而毛泽东关于"马克思主义中国化"命题的提出与确立，也就不仅标志着中共最终摆脱了共产国际的支配，而且也使它自身必然宿命地成为中国民族主义意识形态的重要构成，并且还会置身其间起

---

① 毛泽东：《统一战线中的独立自主问题》，载《毛泽东选集》第二卷，人民出版社 1991 年版，第 539 页。
② 社论：《为什么在职干部教育摆在第一位?》，《解放日报》1942 年 3 月 16 日第 1 版。
③ 社论：《国民党与民族主义——为纪念"九一八"十二周年而作》，《解放日报》1943 年 9 月 18 日第 1—2 版。
④ 陈学昭：《十倍的打击!》，《解放日报》1943 年 7 月 15 日第 4 版。
⑤ 社论：《没有共产党，就没有中国》，《解放日报》1943 年 8 月 25 日第 1 版。

着某种历史导向的作用。于是可以说，当据称具有普遍意义的阶级斗争理论或阶级论观念被植入民族主义语境中，民族特性便日渐呈现于由中共领导的独特的阶级斗争模式中，民族主义形态也就因之转变为阶级—民族主义。[①] 这样，民族主义不仅是外观变了，多了一个前缀，而且内涵也变了，因为前缀语"阶级"所起的正是内涵限定的作用。于是，在意识形态层面上，民族主义不仅可能而且必然退居到次要地位，它的作用仅仅在于它还能为阶级论观念的张扬提供某种不可缺乏的策略性支援[②]，与此相对的是，阶级论观念一跃而为主宰性的意识形态力量，并且也由此改写了民族主义的本质内涵。在这个意义上，倘若我们果真承认抗战时期的主流文学与民族主义话语之间确乎存在着难以分割的联系，并且把后者仍然视作前者的内在动力，那么，当阶级—民族主义这一新的意识形态日渐凸显在相对封闭的延安政治—文化场域时，延安文学观念也就必将较"民族形式"论争时期发生某种深刻的历史性变化，而这也会使之真正成为现代中国文学观念演进历程中的"这一个"。

其实，上述所言领导权或独立自主问题在毛泽东对文艺统一战线的阐述与思考中也得以充分体现出来。他认为，文艺界不仅要坚持统一战线，而且要坚持政治的独立性。1938 年 4 月 28 日，他明确指出，"在统一战线中，我们不能丧失自己的立场"，"对我们来说，艺术上的政治独立性仍是必要的，艺术上的政治立场是不能放弃的"。[③] 这是说，他希望延安文艺界既要坚持抗日民族统一战线，又要有自己

① 参阅［美］杜赞奇：《从民族国家拯救历史：民族主义话语与中国现代史研究》，王宪明译，社会科学文献出版社 2003 年版，"导论"第 11 页。

② 瞿秋白在第一次国共合作时期曾强调过无产阶级及其政党保持自主性品格的重要性，并且提出"应当以民族革命的名义，实行阶级斗争"（《瞿秋白文集（政治理论编）》第 4 卷，人民出版社 1989 年版，第 520 页）的战略性看法。毛泽东显然从瞿秋白这里也领悟到了不少思想要素，并在日后运用得更为坚定而娴熟。

③ 毛泽东：《在鲁迅艺术学院的讲话》，载《毛泽东文集》第二卷，人民出版社 1993 年版，第 122、121 页。

艺术上的政治立场、阶级立场。在一定意义上，延安文学观念的发展是遵从了这个方向的，这从"民族形式"论争中即可看出。所以现在看来，这次论争也无疑反映了一定的党派意识形态意图，是左翼文化界在抗战新形势下的一次集体表演。这主要表现在：首先，就其动机而言，一是为了给全国文艺界提供具有"一般的指导"作用的文艺思想①，以回应当时"全国文艺界要求确定文艺政策的呼声"②以期让延安文学观念如其政治观念一样能对国统区产生广泛影响；二是为了把"民族形式"这一马克思主义中国化的命题与文学上的民族主义富有历史性地关联起来，不管其自觉与否，在客观上正有这样的效果。其次，就其组织形式而言，这次论争起源于延安文化界的精心组织，并且迅速波及国统区的左翼文学界，在其扩散过程中呈现了一定的秩序性与可控制性，较为成功地体现了共产党对于不同政治区域左翼文学工作的有效领导。最后，即使就具体思想倾向而言，据说在"民族形式"论争中，地处延安的中宣部也曾明确电示董必武："民族形式就是人民的形式，与革命内容不可分，大后方很多人正利用民族口号鼓吹儒家与其他复古独裁思想，故党的报刊与作家对此更须慎重，不可牵强附和。"③因此，"民族形式"论争本身是一个复杂的历史存在，它又一次昭示人们：这次论争并非纯粹的文学论争，其背后或许始终贯彻着一种政党政治的文化立场、阶级的立场，具有其不可或缺的政治文化内涵。然而，由于当时普泛意义上民族主义的内在设定，此时阶级立场在讨论中始终从属于民族立场，故而在当时是潜隐的存在。但以后随着阶级—民族主义观念在文学上的渐次凸显，文学中的阶级性立场也就必将由潜隐的存在转变为一种显在。而当阶级性以及内在设定其本质的阶级论观念依托政党力量被强调到一个特别高度，并且

---

① 艾思奇：《抗战文艺的动向》，1939 年 2 月 16 日《文艺战线》创刊号。
② 艾思奇：《两年来延安的文艺运动》，1939 年 7 月 16 日《群众》第 3 卷第 8—9 期。
③ 转引自徐光霄：《〈新华日报〉在文艺战线的斗争》，《抗战文艺研究》1982 年第 1 期。

成为一种新的信仰时，那么在特定的文化场域，不仅民族文化会成为"革命的民族文化"①，即阶级的民族文化，而且延安文学观念的存在形态也必将随之呈现出不同寻常的本质性变化，会由民族文学观念演变为革命的民族文学观念或阶级的民族文学观念。在下面的论述中，我们将会清晰感受到，这种本质性变化并非来源于文学自身，也非来源于民族主义，而是来源于在阶级—民族主义驱动下的对于政党政治的强烈诉求与演绎。于是，"党的文学"便有可能成为此后延安文学观念的核心部分，也有可能成为其至为关键的存在样态，并且最终成为一个时代新的文学信仰的重要构成。

四、"党的文学"：后期延安文学观念的核心

"党的文学"观并非延安文艺理论界的发明，也非毛泽东首创，这个语词是从此前相关汉译文中直接借用过来的。在列宁有关文学艺术的论著中，中国左翼文学界除了对他论述列夫·托尔斯泰的文章相当熟悉外，另一篇就是他作于1905年的《党的组织和党的出版物》。这篇文章在20世纪30年代的中国常被译为《党的组织和党的文学》②，但也经历了一个过程。其中译本最早名为《论党的出版物与文学》，一声译，刊于1926年12月6日《中国青年》第6卷19号；次为《论新兴文学》，成文英（冯雪峰）译，刊于1930年2月10日《拓荒者》第1卷2期；再就是瞿秋白的译文。瞿秋白其实并没有全文翻译过这篇文章，他是在翻译列宁论托尔斯泰的文章时，通过对当时苏联出版的《列宁选

---

① 毛泽东：《新民主主义论》，载《毛泽东选集》第二卷，人民出版社1991年版，第706页。

② 1982年，中共中央编译局列宁斯大林著作编译室对列宁这篇文章予以重译，订正了以往版本的误译之处，改题为《党的组织和党的出版物》。译文首次刊发于《红旗》1982年第22期，后收录于《列宁全集》第12卷（人民出版社1987年版）。

集》编选者所作的相关注解来进行译介的，因为这个注解涉及了《党的组织和党的出版物》的主要内容。瞿秋白根据对苏联编注者意图的理解，也沿用了此前一声的译法，把俄文中本意为"出版物"或"文献"的语词"литература"译为"文学"，又把原意为"写作者"的语词"литератор"译为"文学家"。这样，不仅题名由"党的出版物"改变为"党的文学"，而且文章中所有涉及"出版物"和"写作者"的地方也就全部被置换为"文学"和"文学家"了。因此，列宁在文中所谈"党的出版物的原则"也就自然变成了"党的文学的原则"。这样，他就把"党的文学的原则"在译文中以列宁经典论述的名义确定了下来：

> 文学应当成为党的，——列宁在那篇文章里还写着——反对着资产阶级的习惯，反对着资产阶级的营业的做买卖的出版界，反对着资产阶级的文学上的地位主义和个人主义，"老爷式的无政府主义"和赚钱主义，——社会主义的无产阶级应当提出党的文学的原则，发展这个原则，而尽可能的在完全的整个的方式里去实行这个原则。

> 这党的文学的原则是什么呢？对于社会主义的无产阶级，文学的事情不但不能够是个人或是小集团的赚钱的工具，而且一般地不能够是个人的，与无产阶级的总事业无关的事情。打倒无党的文学家！打倒文学家的超人！文学的事情应当成为无产阶级总事业的一部分，成为一个统一的伟大的社会民主主义机械的"齿轮和螺丝钉"，这机械是由全体工人阶级的整个觉悟的先锋队所推动的。①

瞿秋白的上述译文几乎为后来延安文论界和翻译界所沿用，由此

---

① 《海上述林》上卷，瞿秋白译，鲁迅编，四川人民出版社1983年版，第236—237页。

亦可见出"党的文学的原则"对于延安文艺观念之形成所产生的深远影响。1942 年 5 月 14 日，正值延安文艺座谈会期间，博古在《解放日报》上重新译载了这篇文章，题目就是后来在中国通用的《党的组织和党的文学》，当时用醒目的黑体字刊出。在印发这篇译文前，编者写了一段"告读者"的话："最近由毛泽东、凯丰两同志主持所举行的'文艺座谈会'，是一件大事，尤其对于关心当前文艺运动诸问题的读者。本版决定将与此会有关诸材料，及各作家的意见，择要续刊于此，以供参考与讨论。"这就交代了博古重新译介列宁文章的具体背景，也说明此文的译载并非博古个人的兴趣所致，而是当时文艺整风运动以及决定此后延安文艺运动方向的重要一环，此文紧接着被刊载于"按语"之后，也正表明了它的重要性。译者在正文前亦写了一则说明或小引性质的文字，其中主要介绍了列宁写作此文的时间，具体社会背景，并且引用了一段瞿秋白的话来说明列宁的写作动机和目的。博古指出，"列宁这篇论文，亦是针对着巴尔孟特之类的颓废派作家的"。正如瞿秋白所言："巴尔孟特之类的文学家，当时的确企图建立什么超阶级的无党派的文学，自以为是高尚情思的'文人'，向无产阶级来要求文学的自由，也在说什么革命政党不应当攻击'对于革命其实是有益无害'的文学——超然文学。正是列宁和布尔塞维克起来坚决的反对了这种'超人'的文学理论，列宁那篇著名的文章，——'党的组织和党的文学'——部份地说起来——也是为着这个问题而写的。"这话是瞿秋白于 1932 年 12 月为附和苏联批判"普列汉诺夫正统论"而写，出自《文艺理论家的普列哈诺夫》一文，载于鲁迅所编的《海上述林》上卷之中。博古在引文后标明的正是这个来源。这在一定程度上表明，博古译载这篇文章确实具有相当明确的针对性，正如他本人所言："在目前，当我们正在整顿三风和讨论文艺上的若干问题时，这论文对我们当有极重大的意义。"这话是与前面所述"编者按"相呼应的，但意思更进了一层，这由"意义"之前冠之以"极重大"三字可以完全见出。毛泽东做《讲话》"引言"部分的报告时，率直提出与列宁"党的文学"原则相近的观点，即"要使文艺很好地成为整个革命机器的一个组成部分"①。在"结论"部分，更是明确肯定了列宁"党的文学"的原则观念，并且以之作为自己论述的重要关节点。他说："无产阶级的文学艺术是无产阶级整个革命事业的一部分，如同列宁所说，是'整个机器中的螺丝钉'。因此，党的文艺工作，在党的整个革命工作中的位置，是确定了的，摆好了的。"接着又几乎重复了一遍相同意思的话："革命文艺是整个革命事业的一部分，是齿轮和螺丝钉……是对于整个机器不可缺少的齿轮和螺丝钉，对于整个革命事业不可缺少的一部分。"②前文已经指出，在中国共产主义者的理解中，在毛泽东正在予以积极创构的新民主主义意识形态中，无产阶级是中国革命的领导阶级，是中国人民建立现代民族国家的希望所在，其利益与民族利益具有必然的一致性，是民族利益的天然代表，因此，作为无产阶级先锋队的共产党本身，自然也就可以被理解为民族的化身，于是，在这种话语逻辑下，"党的文学原则"也就不仅仅适用于党的文学本身，而且适用于民族文学发展本身。正是在这个意义上，周扬在延安论述毛泽东的《讲话》精神时才会充满自信地指出："我们今天在根据地所实行的，基本上就是明天要在全国实行的。为今天的根据地，就正是为明天的中国。"③循此思路可以看出，延安文学观念在其意识形态的终极含义上就必然

---

① 毛泽东：《在延安文艺座谈会上的讲话》，《解放日报》1943 年 10 月 19 日第 1 版。

② 毛泽东：《在延安文艺座谈会上的讲话》，《解放日报》1943 年 10 月 19 日第 4 版。《毛泽东选集》第三卷所载这段话（人民出版社 1991 年版，第 865—866 页）与《解放日报》初刊本略有出入："如同列宁所说"后一句原为"是'整个机器中的螺丝钉'"，后来《毛泽东选集》中多了"革命"二字，而且把不规范的引文"螺丝钉"改为"齿轮和螺丝钉"，引用时打的双引号亦移至这几个字上，下文中的"螺丝钉"亦作了同样的改写。此外，《毛泽东选集》中多了一句"是服从党在一定革命时期内所规定的革命任务的"。为尊重和还原延安文学的历史，本书中《讲话》采用初刊本，可与《毛泽东选集》相互参阅，特此说明。

③ 周扬：《艺术教育的改造问题——鲁艺学风总结报告之理论部分：对鲁艺教育的一个检讨与自我批评》，《解放日报》1942 年 9 月 9 日第 4 版。

会体现为"党的文学"观念。"党的文学"在毛泽东那里不仅是指在列宁那里所言文学①的党性问题，也不仅是指列宁所言党对隶属于党的文学与出版物的领导和管理问题，而且已经呈现了党对所有文学理应予以领导和管理的政治一元化倾向。正是在这一点上，毛泽东在《讲话》中对"党的文学"观念的强调就不仅仅是承续了列宁的思想，而且表达了某种超越性意图，"党的文学"观因此再也不能仅仅被视作列宁的了，它已在可能的话语逻辑层面和后来以延安为中心的文艺实践层面打上了鲜明的创造性色彩。这个创造性在我看来，其实也是文学现代性在新的政治文化场域的一个探索和发展。

应该说，毛泽东在延安接受"党的文学"观是有多种途径的。在做《讲话》"引言"部分的报告时，由于博古的译文还没出来，因而他对"党的文学"的了解更有可能是从瞿秋白的译著集《海上述林》中直接得来，也有可能是从周扬那里得来的，因为"左联"时期周扬曾经在一些较有代表性的论文中初步阐述过这个问题。到做"结论"部分的讲演时，当然更是仔细研读过博古和瞿秋白的译文了。对《海上述林》与毛泽东接受列宁"党的文学"观念的关系，我想有必要再简要说明一下。这书本是鲁迅托人送给毛泽东的，加之当时毛泽东对瞿秋白还有颇为怀念的一面，所以他在延安时期不仅对此书表示了积极的阅读热情，而且在讲演、发表《讲话》前后，还特别认真地研读过。② 而此书尤其

---

① 准确地说，应是出版物，这里沿用原译文的用法。

② 毛泽东曾对人感叹说："怎么未有一个人，又懂政治，又懂文艺，要是瞿秋白同志还在就好了。"这一表达自然既有遗憾，也含怀念。在延安文艺座谈会发表讲话后，他把"讲稿放了半年才拿出来，在这半年里，他又认真读了《海上述林》"。（黄永生等著：《毛泽东与中共早期领导人》，中共中央党校出版社1997年版，第157页）在延安文艺座谈会发表讲演后没几天，毛泽东在中央学习组会议上专门就此作了报告，其中在谈说高尔基时提到了《海上述林》："高尔基很高，但他和下面有着广泛的联系。他和农村有通讯联系。他看到一个十三岁小孩的信非常欢喜，改了几个字把它发表出来，在《海上述林》中便有。"（毛泽东：《文艺工作者要同工农兵相结合》，载《毛泽东文集》第二卷，人民出版社1993年版，第431页）这表明，毛泽东在构建《讲话》前后，确实对《海上述林》非常熟悉。

是上卷的最大特色在于，它不仅译介了马克思主义文艺理论的经典著作，而且也在述评部分表达了瞿秋白对于这些经典著作的理解，尤其可令毛泽东欣喜的是，瞿秋白不仅在书中多次表达了对"党的文学"原则的激赏，而且在书中对列宁有关这一原则的论述作了经典性的翻译。对此，我们在后面的论述中将会看到，这也多少符合或契合毛泽东对于党的文学事业的思考。因此，如果我们把毛泽东与列宁这两人对于文学的思考连接起来，那么瞿秋白和博古等人的译介其实起了桥梁的作用，而倘若再把瞿秋白、博古、毛泽东这三人的思考连接起来，那么可以发现：由于他们曾在中共党内相继拥有的特殊领导身份，因而他们对于"党的文学"原则观念的认同，正也表示了中共领导人自20世纪30年代以来对于共产党文学事业之共通性一面的思考。正因如此，对瞿秋白等人来说，他们把列宁运用的"党的出版物"或"党的文献"概念简化为"党的文学"概念，就不单是一个纯粹翻译学上的问题，更是一个政治的问题；对"党的文学"的理解也不单是一个文学事件，更是一个政治事件。明乎此，我们就可理解，俄语水平特别高且对列宁著作有着充分理解的瞿秋白和博古，为何竟会把"党的出版物"或"党的文献"相继在翻译中简化为"党的文学"了。因此，倘若有人想把"党的文学"观念单纯理解为是他们误译的结果，并且由此为毛泽东"党的文学"观的确立进行辩解，① 那么，我

---

① 胡乔木曾经中肯地指出毛泽东《讲话》中所言"文艺从属于政治的问题"有其"局限性"。但他又说："这个问题不仅仅是属于讲话本身的问题。列宁的《党的组织和党的文学》讲了一个齿轮和螺丝钉的比喻。当时《解放日报》登的这篇文章，是博古翻译的。LITERATURE，很容易译成文学，但 LITERATURE 的意义很多，我反复看原文，认为不能译成文学。齿轮和螺丝钉不是指文学，是很明显的。"在我看来，这是典型的事后认知，因为毛泽东《讲话》当初正是经由胡乔木加以整理发表的。他接着又说，"因为将列宁的文章中的话翻译错了，影响到认为文学是齿轮和螺丝钉，作家也是齿轮和螺丝钉"，故而"毛主席不能对翻译负责"。（见胡乔木：《胡乔木回忆毛泽东》，人民出版社 1994 年版，第58、59 页；另请参阅胡乔木：《关于文艺与政治关系的几点意见》，载《胡乔木文集》第 2 卷，人民出版社 1993 年版，第 532 页。）

们就可据此诘问：难道这个翻译事件果真仅凭"误译"或"误读"二字就能解说清楚？难道没有列宁"党的文学"观念，毛泽东于延安时期就真的不能提出近似的观念了？在我看来，为毛泽东"党的文学"观念的确立及其局限性进行辩解，尽管有助于人们更为理性地认识历史和文学的本来，并提供必要的历史借鉴，但总体而言，这种看法并不符合当时的历史情境，也不符合当时中国共产党的政治、文化需求，更是有违毛泽东的政治—文化思想逻辑本身以及它们对文学所必然内含的政治性要求。在一定意义上，瞿秋白、博古等人的翻译与其说是误读了列宁，不如说是准确领会了列宁精神的结果；而对毛泽东来说，"党的文学"观的确立既是其直接受到上述译文启发的结果，也是其政治—文化思想发展逻辑的一种内在呈现或必然。

至此，恐怕还须再度回到瞿秋白、博古等人的译文中去理解。首先，在列宁《党的组织和党的出版物》的原文中，"литература"一词确是贯穿全篇的关键词之一，来源于拉丁词"litteratura"，在俄语中有书面文献、出版物等语义，也有文学的含义。而"литератор"一词在俄文中，既有写作者、著作家等语义，也有文学家的含义。因此上述两词在翻译成现代汉语时，只能根据具体的语境而选择不同的语义项来对译。应该说，列宁在文中反复强调的中心意思是指社会民主主义出版物理应成为党的出版物，并且由此阐发了党的出版物的原则。因此无论是文题还是文章本身，都理应如现在的新译本一样进行翻译才对。但问题的复杂性在于，不仅"литература"确有文学的含义，"литератор"确有文学家的含义，而且现在被翻译为"党的出版物的原则"的词组"пуиицил лартийиой литературы"在俄语中也确与"党的文学原则"相关联。① 此外，新译文"写作事业应当成为无产阶级总的事业的一部分"中的"写作事业"其实还是包含了"文学

---

① 参阅中共中央编译局列宁斯大林著作编译室：《〈党的组织和党的出版物〉的中译文为什么需要修改？》，《红旗》1982 年第 22 期。

事业"的意思在里边，如果放到文章学异常发达的中国文化语境中，那"文学事业"的含义就更显然了。所以从翻译的角度说，瞿秋白、博古等人的译文即使存在一定误译，也是情有可原的。其次，我在前面指出，瞿秋白的误译还受制于苏联编注者的影响，因为后者正是在"党的文学"的意义上理解和发挥列宁的观点的。① 但我以为，如果仅仅这样去理解瞿秋白等人对译语的选择，那是远远不够的，一个显明的问题是：为什么博古后来在延安，在对列宁著作的翻译和理解上已经取得长足进展的延安，还是坚持并承续了瞿氏的译法？② 再说，为什么新中国成立后相当长一段时间里还是继续沿用了瞿氏等人的译法？难道新中国的俄文翻译家们竟连把"литература"一词译作是"出版物"还是"文学"都不能定夺？因此，我想再强调一下："党的文学"这一翻译事件的发生恐怕比我们想象的要复杂得多，恐怕并不仅仅是一个翻译问题，一个如何理解并导引中国左翼文学发展的问题，更是一个翻译的政治学问题。正因如此，这个问题还应结合延安文学观念的形成来予以深入探究。

且让我们先从中共中央编译局在 20 世纪 80 年代初期发表的新译本出发来分析一下列宁《党的组织和党的出版物》。这篇文章是在俄国第一次资产阶级民主革命进入高潮时期写的。因而它探讨的主要是在革命以后稍微拓宽了的舆论空间里，如何从舆论宣传的视角继续整合列宁正在极力构建的新型党组织问题，正如文题所示，阐明的其实就是党的宣传与党组织的关系问题。一言以蔽之，就是党的宣传工作

---

① 参阅艾晓明：《中国左翼文学思潮探源》，湖南文艺出版社 1991 年版，第 300—302 页。

② 博古当年曾对《解放日报》编辑黎辛说："литература 这个俄语是多义词，瞿秋白同志将它译为'文学'……我现在先译为'文学'，以后再仔细推敲。"（马驰等：《宗派主义必须整顿——延安文艺座谈会 68 周年之际访黎辛》，《学习与探索》2010 年第 3 期）如回忆属实，则表明博古当时已经有所顾虑，在一定程度上意识到了这个问题的严重性。但该回忆恐有不实成分在里边，姑且录之，聊备一说。

要不要遵从党的组织要求、要不要具有党性的问题。在写作此文的前几天，列宁发表了《论党的改组》的文章，说明在获得有限政治自由的状况下，党处于从地下状态向公开的组织急剧转变的过程中。在这种境遇下，列宁指出："如果我们党有蛊惑人心的倾向，如果党性基础（纲领、策略规定、组织经验）十分缺乏或者薄弱、动摇，那么毫无疑问，这个危险可能是很严重的。"① 这里显然表明了在党的宣传工作、报刊出版等方面加强党性的重要性。《党的组织和党的出版物》只是更进一步阐发了这个问题，并且明确提出了党的出版物原则，把党的出版事业和写作事业明确纳入"无产阶级总的事业"之中，使之成为党的革命机器的"齿轮和螺丝钉"。延安时期中国共产党在宣传方面显然继承了列宁增强党性的观念，特别是在整风期间，党的出版物与党性之间的关系得到了进一步加强。这方面可以毛泽东在 1942年直接领导《解放日报》的改版为例予以说明。《解放日报》作为党中央机关报，于 1941 年 5 月 16 日创刊于延安，社长为中央政治局委员博古兼任。在创刊后的半年里，它在版面内容的编排上形成了一国际、二国内、三边区、四本地（延安）的套路，这样，即使是党中央的重要活动和决定，也只能刊发在三版。尤其令毛泽东不满的是，他为倡导整风运动而在集会上公开宣讲的《整顿党的作风》和《反对党八股》等著名演说，当时《解放日报》均只作为一般新闻发表在第三版下面一个不起眼的位置。② 于是，在毛泽东的强烈干预下，党中央决定彻底改组《解放日报》，以利于其在政治宣传上就如何增强党性问题起一个示范作用。中央政治局 1942 年 1 月做出决议，"同意毛主席指出今后《解放日报》应从社论、专论、新闻及广播等方面贯彻党的路线与党的政策，文字须坚决废除党八股"③。后来，中共中央宣传部于 3 月 16 日发出了《为改造党报的通知》，贯彻了毛泽东的党报

---

① 列宁：《论党的改组》，载《列宁全集》第 12 卷，人民出版社 2017 年版，第 79 页。

② 分别见《解放日报》1942 年 2 月 2 日、2 月 10 日第 3 版。

③ 《中国共产党新闻工作文件汇编》上册，新华出版社 1980 年版，第 118 页。

思想，指出："报纸是党的宣传鼓动工作最有力的工具"，它的"主要任务就是要宣传党的政策，贯彻党的政策，反映党的工作，反映群众生活，要这样做，才是名符其实的党报"，否则，就是"党性不强"的表现。[①]3月31日，毛泽东在《解放日报》召开的改版座谈会上发表了重要讲话，并且公开从阐述党报的重要性谈到了出版物上的言论问题，指出"有些人是从不正确的立场说话的，这就是绝对平均的观念和冷嘲暗箭的办法"[②]。这里批评的是以王实味《野百合花》为代表的杂文创作。这就把党报以及党的出版物的党性问题与文学创作方面的党性问题联系起来了，它在一定意义上表明，凡是适合于党的宣传的根本要求的，也同样对文学有效。

为了使自身更好地增强党性，符合新的意识形态宣传的需要，《解放日报》于同年4月1日发表改版社论《致读者》，9月22日后又发表《党与党报》等一系列社论。是年9月15日，毛泽东在给中共中央宣传部代部长何凯丰的信中，谈到《解放日报》时高兴地说，"报馆工作有进步，可以希望由不完全的党报变成完全的党报"[③]。我们注意到，该年4月1日《解放日报》第2版，编者围绕"怎样办党报"编发了一组文章，除了中共中央宣传部的《为改造党报的通知》外，另有《列宁论党报》《联共党史记真理报》《联共八次大会关于报纸的决议》等摘录性文章或文件，这既表明了中国共产党对于党的报刊、出版物加强管理的决心，也表明了此种做法与观念的来源跟列宁及苏共的密切关联。问题是，在列宁那里，在俄语中，"литература"作"文学"理解时与作一般"宣传读物"或"报刊"理解时是有一定差别的，为了使"文学"跟其他著作相区别，一般在俄语中会加限制

---

① 中共中央宣传部：《为改造党报的通知》，《解放日报》1942年4月1日第2版。

② 消息：《在本报改版座谈会上　毛泽东同志号召整顿三风要利用报纸　批评绝对平均观念和冷嘲暗箭办法》，《解放日报》1942年4月2日第1版。

③ 毛泽东：《关于报纸和翻译工作问题给何凯丰的信》，载《毛泽东文集》第二卷，人民出版社1993年版，第441页。

性定语，而把它写成"художествеииая литература"，一般可译为艺术性著作或艺术文学。① 而在中国近现代革命语境中，文学与革命宣传或意识形态宣传之间的关系日趋亲密，日趋简单化，愈到后来，在文学与意识形态宣传之间就形成了一种难分难解的结构性关系，以为文学就是宣传、宣传就是文学。这是因为，正如有学者所指出的，在中国现代政治革命和意识形态革命之间有着一种政教合一的同构性关系。② 中国现代政治革命在事实上是以意识形态革命为先导，换言之，在 20 世纪中国政治革命中，意识形态的革命性更替是政治结构发生革命性更替的有力杠杆。在中国近现代史上每次意识形态更替与嬗变中，确实可以看出文学发挥了重要作用，它作为一种让政治家可资广为利用的大众化媒质让意识形态全民化得以最终完成。自 20 世纪初期以来，可以理出一条清晰的线索：首先是梁启超把文学视作"新民"的工具；其次是"五四"先驱者把文学视作摧毁孔孟之道、确立以个人主义为本位的人道主义的工具；再次是无产阶级革命文学论者把文学当作摧毁"五四"个性主义和人道主义，并确立与之相对的无产阶级集体主义即意识形态上的马列主义的工具；与之同时，意欲创构三民主义和民族主义文学的国民党文人也把文学当作确立所谓"中心意识"的工具。延安文学承 20 世纪 30 年代无产阶级革命文学或普罗文学而来，也会难以抗拒地成为进行新的意识形态宣传的工具。这在一定程度上表明，在文学与政治／思想意识形态之间，中国现代文学的发展动力与其说在于"文学"本身，毋宁说在于它所承载的那种意识形态，它所复活的因之也正是"文以载道"的传统。因为在中国现代文学尤其是左翼文学与政治／思想意识形态之间存在着这样一种特殊关系，所以在特定的政治—文化语境中，文学作品往往就是宣传

---

① 参阅中共中央编译局列宁斯大林著作编译室：《〈党的组织和党的出版物〉的中译文为什么需要修改?》，《红旗》1982 年第 22 期。

② 参阅金观涛、刘青峰：《开放中的变迁——再论中国社会超稳定结构》，香港中文大学出版社 1993 年版，第 5—6 章。

品之类的别名。而且，这种关系在中国左翼文学的发展中，随着列宁意识形态"灌输"理论的介入，随着革命文学论者把辛克莱"一切文学都是宣传"的口号当作至理名言，随着延安文艺整风运动和政治宣传活动广泛深入地开展，文学在事实上更是成了党的宣传形式之一，延安作家还进而以献身于"自己信仰的真理"的"宣传家"自称。①按延安时期中共中央宣传部的界定、理解，党的"宣传鼓动是思想意识方面的活动，举凡一切理论、主张、教育、文化、文艺等等均属于宣传鼓动活动的范围"②。可见，延安时期党的宣传形式本来就是包含文艺的，文艺活动只是整个宣传活动的一部分而已。正因如此，所以当毛泽东在强调要加强报刊等出版物的党性时，其实也是在一并强调要增强文学创作的党性，在这样的逻辑关联中，列宁对"党的出版物"的党性强调自然也会在特定的中国语境中转化为对革命文学之党性的强调，这样，从文学创作与宣传关系的角度看，"党的出版物的原则"自会转化为"党的文学的原则"。

除了从中国现代历史语境下的文学创作与宣传关系这一视角来探讨延安时期"党的文学"观念确立的必然性之外，似可更进一步从延安时期标举之创作方法所蕴含的党性原则予以考察。周扬在延安"民族形式"讨论中曾经强调过现实主义创作方法对民族形式之创造的规范性作用。他说，"民族新形式之建立，并不能单纯依靠于旧形式，而主要地还是依靠对于自己民族现在（实）生活的各方面的绵密认真的研究，对人民的语言、风习、信仰、趣味等等的深刻了解，而尤其是对目前民族抗日战争的实际生活的艰苦的实践"；并且认为，"在活生生的真实性上写出中国人来，这自然就会是'中国作风与中国气派'，就会是真正的民族形式"。于是，在他看来，"离开现实主义

---

① 严文井：《论好作品》，《解放日报》1942 年 5 月 15 日第 4 版。
② 《中央宣传部关于党的宣传鼓动工作提纲》，载中央档案馆编：《中共中央文件选集》第 13 册，中共中央党校出版社 1991 年版，第 126 页。

的方针，一切关于形式的论辩，都将会成为烦琐主义与空谈"。① 一年前，他曾更为简洁地指出："我们对创作上的主张是以现实主义为依归。"② 意思是，对延安文学创作来说，现实主义具有某种更为基本的、指导性的作用。创作上如此，批评上也是如此。现实主义发展至延安时期，有"革命现实主义""新民主主义现实主义""无产阶级现实主义"以及"社会主义现实主义"等不同提法或命名。凡此种种，名称虽或有异，但其内含之意识形态属性皆同。主要是指这类创作方法都倾向于凸显阶级性与党性的内涵，都强调对于马列主义意识形态的完整性依托。其实，这种对于文学中阶级倾向性的强调，始自恩格斯。尽管他主张阶级倾向性"应当从场面和情节中自然而然地流露出来，而不应当特别地把它指点出来"③，但他并没有否定阶级倾向性本身。而且，他在《致玛·哈克奈斯》信中对《城市姑娘》"还不是充分的现实主义"的指摘，也主要在于批评这部小说没有表现出工人阶级的革命积极性，简言之，就是批评其阶级性不足。④ 列宁《党的组织和党的出版物》确实给人暗示了党的文学原则，因为他对党性的强调不仅一直流淌在他对民粹派文学、老托尔斯泰等人创作的评论之

① 周扬：《对旧形式利用在文学上的一个看法》，1940 年 2 月 15 日《中国文化》创刊号。

② 周扬：《我们的态度》，1939 年 2 月 16 日《文艺战线》创刊号。

③ ［德］恩格斯：《致敏·考茨基》，载《马克思恩格斯论文学与艺术》（上），陆梅林辑注，人民文学出版社 1982 年版，第 186 页。

④ 恩格斯认为，《城市姑娘》中刻画的"人物，就他们本身而言，是够典型的；但是环绕着这些人物并促使他们行动的环境，也许就不是那样典型了"。原因在于"工人阶级对他们四周的压迫环境所进行的叛逆的反抗，他们为恢复自己做人的地位所作的剧烈的努力——半自觉的或自觉的，都属于历史，因而也应当在现实主义领域内占有自己的地位"。但"在《城市姑娘》里，工人阶级是以消极群众的形象出现的，他们不能自助，甚至没有表现出（作出）任何企图自助的努力"。（［德］恩格斯：《致玛·哈克奈斯》，载《马克思恩格斯论文学与艺术》（上），陆梅林辑注，人民文学出版社 1982 年版，第 188—189 页）值得注意的是，《解放日报》在《恩格斯论现实主义》这一总题下恰好主要摘登了《致玛·哈克奈斯》的上述内容（见该报 1942 年 5 月 15 日第 4 版）。

中，而且其至号召"把文学批评也同党的工作，同领导全党的工作更紧密地联系起来"①。周扬曾在延安引用过列宁对蔡特金说的一段话，云："每个艺术家，一切自己认为是艺术家的人，有权力自由创作，符合着他的理想，不管其他一切。但是，很清楚的，我们共产主义者，我们不能袖手旁观，随便让混乱的情形发展下去。我们应该有计划地领导这过程，并形成它的结果。"周扬就此指出，"这就是列宁主义的文艺政策的原则精神，政治领导艺术的严格观点。"②实质是指加强党对文艺的领导，增强文艺的党性问题。而至社会主义现实主义，由于苏联官方的介入，党性的强调被提高到了从未有过的高度。其显明标志在于社会主义现实主义终究被确认为党的文学创作方法，在于成了一个政党所规定的国家文艺法规，在于把一种活生生的创作方法规定为一种必须执行的最高意识形态。因此，社会主义现实主义的最终确立，标志着马列主义文论话语的某种转折，即由先前支配无产阶级文学意识的较为抽象的马列主义理论话语转换成为具体的政党政治话语。如果说文学的党性原则意味着无论是在艺术创作还是作家生活中都必须贯彻党的观点和政策的话，那么文学中的"党性"也就自然会成为社会主义现实主义美学中的核心范畴。

1940 年后，延安文学中对于创作方法的强调用得较多的还是"新民主主义现实主义"。由于新民主主义中内在具有的社会主义因素，更是由于中共的领导，所以在周扬等延安文艺理论家心中，此种创作方法其实仍然指向社会主义现实主义。毛泽东在《讲话》初刊本中用的是"无产阶级现实主义"，后来编入《毛泽东选集》时改为"社会主义的现实主义"，可见在他那里命名虽或不同，但根本指向仍是社会主义现实主义。延安文化界对于社会主义现实主义的强调

---

① 1908 年 2 月 7 日写给高尔基的信，载《列宁论文学与艺术》，人民文学出版社 1983 年版，第 249 页。

② 周扬：《王实味的文艺观与我们的文艺观》，《解放日报》1942 年 7 月 28—29 日 第 4 版。

其实贯穿于延安文学发展始终，首先体现在有关高尔基的纪念性文字中，后来即表现在对于此种创作方法的直接译介中。周扬是"左联"时期最早译介此种方法的批评家之一①，文艺整风期间，他又特别译载了《苏联作家协会章程》，把苏联当局对于"社会主义现实主义"的经典性定义再一次介绍给延安："社会主义现实主义，作为苏维埃文学与苏维埃文学批评的基本方法，要求作家对于现实从其革命的发展中真实地，历史地，具体地去描写。同时艺术的描写之真实性与历史的具体性必须与用社会主义精神从思想上去改造和教育劳动人民的任务结合起来。"周扬在文末所作注释中还特别强调了这个章程以及社会主义现实主义对于延安文艺发展的重要作用，指出它们是1934年"以高尔基为首的第一次全苏维埃作家大会所采用的，是苏联文学运动的一个最重要的纪录。斯大林提出的社会主义现实主义的口号在此获得了辉煌的理论的解说，创造出了社会主义现实主义之经典的定义。这个规约对于今天中国，特别是今天延安的文艺运动有无比地巨大的教育意义。许多曾经在我们中间弄迷惑了的问题，如文艺与政治，文艺的党性与自由，艺术性与革命性，提高与普及，文艺作品的主题倾向，接受遗产与研究实际参加实际等等问题，我们都可在此找到一个正确解决的途径"②。此后，苏联有关社会主义现实主义的最新动态不断被介绍到延安，至1947年《解放日报》相继译载苏共中央《关于〈星〉与〈列宁格勒〉杂志》的决议和日丹诺夫《论苏联文艺倾向——关于〈星〉和〈列宁格勒〉所犯错误的报告》③而渐达高潮。随着社会主义现实主义理论的不断译介，随着延安文艺理论界在创作与批评中对于它的不断运用，更随着1943年后毛泽东领袖地位的完

---

① 参阅周扬：《关于"社会主义的现实主义与革命的浪漫主义"——"唯物辩证法的创作方法"之否定》，1933年11月1日《现代》第4卷1期。

② 周扬译注：《苏联作家同盟规约》，《解放日报》1942年9月16日第4版。必须指出的是，周扬在9月9日发表于《解放日报》的文章《艺术教育的改造问题》中已经介绍过"社会主义现实主义"这一经典定义。

③ 以上两文分别刊载于《解放日报》1947年2月9日和2月16日。

整确立和加强，作为社会主义现实主义美学核心范畴的"党性"原则对于延安文学观念形成的决定性作用日渐呈现并最终定型下来，延安文学观念也因之成为"党的文学"观念。正是在这个意义上，即使瞿秋白等人完全忠实于列宁原文——不把"党的出版物的原则"译为"党的文学的原则"——中国左翼文学发展至延安文学阶段也会合乎逻辑地提出类似于"党的文学"的概念，并以此与"左联"时期的革命文学观念显现出迥然的不同。

现在，我们可以再进一层联系《讲话》本身来谈谈"党的文学"原则及其观念的呈现了。《讲话》的产生有一个大的背景，诚如丁玲所言，它的产生绝对不是针对王实味、萧军和她等几个人的①，尽管他们具有某种外在的诱发作用。这个背景就毛泽东对于当时党的建设的思考而言，其实就是整风的背景，《讲话》因而成为他自觉把文艺界纳入其整个思想改造机制重要一环的经典性文本，而这为党的强有力领导机制的最终形成奠定了不可或缺的重要基石。再就更大的社会语境来看，整风运动是在毛泽东直接领导下开展的一场思想道德纯净化运动，他想通过这场运动来积极应对当时日趋尖锐的民族斗争和阶级斗争的双重挑战，这种极端严峻的局势，毛泽东当时把它形象地比喻为"黎明前的黑暗"。本来，毛泽东在《讲话》中明确表示他不是从马列主义的抽象教条出发来讨论问题的，而是从具体的革命实践和具体的政党政治立场来思考中国革命，自然也包括对文艺问题的思考。所以，《讲话》必然成为中国共产党当时整个政治—文化应对机制中的一个重要构成，或者说是党在文艺领域中的纲领性说明。对这层关键性意思，毛泽东在《讲话》中即已开宗明义地指出：开座谈会的目的，是要"研究文艺工作和一般革命工作中间的正确关系"，"求得革命文艺对于其他革命工作的更好协助"，并"藉以打倒我们的民

---

① 参阅丁玲：《延安文艺座谈会的前前后后》，《新文学史料》1982年第2期。

族敌人，完成民族解放的任务"。① 这是《讲话》赖以产生的根本动力所在，既是其出发点，也是其归宿点。而在毛泽东看来，革命文艺只能是整个革命机器的一部分，在党的整个革命工作中的位置是先在地确定了的，必须无条件服从党的政治斗争的要求。因此，这样的革命文艺说到底就只能是党的文艺了。那么，怎样才能创作出合乎党的要求的文艺作品，即怎样才能达到党对文艺的内在目的性规定呢？这就要求作家首先成为真正的党的作家，毛泽东当时用的语词是"党员作家"。这首先要求作家必须具备正确的立场，即必须"站在无产阶级的和人民大众的立场，共产党员还要站在党的立场，站在党性和党的政策的立场"②，并且要求在行动上与党的中央保持高度一致。于是，在此种论述逻辑中，只有由具备正确党性立场的党员作家或准党员作家所创作的文学作品，才能称得上真正的革命文学，而此种文学当然也就是"党的文学"了。因此，《讲话》的核心其实并非为了论证文艺为群众和如何为群众的问题，而是为了阐明并确立党的文艺观以及由此所决定的文艺整风即知识分子的思想改造问题。至于文艺为群众和如何为群众的问题乃是党的文艺观的题中应有之义，因为利用文艺这一特殊"武器"把更广泛的群众组织起来，仍是为了实现党的政治性意图。这个意图其实在《讲话》的文本结构中也完美无缺地体现出来。在结构上，《讲话》由"引言"和"结论"两部分构成，这是一个自问自答的典型文本，具有不可回避的自圆其说特征。换言之，"引言"和"结论"表面上是两个部分，其实是紧密呼应、逐层深入的，因此是一而二、二而一的总体性构成。"引言"提出的是一个隶属于党的整个革命事业的文艺的命题，即如何理解党的文艺的存在命题，虽说在这部分末尾自谦为"引子"，但实际是《讲话》的纲。至于"结论"其实是早就摆好了的，座谈会中安排的自由讨论只

---

①　毛泽东：《在延安文艺座谈会上的讲话》，《解放日报》1943 年 10 月 19 日第 1 版。
②　毛泽东：《在延安文艺座谈会上的讲话》，《解放日报》1943 年 10 月 19 日第 1 版。

是为萧军、吴奚如等人的"自由化"言论提供一次难得的再教育机会罢了。在"结论"部分，毛泽东富有总结性地论述了党的文艺的服务对象及其政治性质等问题，但最后还是归结到了延安文人和知识分子正在开展的思想改造问题。他指出："我们延安文艺界中存在着上述种种问题，这是说明一个什么事实呢？说明这样一个事实，就是文艺界中还严重地存在着三风不正的东西，同志们中间还有很多的唯心论、洋教条、空想、空谈、轻视实践、脱离群众等等的缺点，需要有一个切实的严肃的整风运动。"①这表明，毛泽东党的文艺观念的提出与知识分子的思想改造之间具有一种必然的逻辑关联，《讲话》的核心确乎是为了阐明党的文艺观念以及由此所决定的文艺整风即知识分子的思想改造问题，而非其他。明乎此，也就可以理解毛泽东在《讲话》中为何要把他所论述的革命文艺多次亲切地称为"我们的文艺"了。在《讲话》文本中，"我们的文艺"中的"我们"显然是指共产党员的"我们"，至少也应是接近于党的要求的"我们"，因此，"我们的文艺"其实可以明确置换为"党的文艺"。这又一次表明，在毛泽东的文艺思想中，只有"党的文艺"才是延安文艺观念的重要核心，也进而才有可能与人民文艺一道成为日后新中国文艺观念和形态的核心。

当然，如果从毛泽东创构的新民主主义理论话语的内部构成看，"党的文艺"或一般所言"党的文学"观念的完整确立，也是其文化创构的内在逻辑使然。对于创建自己的文化，毛泽东自长征胜利后有其深刻理解。一方面，他对新民主主义文化建设有着自己的伟大雄心；另一方面，他也有着常人难以察觉的焦灼感，并且这种焦灼感伴随其生命的始终。远的不说，单说他在延安时期的感受吧。1936年11月22日，他在中国文艺协会成立大会上发表了简洁有力的讲话，在我看来，这次会议是标志着延安文学真正起步的重大事件，因

---

① 毛泽东：《在延安文艺座谈会上的讲话》，《解放日报》1943年10月19日第4版。

此，毛泽东的讲话自会产生深远的影响。他在讲话中坦率指出："中国苏维埃成立已很久，已做了许多伟大惊人的事业，但在文艺创作方面，我们干的很少。今天这个中国文艺协会的成立，这是近十年来苏维埃运动的创举。过去我们是有很多同志爱好文艺，但我们没有组织起来，没有专门计划的研究，进行工农大众的文艺创作，就是说过去我们都是干武的。现在我们不但要武的，我们也要文的了，我们要文武双全。"①这里，毛泽东是有着对以往苏维埃革命运动的某种检讨的，在一定意义上暗示了苏维埃运动在文化建设方面的缺憾。在延安文艺座谈会前，毛泽东在回答萧军关于有无党的文艺政策时说："哪有什么文艺政策，现在忙着打仗，种小米，还顾不上哪！"②这也是体现了某种文化上的遗憾和焦灼的。自此之后，毛泽东才更为有意识地向延安文人调查有关中国左翼文学和延安文艺的发展状况，其目的就是为了重新确立一种隶属于党的整个革命事业的文化秩序和文艺秩序。毛泽东意欲创构党的文化的雄心壮志和隐含其间的某种焦灼感，在他后来的一次讲演中表达得再清楚不过了。1944 年 3 月 22 日，他在中央宣传工作会议上强调了抓好党的文化建设问题的重大意义和紧迫性。他说："早几年，陈学昭刚来边区的时候，她看边区建设这样也不好，那样也不好，就说共产党搞军队有办法，建国就不大行。这是三年前的话。这个话对不对呢？我看这个话讲对了。"文化建设是构建现代民族国家的重要一环，所以毛泽东指出，如果共产党只会擅长于政治和军事，而对文化和经济问题一窍不通，那么，"这个共产党就没有多大用处"；当然，"用处也有一点，就是善于破坏旧的东西，善于打击敌人，能够把敌人打败，但是很大的用处就没有"。他又指出，文化尽管是政治和经济的反映，"但它同时又能指导政治斗争和经济斗争"，具有巨大的反作用力，因此"任何社会没有文化就

---

① 《毛主席讲演略词》，《红色中华》1936 年 11 月 30 日第 1 版。
② 王德芬：《萧军在延安》，《新文学史料》1987 年 4 期。

建设不起来"。正如封建社会有封建文化，它宣传的是"封建主义的道理"，资本主义社会有"资本主义的文化"，它宣传的是资本主义的道理，那么新民主主义社会也必定要有自己的文化，它宣传的是新民主主义的道理。① 这其实就是他在《新民主主义论》中所详细阐述过的新民主主义文化。而这种文化因为"只能由无产阶级的文化思想即共产主义思想去领导"②，只能由作为"阶级联合的最高形式"③的共产党去领导，所以它在本质上实际就是共产党的文化，简言之，即党的文化。因此，他认为应该加强党的文化建设，把新民主主义文化建设尽快提上党的议事日程，并使它尽快从纸面的设想通过广大人民的文化实践而变为现实。因为只有这样，共产党才会真正成为一个颇有"存在之必要"④的党，才会成为领导未来新的民族国家进行现代化建设的党。所以，在毛泽东的思想中，"党的文学"是其文化观的重要构成，也是其马克思主义、共产主义信仰在文艺上的一种中国化话语表达，它的提出有其逻辑必然性。

本书在此之所以对"党的文学"观念从不同角度进行反复论证，主要是为了表明这一观念的极端重要性和不可忽视性，尤其当我们想深入探讨并触摸后期延安文学观念的本质（倘若果真存在本质的话）的时候。而研究界以往对于这个命题在延安文学观念及延安文学形成中的作用并没有给予足够重视，没能把它置放到本体论的高度进行论证和认同，这是颇为令人遗憾的。我认为，只有理解了"党的文学"观念，理解了它的来龙去脉，才算真正理解了后期延安文学观念的本

① 毛泽东：《关于陕甘宁边区的文化教育问题》，载《毛泽东文集》第三卷，人民出版社 1996 年版，第 106—110 页。
② 毛泽东：《新民主主义论》，载《毛泽东选集》第二卷，人民出版社 1991 年版，第 698 页。
③ 见毛泽东《致彭德怀》（1944 年 1 月 10 日）编者所加注释 [3]，载《毛泽东书信选集》，人民出版社 1983 年版，第 225 页。
④ 毛泽东：《关于陕甘宁边区的文化教育问题》，载《毛泽东文集》第三卷，人民出版社 1996 年版，第 120 页。

质，因为，后期延安文学观念中的诸多范畴也都恰恰是以此作为基本的、不可逾越的价值依归的。这些范畴主要是指阶级性与人性、艺术性与政治性、政治标准与艺术标准、雅与俗、普及与提高、生活美与艺术美、歌颂与暴露、现象真实与本质真实、悲剧意识与喜剧意识等。它们虽然有着独立存在的价值，但又是呈交叉状联系着的，根本原因主要在于它们与"党的文学"观有着密切联系。可以说，它们在"党的文学"这一总的观念统摄下构成了一个不可分割的整体，或者形象地说，构成了一张网，一张笼罩整个后期延安文学的网，而它们又反过来更为牢固地确立了"党的文学"观念的支配性地位。至此，党的文学不仅在延安时期凸显为一种较为富有新内涵的文学观念，而且在事实上成为一种新的文学样态和文学信仰，并且也贯彻在后来人民文学和社会主义文学的实践之中。

且让我们回到文学与审美的阶级性问题上来：由于延安文学中"党的文学"观念的内在设定，文学与审美的阶级性其实已经集中化到文学与审美的党性上来，在延安政治文化中，党性是阶级性的集中表现，故而文学与审美的党性原则比起对阶级性的强调来，是远为简约得多的命题。正因为如此，延安文学观念的现代性也就由"民族形式"论争时期的民族—现代性转换为阶级—民族—现代性，进而言之为党的—民族—现代性。这是文艺整风后延安文学观念中的独特现代性所在，也是其文化创造性之所在。人们以往总是依凭《讲话》中的字面含义把后期延安文学和延安文学观念的发展方向称为文学的"工农兵方向"，并因之把延安文学称为"工农兵文学"，倘若单从题材着眼，这种命名是有其历史真实性的，但从其话语本质来看，是颇为不够，也是不太准确的。表象和本质在真实性的深浅和高低上不一定互为表里，而是可以加以辨析的。在党的文学和后来人民文学的链条中，倘若还要细加辨析，那么人民文学更多地属于一种党的文学的表现形态，其根基和内核在意识形态本质上其实还是党的文学。不强调这一点，自延安文学尤其是后期延安文学如何发展至当代中国文学的最初阶段，如一些学者简单用"一体化"之类的语词来概括，是说不清楚的，也凸显不了现代中国文学的发展特色和成就。延安文学之所以能够成为现代中国文学史上的一种较为独立的文学形态，并且在以后社会主义文学发展中不断释放了巨大的历史性能量，其重要原因正在于此。社会主义初级阶段的文学在很大程度上正是有了对延安文学乃至更大范畴延安文艺中之党的文学或党的文艺观念的坚守和承续，才显现了自己独立于世界文学之林的人民共和与阶级—民族国家文学特色。于是，延安时期经过重新阐释和中国化的"党的文学"，不仅提供了一种新的观念，而且在后来岁月中与"人民""社会主义""共产主义"等一起构成了不容争辩的复合型信仰结构体，形塑了社会主义初级阶段文学和文化的基本特质。在党的文学观念及其后来的复合型结构观念支配和形塑下，基于信仰的文学和基于文学的信仰就构成了一种复杂的关联与回环，也产生了一些不可解决的矛盾和悖论。尽管如此，在我看来，它仍然是一种现代性观念在新的文学发展进程中的自我展开和呈现。凡是历史上合理存在过的，重要的不是去指责它，而是应该努力去探询其何以存在，何以会产生如此重要而深远的影响。

第八章　集体创作、民间与延安文学现代性

一、集体创作：作为一种新写作方式的诞生

延安文艺在很大程度上是一场体现了集体化想象逻辑和运作模式的革命文化运动，这具体表现在一系列群众性文艺活动的开展上，比如群众写作运动、街头诗运动、戏剧运动以及延安文艺整风后在延安与其他根据地广泛开展的新秧歌运动等，都是为人们所熟知的革命文化运动的一部分。它们既构成了延安文学赖以形成的具体文化语境之一，也在事实上成为促使延安文学不断发生自我调整和历史变迁的某种动力，因为在延安、陕甘宁边区等抗日根据地，群众性文化运动的开展不仅需要延安文人的积极参与，而且它们又反过来成了延安文人难以逃脱的日常生活的一部分。因此，当我们在探究延安文学尤其是后期延安文学形成过程中的种种问题时，都有必要把它们置放到当时的历史场域中加以理解，否则，人们对延安文学的理解就可能不是动态的、历史的，而极有可能走向望文生义或本质主义的玄想之地。这里所要论述的"集体创作"，其实跟延安文化运动的广泛开展就有着某种深刻联系或历史性关联。

所谓"集体创作"，在延安文化发展历程中首先是指集体创作活动，它们往往围绕某个指定的话题展开。这个话题既可是较为宽泛的，具有较为宽广的想象域；也可是较为单一的，具有较为明确一致

213

的主题。在某种意义上，延安时期的集体创作活动相当于集体征文活动，它首先较多地针对共产党领导的部队和"公家人"而发动，后来扩展至面向边区民众或社会大众，再后来又异常醒目地体现在延安文人创作尤其是戏剧等艺术创作中。

全面抗战爆发前夕，中共中央刚刚立足于延安，成立不久的中国文艺协会就发起过一次"苏区的一日"征文活动①，这次征文所涉对象虽然主要为红军将士和党政干部，但它对日后延安时期集体创作活动的开展具有良好的示范作用。全面抗战初期，陕甘宁边区文化界救亡协会在不到一年的时间里就曾组织了三次集体创作活动："第一次，是在它成立之后不久，以'我们怎样到陕北来'的主题，由从广大战区及东南沿海一带来到延安的同志执笔，反映进步人士历尽千辛万苦，奔赴到延安的斗争过程。第二次，是在一位坐了十年牢狱的同志的带动下，由在牢狱里战斗过的同志执笔而开展起来的写作高潮，第三次是集体创作了《五月的延安》。"② 其中尤以第三次集体创作活动影响较大。由于民族主义思潮的促动，延安文艺创作活动无疑成为民族抗战总动员的一部分，因此，对于民族意识和反帝精神的张扬就必然会是流贯其间的一个重要主题。这在"五月的延安"征文活动中得到了鲜明体现。1938 年 5 月，边区文协在《新中华报》上刊出征文启事，云："五月来了，在五月里面，有着多少可纪念的日子：五一，五三，五四，五五，五七，五九，五卅——那是世界上整个的革命浪潮，特别是中国民族反日本帝国主义斗争留下的脚印。在今年五月里，我们已经对恶贯满盈的日本强盗进行了十个月的伟大的全面抗战，而且获得了许多新的胜利。我们将以从来未有的兴奋情绪来迎接这抗战史上的第一个五月。我们更盼望五月的鲜花，将是人类中间被压迫者翻身的信号！"所以，启事又说："为了纪念这五月，现在我们

① 中国文艺协会：《"苏区的一日"征文启事》，《红色中华》1937 年 1 月 21 日第 2 版。
② 齐礼：《边区实录初集》，延安解放社 1939 年版，第 111 页。

发起一个集体创作：'五月的延安——最有意义的一天'。我们要求延安每一个角落里的群众都来参加这创作的工作。我们希望能够借着群众的千万双眼睛，把延安的一切生活情形，工作情形，以及各种各样的情况，生动的反映出来。"并且认为这样的纪念方法具有永久的意义，而在创作中表现的一切也必将是"真实的活生生的东西，也正是我们抗战史诗的第一页"。① 由此可见，在延安文人的想象中，当时的集体创作活动充满了何等浪漫并富有民族主义的激情！

延安文化运动中的这类群众性文艺实践在后来得以持续性展开，并且在其发展过程中引发了延安文人对于一种新的写作方式的思考和认同。1938 年，解放社印刷厂有四五个工人自发组织了"文艺小组"，随后，文艺小组在延安如雨后春笋般涌现出来。所谓文艺小组，按照当时人们的理解乃是"根据大众对文艺普遍的爱好和要求，而在自由民主的边区所产生的一种群众的文艺运动。它提示大众对文艺的正确认识，提高大众的文化水平，并培养、教育写作人才，使之生动、真实地反映生活"②。1940 年春决定由延安"文抗"负责指导文艺小组的工作，更是取得了长足发展。当时共有文艺小组 85 个，667 个组员，遍及包括机关、学校、团体、工厂和部队等在内的 54 个单位之中。因此，文艺小组和组员就有了工人、战士、学生和公务员这些不同职业的人们。③ 当然，延安时期群众性文艺活动的广泛开展，也是对 20世纪 30 年代"左联"工农通讯员写作活动的承续，而这，也饱含了对苏联社会主义群众性文化运动的学习或移植在内的。

正是由于延安在文艺整风前具有如此蓬勃而活跃的集体学习和写

---

① 文协编辑委员会：《关于"五月在延安"的集稿》，《新中华报》1938 年 5 月 10日第 4 版。

② 《文艺小组工作提纲及其组织条例》，1941 年 12 月 1 日《文艺月报》第 12 期。

③ 一说文艺小组 85 个，组员 668 人，所在单位 45 个或四五十个。参阅雷加的《七次巡回座谈会底经过与检讨》（1941 年 4 月 1 日《文艺月报》第 4 期）、《中华全国文艺界抗敌协会延安分会第五届会员大会记录》（1941 年 8 月《中国文化》第3 卷第 2—3 期合刊）。

作氛围，所以有人开始提出个人创作与集体生活之关系的问题。1940
年 8 月，周文写了一篇题为《创作生活与集体生活》的文章，明确提
出并论述了这个问题。他认为，集体生活有助于文学创作的发展，因
为"前进的集体的组织，经常大家要开会，讨论些当前的创作任务，
创作思想，也就是创作所应该肩负的历史使命"，这样，就可使创作
者能够直接把握所写事件的革命"中心意义"，使他容易把握和理解
"许多发展着变化着的人物"的本质："谁是好分子？谁是坏分子？他
是一个怎样出身的人？属于哪一个阶层的人？他过去的生活、环境、
教养、思想、习惯是怎样？现在又是怎样？行动上有些怎样的表现？
为什么是这样？有些什么样的优点和缺点，肯定的和否定的？将来
的发展会怎样？等等。"而且，集体生活有助于大家彼此交流创作经
验，可以把自己的写作计划公开并让大家讨论，完稿后，"又可以提
出来请大家讨论，提供给你一些批评和意见，指出你这篇东西的成功
或失败，应该怎样怎样修改，等等"，这样，不仅有助于个人创作水
平的迅速提高，而且有助于整个革命文艺事业的健康发展。周文指
出，"像这延安，实在是最理想的地方，每个文艺工作者都有他自己
的工作机关，同时又可以参加文艺小组"，因而更有理由把个人创作
与集体生活"有机地融合起来"。[①] 我认为，周文在此其实暗示性地
提出了一个个人创作集体化与如何集体化的命题。这种提法倘若再往
前推进一步，其实就会必然产生 1942 年后在延安文艺生产中得到普
遍提倡的集体创作方式，也就是我所言的作为一种新的写作方式或文
艺生产方式而诞生的"集体创作"。这个"集体创作"已经具有新的
意义，而它是经历了一个过程的。它跟整个抗战文学和文化的民族性
背景既是一致的、共生的，但在后来的发展中区别也是明显的。可以
说，越到后来，主流话语的要求也越来越高，其所具有的党的文学内
涵也越来越凸显。

---

① 周文：《创作生活与集体生活》，1940 年 9 月 15 日《大众文艺》第 1 卷 6 期。

在延安等抗日根据地，为了突击完成一些政治宣传任务，为了尽快满足党对文艺宣传的需要，延安文人创作中的集体创作方式也就应运而生了。延安时期的集体创作是与个人创作相对而言的写作方式，是一种以组织化、群众化和民主化形式出现的写作方式，它有时尽管还保留了不少文人写作的痕迹，但在本质上是一种集体主义文艺生产方式，也是一种具有较强意识形态色彩的写作方式。在延安文艺运动的广泛开展中，文艺整风后，此种写作方式当然得到了得到了大力提倡和发展。比如，1942 年夏，八路军参谋长左权不幸遇难，延安文艺界"为纪念这一典型的模范革命将领"，特奉命决定"由塞克、李伯钊、王震之、肖三、荒煤、刘白羽、罗烽、丁玲"等人，组成"集体创作委员会"，共同撰写关于纪念左权的剧本，并在写作之前已"确定写作中心，为透过左权同志来反映这支持中华民族命运的八路军底新精神"。① 几天后，《解放日报》在报道边区文委工作时，对这次集体创作之准备与计划又做了反复叙述，以表关注或重视。② 在一定意义上，这可以作为集体创作方式在文艺整风期间的郑重亮相。至1944 年，延安文化界有关领导已把集体创作当作一种非常有效的写作方式来予以正式倡导了。在一次文化宣传工作会上，中共西北局文委领导李卓然谈到集体创作与个人才干之关系时指出："集体创作必须大力提倡，但集体创作并不取消个人的才干与积极性，而正是以这种才干和积极性作基础的，有修养的文艺作家在集体创作中，正好大显身手，发挥自己的长处；反之，离开集体主义精神，离开群众的'个人突出'，一定产生不出真正代表人民大众的艺术作品来的。"③ 显然，在李卓然看来，集体创作作为一种新的文艺生产方式，是与集体

① 《纪念左权同志延安文艺界创作剧本》(消息)，《解放日报》1942 年 7 月 5 日第 2 版。
② 参阅《边区文委例会通过优待边区文化干部》，《解放日报》1942 年 7 月 11 日第 2 版。可知，此次集体创作人员发生了部分调整，改由荒煤、塞克、刘白羽、王震之、李伯钊、舒群、欧阳山、萧三诸人担任。
③ 《西北局文委召集会议 总结剧团下乡经验奖励优秀剧作》(消息)，《解放日报》1944 年 5 月 15 日第 1 版。

主义精神相一致的，或者说是集体主义在文艺写作方式上的映现，而对个人创作，他虽没有明确反对，但已暗示出，倘若再把它强调到不适当的高度，那么就会导致"离开群众的'个人突出'"，换言之，个人创作即为个人主义在写作方式上的投射。联系当时的政治文化语境来看，把个人创作／集体创作置放到带有强烈意识形态色彩的个人主义／集体主义框架中予以评判，其高下优劣之分不言自明。由此可见，在延安文艺发展历程中得到提倡的集体创作，已经不是一种具有自在、自足意味的写作方式，而是一种与新的意识形态话语相适应的写作方式，是与"党的文学"观相适应的文艺生产方式。

倘若再联系整风后延安文人社会地位的戏剧性变迁来看，人们对集体创作的提倡其实在个人与大众的关系上因应了一种新的结构性变动。青年诗人严辰在谈论诗歌大众化遭遇挫折的原因时说：

> 在从事于诗歌大众化工作者本身，也还不够健全。他们赞成诗歌大众化，从事于诗歌大众化，然而，他们也把它看做是一种政治手段，一种时髦的运动；因此，在大众化的另一面，仍然有着个人的非大众化的创作，他们跑到街头，高呼大众化，回到房间里，又另抒写个人生活情绪的东西。他们是矛盾的，两面性的，他们把大众和个人划开，把自己看得高高在大众之上。这样的大众化工作，即使表面上热闹过一阵，结果也不会有什么成绩的。诗歌既不会真正大众化，大众也不会受到一点影响，诗歌自诗歌，大众自大众。

为了解决这些矛盾和缺陷，按照整风后延安文人的理解，就必须让以前处于启蒙主义结构中的作家个人与大众关系发生历史性易位，让创作者在生活、思想和感情上经受毛泽东所言的大众化过程，也即是作家的工农化过程，从而使大众在走上历史前台的同时也使作家个人得以完全隐匿或消融。正如严辰所言：

　　怎样才能大众化呀？这不只是诗歌创作一方面的问题，更重要的是诗歌工作者的生活、思想意识等的问题。必须我们先被大众所化，融合在大众中间，成为大众的一员，不再称大众为"他们"，而骄傲地和他们一起称为"我们"，不只懂得大众的生活习惯，熟知大众的语言，更周身浸透大众的情绪、情感、思想，以他们的悲痛为悲痛，以他们的欢乐为欢乐，以他们的呼吸为呼吸，以他们的希望为希望，……只有这样，我们的思想才不会矛盾，我们的创作才不会有两面性，我们的大众化才不是勉强而是自然的了。

而这在根本上无疑是为新的话语指向所深刻决定了的：

　　在未来的新社会里，及在今天的新环境里，已经完全是集体主义的了。只有集体才有力量，只有集体才能发展，非个人所能代替的。在诗歌上发现个人的东西，早已不再为人感到兴趣；从天花板寻找灵感，向醇酒妇人追求刺激的作品，早就被人唾弃，早就没落了。只有投身在大时代里，和革命的大众站在一起，歌唱大众的东西，才被大众所欢迎。那末，企图把个人和大众划分开来的想头根本是要不得的了。除了为大家，还有什么个人的价值？除了大众化，还有什么别的诗歌的存在与出路呢？①

　　显然，"大众"在新的政治文化语境中已经成了一个至高无上的符号，成了一种新的历史主体。诚然，纵向来看，"大众"作为历史主体的确立发生于"革命文学"诞生前后。经历了大革命失败这次巨大的创伤性遭遇，左翼和倾向左翼的知识分子在历史性反思中认识到，个人主体必须让位于阶级主体，只有把知识分子个体融入群体的

---

① 厂民（严辰）：《关于诗歌大众化》，《解放日报》1942年11月1日第4版。

阶级中去，彻底抛弃知识分子的身份，知识分子才会在拯救民族和人类的同时也让自己得以拯救。这正是曾经促使瞿秋白探究"我们是谁？"这一问题的最初动力之一。按瞿的理解，知识分子"我们"只是大众当中的普通一员，在"大众"这个新的历史主体面前，"我们"并没有值得炫耀的资本。① 这一观念在毛泽东创构的意识形态话语中得以充分继承和发扬。全面抗战初期，因应历史情境的大变动，"大众"从阶级话语转换为民族主义话语，于是，小资产阶级和民族资产阶级也就成了"大众"的一部分。1941 年前后，随着民族主义话语向阶级—民族主义话语的转换，随着毛泽东新的意识形态权威地位的渐次确立，"大众"已经转化为阶级主体"工农兵"了。因为毛泽东在《讲话》中虽然强调党的文学是为最广大人民服务的，在它所包含的"工农兵"之外也加了一个"小资产阶级"，但在其具体论述和整风语境中，"小资产阶级"事实上已经成为思想改造和整肃的对象，因而，此时的"大众"其实主要是指"工农兵"。延安文人要想获得新的历史地位，就必须工农兵化，这是为新的历史情境所决定的。按照当时中央组织部部长陈云的说法，乃是党要求延安作家必须发生历史性的角色转化：党要求作家去掉作家的身份，首先成为一个合格的党员，然后再成为一个文化人。换言之。文艺家不仅仅是一个"文艺工作者"的问题，更是一个"党的文艺工作者"的问题。而在党的革命事业中，文艺工作只是革命工作中的一种而已，并无多大的特殊性。而且，他认为，只要遵从马列主义反映论原则，那么文艺工作就更无特殊性可言了，因为文艺所反映的生活本就是工农兵所创造的，没有后者的生活创造哪有前者的艺术反映呢？② 这就是说，文艺工作者不仅不是工农大众的代言人，也不仅在作者与工农大众之间完全消弭

---

① 参阅瞿秋白：《"我们"是谁?》，载《瞿秋白文集（文学编）》第 1 卷，人民文学出版社 1985 年版，第 486 页。

② 参阅陈云：《关于党的文艺工作者的两个倾向问题——在党的文艺工作者会议上的讲话》，《解放日报》1943 年 3 月 29 日第 4 版。

了差别，而且后者更是前者进行艺术创造的馈赠者，是艺术与价值之源。因而，在新的历史主体面前，经历着思想改造的延安文人除了保持自身谦卑的品性之外，除了与工农兵一起进行集体创作之外，还有什么更好的创作路径可走呢?! 在这个意义上，集体创作既是新的政治文化话语逻辑的必然产物，也是处于思想改造之中的延安文人所必然采取的一种应对机制。之所以是一种"应对机制"，乃是由于延安文人已经认识到了思想改造的艰巨性和长期性，认识到了自己身上小资产阶级劣根性的顽固性，他们常常觉得自己的阶级性"还不够锐敏与明确，常常是左右摆动"，于是，他们总是发生自我质疑：个人创作"能正确地处理主题与人物吗？能保证作品不发生毛病吗？"[1] 为了防止作品思想错误的产生，他们转而依托于集体的力量，而通过集体创作产生的作品即使再有错误，也会有效地掩饰个人在其间所起错误作用的力量，减少其所应承担的责任。也许，在这样一个写作机制或话语机制的保护下，延安文人的安全指数才会有所提高。因而集体创作既是一种应对机制，也是一种特定历史场域中的自我防御机制。而且，在当时的人们看来，集体创作也能有效地改造知识分子作家的不良创作个性，正如周扬所指出的："文艺工作者表现新的、工农的人物，一个最麻烦的问题，就是常常自觉或不自觉地用小资产阶级知识份子的语言感情去表现工农，要在艺术作品中完全摆脱'学生腔'、'洋八股'，并不是那么容易的事，这除了要求文艺工作者深入群众生活，向工农群众直接学习以外，与工农干部在艺术工作中合作，从这合作中向他们学习，是一个比较易行，而又有效的方法。"[2] 陈波儿根据她参加并组织集体导演话剧《同志，你走错了路》的经验，认为集体创作不仅可以创造出自己的艺术风格，而且可以帮助许多艺术家

---

① 任桂林：《从〈三打祝家庄〉的创作谈到平剧改造问题》，《解放日报》1945 年 9 月 8 日第 4 版。

② 周扬：《关于政策与艺术——〈同志，你走错了路〉序言》，《解放日报》1945 年 6 月 2 日第 4 版。

取长补短，克服其"个人主义主观主义"的艺术作风，最终"使自己的风格受到提炼"而"进入完璧无瑕"的创作境地。① 在这个意义上，此时的集体创作跟抗战时期其他区域发生的类似创作活动在性质上还是颇不一样的了。

"群众是文化艺术的源泉"②，这是文艺整风后延安文人信奉的真理之一。或许正因为如此，人们在论证"集体创作"的合法性及其起源时才会把它追溯到群众创作尤其是秧歌的创作方式中去。1944 年9 月，延安市文教会艺术组召集当地农民、手工业者等基层群众开过一次座谈会，其中着重讨论了秧歌创作及演出问题。座谈会上的内容后来被周扬整理并在《解放日报》摘要发表了，周扬还为此特别写了一个"前记"，简要概述了群众在讨论中的观点，其中就谈到了对集体创作方式的肯定。周扬写道："在编剧方式上，他们一般地是主张集体创作的。'我们的经验还是几个人一搭编好一些，大家一搭编想得多些，戏也多些，他想几句，你又添几句，可能编好。'事实证明，他们的这种集体创作方式是合适的，有效的。他们大大发挥了艺术创作上的民主和集体主义精神。"③ 李有源是《东方红》歌词的原作者，与其侄子李增正都是陕北民歌能手，也擅长编秧歌。他们的创作经验理所当然地受到了延安文化界的重视。在应邀介绍怎样编秧歌的经验时，李有源说道："一个人各自是不行的，要众人在一达里（一块儿——引者）讨论讨论，事实呢，是根据咱们村上发生的事实，谁做过什么，就让他演什么，故事怎么个编，和讲些什么话，要众人在一达里发表意见，众人同意了就照着编，照着演，不同意了就再商量，咱们编的戏也没有本子，众人到一达里一凑就出来了。"又说，他们之所以采用这种集体创作方式，乃是因为"一个人想的不能都随众人

---

① 陈波儿：《集体导演的经验》，《解放日报》1944 年 12 月 17 日第 4 版。

② 亚马：《关于戏剧运动的三题》，《解放日报》1944 年 11 月 30 日第 4 版。

③ 周扬：《延安市文教会艺术组秧歌座谈会撮要·前记》，《解放日报》1944 年 10 月 5 日第 4 版。

的意，一定要众人都发表意见，民主方式，做什么讲什么，要是照着一个人的意思，众人一演起来，觉得不对，还是得改；再则呢，众人发表了意见还不算，还要把唱的和说的都编成有腔有韵，这么着唱也好唱，听也好听，记也好记"①。他们所言的集体创作经验跟上述周扬所肯定的写作方式完全一致。《解放日报》编者为了对此种创作方式予以极大倡导，故而在发表上述周扬所言的秧歌座谈摘要外，在同一期同一版面又特别刊发了四个农民的集体创作《减租》，并且配套编发了《〈减租〉是怎样创作的》一文，介绍了这一剧本的集体创作过程。显然，延安文化界把集体创作方式看作是对群众创作学习的结果之一，它具体体现了延安文艺创作上的群众路线②，因而在意识形态本性上，它自会被认为是一种最能保证通过艺术把党的政策直接传递给广大观众（读者）的写作方式或艺术生产方式。而让文艺作品通过艺术形象的塑造，再直接按照新的意识形态要求去参与并塑造工农兵的生活，成为推动和变革现实的直接力量，其实正是当时社会赋予延安文艺及其创造者的政治责任和历史使命，是党的文学观在延安文艺生产方式中的具体表现。在这个意义上，此种集体创作方式跟抗战时期其他的集体写作方式颇具不同之处，也就具有一种实现新的文学信仰和生产新的信仰文学的功能了，这也是其重要实现方式和保障。对此，只要我们对一些后期延安文艺中之戏剧作品的形成进行较为细致的梳理和考察，就会看得更为清楚。

二、集体创作与后期延安戏剧作品的形成

在延安文艺创作中，集体创作方式在后期延安戏剧运动中得到了

---

① 　马可：《群众是怎样创作的》，《解放日报》1944 年 5 月 24 日第 4 版。

② 　参阅舒强：《难忘的延安艺术生活》，载艾克恩编：《延安文艺回忆录》，中国社会科学出版社 1992 年版，第 197 页。

最为充分的表现。戏剧与其他文类相比具有更大的民间影响和受众率，它的传统性和感性力量对于那些文化水平极低的边区民众来说，具有其他文类无可比拟的诱惑力，所以它在整风后尤其受到了延安政治—文化界的青睐，戏剧运动一时呈风起云涌之势，蔚为壮观。集体创作也自然介入其中，尤为引人注目。之所以如此，主要在于：其一，戏剧是一门综合性很强的艺术，本来就需要编剧、导演、演员、音乐和舞美设计等多方面的通力合作，这种合作当然带有更大的集体创作性。其二，此时戏剧创作和演出的主要目的是为当时的政治服务，因而要求剧本创作须跟当时不断变化的政策宣传和时事宣传密切结合。比如时政需要拥政爱民，就得赶快创作反映拥政爱民的戏；时政需要生产自卫，就得马上写出反映生产自卫的戏；上级指示要发动减租减息，就得立即赶写宣传减租减息的剧本。在此种情形下，为了尽快跟上政策宣传的步伐，提高效益，集体创作也就当仁不让地取代了个人创作。这在当时秧歌剧的创作中表现得特别明显。因为秧歌不仅为广大边区群众所喜爱，而且以其独有的民间风格更为具有政治宣传的效益，更能在创作和演出上"实践毛主席文艺方针"[1]，所以自 1943 年春节起在延安竟然掀起了声势浩大、影响广泛的新秧歌运动。与此相应，剧本创作在数量上也大有增加。据不完全统计，在延安，仅从 1943 年春节至 1944 年上半年，一年多的时间就创作并演出了三百多个秧歌剧。[2] 那么，这样多的秧歌剧是如何产生的？现在看来，除了少量属于个人创作之外，绝大部分均属集体创作的产物。"鲁艺"秧歌队在 1943 年春节文化活动中，曾以演出秧歌剧《拥军花鼓》等而博得广泛好评，其创作经验历来受到延安文人的高度重视。1943 年年底，"鲁艺"组织文艺工作团下乡演出，对于集体创作方式的价

---

① 周扬：《表现新的群众的时代——看了春节秧歌以后》，《解放日报》1944 年 3 月 21 日第 4 版。

② 参阅苏一平、陈明主编：《延安文艺丛书·秧歌剧卷》，湖南人民出版社 1985 年版，"前言"第 2 页。

值在工作中自有其深刻体会："我们这次下乡在工作上须要多量的创
作新的剧本，来迅速反映现实中的许多事物"，但"我们这次出来并
没有配备很多写剧本的同志，倘仅依靠这些同志创作剧本来供给全团
的演出是来不及的，在事实上也是不可能的，所以我们必须发动同志
们普遍来创作剧本，并把他们组织起来"。据说，在这"集体创作中
我们有些同志是从来没有创作过的，但在创作剧本上却写得很好"，
而其"创作方法是几个人在一起，一起讨论内容，结构，甚至每段剧
词都是大家想，把最好的挑选出来，再加以整理，使它成为比较完美
的作品。因此……这种集体创作的方式，我们觉得比一个人单独创作
更好！"① 在这个意义上，延安时期尤其是文艺整风后的集体创作可以
说是一种因应政治文化宣传需求而得以大力提倡的艺术生产方式。

　　比起秧歌剧的创作来，平剧（京剧）的创作对当时一般文化人来
说难度要大一些。在延安，旧戏改革是戏剧运动的一个重要方面，当
时的旧戏改革主要是指平剧和地方戏改革。自延安时期开始，中共
对戏改工作一直保持着浓厚兴趣，究其原因，当然也有按照马列主
义中国化原则所考虑的文化传承因素在里边，毛泽东所说的"推陈出
新"应该说也是包含这层意思的，但最主要的恐怕仍是持守革命功利
主义文艺观念的结果。因为整风期间开始的旧戏改革，分明是以服务
于新民主主义政治为旨归，戏剧在绝对意义上只是一个宣传工具，其
价值取决于它与意识形态话语的媾和程度，取决于它的政治宣传效
应。当时，中共文化领导机构对此均有清醒认识和明确指导。中央
文委于 1943 年指出，旧戏原本大都是"宣传封建秩序，颠倒是非黑
白，其中不少还有迷信和淫荡的成分"，倘若"不加选择不加改造的
拿到一般干部和群众中去，则不独谈不到服务于战争、生产、教育，
且势必发生相反的结果"。② 1944 年夏，西北局文委在一次会议上指

① 鲁艺工作团通讯：《鲁艺工作团经验》，《解放日报》1944 年 3 月 15 日第 4 版。
② 《中央文委确定剧运方针　为战争生产教育服务》（消息），《解放日报》1943 年
　 3 月 27 日第 1 版。

出，"过去我们反对旧剧，只是反对旧剧的反动内容，并不是反对利用旧形式来表达新内容——根据新民主主义精神来教育群众的内容。所以，我们一方面反对一切宣传封建秩序的旧剧，另方面又利用各种旧形式（秦腔、平剧、秧歌等）来作为我们的宣传武器，这里的所谓'利用'，是包含着'改造'二字的意思的"。① 由于中央文委及党的各级组织和政府的高度重视，延安自 1943 年至 1945 年初逐渐形成了戏改运动的高潮，依延安时期所形成的"党的文学"观考量，可以说取得了一定成绩，其中又以平剧和秦腔改革所取得的成绩最大。秦腔方面，马健翎于 1943 年 10 月创作的《血泪仇》可作代表。这是一出秦腔现代戏，全剧共三十场，人物近五十个，它充分利用传统戏曲不受时空限制的特长，以王仁厚一家三代在 1943 年的生活遭际为线索，采用对比手法，从国统区写到陕甘宁边区，着力抒写了国统区／边区这所谓"两种社会两重天"的主题。周扬曾在论及它与新歌剧《白毛女》获得广泛影响的原因时指出："其主要原因就在：它们在抗日民族战争时期尖锐地提出了阶级斗争的主题，赋与了这个主题以强烈的浪漫的色彩，同时选择了群众所熟习的所容易接受的形式。"② 延安时期戏剧创作和演出的时代性由此可见一斑。

跟秦腔相比，平剧的改革更是引起延安文人尤其是上层领导的关注，这当然与当时不少党的干部对它所具有的个人兴趣有关，但最主要的仍然取决于它在中国戏曲中所占有的优势地位，因为平剧是国剧，所以若能对它加以成功改造和利用，自然会产生巨大的政治意义和文化影响。1942 年 10 月 10 日延安平剧研究院的成立就是一个标志性事件，它表征着中共领导的戏改工作自此进入了一个全新阶段。在谈到创立缘起和宗旨时，研究院指出，"平剧是中国旧有较完整艺

① 《西北局文委召集会议总结剧团下乡经验奖励优秀创作》（消息），《解放日报》1944 年 5 月 5 日第 1 版。

② 周扬：《新的人民的文艺》，载《周扬文集》第 1 卷，人民文学出版社 1984 年版，第 519 页。

术之一，在中国旧文化中占着一定的位置"，它"不仅盛行于其他地域，并且也已经为新民主主义的地域所接受了"①。因此，可以"证明平剧是有着深厚的群众基础，为广大群众所喜闻乐见的，有中国气派的民族艺术表现形式"②。但是，"平剧本身并不是新民主主义社会的产物。要想完善地为新民主主义服务，这种旧的较完整的艺术还需要着彻底的改造"。因此特成立延安平剧研究院，用以"研究平剧改造平剧，进行平剧为新民主主义服务的工作"。③可见，平剧改革跟其他旧戏改革在为政治服务的目的上是完全一致的。平剧改革方面，新编历史剧《逼上梁山》《三打祝家庄》乃是足以令延安文人引以为豪的两部代表作。之所以如此，不仅在于它们在延安受到了广泛欢迎和称赞，而且在于它们都相继得到了毛泽东的高度评价，因而标志着延安戏剧作为党的文学之一种的真正到来。尤其值得指出的是，这两部剧作在延安文艺史上均被当作集体创作方式在戏剧创作领域取得成功的典范。因此，我想着重以它们为例探讨一下集体创作与后期延安戏剧创作之间的关系。

《逼上梁山》和《三打祝家庄》都是取材于古典小说《水浒传》，前者取材于《水浒传》第六回到第十回林冲被逼无奈投奔梁山的故事，后者取自《水浒传》第四十六回至第四十九回宋江带领梁山好汉攻打祝家庄的故事，在这个意义上，这两部剧作是颇为具有浓厚的"水浒气"的。毛泽东曾说，他小时候最爱看的不是经书，而是在中国民间广为流传的旧小说，特别欣赏其中有关底层民众揭竿起义的造反故事，而其中尤以《水浒传》可为代表。④毛泽东之所以喜欢这两部剧作，恐怕这也是一个原因，但是，又肯定不是主要原因。最主

①　延安平剧研究院：《简短的几句话》，《解放日报》1942年10月12第4版。

②　延安平剧研究院：《致全国文艺界书》，《解放日报》1942年10月12第4版。

③　延安平剧研究院：《简短的几句话》，《解放日报》1942年10月12第4版。

④　参阅［美］埃德加·斯诺：《西行漫记》，董乐山译，生活·读书·新知三联书店1979年版，第108页。

要的原因在于，它们都极为出色地演绎了当时正在予以大力宣传并予知识化的新民主主义话语，因应了当时政治宣传和话语型构的内在要求。从文本构成看，它们在情节设计、结构编排、语言运用以及主题设置上都呈现了强烈的党的文学特性，体现了新的戏剧创作为政党政治服务的明确意图。《三打祝家庄》编剧者之一任桂林指出，戏改运动中出现的"新剧本与旧剧本截然不同。新剧本歌颂历史上人民的胜利，惋惜人民的失败"，旧剧本却"巧妙地诬蔑着人民的一切斗争，美化封建阶级"。[1] 这表明，新的戏剧创作尤其是历史剧创作体现了一种新的历史观念，没有对此种历史观念的书写或呈现，就不足以构成新的戏剧。这也正是毛泽东非常肯定和称赞《逼上梁山》之处，"历史是人民创造的，但在旧戏舞台上（在一切离开人民的旧文学旧艺术上）人民却成了渣滓，由老爷太太少爷小姐们统治着舞台，这种历史的颠倒，现在由你们再颠倒过来，恢复了历史的面目，从此旧剧开了新生面"[2]。此种历史观在当时的戏剧创作中有着异常鲜明的呈现。其实，《逼上梁山》并没有创造性地创制一种历史观，只是艺术性地再现了毛泽东创制的历史观，所谓对历史的颠倒之颠倒本就是由他在新民主主义文化创构中完成的。在这个意义上，《逼上梁山》的成功之处只是在于借戏剧改革之名较为精心地体现了新民主主义文化所内含的历史观罢了。根据延安文人对新民主主义文化内涵的理解，此种历史观除了包括上述毛泽东所言的人民史观外，还包括阶级斗争史观。所谓阶级斗争史观是指一种马克思主义历史观，它把自有阶级社会以来的一切人类历史主要理解为一部阶级斗争的历史。在延安文人看来，人民史观和阶级斗争史观构成了延安文艺创作的历史叙述框架，循此，就能在历史剧创作中把握历史的本质真实，揭示"历史的

---

[1] 任桂林：《从〈三打祝家庄〉的创作谈到平剧改造问题》，《解放日报》1945 年 9 月 8 日第 4 版。

[2] 毛泽东：《给杨绍萱、齐燕铭的信》，载《毛泽东文集》第三卷，人民出版社 1996 年版，第 88 页。

真象"，并且"只有把握到历史的规律，在一定的历史条件下，给现有的历史材料以必要的补充与发挥，才能创作出完美的历史剧"。因此，在延安戏剧创作尤其是历史剧创作中，人们不必"拘泥于现存的材料"，因为此前有文字记载的历史是一种"观念形态上的历史"，是一种被封建意识形态所歪曲了的历史，而它并非"真正的历史"。[①]历史真相只有凭借毛泽东创构的新民主主义这一观念形态才能得以发现和营塑。因此，运用新的理论话语对此前的历史记载进行新的改写和重塑，不仅可能而且必要。这种改写和重塑在新编历史剧《逼上梁山》和《三打祝家庄》的写作过程中有着清晰的呈现。

这两部历史剧的写作经历了一个复杂过程。先说《逼上梁山》。这部剧作的初稿是杨绍萱于 1943 年 9 至 10 月间写的，共二十三场，具体为街哄、托孤、投靠、发迹、行路、点卯、逃亡、练兵、降香、菜园、庙门、设计、刀诱、白虎堂、刺配、长亭、追林、宿店、野猪林、回报、酒馆、山神庙、杀奸。其后却遭到来自齐燕铭、金紫光、王禹明、邓泽、齐瑞堂等人的不断改写或重写，据说，最后定稿之前的修改和重写共有二十余次。定稿本共分三幕二十七场，与原稿出入极大。[②]刘芝明在总结这个剧本制作成功的经验时指出："《逼上梁山》的创造是把写作过程与演出过程结合在一起的，是把演员、观众与剧作者结合在一起的；它是吸收了大家的意见、加以分析而集中起来的。《逼上梁山》可以说是在边听、边写、边改、边演中创作成的。"因此，《逼上梁山》的成功就创作方式而言表明了"创作上的群众路线，和集体主义"的成功。[③]正因如此，这个剧本最初具有的个体性

---

①　金灿然：《论〈三打祝家庄〉》，《解放日报》1945 年 3 月 29—30 日第 4 版。

②　定稿本即后来的通行本，具体为：第一幕共十一场，为动乱、升官、捕索、献策、阅兵、肉市、家叙、救曹、菜园、庙门、设计；第二幕共八场，为刀诱、白虎堂、刺配、长亭、追林、宿店、野猪林、回报；第三幕共八场，为酒馆、借粮、草料场、结盟、察奸、山神庙、除奸、上梁山。

③　刘芝明：《从〈逼上梁山〉的出版谈到平剧改造问题》，《解放日报》1945 年 2 月 26 日第 4 版。

精神印痕逐渐被群体性的思想规范所取代，个人创作方式逐渐转换为一种集体性的制作方式。这种集体制作方式呈现出来的优越性最初似乎表现在对人物设置与作品主题的处理上。

在主题方面，集体创作者对初稿中表现出来的某种暧昧性是不满的："提到剧本本身，有人就谈到群众观点的问题，就是说《逼上梁山》应该写群众事业呢？或是写林冲的个人英雄呢？"对此，集体创作人员在讨论中有着激烈争论，"有人说林冲是这个剧中的主题，又有人说林冲并不是主题，而是主角"。在争论中，后一种观点逐渐占据上风并成为大家改写剧本的共识。于是，林冲的遭遇并不能成为个人英雄主义得以炫耀的资本，它至多只能成为结构这个剧本的故事线索，剧作者理应借助于他的个人遭际"写出广大群众的斗争和反抗，一个轰轰烈烈的创造历史的群众运动"，并且由此反映出像林冲这样阶层人物的政治前途："他是被统治阶层压迫，同时又是被群众所推动而走到革命方面来的"，并且作为一个走向穷途末路的英雄，"林冲只有与群众结合才有出路"。① 显然，集体讨论中渐次浮现出来的剧本主题，其实就是按照新的意识形态所内含的群众史观改写了小说原著和传统戏曲中的个人英雄史观。② 根据此种历史叙述法则的限定，集体创作者认为，林冲的思想"应该有个明显转变过程"，而且，这一过程应该是他与革命群众日益结合的过程，"就是说，当林冲还没有革命，还没有成为群众中的一员以前，他是不可能成为群众的领袖的，而且他还是要受迫害和无出路的；林冲只有在农民群众的推动和帮助下，决心为革命服务，代表群众，他才有出路，才可能成为群众领袖"。正因如此，剧本"就必需明确地、对比地写出统治与被统治的两方面的阶级斗争，群众怎样团结了自己，怎样争取了朋友，并联

---

① 刘芝明：《从〈逼上梁山〉的出版谈到平剧改造问题》，《解放日报》1945 年 2 月 26 日第 4 版。

② 参阅金紫光：《在延安编演〈逼上梁山〉的经验》，载戴淑娟编：《文艺启示录》，中国戏剧出版社 1992 年版，第 288 页。

合起来战胜了敌人"。这样，在基本的主题思想、叙述框架设定之后，就会必然涉及对人物、结构、情节、场面的设置问题。在这些方面，集体创作人员对原稿提出了非常具体的改写建议，在一定意义上完成了对初稿的一次大力重写。比如，在现在通行本第一幕的讨论中，为了对照写出高俅与朝廷的穷奢极欲和粉饰太平，集体创作人员建议添上灾民在幕后的啼饥号寒，后来觉得仍乏力度，乃建议新写第一场"动乱"，将初稿的第一至五场和第七场合为现在通行本的第二场"升官"，增加驱逐和殴打灾民的过场和第三场"捕李"；接着，又建议将初稿的第六场"点卯"和第八场"练兵"合为通行本第五场"阅兵"，而在有关这场情节编排的讨论中，为了增强剧本的现实意义，也为了强调林冲和高俅之间不可调和的矛盾冲突，故建议增加林冲主张抗金御侮和高俅主张联金投降的情节。显然，这样来处理情节、场面和人物之间的关系，虽然多有违背历史主义之处，多有主观设想和编造痕迹，但在艺术制作上确实要比初稿显得紧凑和集中，更能有力地凸显剧本在集体讨论中逐渐明确了的意识形态化主题。这在第三幕的集体改写和制作中显得更为清楚。

据该剧集体创作、演出的领导者刘芝明说，"第三幕的中心是要写群众反抗的高涨，要写群众的斗争，要写群众团结林冲，因此就要写群众中的主力——农民"。但不论是《水浒传》还是杨绍萱的初稿，这部分都写得非常简单，特别乏力，而且"故事性差"。于是，为了在剧中有力地表现农民的斗争和反抗，集体创作人员就提到了如何再回过头去把第一幕一场"动乱"中的灾民具体化为李老、李铁父子的问题，如何由对火烧草料场故事的改写来表现林冲思想转变"并打破他到边疆来报国的幻想"的问题。正是对"草料场"的增写和对"山神庙"的改写，使得林冲终于看清了贪官污吏的丑恶嘴脸。他也终于由此"从恨高俅个人到恨整个统治阶级"，也因之认识到了阶级斗争的重要性："要把这世界翻转了，/ 还须得枪对枪来刀对刀。"（第二十二场台词）此外，"草料场"还是让林冲与农民群众开始发生密切关系的戏剧场景，由此就必然增写林冲与群众更为走向紧密结合的"结盟"一场。因为只有在李小二等人的启示之下，"林冲才真正意识到梁山才是他们的去处，他们的方向：这个方向就是梁山泊。在火烧草料场时，群众与他并肩作战，至仁至义的保卫了他"，于是他发自肺腑道："想俺林冲，到处被奸贼陷害，又到处遇父老兄弟搭救，今后俺只有与众位同心协力推翻无道昏君，杀尽奸邪，打开生路。"（第二十六场台词）这是说，"他同群众一起革命了"。① 正是在这里，可见群众史观真正战胜了传统戏曲中的个人英雄史观，个人英雄与群众的关系似乎真正得到了富有辩证意味的揭示。新民主主义话语也由此通过剧本的制作和演出而向广大受众表达了它将完全改写历史和征服历史的意向性冲动。也正是在这个意义上，《逼上梁山》在延安文艺史上才会确然具有为毛泽东所极力赞赏的那种革命性价值。

有了《逼上梁山》的创作经验，《三打祝家庄》的写作就显得自觉了许多。这种自觉主要表现在：其一，倘说前者还有一个由个人创作向集体制作转换的过程，后者则一开始就是延安平剧院集体创作的产物。《三打祝家庄》的写作始于 1944 年 7 月，次年 1 月完稿。延安平剧院为此特别成立了创作小组，主要由刘芝明、齐燕铭、任桂林、魏晨旭、李纶等人组成。刘芝明负责全剧编导的组织工作，齐燕铭主要起业务指导作用，而后面三位是剧作的执笔者，当时都是初出茅庐的年轻人。其二，《三打祝家庄》的主旨从剧本写作伊始就非常明确，不像《逼上梁山》经历过一个激烈讨论的过程。它的写作自始至终都是以毛泽东《矛盾论》中的如下一段话为主题的："《水浒传》上宋江三打祝家庄，两次都因情况不明，方法不对，打了败仗。后来改变方法，从调查情形入手，于是熟悉了盘陀路，拆散了李家庄、扈家庄和祝家庄的联盟，并且布置了藏在敌人营盘里的伏兵，用了和外国故事

---

① 刘芝明：《从〈逼上梁山〉的出版谈到平剧改造问题》，《解放日报》1945 年 2 月 26 日第 4 版。

中所说木马计相像的方法，第三次就打了胜仗。《水浒传》上有很多唯物辩证法的事例，这个三打祝家庄，算是最好的一个。"①按照魏晨旭的说法，这个剧本的写作本来就是在毛泽东的指示下进行的，毛泽东希望延安平剧院的编导能够把他对三打祝家庄的上述分析运用京剧形式表现出来，借以对当时的广大干部与群众进行思想、政治和斗争策略教育。文艺整风后，毛泽东话语已经成为一种权威话语，一种新的意识形态话语，因此，对毛泽东话语的阐释其实正是对意识形态话语的阐释。金灿然说，《三打祝家庄》的"本事采自水浒传第四十六回至四十九回，是水浒传上精彩的一段。这一段，曾经为千百万的读者所称赞、叫绝，但真正抓住它的实质，给以正确的解释者，却是毛主席"②。因此，毛泽东对三打祝家庄故事的上述分析在当时的延安文人那里是当作最为科学、正确的经典话语来加以理解和认同的。于是，《三打祝家庄》从写作伊始就是一种遵命写作，是一种把集体创作这样一种因应了党的文学观之内在需要的写作方式与新的话语体系结合起来的写作。

据说，为了让《三打祝家庄》沿着这一写作路径顺利进行，中央党校教务处在刘芝明主持下召开过十几次大型座谈会，主要是邀请在中央党校学习的有着丰富战斗经验的高级干部参加，以期帮助创作小组对剧本提纲和初稿进行更为严厉的审查和批评。此外，中央党校领导还专门向创作小组写了一封长信，详细阐明了毛泽东上述那段话的意思，明确了剧本应有的主题思想。信中指出《三打祝家庄》跟《逼上梁山》在主题上有着显著区别。后者的主题是阶级斗争，是反映广大农民群众的革命斗争如何促使林冲最终走上了革命的道路；而前者的主题应该在原则上根据毛泽东的相关分析，描写农民起义军攻打祝

① 毛泽东：《矛盾论》，载《毛泽东选集》第一卷，人民出版社1991年版，第313页。
② 金灿然：《论〈三打祝家庄〉》，《解放日报》1945年3月29—30日第4版。另参阅《〈三打祝家庄〉开始公演　很有政策教育意义》，《解放日报》1945年3月1日第2版。

家庄时对于斗争策略的展开和运用，同时还要表现梁山方面对于战争规律所经历的从盲目到自觉的认识过程。并且认为，上述这些主题思想的完整表达，必将在以后的政治和军事斗争中发挥积极的教育作用，剧本写作和演出也必将随之具有重大的政治意义。据创作小组人员回忆，毛泽东对这个剧本的写作一直保持着浓厚兴趣，并且还亲自指示《三打祝家庄》的创作要写好这样几条：第一，要写好梁山主力军；第二，要写好梁山地下军；第三，要写好祝家庄的群众力量。[①] 我认为，毛泽东对这个剧本写作的关注本身就是一个重要事件，表明他对当时延安文艺的写作不仅持肯定态度而且寄予了厚望。

《三打祝家庄》共有三幕，分别写了宋江率领农民起义军攻打地主寨子祝家庄的三个战斗场面，总体上表现了起义军由失败转为胜利的有机过程。在这个过程的戏剧化展现中，不同斗争策略的运用分别渗透其间而构成了一条当时盛行的意识形态话语链："第一幕写调查研究的重要，第二幕写利用矛盾各个击破，第三幕写里应外合。"[②] 所谓调查研究、各个击破与里应外合，在整风后的延安语境中是有其特定的意识形态含义的，并非只是几个中性语词的简单汇集和运用。军事理论家郭化若曾应邀为创作小组做战争分析报告时指出，《水浒传》三打祝家庄故事中有关梁山起义军作战过程的描写，反映了历史上农民起义军攻打城市战争的一些规律，因而有利于在剧本中表现毛泽东的相关军事思想。[③] 意思说得再明白不过了。那么，怎样才能充分保证在剧本编写中必将呈现出这样的主题或更好地演绎毛泽东的相关思想呢？根据创作小组人员的交代，可知他们首先确定了两个不容置

① 参阅魏晨旭：《"巩固了平剧革命的道路"——〈三打祝家庄〉的创作是在毛主席指示下进行的》，载戴淑娟编：《文艺启示录》，中国戏剧出版社 1992 年版，第 315—319 页。
② 金灿然：《论〈三打祝家庄〉》，《解放日报》1945 年 3 月 29—30 日第 4 版。
③ 参阅魏晨旭：《"巩固了平剧革命的道路"——〈三打祝家庄〉的创作是在毛主席指示下进行的》，载戴淑娟编：《文艺启示录》，中国戏剧出版社 1992 年版，第 318—319 页。

疑的观点："第一、梁山与祝家庄的斗争应该是一个阶级的斗争。在这个斗争里面应该表现出群众的力量；而水浒传却强调了梁山的'好汉集团'的性质，在具体斗争中也忽视了群众，只强调了英雄好汉个人的作用。第二、'三打祝家庄'这一段是以农民战争的史实来表现一个运用政策的范例，在这里面应该写出运用政策的主动性及其重大的效果，应该写出一些可作范例的地方供人参考。"①显然，创作小组在剧本写作之初就已牢固确立了阶级分析和阶级斗争观念，其历史观仍是为整风后的延安文人所认同的阶级斗争史观和群众史观。要写出梁山起义军运用政策的范例，其实亦只是反映毛泽东一再强调过的战争策略和思想观念，除此之外，《三打祝家庄》其实并无其他独特发明。在新编历史剧中运用新的历史观来形塑中国古代传奇或历史故事，无疑是新民主主义知识化途中的内在要求，但在话语实践上也可能直接受益于延安史学界的影响。当时，以范文澜为代表的延安史学界正是以新的历史观去研究并构建中国历史发展脉络的，这清楚体现在《中国通史简编》的撰述中。赵超构曾在翻阅范文澜等人的研究成果后指出："从他们研究的成果看来，我们知道延安版的中国史也完全改变了观点。……中古以下的历史，则大部均以'阶级斗争'为中心而改编。倘说中国的旧史是依着'成王败寇'的观点而写的，则延安版的国史恰取着相反的观点。凡是旧史上的'寇'，差不多都翻身而成为阶级斗争的革命英雄了。"②于是，在新编历史剧中可以看到，延安文人对中国历史的理解和重塑仍然是一种符合新民主主义这一观念形态的理解和重塑。

但当一种观念被强调到不适当的高度时，它也就成了一种形而上学的东西。这样，如果把《水浒传》原著和新编剧本联系起来，可以分明看到存在着两个三打祝家庄，即"《水浒传》上的三打祝家庄与

---

① 李纶：《谈历史剧的创作》，《解放日报》1945年10月2日第4版。
② 赵超构：《延安一月》，上海书店1992年版，第146页。

舞台上（或新编剧本中——引者）的三打祝家庄"。比如，金灿然在当时就评论说："首先，照水浒传，宋江攻打祝家庄的原因，是由于时迁的被捉，在京戏里，'时迁偷鸡'也是很流行的，但是历史的真象应该是除时迁被捉这一个直接导火线之外，还有着其他更重要的原因。梁山与祝家庄的斗争，是宋代阶级斗争的缩影，梁山是当时广大农民阶级反抗腐朽的统治者的代表，而祝家庄则是压迫者的代表。两方都不是孤立的，都是社会阶级的典型。"因此，"宋江的攻打祝家庄，根本的原因是消灭当前的阶级敌人，拔去反革命的据点，以发展正在蓬勃着的梁山的力量"。金灿然认为，《三打祝家庄》这样改写和发展《水浒传》上的故事，"写出了历史真象，是合乎历史科学的"。但是，对原著发挥和补充最大的是在第三幕。这幕是写宋江依靠群众，里应外合，终于取得了攻打祝家庄的胜利。可在《水浒传》中，对于孙立等人在祝家庄内部的活动不甚了了，"这使得第三打取胜的根本原因之一表现得不够充实有力，如照固有的材料写下来，现实的教育意义是不会太大的，而且会显得枯燥，生活与戏剧的气氛都要暗淡无光"。① 怎么办？这个问题确实困扰了创作小组较长时间。从当时集体创作人员发表的相关文章可知，他们对第三幕的编写从最初设想到写出初稿再到定稿经历了一个很大变动。

首先，他们在提纲和初稿中是这样设想的："第三幕写里应外合，我们当时对里应外合曾有一个朴素的理想，按照这个理想，写宋江与吴用等定好妙计，派孙立等进祝家庄作地下工作。孙立进庄以后，一方面，设尽方法使祝家庄改变所坚持已久的战略，由固守待援改为四路出击；另一方面，暗中组织起庄内的贫苦农民，等祝家庄四路出击，庄内空虚的时候乘机起义，从敌人内部攻打敌人，配合梁山兵马从外部的猛攻，最后胜利。"但经过多次集体座谈和讨论之后，特别是经过一些在中央党校学习的领导干部的分析之后，发现上述设想至

---

① 金灿然：《论〈三打祝家庄〉》，《解放日报》1945年3月29—30日第4版。

少存在两个方面的症结：其一，"里应外合的胜利，主要是依靠梁山的人马呢，还是主要依靠庄内起义的农民呢？事实上，像祝家庄那样反动统治极其严紧的地方，大规模的、组织严密的单独的农民起义是不可能的"。因此，先前提纲和初稿中"把里应外合的胜利主要依靠于农民起义的观点便也是不合于历史生活的"。① 其二，提纲和初稿中设想孙立等人进庄以后能够改变祝家庄的作战计划，使之符合梁山方面的作战要求，这虽是忠于《水浒传》的结果，但很不真实。因为按照一些从事党的城市地下工作的干部的说法，"在通常情况下，要求地下工作者控制敌军统帅部和变更敌军作战计划，是很难做到的，在绝大多数场合下是注定要失败的"。而"内应活动主要是要适应敌人固有做法，利用敌人的空隙，突破一点，能让城外主力军进来就可以了"。在此种情势下，创作组于是参照八路军拔除敌人据点的经验，最终"确定了以夺取祝家庄寨门作为梁山地下军的中心任务，并确定以下层活动为重点"。② 用编剧者之一李纶的话说，乃是指孙立等人在里应外合的战斗中所起作用只能是"劈开城门，放梁山人马（革命的主力部队）进城"。于是，集体创作人员终于完成了一次"以现实生活来了解与充实历史"的想象之旅，这是进行新的意识形态教育的需要，是为了完整诠释毛泽东战略战术思想的需要，质言之，这是为了把"反映历史生活与服务政治"统一起来的意识形态化写作的需要。③ 对此，有论者在当时撰文指出："本剧的作者们，根据目前的政治任务，收集敌后的相似的事实及城市工作的经验，分析研究，加以提炼，补充小说记载之不足，加强孙立等人的活动的渲染，这是一个大胆的尝试，由于把握住了中国农村社会中封建的共同性及秘密工

---

① 李纶：《谈历史剧的创作》，《解放日报》1945 年 10 月 2 日第 4 版。

② 魏晨旭：《"巩固了平剧革命的道路"——〈三打祝家庄〉的创作是在毛主席指示下进行的》，载戴淑娟编：《文艺启示录》，中国戏剧出版社 1992 年版，第 319 页。

③ 李纶：《谈历史剧的创作》，《解放日报》1945 年 10 月 2 日第 4 版。

作的一般规律，赋予戏剧的内容以丰富的现代意义，发挥了完满的教育效果。但另一方面，也并没有使历史剧摩登化，失去历史的真实。这个崭新的尝试，是现实主义创作方法在写历史剧上的运用，为历史剧的创造开辟了一条新道路。"①这表明，在延安文艺的创制中，把古代人物、历史和英雄豪杰的事业予以充分的革命现代性改写，在当时的延安文人眼里，不仅不是缺点，反而正是其革命性优点，因为说到底，这是党的文学观的体现，也是新的理论话语的内在要求所致。说到底，此种现代性改写其实正是当时党的政治文化的需要，是宣传的需要，有其历史和社会价值。

应该说，如果把《三打祝家庄》置放在当时的政治文化语境中，按照"党的文学"观这一后期延安文艺的特定尺度来衡量，那么，它跟《逼上梁山》一样也取得了不俗的成就，这非常突出地表现在当时所获得的演出效果上。而对于文艺社会效应的强调，乃是为"党的文艺"观所期许的内在价值属性之一。毛泽东在观看演出之后，给《三打祝家庄》编导、演员及所有工作人员写了一封贺信，信中说："我看了你们的戏，觉得很好，很有教育意义。继《逼上梁山》之后，此剧创造成功，巩固了平剧革命的道路。"②毛泽东其实从思想教育以及京剧革命两方面再度肯定了此类写作的意义。中央党校领导彭真也在延安平剧研究院召开的会议上指出："三打祝家庄的演出，证明了平剧可以很好地为新民主主义政治服务，即为人民服务，特别第三幕，对于我们抗日战争中收复敌占区城市的斗争，是有作用的。"意思跟毛泽东说的完全一致，只是更为具体些罢了。《解放日报》还特别报道了一般观众对该剧的反应，其中说："上月（指1945年2月——引者）二十二、三日在党校演出后，一般群众都说：'看完了戏，胸中

---

① 金灿然：《论〈三打祝家庄〉》，《解放日报》1945年3月29—30日第4版。

② 转引自魏晨旭：《"巩固了平剧革命的道路"——〈三打祝家庄〉的创作是在毛主席指示下进行的》，载戴淑娟编：《文艺启示录》，中国戏剧出版社1992年版，第321页。

引起了强烈的学习策略的愿望。'……上月二十四、五日该剧在杨家岭演出后也颇得好评。观众对于剧中善于作调查工作的石秀，善于作内应工作的乐和、顾大嫂以及善作统战工作的宋江等，都很发生兴趣。"①

在延安，倘若从写作方式来说，人们往往把《逼上梁山》《三打祝家庄》等戏剧创作的成功归因于集体创作。不仅剧本编写者自己这样认为，就连毛泽东也如此认为。毛泽东非常欣赏中国的一句古话，叫作"三个臭皮匠，合成一个诸葛亮"。他说："我们要从集体中求完全，不是从个人求完全。"②这虽然是针对当时中共中央人员的组成和选举工作时说的，但是用到集体创作上来也非常合适，它同样反映了一种在观念形态上所设定的理想化的集体主义精神。在中共七大会议上，毛泽东果然肯定了集体创作这种带有新的历史内涵的写作方式："一个问题来了，一个人分析不了，就大家来交换意见，要造成交换意见的空气和作风。……比如，《逼上梁山》就是一个集体创作，《三打祝家庄》也是一个集体创作，《白毛女》也是一个集体创作，让自己的功劳同大家共有，这有什么不好呢？"③它至少表明，延安时期对于集体创作方式的强调并非是一时心血来潮的结果，而是一种新的文学理念即党的文学观念的内在要求所致。这是基于信仰和趋向信仰所必然要采取的写作姿态，也当然要付出一些必要的个人话语方面的代价，而其代价的付出在当时更可以理解为一种富有正义的历史担当。

---

① 《〈三打祝家庄〉开始公演　很有政策教育意义》（消息），《解放日报》1945年3月1日第2版。

② 毛泽东：《第七届中央委员会的选举方针》，载《毛泽东文集》第三卷，人民出版社1996年版，第366页。

③ 毛泽东：《在中国共产党第七次全国代表大会上的结论》，载《毛泽东文集》第三卷，人民出版社1996年版，第398页。毛泽东在此指出《白毛女》也是集体创作的结果，信然。关于集体创作与《白毛女》的关系，请参阅刘震、孟远：《歌剧〈白毛女〉在延安的诞生》，载陈平原主编：《现代中国》第6辑，北京大学出版社2005年版，第135—158页。

对于共产党和新的意识形态认同，正是构成一个新的阶级—民族文化特色的基本要求所在，而对于文学发展而言，当然是对于党的文学观念的认同与实践。

大家知道，集体创作发展到后来的"文化大革命"文学阶段产生了一种非常精致的写作模式，这就是所谓领导出思想、群众出生活、作家出技巧的"三结合"写作模式。其实，此种模式的最初形成正可追溯到《逼上梁山》《三打祝家庄》等剧本的写作与编排经验上来。在谈到《逼上梁山》《三打祝家庄》等剧本的编写时，当时的集体创作者们都不约而同地提到了思想、生活与技巧相结合的重要性。刘芝明在总结《逼上梁山》的成功经验时说："构成任何戏剧，它都得有三个条件，即思想、生活、与一定的艺术形式。三者不可缺一。三种（疑为'者'——引者）愈结合得好，戏剧就会愈成功。《逼上梁山》在这三方面的结合上是初步的做到了。"[1] 仼桂林在谈到《三打祝家庄》的编剧和演出时深有感触地说："马列主义，平剧技术，科学知识，三方面结合起来，这是做一个优秀的平剧改造工作者应具有的条件（当然不忽视深入生活，这仅是就修养方面讲）。我们过去所遇到的困难，都是因了这些方面的修养不够，假如有较多的在这三方面都很高明的同志，那么平剧很快就会改头换面的。可是现在我们还没有，延安没有，全中国也没有，只有在共产党的培养下将来才会有。那么现在怎么办呢？唯一的办法，把领导思想的同志，掌握技术的同志，知识丰富的同志，聚在一起，协力合作，各取所长，这样也能使平剧得到改造的。"[2] 显然，在这些集体创作者所谈的创作经验和创作展望中，是愈来愈可以提炼出那种近似于后来社会主义初级阶段文学史上"三结合"的写作模式了。在遵循党的文学观进行创作的话语

---

[1] 刘芝明：《从〈逼上梁山〉的出版谈到平剧改造问题》，《解放日报》1945年2月26日第4版。

[2] 仼桂林：《从〈三打祝家庄〉的创作谈到平剧改造问题》，《解放日报》1945年9月8日第4版。

实践中，集体创作模式的定型化随着时间的延展不但没有削弱，反而日渐得到加强，由此而不断强化着也日趋空洞化了的文学信仰和信仰文学不仅没有得到积极发展，反而在一个特定时期走向了艺术和历史的极度偏至，并最终造成了特定时期文学艺术生命的枯萎与坍塌。这无疑是现代中国文学史上一个值得关注和研究的重要现象。

三、"民间"的改造和借用

延安文学随着延安时期政治文化境遇的历史性转换，以延安文艺座谈会的召开为标志，无疑发生了一种深刻变化。在"民族形式"论争期间，尽管延安文人在民族主义话语架构内从民族文学发展的角度对于"民间"的意义作了充分肯定，但当时以周扬、何其芳为主的主流观念坚守的是一种二元论的艺术形态观念，而且站在启蒙主义的立场上，对于那种意欲以民间艺术形式为本来构建新的民族文学的说法进行了不留情面的批评。但毛泽东在文艺座谈会上发表《讲话》之后，情势发生了历史性的改变，以往的二元论文艺观遭到清算，"党的文学"观得以完整确立，并且在文学创作中日渐定型为新的美学成规。根据"党的文学"观的内在限定，农民不仅成了延安文学必将予以表现的重要对象，而且成了延安文学赖以存在的重要依据所在。于是，以农民为主体所固有的民间文化传统在新的历史条件下得到了前所未有的重视，民间文化不仅成了抗衡"五四"新文化的重要一脉，而且在一定意义上成了延安文人进行文化创制的源泉之一，这在某种程度上其实正积极回应了国统区向林冰此前所谓民间形式是民族形式中心源泉的观点，而从近处说，亦正面应和了萧三、光未然等人在延安"民族形式"论争期间所持的类似观点。自此之后，延安文人积极响应毛泽东向他们发出的长期地无条件地全心全意地到工农兵群众中去的号召，掀起了一场全面走向民间的文艺运动。"民间"也因之在更高意义上改写了现代中国文学发展的路径。

民间之所以在文艺整风前后才得以全面进入延安文人的视野，其原因除了抗日战争所带来的中国文化结构的深刻变动，以及知识分子生存空间的剧烈变动之外，更重要之点在于，它因应了当时正在完整崛起的新的话语的需要。因为按照毛泽东的看法，农民不仅成了抗战的主体，也是未来现代民族国家建设的主体，因此，农民及其精神构成在新的意识形态理论构建中自然具有某种先在的优越性，农民不是消极的，而是具有更多积极的革命因素存在。在此种情形下，知识分子与农民的关系必然发生根本性变化，即必然由原先的人文主义启蒙立场向民间立场转化。既然新的话语理论不仅对民间表现了密切关注，而且民间本身已经作为一种"民族形式"的构成要素成了新的话语理论构成的有机部分之一，因此，知识分子原有精神立场的变化其实正表征着知识分子与新的意识形态话语富有亲和力关系形成的开始。对于经历文艺整风后的延安文人来说，他们基本上已经成了为新的话语所改造了的有机化知识分子，因此在逻辑上其实跟新的政治文化再也不会构成一种冲突关系，而只会形成一种认同关系。所以在我看来，延安文人、政治意志与民间三者的关系其实可以简化为政治文化与民间的关系。如所周知，民间既具有自由自在我行我素的泼辣风格，也是一种独特的藏污纳垢的文化形态，用毛泽东的话来说，乃是民主性的精华与封建性的糟粕交杂在一起。[①] 于是，新的话语必将对民间进行符合其话语需求的改造和转换，民间也因之必将成为一个高度符号化了的民间。所以，当时社会要求延安文人走向民间其实并非要使自在的"民间"得以复活，而是希望延安文人在倚重民间文化对农民大众进行有效的政治文化教育或阶级启蒙时，也对"民间"予以新的改写和重塑，并在此之上创制出新的文学和文化形态。正因如

---

① 参阅陈思和：《中国新文学整体观》，上海文艺出版社 2001 年版，第 122—123 页。

此，在延安文人、权力意志和民间三者之间，起决定性作用的只能是新的权力意志或新的话语体系，而延安文人和民间所起的都仅仅是辅助性的作用。新的话语体系在当时的历史情境下对于延安文人和民间来说，也都会起到同样的规约和引导作用，而这一作用的发生其实也是中国文化现代性在新的政治文化语境中的自我修复和调适，应该说，它所发生的历史作用也是非常显然的。现在，我想追问的是：在新的历史语境中，延安文学尤其是后期延安文学视阈中的"民间"到底处在一个怎样的状态？其所经历的改写和转化到底呈现出一些怎样的特征？

在延安文艺运动的广泛开展中，"民间"其实是一个内涵非常丰富的概念和场域。它既包括民间伦理、民间文化、民间艺术形式，也包括熟知并在民间传播这些民间文化的民间艺人；既是指一种底层民众尤其是农民的生存空间，也是指这些底层民众的存在样态。延安时期对"民间"的意识形态化改造和利用，正是以这个总体性的民间作为对象的，因为毛泽东本就希望党的宣教部门能用新的意识形态去把一切民众组织、发动起来，能让新的意识形态占领民间的每一个角落。本来，知识分子和新的意识形态在抗战期间对于民间意义的发现是从发现农民不可忽视的精神力量开始的，因此，在探讨民间的生成及其意义构造时，应该始终把"人"当作"民间"的传承主体来考察。正因如此，我想在探讨民间的意识形态化改造时，有必要先对民间艺人所经历的改造情况作一番叙述。其实，这也是符合当年延安文人进行"民间"改造时的经验体会和认识实际的。任桂林在谈到平剧的改造时指出，人之改造是改造平剧的基础和前提。他说，改造平剧自"五四"算起，"时间不算短，人材不算少，技术不算差"，但为何收效甚微呢？他认为，最主要的原因乃在于"没有改造平剧工作者"："在旧时代与旧环境下，平剧工作者不会得到改造，也不可能改造，因此，平剧也就很难改造。在延安，有了人民的政权，有了马列主义的思想，有了改造平剧工作者的条件，因此，平剧才开始起了变化。"这说明，在平剧改造中，思想改造较技术掌握远为重要，因为"一个平剧工作者，即使是掌握了技术，如果思想上有病毛（应为'毛病'之误——引者），还是不能真正改造平剧的"。① 这里谈的虽是戏改工作者的思想改造问题，但对民间艺人来说，又何尝不是如此呢？所以当有人谈到要改造陕北的说书时，才会认为首先要"改造说书匠"，原因在于"这是改造说书的中心环节"。② 其实，就延安时期党的文化政策来说，这也是为文化工作中的统一战线方针所决定了的。毛泽东对此作过明确指示。他说："在艺术工作方面，不但要有话剧，而且要有秦腔和秧歌。不但要有新秦腔、新秧歌，而且要利用旧戏班，利用在秧歌队总数中占百分之九十的旧秧歌队，逐步地加以改造"；在人员方面，"我们的任务是联合一切可用的旧知识分子、旧艺人、旧医生，而帮助、感化和改造他们"。③ 其中所谓旧艺人就是指民间艺人。毛泽东在此说得非常明确具体，他希望文化工作者不仅要改造和利用民间艺术，而且要改造和利用旧戏班和民间艺人。按照丁玲的理解，之所以要"改造旧艺人"，乃是因为"这些人对旧社会生活相当熟悉，对民间形式掌握得很好，有技术，有创作才能。他们缺乏的是新的观点，对新生活新人物不熟悉，他们却拥有听众、读者。时代变了，人民虽然不需要那旧内容，但他们却喜欢这种形式，习惯这种形式，所以我们要从积极方面，从思想上改造这些人，帮助他们创作，使他们能很好地为人民服务"④。

问题是，民间艺人作为栖息在民间社会的特定人群，长期以来形成了他们特有的生存方式、价值观念、审美趣味乃至特有的意识形

① 任桂林：《从〈三打祝家庄〉的创作谈到平剧改造问题》，《解放日报》1945 年 9 月 8 日第 4 版。
② 林山：《改造说书》，《解放日报》1945 年 8 月 5 日第 4 版。
③ 毛泽东：《文化工作中的统一战线》，载《毛泽东选集》第三卷，人民出版社 1991 年版，第 1012 页。
④ 丁玲：《从群众中来，到群众中去》，载张炯主编：《丁玲全集》第 7 卷，河北人民出版社 2001 年版，第 115 页。

态，且在文化属性上承袭了较多的游民文化意识，这些虽然与官方的意识形态自古以来有其相通的一面，但也有其独异的一面，这就在文化习俗和存在样态上形成了他们自身的小传统。那么，新的政治权力意欲对他们进行新的意识形态化改造和利用，这是可能的吗？对此，延安文化界不是没有争议，而是展开了较为激烈的争论。有人认为，民间艺人由于长期生活在底层社会，因此"他们大都染上了烟、酒、嫖、赌的恶习"，而且具有陈陈相因的保守观念和迷信思想，你要改造他们，可他们会抱持"老瘾难戒，老戏难改"的民间观念，依然我行我素，而在艺术表演上也"总是坚持着他们师傅的老一套办法"。①因此，民间艺人在本质上是不可改造的，或者说难于改造的。这个看法甚至在 1944 年 10 月陕甘宁边区文教大会召开期间的小组讨论会上仍然有部分与会者坚持。②但是，对于这种消极看法，延安文化界在总体上持反对态度，因为它既不符合民间艺人愿意接受改造并且可以改造的事实，也不符合毛泽东在边区文教会上所确定的文化工作上的统一战线方针，按照这一方针，"统一战线的原则有两个：第一个是团结，第二个是批评、教育和改造"③。这个原则在成为延安文化界必须执行的方针政策时，也就必然要求延安文人把对民间艺人的改造和利用纳入对民间文化的整体改造和利用的轨道上来。早在 1941 年，有人在总结如何改造和利用"旧剧人"（民间戏子）的经验时就明确指出："他们并不是绝对不变的。他们是可以改造的，他们的演剧技术是可以利用的。"他们是可以从"旧剧人被改造成新剧人的"。④末一句话在整风后的文艺话语中乃是指民间戏子或民间艺人可以被改造为党的文艺工作者。或许是为了对上述主流看法进行更进一步的事实

---

① 石毅：《旧剧人的改造》，《解放日报》1941 年 10 月 4 日第 4 版。

② 参阅丁玲：《民间艺人李卜》，《解放日报》1944 年 10 月 30 日第 4 版。

③ 毛泽东：《文化工作中的统一战线》，载《毛泽东选集》第三卷，人民出版社1991 年版，第 1012 页。

④ 石毅：《旧剧人的改造》，《解放日报》1941 年 10 月 4 日第 4 版。

性支持，也为了表达民间艺人在新民主主义社会中所呈现出来的新的精神面貌，以及延安文人对民间艺人应该采取一种怎样的正确态度，丁玲在 1944 年边区文教会召开期间颇有感触地写了一篇文章，题为《民间艺人李卜》。李卜是一位精于演唱郿鄠戏的民间艺人。他很偶然地被一位演员介绍给了民众剧团负责人柯仲平，然后在后者的邀请下参加了民众剧团举行的一系列演出活动。在柯仲平等人的开导下，本来就爱好和平的李卜"从此明白了共产党与抗日的关系，抗日与人民的关系"。从此，他毫无保留地向剧团成员传授了自己深有体会的演唱技巧："他从不保留他的技术，而且教人都是从窍诀（诀窍——引者）上使人易于掌握。"在此种情形下，"他觉得大家都是好人，只有自己不争气"，还有一种吸食鸦片的坏习惯，于是"一狠心，难受了几天，也就熬过去了。几十年的老烟瘾，想不到在他五十一岁的开始，在腰腿不好、牙齿也脱落了的情况下，竟一下子就戒绝了"。慢慢地，他开始感受到了集体生活的温暖和意义，他觉得民众剧团就是"他的家"了："他舍不得向他学戏的那样纯洁的娃娃们，舍不得热情的团长老柯，舍不得这个团体的有秩序有情感有互助的生活。虽然他的家现在也是边区了，在家里也可以生活得平安，可是这里教育更好，这种集体的生活更使他留恋，并且他认识他现在所做的工作，是为了大家，为了所有受苦人的幸福。这种工作使他年青，使他真正的觉得是在做人。他决定要参加这个剧团了，当然很受欢迎。从此他找到了他永久的家了。"于是，他觉得走上了新的人生旅途，"自觉到公家的东西就是自己的东西，公家的事就是自己的事"。所以当有人在边区文教会上慨叹民间艺人难于改造的时候，他立即站起来"以他自己简短的历史，做了说明"。他承认旧戏子的确有不少坏毛病，但并非不能改。由于他们"在旧社会里是受压迫的，只要一解开革命道理，头脑弄通了，改起来也很容易。譬如他自己，几十年的烟瘾，还不是因为参加了新的生活，一下子就戒绝了吗？"因此，他请求大家改变"旧戏子难于改造"的观念，而要想法把更多的旧戏子纳入新的文艺运动中来。至此，李卜的社会角色发生了重要变化，他以前不过是一个"抽大烟的穷戏子"，一个"民间的艺人"，而现在成了一个"革命的群众艺术家"。① 显然，李卜由民间艺人逐渐转化为文艺工作者（"革命的群众艺术家"）的过程，其实正是一个不断接受新的意识形态化改造的过程，而在民间艺人得以改造的途中，延安文艺也就不断拓展了它自身的艺术表现领域和生存空间，因为它体现了新的意识形态话语通过融汇民间艺人而包孕"民间"的意图，体现了在此之上意欲造就新的文艺样式的真正开端。

　　延安宣教部门和延安文人对于民间艺人的改造和利用在说书艺人韩起祥身上得到了又一次成功体现。说书在陕北农村非常流行，倘说信天游是流行于陕北黄土高坡上的民间抒情诗，那么说书就是流行于陕北农村的民间叙事诗了。据当时有人估计，陕甘宁边区大约"平均每县有十来个书匠"②，这些说书人大都常年在乡间来回走动，不断开展说书活动。因此，说书在农村具有较为广泛的影响，在新的历史情境下对其进行意识形态化改造和利用也就必然会引起大家的注意。1945 年 4 月，陕甘宁边区文协成立了说书组，由安波、陈明、林山等具体负责。说书组确立了联系、团结、教育和改造说书艺人的基本方针，并在日后对说书艺人的意识形态化改造中发挥了积极作用。在边区政府对说书艺人的改造中，韩起祥的成功转变是当时为延安文化界所乐于称道的。1944 年，早在说书组成立之前，延安县政府就对"说书和书匠采取了正确的态度——不是硬禁止，也不听其自流，而是积极地进行改造"。其中尤其把说书艺人韩起祥列为争取和教育的重要对象，主要是尽力去"改变他的思想，具体地帮助，奖励他编新书，发挥他的创作才能"。韩起祥当时三十来岁，双目失明，是延安有名的说书艺人。经过一段时间的帮助和教育，他在思想上取得了积

---

① 丁玲：《民间艺人李卜》，《解放日报》1944 年 10 月 30 日第 4 版。

② 林山：《改造说书》，《解放日报》1945 年 8 月 5 日第 4 版。

极进步，并且很快按照政府有关部门的引导创作和说唱了不少新书，根据他在自编"说书宣传歌"中的交代，他在将近一年的时间里，共编了《红鞋女妖精》《反巫神》《阎锡山要款》等十二本（篇）说唱新书，其中还对编唱新书的缘起、目的等做了简要说明："文协、鲁艺、县政府，/奖励我来说新书，/新书说的是什么？/一段一段宣传人。"末了还对同行表明了他的意愿："希望一般说书人，/学习新书要实行！"①上述所言"一段一段宣传人"，他在另外一个说书场合是这样表达的："过去说旧书，去年自编新书到乡间，为的是帮助革命作宣传……"②可见，他的思想已经接受了意识形态化的改造，说书在他那里也就随之成为一种可以用来进行政治意识形态宣传的民间艺术样式了。据说，延安县这样来改造说书人，"不光在群众中起了作用，收到宣传教育的效果，还影响、推动别县也来提倡新书，改造书匠了"。林山作为边区文协说书组的负责人之一，因而对此大发感慨地说："想想看，改造一个像韩起祥这样的书匠，可以起多么大的作用！有多么大的意义！而所费的力量却很小。费力小收效大，真是'事半功倍'。"③

韩起祥作为一个被改造成功的民间艺人典型，无疑更进一步坚定了新的政权在日后改造和利用民间艺人的决心。只是延安时期对于民间艺人的改造还处在尝试性的探索阶段，其改造手段和方式较后来五六十年代在全国性的戏改运动中所使用的相比，毕竟要温和得多。当时采用的改造方式主要是以利益诱导和教育为主，在实践中不断对之进行说服工作，教育者特别注意肯定其改造途中的点滴进步，当然，边区政府也采用过集中受训的教育方式。④此种改造方式给民间

---

① 林山：《改造说书》，《解放日报》1945 年 8 月 5 日第 4 版。

② 付克：《记说书人韩起祥》，《解放日报》1945 年 8 月 5 日第 4 版。

③ 林山：《改造说书》，《解放日报》1945 年 8 月 5 日第 4 版。

④ 参阅石毅《旧剧人的改造》（《解放日报》1941 年 10 月 4 日第 4 版）、林山《改造说书》（《解放日报》1945 年 8 月 5 日第 4 版）诸文。

艺人带来的伤害也因之比后来全国性的体制化改造时期要小得多①，因为它毕竟具有较大的可接受性，也没有完全剥夺民间艺人较为自在的生存方式，换言之，延安时期的民间艺人尽管被边区政府机构和延安文人联手给予了意识形态化改造，但毕竟还是有一定自主权的。总之，我认为延安时期对于民间艺人的意识形态化改造不仅成了当时"民间"意识形态化的有机部分之一，也为后来中国社会主义初级阶段艺人改造的体制化积累了部分可供直接利用的经验，因此，仍然应当引起人们的关注。

"民间"作为一个现代中国文学研究的视角和范畴，是由陈思和较早提出并予以确立的。他认为，民间是一个与国家相对的概念，但作为一个文学史诠释性范畴的民间乃是指现代中国文学史上已经出现，"并且就其本身的方式得以生存、发展，并孕育了某种文学史前景的现实性文化空间"，这个文化空间可以把它命名为"民间文化形态"。② 显然，这里所言的"民间"并不包括如前所述的民间艺人，因而是一个相对狭义的民间，它只是构成了延安文艺发展中民间化色彩的一个方面，当然，这是很重要的方面。陈思和认为："既然政治意识形态需要让民间文化承担起严肃而重大的政治宣传使命，那就不可能允许民间自在的文化形态放任。"③ 也就是说，必须对民间文化形态进行意识形态化改造。这个论断无疑是符合历史事实的，对我们考察延安文学中"民间"的意识形态化现象具有方法论上的启示意义。延安时期尤其是整风后对民间文化的意识形态化改造和利用主要体现在对旧秧歌、旧戏曲以及旧说书的改造与利用上。在延安文人和权力机构的共同努力下，这项工作在当时进行得有声有色，取得了一定

---

① 关于20世纪五六十年代艺人改造的国家体制化论述，请参阅张炼红：《从"戏子"到"文艺工作者"——艺人改造的国家体制化》，载刘东主编：《中国学术》第12辑，商务印书馆2002年版。

② 陈思和：《中国新文学整体观》，上海文艺出版社2001年版，第112页。

③ 陈思和：《中国新文学整体观》，上海文艺出版社2001年版，第123页。

成绩。关于对旧戏曲和旧说书①的改造与利用，我在前面均已有所论述，现在主要以旧秧歌的改写和转化式运用为例来说明。

所谓秧歌，本是指陕北地区民间文化固有的小型艺术品种之一，用周扬的话说，是指"农民固有的一种艺术，农村条件之下的产物"。它自产生以来就是一种祀神的民俗活动，目的在于报答神恩，祈求神灵庇佑，以期岁岁太平、五谷丰登。因而秧歌活动的开展，在陕北乡村原是一年中最盛大的节庆，在某种意义上可说是群众的狂欢节。旧秧歌不论在内容、角色的编排以及形式上都有着自己的特点。按照周扬的观察，在内容上，"恋爱是旧的秧歌最普遍的主题，调情几乎是它本质的特色"。而对"恋爱的鼓吹，色情的露骨的描写，在爱情得不到正当满足的封建社会里，往往达到对于封建秩序、封建道德的猛烈的抗议和破坏"。并且周扬承认，在民间的秧歌剧中"产生了非常优美的文学"，有的剧木中"对于爱情的描写细腻和大胆，简直可以与莎士比亚的《罗密欧与朱丽叶》媲美，使人不能不惊叹于中国民间艺术的伟大和丰富"。在人物设置上，除男女主角外，还有一个带有更多民间想象与狂欢色彩的丑角，这是旧秧歌中的"一个显著的脚色"。之所以如此，乃因为"在森严的封建秩序和等级面前，丑角是唯一可以自由行动，自由说话的人物，他或则喜笑怒骂，或则旁敲侧击，他貌似胡涂，实则清醒，他的戏谑和反话常常是对于上层人物和现存秩序的一种隐讳而尖刻的批判"。在1943—1944年蓬勃发展的延安秧歌运动中出现的新秧歌，从形式上看虽是旧秧歌的继续，"但在实质上已是和旧的秧歌完全不同的东西了"，它成了"解放了的，而且开始集体化了的新的农民的艺术"。它不再仅仅是一种具有审美价值的娱乐形式，更是一种用来表现集体生产和革命斗争的艺术形式，是一种进行政治意识形态教育的艺术手段。以阶级眼光来看，周扬借用群众之口，说旧秧歌"耍骚情地主"，是溜勾子秧歌（指给地主老

---

① 参阅林山：《改造说书》，《解放日报》1945年8月5日第4版。

财主拜年唱吉庆的秧歌）和骚情秧歌（指表现男女调情的秧歌），而新秧歌则是"斗争秧歌"。[1] 也有老百姓说新秧歌是"受苦人自己的秧歌"，翻成普通话，即是指劳动者自己的秧歌。这说明，新秧歌已经成了一种革命秧歌、一种意识形态化了的秧歌，它跟具有强烈民间气息的旧秧歌相比，当然具有迥然不同的特质。主要表现在：其一，新秧歌的主题不再是旧秧歌的恋爱和调情，而是首先用来"表现老百姓和部队对于生产的热情和积极性"，是"为了宣传生产，表扬劳动英雄"。[2] 周扬曾对 1944 年春节上演的五十六篇秧歌剧的主题作过分类统计，指出其中写生产劳动的有二十六篇，军民关系的有十七篇，自卫防奸的有十篇，敌后斗争的两篇，减租减息的一篇。[3] 这说明，新秧歌表现的是一些带有鲜明政策倾向性的宣传主题。正因如此，在以后的秧歌剧创作中，也就逐渐形成了一套如何凸显政治意识形态化主题的写作规范。艾青总结道，"写秧歌剧，首先要熟悉当前的革命政策，要适合当时当地的具体要求，服从当时当地的政治任务"，"每个剧本要以它所触及的那个问题的政策为核心，通过我们的创作，向群众宣传和解释革命的政策"，这无疑是写作新秧歌剧的总的原则。他还介绍了进行意识形态化主题制作与凸显的具体经验："作者根据现实生活中所产生的问题（这就很自然和政策合致了），用具体的方法（政策），解决问题（通过艺术的形式），这个过程，就是主题。"[4]这样，在意识形态本性上，新秧歌无疑已经失去了旧秧歌的民间化色调。其二，主题变了，秧歌剧的角色配置也自然会随之发生变化。周

---

[1] 周扬：《表现新的群众的时代——看了春节秧歌以后》，《解放日报》1944 年 3 月 21 日第 4 版。

[2] 张庚：《谈秧歌运动的概况》，载金紫光、何洛主编：《延安文艺丛书·文艺理论卷》，湖南人民出版社 1984 年版，第 488—489 页。

[3] 参阅周扬：《表现新的群众的时代——看了春节秧歌以后》，《解放日报》1944 年 3 月 21 日第 4 版。

[4] 艾青：《论秧歌剧的创作和演出》，载《新文艺论集》，群益出版社（上海）1950 年版，第 68—69 页。

扬指出，"在新的社会条件下，小丑的身份已经完全改变了。边区及各根据地是处在工农兵和人民大众当权的朝代，人民是主人公，是皇帝，不再是小丑了"，因而赞同"大秧歌舞中应该一律是工农兵和人民大众的形象，不应渗入小丑和反派的角色"，进而主张"大秧歌应当是人民的集体舞，人民的大合唱"。正因如此，1944 年春节演出的新秧歌是全然"取消了丑角的脸谱，除去了调情的舞姿，全场化为一群工农兵"① 了；秧歌队的领舞人不再是原来打着破雨伞的"伞头"，而是换成了男女两个演员扮演的手执镰刀斧头的工人和农民；演员手中的道具也由原来在民间象征着风调雨顺的破雨伞、扇面和标牌，全部更换为中共领袖的巨幅画像、象征革命与生产的镰刀斧头、革命标语或五角星了。显然，延安文人在新的政治意识形态指引下，终于在旧秧歌基础上成功开发了革命秧歌。从延安文学观念的特殊一面来说，此种秧歌无疑已经成为党的文学观在民间化艺术形态上的具体呈现之一。新秧歌既然遵循着集体主义原则，是体现工农兵时代新气象的最佳艺术形态，再加之它在陕北乡村具有广阔的群众基础，因此，它在当时旋即成了黄土地上的红色流行文化，成了一种真正属于革命群众的戏剧形态。在其演出过程中，由于观众可以随时加入群体性的狂舞之中，所以它不仅打破了演员与观众的界限，消弭了法国戏剧家柔琏（J. Julien）曾经所言的"第四堵墙"②，把每一个围观者活脱脱地拽进具有喜剧气质的表演之中，而且在政治意识形态上终于起到了消除个体与集体、知识分子与工农兵及其干部之分野的作用，于是，外在形态上的群众性狂欢与内在意涵上的革命性狂欢达到了有机化同一。在此种意义上，倘以延安时期党的文学观来衡量，不论是在它所

---

① 周扬：《表现新的群众的时代——看了春节秧歌以后》，《解放日报》1944 年 3 月 21 日第 4 版。

② 这个术语对延安文人来说并不陌生，王大化在一篇文章中就曾准确引用过这个术语。详见王大化：《从"兄妹开荒"的演出谈起——一个演员创作经过的片断》，《解放日报》1943 年 4 月 26 日第 4 版。

蕴含的美学观念上，还是在它所产生的意识形态教育效应上，新秧歌无疑都可成为延安文艺运动中取得非常成功的艺术创制之一。

新秧歌的写作和演出由于发生在延安文艺座谈会之后，因此，它的产生从创作到演出其实是隐含了延安文人一段心史的。这里，我想以戏剧演员王大化为例来做说明。王大化是抗战期间无数富有民族激情和阶级理想的青年知识分子中的一个。他1939年年底在匆忙中告别未婚妻从重庆搭车到延安。先被安排在马列学院学习，1941年4月中央组织部调他到"鲁艺"任教，担任该院戏剧系朗诵教员，并在"鲁艺"的实验剧团担任演员，从此王大化开始了他的演员生涯。但后来在整风运动中他遽然被"抢救"成"CC派""复兴社"特务，又被定罪为托派分子、日本特务，因此，他面临被关押、审讯和逮捕的厄运，只是由于他的演技实在太好，所以党组织才决定让他戴罪立功，投入新秧歌的制作和演出中去。这表明，他是以一位"特务"的身份服从党的召唤而去给工农兵服务的，只是一般老百姓不知道他的这个特殊身份罢了。因此，在秧歌剧的演出中，他显然既怀有一种浓厚的赎罪意识，也怀有一种无可倾诉的委屈感。他曾在秧歌剧《赵富贵自新》中扮演一个潜入边区投毒的国民党特务角色，当他唱到"昧着良心到井边，/ 为了自己就把那众人来害，/ 唉——"等句子时，不少熟知他的为人，知道他受了冤屈的人们，能清晰地感受到他唱腔里所包含着的无尽辛酸和隐痛。

王大化是以演《兄妹开荒》知名的，但他在延安秧歌运动中最先演唱的却是新编秧歌小剧《拥军花鼓》。王大化演出时手拿一面小锣，白眼圈，白鼻子，白脸蛋，头上扎着几根朝天锥小辫子，腰系一根红布条，脚穿一双带彩球的鞋子，整个一副"傻柱子"小丑打扮。[①] 这对于一位"鲁艺"的教师来说，对于以前惯于演《马门教授》一类名戏的演员来说，应该说是一个极大的挑战，你当然可以说它表现了一种

---

① 　参阅朱鸿召：《秧歌是这样开发的》，《上海文学》2002年第10期。

自觉的艺术追求，但我也疑心王大化率先演出这类角色和剧种时，未必就没有一种在赎罪意识驱使下所怀有的自虐性冲动在里边。继《拥军花鼓》演出后，王大化与李波、路由等编写了秧歌剧《兄妹开荒》，演出时王大化饰演了剧中的哥哥。这个剧是1942年边区大生产运动的艺术反映，它的演出轰动了延安和陕甘宁边区，又进一步推动了大生产运动的开展。当时大家对王大化饰演的哥哥形象赞叹有加，认为他成功塑造了一个机智、风趣、勤劳、俊朗的边区农民新形象。为了总结这次演出的经验，王大化当时写了篇文章，题为《从"兄妹开荒"的演出谈起》，发表在《解放日报》上。此文后来被《晋察冀日报》《晋绥日报》《新华日报》等报刊相继转载，产生了广泛影响。

细读此文可知，王大化对青年农民形象的塑造经历了一个过程，而且这一过程的展开跟他对灵魂深处小资产阶级思想的自我改造具有一种内在的关联。排演之前，他认为扮演那个青年农民角色不会遇到什么困难，因为"戏我是演过几个了，陕北的农民我也见过，自己也在乡间住过"，更何况，"自己也是个年青人，情感容易相通"，"记忆中还有些农民外形的速写"。于是，他仍然按照过去的演唱方法，根据自己对青年农民的想象来处理这个角色。但结果在排演过程中，"我发现了我所演的这角色太像我自己了。甚至像在都市银幕上所出现的那种都市化的农民了"。于是，他感到再现出来的是他自己，而不是他要饰演的农民。他不由紧张起来，为什么农民反倒像他自己了呢？怎么办呢？经过深入思索，他觉得主要原因并不在于他本人是不是一个农民的问题，而是一个"对农民的认识，和更进一步的对主题的把握"的问题。必须明白的是，他认为他扮演的角色"不是别的一个农民，而是陕甘宁边区的一个农民"，因此，应该"表现他自由的生活和对生产的热情"，这就要求他对农民产生一种新的情感和看法，要把农民不仅仅当作农民，而且当作革命农民来看，并且要把自己消融在农民之中。想到此处，王大化深有感触地写道："我内心中燃起了对于这农民的热爱，我把他当作革命斗争中的主要力量来表演。"那么，为什么以前不能产生这种情感呢？他在反躬自省中认识到，之所以如此，乃是"由于那一套习惯的小资产阶级知识份子对农民的看法"在作祟，乃是因为"用了那套小资产阶级艺术知识份子惯用的手法来表现的原故"。①于是可以看出，他的演出过程其实就是一个如何把整风文件精神或思想改造主题贯穿始终的问题，这说明，权力意志不仅凭借延安文人的才智对民间艺术进行了意识形态化改造，而且在改造民间艺术的同时也一并改造了延安文人自身。在这个意义上，王大化的演出经验之所以在当时得到广泛重视，乃是由于他的经历本身成了一个具有特定政治意味的象征，它昭示着：延安文人只有把新的意识形态理念内化为自己血肉之一部分，并且时刻把它当作艺术行动的指南，才能创造出符合新的意识形态需要的文艺作品，才能塑造出真正符合党的文艺观的艺术形象。延安文人正是在这种具有自我循环确证意味的文艺创作体验中，进一步加强了运用文学艺术来为党服务的信心。这其实也预示着延安文人曾经认真学习过的整风文件和整风事件本身，都正在演化为创作的主旨并进入文艺作品的创制之中。换言之，整风文件和整风事件不仅会成为后期延安文学必须始终信守的东西，而且由于它的存在，延安文学作品也会因之呈现出不少互相交错和依附的"互文性"品格，文本的创制也因之会具有某种复杂性，在单一的价值指向之上定会同时显现为一种多层次的文本构成。这在延安文人后来创作的作品，比如《暴风骤雨》《太阳照在桑干河上》等小说中有着显明呈现。

四、后期延安文学语言

1942 年延安文艺座谈会后，延安文人和作家积极响应毛泽东向

---

① 王大化：《从"兄妹开荒"的演出谈起——一个演员创作经过的片断》，《解放日报》1943 年 4 月 26 日第 4 版。

他们发出的长期地无条件地全心全意地到工农兵群众中去的号召，掀起了一场全面走向民间的文艺运动。在延安文艺运动的广泛开展中，"民间"其实是一个内涵非常丰富的概念。它既包括民间伦理、民间文化、民间艺术形式，也包括熟知并在民间传播这些民间文化的民间艺人，既是指一种底层民众尤其是农民的生存空间，也是指这些底层民众的存在样态。延安时期对"民间"的意识形态化改造和利用，正是以这个总体性的民间作为对象的，因为毛泽东本就希望党的宣教部门能用新的意识形态去把一切民众组织、发动起来，能让新的意识形态占领民间的每一个角落。本来，知识分子和新的意识形态在抗战期间对于民间意义的发现是从发现农民不可忽视的精神力量开始的，因此，在探讨延安时期民间的生成及其意义构造时，应该始终把"人"当作"民间"的传承主体来考察，应该始终考虑到工农大众的接受水平及其话语习性。也正是在这个意义上，延安文人在其话语实践中就颇有必要学习和运用民间的语言。

但是，这个对民间语言尤其是农民语言的学习和运用在延安文学的发展中经历了一个复杂过程，它以文艺整风为界可分为前后两个时期。在当时，语言问题其实不仅是个文学形式问题，更是一个体现了延安文人的思想观念问题；它在延安文学中也不仅跟民族抗战的功利主义立场联系在一起，更是与延安文人对待工农大众的态度联系在一起。事实上，这个方面日渐呈现出来的问题，也就不能不跟毛泽东正在积极创构的意识形态话语发生着某种潜在乃至显在的碰撞，此种碰撞到了1942年春夏间几乎达到了白热化状态。这个方面与其他因素一起，促使毛泽东不得不把延安整风运动加快引入文艺与文化领域，并使延安文人思想和心态得到一次强制性大调整。

其原因首先在于，毛泽东思想赖以建构的重要依据之一在于农村革命根据地的建立，在于以农村包围城市理论的形成。而这一理论的本质性贡献在于改变了正统马列主义主要依靠城市工人阶级的做法，而把中国最为广泛的农民纳入其意识形态范畴之中，并且因其在抗战期间认为中国抗战主要是农民抗战，其主力是农民，士兵为穿上了军装的农民，因此以延安及陕甘宁边区为中心的抗日根据地及其农民在毛泽东的意识形态话语建构中有其独特地位。农民在毛泽东的思想视域中是一个带有新民主主义意味或革命现代性意味的范畴。① 因此，谁伤害了农民的感情和利益，在毛泽东看来，就是无视他正在创构的新的意识形态的重要性，就会必然表现为他曾予以严厉批判的自由主义观念。全面抗战初期，由于民族主义所具有的意识形态作用，也由于抗战民族统一战线的框架性设定和中共中央多元化领导局面的事实性存在，更由于毛泽东的意识形态体系还正处于积极创构和调适之中，因此，他对延安文人及其作品中所表现出来的艺术二元论观念，以及对于根据地农民和士兵所怀有的"五四"式启蒙观念，都表现了一定程度的容忍。就当时在延安媒体上所公开发表的言论与作品来看，依毛泽东观念而言，这种启蒙观念对农民的描写和塑造无疑充满了偏见。茅盾曾在《解放日报》发表文章指出："农民意识中最显著的几点，例如眼光如豆，只顾近利，吝啬，决不肯无端给人东西，强烈的私有欲，极端崇拜首领，凡此种种，也还少见深刻的描写。"② 这里所言"农民意识"指涉的均是负面、消极的要素，透露的是一种典型的五四时期改造国民性的启蒙眼光。反映在文学观念上，这就是"民族形式"论争期间周扬、茅盾等人对于传统民间形式所内含的封建意识形态的批判及其利用限度问题的讨论，从总体上显示他们对民族文学旧传统的某种程度的质疑。表现在创作实践上，在文艺整风前的延安文学中，对根据地农民的刻画从人物形象的塑造到具体语言的运用确然存在着某种程度的丑化和欧化现象，显示出知识分子与根据

① 毛泽东曾明确指出，"所谓民主主义的内容，在中国，基本上即是农民斗争，即过去亦如此，一切殖民地半殖民地亦如此。现在的反日斗争实质上即是农民斗争。农民，基本上是民主主义的，即是说，革命的"。[毛泽东：《致周扬》（1939年11月7日），载中共中央文献研究室编：《毛泽东文艺论集》，中央文献出版社2002年版，第259页。]

② 茅盾：《大题小解》，《解放日报》1941年10月7日第4版。

地农民或农民化的士兵存在一定程度的隔膜。

为了便于大家理解这个问题的严重性，不妨略举几个例证如下：

例一：葛洛在小说《我的主家》中写道："农民们都是很傻瓜，很怕惹人的。"①

例二：雷加在小说《孩子》中有这样一些句子：(1)"可见老百姓唯利是图的态度是非常强硬的"。(2)"于是贫弱的言词覆盖不住的飞腾的感情，使她（指农妇—引者）满脸烧得通红，急颤着，露出了一付文化教育贫弱的格外可怜的窘相。"(3)"至少凭着那个妇人的古典的感情，应该在人情上得到他的安慰呵！"(4)"这是第三者的问题，不是她们两个的事，向来是悲剧以外的人才觉得悲剧的崇高！"②

例三：马加在小说《通讯员孙林》中写道："老乡蠢笨的摇了一下手，向着一条清冷的大道走开了。"③

例四：徐仲年在一篇小说里写一位妇人骂丈夫的话，是这样的："你利令志（智）昏妄想在枪尖上跳舞！我看你在这片成千盈万的同胞的血所染赤的疆土上能立足几时！你是人还是畜生？是人还是魔鬼？胆敢出现在光天化日之下！"④

由此可知，延安文人在文艺整风前描写根据地农民确实存在不地道、不贴切的问题，其中所用语言学生腔甚浓，所表达的感情也多为知识分子想当然的感情，而且有与毛泽东设定的文化（文艺）观念存在颇不一致之处，这就是对农民的丑化现象的不断发生。关于这个问题，毛泽东早就表露了相当警觉的态度。周扬曾在"民族形式"论争中写过一篇题为《对旧形式利用在文学上的一个看法》的论文，发表前曾送呈毛泽东斧正。文中认为，"现在的中国社会是一个新旧交错的社会，但一般地说，旧的因素依然占优势"，因而在"落后的农村"

---

① 《解放日报》1941 年 6 月 22—23 日第 2 版连载。
② 《解放日报》1941 年 6 月 24—25 日第 2 版连载。
③ 《解放日报》1941 年 7 月 21—22 日第 2 版连载。
④ 转引自荒煤：《高尔基与文学语言问题》，《新中华报》1940 年 6 月 18 日第 6 版。

生存着的依然是一个"老中国"的子民，① 作家理应对之采取批判的启蒙态度。毛泽东对此特别严肃指出："其中关于'老中国'一点，我觉得有把古代中国与现代中国混同，把现代中国的旧因素与新因素混同之嫌，值得再加考虑一番。现在不宜于一般地说都市是新的而农村是旧的，同一农民亦不宜于说只有某一方面。就经济因素说，农村比都市为旧，就政治因素说，就反过来了，就文化说亦然。……所以不必说农村社会都是老中国。在当前，新中国恰恰只剩下了农村。"② 因此，"五四"式启蒙观念和鲁迅式改造国民性观念与毛泽东的农村和农民观念是相抵触的，除非对之予以意识形态化的转换性改造和借用。

如所周知，在文艺整风后所开展的群众性文化运动中，延安文化界不仅于演出戏剧时大力采用陕北方言，而且在整个文艺领域更为深刻地引发了一场向民间艺术形式和民间语言学习的热潮。这在总体上是为文艺整风精神和党的文学观所内在决定的，是为新的意识形态宣传所要求的话语形式决定的。因为，为了使新的意识形态体系获得其中国化的完整表达方式，毛泽东在话语形式的构成上做了带有革命性的探讨，并且终于依托政治权力完成了对于"五四"现代白话文的否定之否定。

在毛泽东看来，新的意识形态理论要想在党内和中国扎根、生长，就必须反对"党八股"，因为它是主观主义和宗派主义的"宣传工具，或表现形式"。他认为，"党八股是对于五四运动的一个反动"，是历史地形成的。就话语形式而言，新文化先驱者以白话取代文言，建构一种有利于形成民族国家认同的现代白话，是"很对的"，但它后来逐渐造成了对"五四运动本来性质的反动"，而且与五四新文化先驱者本身所具有的"形式主义的方法"这一内在缺陷一起，形成了一种与工农大众和民族传统相隔离的东西，这就是洋八股或党八股。因此，"如果'五四'时期反对老八股和老教条主义是革命的和必需的，那末，

---

① 周扬：《对旧形式利用在文学上的一个看法》，1940年2月15日《中国文化》创刊号。
② 毛泽东：《致周扬》（1939年11月7日），载中共中央文献研究室编：《毛泽东文艺论集》，中央文献出版社2002年版，第259—260页。

今天我们用马克思主义来批判新八股和新教条主义也是革命的和必需的"。若不给予反对，"则中国人民的思想又将受另一个形式主义的束缚"，"中国就不会有自由独立的希望"。显然，毛泽东的言说方式和思维方式仍然是"五四"式的，深知由他主导的意识形态理论变革离不开语言形式的变革，两者是二而一的关系。在当时的战争环境下，这当然有追求言说效率的现实问题存在，正如毛泽东所言，"现在是在战争的时期，我们应该研究一下文章怎样写得短些，写得精粹些"。有人曾据此把毛泽东倡导语言形式变革的原因仅仅归结为"战争"或救亡的需要，这是不尽准确的。应该说，这是新的意识形态理论得以完整确立的需要，是政治实用主义的需要。因为按照马克思主义的观点，理论只有通过武装群众才能产生革命性的物质力量，这自然就涉及宣传问题，涉及向谁言说与如何言说的问题。正如毛泽东所言，"如果真想做宣传，就要看对象，就要想一想自己的文章、演说、谈话、写字是给什么人看、给什么人听的"。而共产党"是为群众办事的"，是要把自己的理论"灌输"给人民大众的，因此，在语言上就必定要求把现代白话予以创造性转化，在向群众语言、外国语言、古人语言学习的基础上进一步发展出自己的语言形式和言说方式。[①] 显然，这种新的语言是一种与新的意识形态宣传相符合的语言，是一种革命的白话，它在话语方式上形成了一种"毛文体"[②]。"毛文体"其实并不是一个独

[①] 毛泽东：《反对党八股》，见《毛泽东选集》第三卷，人民出版社 1991 年版，第 836—837 页。

[②] "毛文体"为李陀最初命名。李陀认为，"毛文体"其实也可称"毛话语"，但这样命名会过多受到福柯的话语理论的限制，对描述、分析和批评毛体制下话语实践的复杂性有不利之处。例如依照话语理论就会对"文风"这类东西不予特别重视，而"毛文体"作为一种主流话语在排斥、压制其他话语时，文风是非常重要的因素。因此，如果不想生搬硬套福柯的理论，就需要新的命名。"毛文体"就是这种命名的尝试。又说，"毛文体"较之其他话语有一个特别重要的优势是研究者绝不能忽视的，这一优势是："毛文体"或"毛话语"从根本上该是一种现代性话语——一种和西方现代话语有着密切关联，却被深刻地中国化了的中国现代性话语。参阅李陀：《丁玲不简单》，《今天》1993 年第 3 期。

立存在的王国，它与新的意识形态理论紧密联结在一起。因此，知识分子在整风期间对意识形态理论的接受过程其实正是对"毛文体"或毛泽东话语的习得过程。毛泽东思想表现在文学上便形成了党的文学和人民文学等观念。按照此种文学观的要求，知识分子就必然走向大众化的道路，而根据毛泽东《在延安文艺座谈会上的讲话》中的说法，大众化乃是文艺工作者的思想感情和工农兵大众的思想感情打成一片。而要打成一片，就应当认真学习群众的语言。因为"人民的语汇是很丰富的，生动活泼的，表现实际生活的"[1]。毛泽东在《讲话》中还有过诘问：如果连群众的语言都有许多不懂，还讲什么文艺创造呢？农民语言和民间语言正是在此种历史情境下开始大量进入延安文人的社会实践和话语实践，并因之进一步改写了延安文人的语言观。

正是由于新的意识形态话语构成了居于特定文学话语之上的总体性存在，因此，在我看来，文艺整风后延安文人的走向民间跟"民族形式"论争期间的走向民间相比具有迥然不同的意识形态内涵，如果说"民族形式"论争期间在文艺创作中浮现出来的"民间"具有民族—现代性的现代性内涵，那么整风后凸显而出的"民间"就必然具有阶级—民族—现代性的现代性内涵，即民间在党的文学观支配下必然成为党的"民间"或意识形态化的民间。这不仅体现在当时对于民间艺人和民间文化形态的改造中，也无疑表现在对于民间艺术形式和民间语言的利用中。

1944 年 5 月，张庚在介绍"鲁艺工作团"下乡演出的秧歌经验时指出，"我们的秧歌都是用陕北话写的，也用陕北话演，我们在语言上的确比从前那种清汤寡水的普通话活泼生动得多了"，已经在语言上向"工农兵化"迈进了一大步，所谓语言的工农兵化实际就是语言的民间化，地方化。但是，张庚接着指出，这里还有着阶级属性上

---

[1] 毛泽东：《反对党八股》，载《毛泽东选集》第三卷，人民出版社 1991 年版，第 837 页。

的分野，地域化的方言土语并不就是"工农兵的语言"，因为"在地方语言中还包括了地主的语言"。① 这样，在向民间语言学习的过程中必然首先要求延安文人或知识者具有阶级分析的眼光，这据说只有经过长期的马列主义学习和思想改造才能习得。现在必须追问的是：在阶级论观照下，农民语言是否还能成为一种真正的民间化语言？是否能够成为一种意义语言进入文艺创作之中？

先以《动员起来》为例做一说明。这是一个小型秧歌剧，为延安枣园文工团集体创作，写的是转变后的二流子张栓夫妇积极参加生产劳动和变工队的精神风貌。当年在延安演出后，曾得到萧三等人的好评，其中一点便是称赞剧本"用了许多方言"，比如"得是"（是不是）、"灵醒"（聪明、伶俐）、"蜷在炕上睡齐太阳晒屁股"、"得溜大挂"（吊儿郎当）、"咕咕咚咚"（凑合凑合）、"一满"（全部）、"好的谔"（好得很）、"胖个粗粗的"、"风吹谷叶沙啦啦响"，等等。萧三认为，由此既可见出"民间语言之丰富"②，也能增强作品的形象感和民间气息，使之更为贴近陕北农民的真实生活状貌。问题是，这些语汇在剧本中其实并没有自足的意义，它们只有被组织进老村长的革命话语中才能被整合出自身的意义。本来，这个剧本宣传的主题便是毛泽东所言的"组织起来"：他号召各级党组织要"把群众组织起来，把一切老百姓的力量、一切部队机关学校的力量、一切男女老少的全劳动力半劳动力，只要是可能的，就要毫无例外地动员起来，组织起来，成为一支劳动大军"③。而老村长宣传的正是这一套话语，张栓夫妇最终接受并认同的也是这一套话语。因此，农民语言或民间语言在剧本中很有可能只会起到某种装饰性作用，只有当它在更大范围内进入新的意识形态话语场中才能转化为一套别有意义的语言。这层意思在周立

---

① 张庚：《鲁艺工作团对于秧歌的一些经验》，《解放日报》1944 年 5 月 15 日第 4 版。

② 萧三：《看了〈动员起来〉以后》，《解放日报》1944 年 4 月 5 日第 4 版。

③ 毛泽东：《组织起来》，载《毛泽东选集》第三卷，人民出版社 1991 年版，第 928 页。

波离开延安后创作的长篇小说《暴风骤雨》中表现得更为明显。

评论家曾经普遍认为，这部小说善于运用东北农民的口语来表现人物、叙述故事，因而具有强烈的生活气息和浓厚的地方色彩。在作者看来，农民语言"活泼生动，富有风趣"，如果把它"用在文学和一切文字上，将使我们的文学和文字再来一番巨大的革新"。他强调指出，《暴风骤雨》"是想用农民语言来写的"①，写作中注意吸收了那些较为形象化、简练对称、音节铿锵与喜用典故的农民语言。老孙头在小说中是个噱头式的人物，作为一个车把式，他走南闯北几十年，见多识广，诙谐风趣，也是一个善于运用农民语言的老手，这在小说中确乎可以随时感受到，只要老孙头在场，气氛就会活跃起来。比如小说开头不久老孙头就着他的身世对工作队长萧祥说：

> 队长同志，发财得靠命的呀，五十多石苞米，黄灿灿的，一个冬天哗啦啦地像水似地花个光。你说能不认命吗？往后，我泄劲了。今年元茂闹胡子，家里吃的、穿的、铺的、盖的，都抢个溜光，正下不来炕，揭不开锅盖，就来了八路军三五九旅第三营，稀里哗啦把胡子打垮，打开元茂屯的积谷仓，叫把谷子苞米，通通分给老百姓，咱家也分到一石苞米。队长同志，真是常言说得好：车到山前必有路，老天爷饿不死没眼的家雀。咱如今是吃不大饱，也饿不大着，这不就得了呗？②

显然，这种农民语言的运用确实可以加强作品的地域色彩和生活气息，但也仅此而已。当作品中出现的方言土语越来越多，东北以外的读者就会感到阅读的困难，因而也就会阻碍作品宣传价值的广泛实现。比如"西蔓谷"（苋菜）、"一棒子酒"（一瓶酒）、"扎古病"（治病）、

---

①　周立波：《〈暴风骤雨〉是怎样写的?》，载李华盛、胡光凡编：《周立波研究资料》，湖南人民出版社 1983 年版，第 283—285 页。

②　周立波：《暴风骤雨》，人民文学出版社 1997 年版，第 47 页。

"捡洋捞"（发洋财）、"老母猪不翘脚"（猪不用翘脚就能吃到，形容庄稼长得矮小）、"扎古丁"（抢劫），如此等等的方言土语，书中用得相当多，但如果不加注释，不把它们翻译为普通话或共通语言，那么东北以外的读者也就只好猜哑谜了。而这正是与周立波创作小说的主旨相违背的，因为他要宣传或演绎的是农民斗争如暴风骤雨一类的意识形态主旨，这在当时是被认定为带有绝对普世性（所谓放之四海而皆准）的真理，所以带有地域性的语言往往会阻碍其革命现代性含义的传播，即会阻碍革命真理在全国范围内的有效传递。此时，在阶级论和党的文学观促动下的对于方言的运用问题，既不是为了形成地方认同，也不是为了形成民族主义主导下的现代民族认同，而是为了形成阶级—民族主义规约下的现代阶级性民族或政党性民族认同，故而它在强调对地域性的工农语言运用的同时，又必须强调如何有效地把它们的地域性转化为全国性乃至世界性。这样最终才会与马列主义意识形态所内在设定的普世性品格相符合。再具体从文学本身而言，为党的文学观所严厉规制的后期延安文学并不是为了创制一种地域性的延安文学，而是为将来构建具有同样的政治意识形态属性的民族新文学积累一些可资利用的探索性经验，这也即周扬所言"为今天的根据地，就正是为明天的中国"[1] 所包含的意思。正因如此，农民语言在作品中只会成为"某个意义的点缀，而不是意义本身"。作品主导意义凸显的语言，只能是萧队长的语言，"体制化了的语言"[2]，亦即意识形态化了的语言。于是，在终极意义上，这套话语的主体既不是农民，也不是萧队长，因为萧队长只是一个奉命行事的党的干部而已，而是给定了这套话语的话语及其权威者本身。于是，从话语转换层面来说，作品叙事完成的过程其实就是意识形态话语渗透并改写农民语

---

① 周扬:《艺术教育的改造问题——鲁艺学风总结报告之理论部分:对鲁艺教育的一个检讨与自我批评》,《解放日报》1942 年 9 月 9 日第 4 版。

② 唐小兵:《暴力的辩证法:重读〈暴风骤雨〉》,载《英雄与凡人的时代:解读 20 世纪》,上海文艺出版社 2001 年版,第 124—125 页。

言的过程，农民拥有了土地、分到了地主的浮财还不能说是完全"翻身"了，只有在土改工作队帮助下学会了用一套新的语言来言说他们拥有了土地的革命性意义时，"翻身"才算真正完成了。这就可以理解，为什么表征赵玉林"觉悟"了的标志乃是指他终于意识到了"阶级恨"，为什么深通农民语言之精髓的老孙头到后来居然也用上了工作队带来的一套意识形态话语，而且说得那样像模像样："咱们走的是不是革命路线？要是革命路线，眼瞅革命快要成功了，咱们还前怕狼后怕虎的，这叫什么思想呢？"[①]

正是在这一意义上，延安文艺整风后革命白话取替此前现代白话的过程，虽然包含了向民间语言学习的过程，但是，革命白话并不必然表现为革命主体工农兵自己的语言体系和言说方式，所以延安文学在它后期的发展中尽管涌入了大量的方言土语、村俚俗话等农民语言或民间语言符码，但它们也并不能成为延安文学意义构成的主导性语言。诚如有学者所指出的，革命白话被构建的过程，"恰恰是农民语言所设定、所依赖的叙述方式、想象逻辑和生活经验被取消掉、被过滤掉"[②]的过程。当然，也并不是完全取消或过滤掉了农民语言所包含的一切，因为革命白话在其构建途中其实还有一个顺应农民的语言习惯来予以自身调适的问题。说到底，在新的意识形态话语的设定中，强调知识分子向农民语言或民间语言学习，其实乃是一个如何利用它来进行革命宣传的问题。在此，农民语言只是一个被加以利用的工具而已。正如当时有人希望，"做宣传工作的人，不但时时刻刻要注意群众的需要，要根据他们切身的利益来进行宣传，而且要时时刻刻注意群众的说话，用他们所熟悉了解的话，来表现我们所要宣传的事情，这样的宣传，才能使群众感到亲切，才能为他们所'喜闻乐

---

① 周立波：《暴风骤雨》，人民文学出版社1997年版，第163页。
② 唐小兵：《暴力的辩证法：重读〈暴风骤雨〉》，载《英雄与凡人的时代：解读20世纪》，上海文艺出版社2001年版，第124页。

见'而收到效果"①。依照党的文学观来衡量，延安文人和文艺工作者正是这样一群从事党的宣传工作的人。他们按照新的意识形态话语的要求在文学艺术领域从事着此种话语的再生产，是那样似乎永远听凭此种话语的召唤而成为一种新的文学信仰，并由此成就了一种基于信仰和趋于信仰的文学，这就是后期延安文学，亦即党的文学和人民文学，而且它们直接成了社会主义初级阶段文学得以蓬勃发展的重要来源和内在动力之一。

---

① 毛兰：《用群众的话来宣传》，《解放日报》1943 年 7 月 15 日第 4 版。

第九章　延安文学观念中悲剧喜剧意识的嬗变

在延安文学观念的现代性发展中，悲剧意识和喜剧意识也是程度不同地存在着。但是，仔细考察，延安文学观念中的悲剧意识和喜剧意识也经历了一次前后不同的嬗变，而且，它是在一定的历史—逻辑构建中完成的。那么，它到底经历了一次怎样的嬗变呢？

一、悲剧意识的消解

大体而言，1942 年文艺整风后延安文学观念现代性展开和进一步确立的过程，其实就是党的文学这一核心观念的自我扩展过程，即在党的文学观统摄下的各种艺术范畴走的是自我循环或同义反复的致思路径。延安文学发展中出现的党的文学观念及其文学形态，其实带有特定的民族—现代性内涵，是一种具有其合法性根基的历史性存在，在类型学意义上，"党的文学"是党员作家或准党员作家站在党的立场而创作的文学的总称，正是由于党的立场的限定，使得党的文学必须把党的政治价值和社会意义置于决定性地位，党的文学也于此成为一种基于信仰和趋于信仰的文学。而随着此种文学观念的确立，特别是随着党的立场的完整确立，"就发生我们对于各种具体事物所采取的具体态度。譬如说，歌颂呢？还是暴露呢？这就是态度问题"①。其实，这不仅是态度问题，而且是对于文学性质的理解问题，即对文学的质的规定性问题。否则，我们就会不能充分理解为什么毛泽东在《讲话》中要花那么多篇幅来专门论述歌颂与暴露或写光明还是写黑暗的问题。②毛泽东认为，歌颂与暴露都是党的文艺工作所需要的，关键在于对什么人。对敌人，即对日本帝国主义和一切人民的敌人，文艺工作者的任务就在于暴露他们的凶恶本性和丑恶嘴脸，指出其必然失败的命运；对同盟者，应该既有联合也有批评；而对自己人，即对工农兵及其政党，毫无疑义地应该歌颂或赞扬，这是为党的立场、党的文学所内在决定了的，因为"只有真正革命的文艺家才能正确地解决歌颂与暴露的问题。一切危害人民群众的黑暗势力必须暴露之，一切人民群众的革命斗争必须歌颂之，这就是革命文艺家的基本任务"。毛泽东又说："你是资产阶级文艺家，你就不歌颂无产阶级而歌颂资产阶级，你是无产阶级文艺家，你就不歌颂资产阶级而歌颂无产阶级和劳动人民，二者必居其一。"③当然，人民群众也是有缺陷的，但是这些缺陷应当用批评和自我批评的教育方式来克服，并不存在什么暴露人民缺陷的问题。显然，毛泽东对于暴露和歌颂的严格限定是从党的统一战线立场出发的，其间贯穿了阶级论的分析方法，从阶级论观念出发，暴露和歌颂在文艺创作中自然就成了内外有别的意识形态化行为：从此，"歌颂"只对以延安为中心的根据地及后来的解放区而言，"暴露"却是专对具有豺狼般凶恶本性的敌人而言。换言之，正是由于阶级论观念的内在设定，所以对于以共产党统辖区域的人与事为描写对象的文学创作来说，并不存在暴露或写黑暗的问题，而只存在歌颂或写光明的问题，并且这一观念随着延安文艺界对王实味批判的深入展开而得到了进一步加强。

---

① 毛泽东：《在延安文艺座谈会上的讲话》，《解放日报》1943 年 10 月 19 日第 1 版。
② 在《讲话》"引言"部分，毛泽东用了一个大的段落来论说，在"结论"第四部分，如果把对讽刺笔法的阐述也归结到一起，那么他是又整整用了四个段落来论述。
③ 毛泽东：《在延安文艺座谈会上的讲话》，《解放日报》1943 年 10 月 19 日第 4 版。

王实味曾经怀着一种启蒙主义情怀，大胆而尖锐地指出：由于"旧中国是一个包脓裹血的，充满着肮脏与黑暗的社会，在这个社会里生长的中国人，必然要沾染上它们，连我们自己——创造新中国的革命战士，也不能例外"，所以"艺术家改造灵魂的工作"，就"更重要，更艰苦，更迫切。大胆地但适当地揭破一切肮脏和黑暗，清洗它们，这与歌颂光明同样重要，甚至更重要"。①周扬就此认为，王的"意思很明白，就是写黑暗比写光明更重要"，而这"正是他的全部理论的目的"，但他表示要坚决反对王的说法，大声宣告"写光明比写黑暗重要，一般地就全国范围来说，是如此，特殊地就先进阵营内来说，尤其如此"。那么，什么叫写光明呢？周扬接着指出："我所谓写光明，就是主张写现实的积极的方面，成长的方面，有将来的方面。……不错，我们也是主张歌功颂德的，但这是歌群众之功，颂群众之德，而这种歌颂，是完全正当的，必须的。"歌颂光明之所以"必须"，除了上面所讲的立场、态度之外，还有历史时代等外在的社会原因和革命现实主义本身的内在原因。首先说时代的原因。在周扬等人眼里，就全国范围来看，抗战中的中国与以前的中国如同反法西斯战争中的世界与过去的世界一样，光明与黑暗的力量对比正在发生戏剧性的变化，民主势力正在得到蓬蓬勃勃的滋长："在光明与黑暗搏斗的世界舞台上，整个中国是属于光明的一边"。再就国共两党的统治区域而言，虽然在"中国内部还存在着黑暗和光明的互相对峙"，但是抗日民主根据地无疑是光明的，是一片诱人的明朗朗的天。因此，充当"红色的歌者"去歌颂光明，是这光明的历史时代和光明的根据地赋予每个作家的历史使命。其次，这也是为革命现实主义所决定的。周扬此时所言的革命现实主义其实就是指新民主主义现实主义甚或社会主义现实主义。他认为，革命现实主义由于有了马列主义世界观为基础，故与过去所有的现实主义显现出根本的不同，这就

---

① 王实味：《政治家·艺术家》，1942 年 4 月 15 日《谷雨》第 1 卷 4 期。

是：后者虽然也批判或揭露了社会的罪恶，但它不能给人指出一条生存之路，只能给人留下几许空漠的消极情怀；但革命现实主义，由于历史理性与合目的性（其实为乌托邦意识形态）的牵引，它能在"否定旧的东西中，肯定了新的，否定过去的东西中，肯定了现在，否定既有的东西中，肯定了将来"，因而其基本精神是永远向人们"启示光明"。① 这正从一个方面诠释了毛泽东在《讲话》中的论述："苏联在社会主义建设时期的文学就是以写光明为主，他们也写些工作中的缺点，但是这种缺点只能成为整个光明的陪衬……反动时期资产阶级文艺家把革命群众写成暴徒，把他们自己写成神圣，所谓光明与黑暗是颠倒的。"② 而现在所要做的，正是按照"党的文学"的意识形态化要求，按照社会主义现实主义的内在要求，把这颠倒了的对于光明和黑暗的书写再颠倒过来，正像后来在延安演出的平剧（京剧）《逼上梁山》所体现的那样。③ 此外，这也是为社会主义现实主义的教化功能所决定了的。高尔基曾经把果戈理列为俄国批判现实主义的代表，在赞叹其取得成就的同时，也曾叹息果戈理等人思想视野的狭隘，而其创作的大多数人物形象，往往缺乏社会主义教育的可能性。有论者就此指出，果戈理的文学作品虽然向人们展示了俄国现实生活的广泛内容，但是比起其他伟大作家深刻的艺术描写来，其作品显现了"思想的浮浅"，这主要是由于它们并未给人们揭示光明的远景，因而缺乏对无产阶级具有前瞻性的教育作用。而要具有此种教育作用，人们

---

① 周扬：《王实味的文艺观与我们的文艺观》，《解放日报》1942 年 7 月 28—29 日第 4 版。

② 毛泽东：《在延安文艺座谈会上的讲话》，《解放日报》1943 年 10 月 19 日第 4 版。

③ 毛泽东 1944 年 1 月 9 日在写给《逼上梁山》编导的信中高兴地说："历史是人民创造的，但在旧戏舞台上（在一切离开人民的旧文学旧艺术上）人民却成了渣滓，由老爷太太少爷小姐们统治着舞台，这种历史的颠倒，现在由你们再颠倒过来，恢复了历史的面目，从此旧剧开了新生面，所以值得庆贺。"（毛泽东：《给杨绍萱、齐燕铭的信》，载《毛泽东文集》第三卷，人民出版社 1996 年版，第 88 页。）

就"不能停留在自然派的观点上，而要站在今天我们的立场"① 来从事文学创作，这一立场无疑是无产阶级、马克思主义的立场，更是党的立场，而要使作品具备教育群众的功能，它们在描写上倘如果戈理一样仅仅真实地再现现实是远远不够的，它们还必须具有一种能够引导人们走向光明的乐观色调，而它正是为马克思主义定要改造世界、解放全人类的远景规划所深深决定了的，因而这种乐观色调具有先在的意识形态属性和信仰特质。

其实，这种乐观色调在社会主义现实主义那里具有充分的真实性，它要求作品能够"充分鲜明地反映出第二种现实"，也就是反映本质的现实，即在描写陈旧的真理时指出新的真理，在描写崩溃的古老事物时揭示出那种"新的东西"，那种正在生长，"不会消灭，只会变得更好的东西"。② 当时有人撰文指出："真实是有两个：一个是临死的，腐烂的，发臭的；另外一个是新生的，健全的，在腐的'真实'之中生长出来，而否定旧的'真实'的。"③ 又有人说："新现实主义之所谓真实，不能只是对于现实生活之表面的现象的精确的描写，必须抉发对象底本质，区别其主要的与部份的，把握它底过去与未来。"④ 这乃是所谓表象真实与本质真实的区分。周扬也认为，"一个作家即使说了实在的事实，也并不能就说等于他说出了真理"，因为"艺术的真实并不等于个别事实，也不等于好些事实加在一起，而是把事实加以分析的综合，从那里面找出典型的，本质的东西"。⑤ 所以，尽管周扬等人一再宣称真实是现实主义的唯一基准，但是，当有人抱着这种现实主义观念力求真实地揭示延安的阴暗面时，他们就会

① 魏东明：《果戈理的悲剧》，《解放日报》1941 年 11 月 28 日第 4 版。

② ［苏］高尔基：《年青的文学和它的任务》，曹葆华译，《解放日报》1941 年 10 月 30 日第 4 版。

③ 江布：《读曹禺的〈北京人〉》，《解放日报》1942 年 4 月 27 日第 4 版。

④ 燎荧：《"人……在艰苦中生长"——评丁玲同志底〈在医院中时〉》，《解放日报》1942 年 6 月 10 日第 4 版。

⑤ 周扬：《〈腊月二十一〉的立场问题》，《解放日报》1942 年 11 月 8 日第 4 版。

断言这种真实并非革命现实主义或新民主主义现实主义所要求的那种本质的真实，而是表象的真实，它只会对现实造成片面或歪曲的反映。只有本质真实才符合马克思主义的意识形态规范，才符合党的政策的规定，因而也才会为"党的文学"所大力需要。这也是革命现实主义和旧的现实主义不同的地方之一。而这种不同，又是为阶级分析方法或阶级论观念所决定的。诚如后来何其芳所言："世界上没有抽象的现实主义，只有具体的现实主义，即是说在阶级社会里，不是有着这种阶级立场的现实主义，就是有着那种阶级立场的现实主义。"① 毛泽东在《讲话》中明确指出："……歌颂无产阶级光明者其作品未必不伟大，刻画无产阶级所谓'黑暗'者其作品必定渺小，这难道不是文艺史上的事实吗？对于人民，这个世界和历史的创造者，为什么不应该歌颂呢？无产阶级，共产党，新民主主义，社会主义，为什么不应该歌颂呢？"② 在毛泽东极富气势的诘问和指示下，在党的意识形态的有力召唤下，延安文学终于走进了颂歌的时代、喜剧的时代，延安文学观念也由此在悲剧意识的消解中导致了喜剧意识的提升，而此种喜剧意识的提升其实是带有新的阶级—民族风味的，也包含了一种新的信仰的内在导引。

二、"爱战胜死"：纪念高尔基

我在研究中注意到，对消解悲剧意识的呼唤在延安纪念高尔基的文章中表现得非常突出。周立波认为："要这样纪念高尔基：要浸受他早年的海燕和飞鹰的气概，要学取他晚年的热爱人生的诙谐。"为了说明高尔基晚年人生态度的可贵，周立波把托尔斯泰拿来作了比较：

---

① 何其芳：《关于现实主义》，新文艺出版社 1952 年版，"序"第 3—4 页。

② 毛泽东：《在延安文艺座谈会上的讲话》，《解放日报》1943 年 10 月 19 日第 4 版。

"就是伟大的托尔斯泰的晚年，也不能不走到所谓'宗教真理'的门前，乞求人生的意义。"原因在于他"想到了自己个体的崩溃，想到了死，因而怀疑和否定了人生的意义"。可"高尔基不同，他是为了人类社会的发展而生活，为了众人的生，无暇想到个人的死，就是想到死，也没有悲哀"，正因为如此，他才觉得"人生正可爱，正可以产生许多的诙谐"。基于这种认识，周立波坦率地表示，"为了前进的人们活得更好些"，即使"装点些欢容，也是必要的"。[①] 这里所言的"装点些欢容"，其实含蓄表达了作者消解悲剧的意图。这层意思在何其芳与之同时发表的文章里揭示得非常清楚。何其芳说，高尔基的作品尽管描绘了旧俄罗斯的卑鄙现实，但他"发现了而且写了那藏在里面的'明朗的健康的创造的东西'和'善良的人性'"。所以他的作品即使写了痛苦，也能让人从痛苦中感到快乐；即使写了黑暗，也能让人从黑暗中看到光明。接着，何其芳表示，人们已经厌倦了那种旧世纪的"悲伤的气息"，而"需要着一些光明的故事，快活的故事，积极的勇敢的故事"。这就暗示人们，他要告别以前在忧郁中独语的自我，而走向欢乐的人群；他要与其他作家一道，离弃那令人伤感而消沉的调子，让文学与人生变得明朗又嘹亮。他由此想到"悲剧"这样一个令人战栗的字眼，也想到那些曾以悲剧角色自况的作家，不觉有点惶惑了："我在想：一个马列主义者对于悲剧的看法应该是怎样的呢？悲剧的定义是不是这样：得不到合理的解决的问题？而在一个马列主义者的思想里，是不是世界上还有着得不到合理的解决

---

① 周立波：《这样纪念高尔基》，《新中华报》1940 年 6 月 18 日第 6 版。他在"鲁艺"讲授苏联作家涅维洛夫的短篇小说《不走正路的安德伦》时也说："太阴暗的生活，需要装点些欢容。"(《周立波鲁艺讲稿》，上海文艺出版社 1984 年版，第 145 页。)并且在括号中标注要以鲁迅等人作例子来说明。我想，这主要是因为鲁迅在《呐喊·自序》中说过："既然是呐喊，则当然须听将令的了，所以我往往不恤用了曲笔，在《药》的瑜儿的坟上平空添一个花环，在《明天》里也不叙单四嫂子竟没有做到看见儿子的梦，因为那时的主将是不主张消极的。"(《鲁迅全集》第 1 卷，第 419 页。)

的问题？"①在这里，问题的提出其实就是解答。在何其芳心中，马列主义是绝对真理，它是一把能够解决人类苦痛的"最后的钥匙"②，换言之，它像一把万能钥匙能够开启"悲剧"之门，并使"悲剧"消解于无形；而其现实依据在于，他与其他作家一道置身其间的延安，已经是一个到处闪烁着马列主义光辉的新民主主义社会了。故而何其芳天真地想：在这样一个理想世界里，怎么还会有"悲剧"发生呢？正是依照这种逻辑，他真诚希望延安的作家能够超越对"死亡"的书写而使文学最终摆脱"悲剧"的纠缠。

萧三对超越"死亡"并消解"悲剧"的美学观念从"爱战胜死"的角度作了进一步阐释。在一篇文章中，萧三专门就"爱战胜死"这一问题作了深入讨论。爱与死是文学创作中的永恒主题，但是，萧三认为，在高尔基创作《少女与死》之前，世界文学中写爱与死这一主题的作品却呈现出同样一个结局，这就是"死战胜爱"。换言之，在以往描写爱与死的作品里，主要人物都难以逃脱死亡的结局，"爱"总是受到死神的揶揄甚至毁灭性的袭击。可高尔基独辟蹊径，他在《少女与死》中"用乐观的哲学解决了文学上一个'永久的'问题——爱战胜死！"斯大林在《少女与死》的手稿上曾明确批示："这篇东西比哥德的《浮士德》更有力（爱战胜死)"。萧三引述后指出，"爱战胜死"，这是《少女与死》的"根本精神"，"在高尔基底一切创作里，用这样或那样的形式都贯注着这一精神与思想"。正因为如此，可以说"高尔基在某种意义上，把世界文学史翻转过来了"。按照萧三的意思，这"翻转过来"的意义，便主要在于他以其文学创作典范性地达到了消解"悲剧"的境地。那么，高尔基为什么能够做到"爱战胜死"也就是最终达到消解"悲剧"的境地呢？在萧三看

---

① 何其芳：《高尔基——由这个名字所引起的一些感想》，《新中华报》1940 年 6 月 18 日第 5 版。

② 何其芳：《论快乐》，载《何其芳全集》第 2 卷，河北人民出版社 2000 年版，第 88 页。

来，主要有两个方面的原因。其一，这是为社会主义革命的本质所决定的。他认为："社会主义革命解放人，也解放人的爱——从一切社会的悲剧的冲突……里解决出来。爱成为真正人性的，不会和社会国家冲突或矛盾的。"这种爱必"将谐和地配合着对于社会主义祖国的爱，也配合着对于它的敌人的恨。这个爱是英勇的，不怕死的，能战胜死的！"此处强调的是，社会主义革命本身具有神奇的魔力，它能消除社会的悲剧冲突，因而也能把爱提升到普遍而永恒的高度，使其富有真正的人性内涵，这就是萧三所说的：使其"发展成为火，成为太阳，生活，创造"。但是，并不是所有的爱都能战胜死亡，这里的"爱"是有讲究的。自有马克思主义以来，"爱"就再也不是纯粹的人类爱了，它具有阶级性的内涵，"人类爱"被认为是资产阶级的虚伪的专利品。在高尔基作品中能够战胜死的爱，显然不是这种人类爱，而是建基在无产阶级人道主义之上的爱，也就是阶级爱。所以，萧三认为，"只有坚定地站在无产阶级的立场下，才能作为真正的人道主义者，才能谈到真正的爱（不是教农奴爱地主，工人爱资本家，甚或爱敌人的爱）"，而"只有这样的爱才能战胜死"。正因为如此，如何确立无产阶级的立场问题就非常醒目地凸显在延安作家们的眼前，因为只有使自己具备坚定的阶级性立场，才能获取那种"真正的爱"；而只有获取了这种爱，才能使自己的作品像高尔基的一样，最终达到超越"死亡"、消解"悲剧"的境地，而让革命乐观主义、浪漫主义之主旋律轰然奏响。其二，这种革命乐观主义、浪漫主义情怀的限定，表现在文学上，也是由社会主义现实主义所决定的。高尔基之所以被延安作家认为是"划时代的作家"，乃是因为据说他是"无产阶级的，社会主义的艺术世界观底始祖"[1]，因此，通过对高尔基美学观的介绍来进一步论证社会主义现实主义创作方法的合理性，来进一步

---

[1] 萧三：《高尔基——无产阶级的人道主义者，社会主义的美学家，反对法西斯主义、托派的战士》，《解放日报》1942 年 6 月 18—19 日第 4 版。

为革命作家提供创作实践的指南，就成了延安文化界一项义不容辞的责任。萧三在延安发表的文章中，从苏联社会主义现实主义的经典定义出发，指出："艺术不仅反映，不仅描写现实，而且要改造现实，指出其革命的发展。所以简单地描写现实，给现实照一个像，以及不加选择的描写，或忽视现实之主要的、光明的、教育人的、积极的方面，——那不是社会主义的现实主义的作品，那不是高尔基对艺术创作的态度。"本来，作家描写与反映现实具有个性化特征，他们对现实生活当然会作有所"选择的描写"，但是，萧三所言的"选择"有其特定的立场规定性，这立场便是阶级的立场。因为在萧三等人看来，文艺虽是"现实的反映"，"但是反映现实有正确与歪曲之区别。这便要看作家的哲学、思想、人生观等等而定"。[①] 这里说的仍是一个世界观如何决定创作方法及文学反映如何才能真实的问题。按照这种逻辑，只有具备马克思主义世界观和无产阶级立场的作家才能正确反映现实，舍此则只能对现实作出歪曲或错误的反映。而对马列主义来说，革命的发展意味着无产阶级与社会主义革命的必然胜利，这也是它对"人民"所能作出的辉煌承诺。从这一被马列主义所给定的必然性观念出发，社会主义现实主义也就必然内含着革命浪漫主义因素，因而对乐观主义、英雄主义的抒写就成为其最为基本的内在规范和价值取向之一，正因为如此，也就自然蕴含着超越"死亡"与消解"悲剧"的美学追求。这层意思在另一位研究者魏东明的文章里也表现出来。他说，高尔基凭借无产阶级这一新的人类力量，已经"看到世界的曙光，因此他敢于幻想，勇于歌唱，他的艺术作品能以革命的浪漫主义去代替爬行的写实主义，他可以'夸张好的使之成为更好的'"[②]。于是，在此种观念指引下，悲剧意识在延安文学观念的形成

---

① 萧三：《高尔基底社会主义的美学观》，1940 年 2 月 15 日《中国文化》创刊号。

② 魏东明：《鲁迅创作的道路》，载中国社科院文学研究所鲁迅研究室编：《1913—1983 鲁迅研究学术论著资料汇编》第 3 卷，中国文联出版公司 1987 年版，第 449 页。

中自会走向彻底消解。

三、喜剧意识的提升

喜剧意识和悲剧意识仿佛是一对天然的孪生姐妹，延安文学观念中悲剧意识的坠落恰好表征着喜剧意识从前者沉落的地方冉冉升起。从此，延安文学中曾经鸣响过的忧郁的调子被欢乐的旋律所替代，一切人间的不幸在作品中一扫而空：在戏剧等文学作品中，据说为广大"群众所欢迎的，是夸耀自己力量的喜剧"①。艾青解释道，这是因为新民主主义根据地"已临到了一个群众的喜剧时代。过去的戏剧把群众当做小丑，悲剧的角色，牺牲品；群众是奴顺的，不会反抗的，没有语言的存在。现在不同了。现在群众在舞台上大笑，大叫大嚷，大声唱歌，扬眉吐气，昂首阔步走来走去，洋溢着愉快，群众成了一切剧本的主人公。这真叫做'翻了身'！"② 这是说，人民群众在一切喜剧形式的作品中已经感受到了自己的肯定性存在，在对象性的描写中真切地感觉到了自己本质力量的存在，以往默默枯死的底层民众终于成了自己命运的主人，在这新民主主义根据地终于告别了黑暗的王国，而让自己成为自己言语的存在者，因而在这个千载难逢的时刻，他们欢喜地唱出自己的喜庆之歌！这种喜剧意识的提升不仅与群众所处的时代有关，而且也为革命浪漫主义所内含的理想性追求所决定。

早在 1938 年，毛泽东就号召延安文人必须具备"远大的理想"。他说，作为一个革命艺术家，"不但要抗日，还要在抗战过程中为建立新的民主共和国而努力，不但要为民主共和国，还要有实现社会主

---

① 必须指出，我这里所言的"喜剧"和"悲剧"，主要是就延安文学所表达的艺术精神和思想内容来说的。

② 艾青：《秧歌剧的形式》，《解放日报》1944 年 6 月 28 日第 4 版。

义以至共产主义的理想"，因为"没有这种伟大的理想，是不能成为伟大的艺术家的"。① 其实，这种远大理想是由马克思主义意识形态所内在决定了的，是其历史合目的性原理在世俗层面的实践和反映，而这种理想投射在创作方法上，也就构成了革命浪漫主义的本质。正因如此，毛泽东才会对积极浪漫主义表示肯定的评价，并且指出："在现状中看出缺点，同时看出将来的光明和希望，这才是革命的精神，马克思主义者必须有这样的精神。"②1941 年，周立波在"鲁艺"讲课时指出："大艺术，一定积极的引导读者，一定不是人生的抄录，而有选择，剪裁。因为'The actual is not the true'[实际的不是真实的]。"他又说，延安作家的创作理应不同于作为自然主义文学家的莫泊桑，因为他们"不但要表现'Life as it is'[按照生活本来的样子]，而且要表现：'Life as it is going to be'[按照生活将要成为的样子]，和'Life as it ought to be'[按照生活应该成为的样了]，因为我们改造人的灵魂的境界。"③周扬也曾指出，当车尔尼舍夫斯基说"美是生活"的时候，他关于生活的概念常常是"应当如此"的生活，这样，"艺术作品就不只是要表现生活是甚么，而且要指出生活应当如何"。④ 艾青认为："根据进步的世界观，文艺作品在忠实地反映现实之外，必须同时具有指导的精神，必须引导到美好的，科学的理想。"⑤ 在这里，他们都不约而同地表达了社会主义现实主义所内含的理想性美学要求。欧阳山指出，"中国底新现实主义是由两大支流汇合而成的，其一是民主主义的现实主

① 毛泽东:《在鲁迅艺术学院的讲话》，载《毛泽东文集》第二卷，人民出版社1993 年版，第 123 页。
② 毛泽东:《在鲁迅艺术学院的讲话》，载《毛泽东文集》第二卷，人民出版社1993 年版，第 122 页。
③ 周立波:《莫泊桑和他的〈羊脂球〉讨论提纲》，载《周立波鲁艺讲稿》，上海文艺出版社 1984 年版，第 40—41 页。
④ 周扬:《唯物主义的美学——介绍车尔尼舍夫斯基的"美学"》，《解放日报》1942年 4 月 16 日第 4 版。
⑤ 艾青:《我对于目前文艺上几个问题的意见》，《解放日报》1942 年 5 月 15 日第4 版。

义，其二是革命的浪漫主义"，①其中也正含蕴有这个意思。另有一篇译文在探讨列宁与文学的关系时写道："列宁对于文学的兴味并不局限于狭隘意义上的现实主义。他也欢喜浪漫主义的作品，要是这浪漫主义表达了人类为了自由和更好的将来而努力的憧憬的话。"②这里所言的"憧憬"即是指革命者的梦想或共产主义的理想，在列宁看来，它们构成了人类不可或缺的因素。

毛泽东在《讲话》中谈及典型问题时，显然也表达了对于浪漫之理想的不倦追求。他认为文学家的任务在于把社会生活中的阶级对立和不公正现象"组织起来，集中起来，典型化，造成文学作品或艺术作品"③，以之惊醒和感奋人民大众，促使他们团结起来实现改造世界的任务。这里将典型化看作是由生活美转化为艺术美的必要条件，看作是现实主义创作中不可或缺的艺术构造手段，应该说是符合马克思主义艺术规律的，而且显然受到了恩格斯关于现实主义的经典论述的启发。恩格斯说："现实主义的意思是，除细节的真实外，还要真实地再现典型环境中的典型人物。"④这里所言的"典型"其实是体现了阶级倾向性的典型，是具有充分意识形态化色调的典型。而在毛泽东那里，这种意识形态性无疑更具有社会主义、共产主义的价值属性，因此他在谈论文学的现代性，谈论生活美向艺术美的转化时，其实也是包含了这种以社会主义或共产主义意识形态为内容的价值取向的。毛泽东说："加工后的文艺却比自然形态上的文艺更有组织性，更有集中性，更典型，更理想，因此就更带普遍性。"⑤其中所言"更"的话语，在语势上读来呈递升趋势，这固然在语义上表达了创作主体能动因素的可贵，反映了艺术美超越生活美的可能与必然，但也表达了

①　欧阳山语，见《庆贺郭沫若先生五十寿辰》，《解放日报》1941 年 11 月 18 日第 4 版。
②　[苏联] 舍宾纳：《列宁与文学》，陈学昭译，《解放日报》1945 年 1 月 21 日第 4 版。
③　毛泽东：《在延安文艺座谈会上的讲话》，《解放日报》1943 年 10 月 19 日第 2 版。
④　[德] 恩格斯：《致玛·哈克奈斯》，载《马克思恩格斯论文学与艺术》（上），陆梅林辑注，人民文学出版社 1982 年版，第 188 页。
⑤　毛泽东：《在延安文艺座谈会上的讲话》，《解放日报》1943 年 10 月 19 日第 2 版。

一种对于浪漫之理想的憧憬。因而，在毛泽东的文艺观念中，对于艺术美的追求或文艺实践仍然只能被理解为通达那种目的论历史观和世界观的方式或途径。我想，这是因为在毛泽东对于文学现代化的想象性设计中，不仅要使其具有民族性特征，而且也包含了那种终极价值目标的缘故。这种目标现在看来其实具有一种玄妙的理想性、乌托邦性，是一个极为浪漫的话语构造物。正是因为延安文人及后来的中国作家认同于一种这样的信仰话语构造物，所以他们必然在已经被内置了信仰的社会主义现实主义要求下，在"党的文学"观引领下，走向对悲剧意识的有意回避和对喜剧意识的着意提升，这表现在延安文人对于"大团圆"这一表现形式的普遍诉求上。

四、"大团圆"形式

本来，在现代文学理论和批评史上，自王国维以来，中经胡适和鲁迅诸人，新文学先驱者大都慨叹过中国文学悲剧精神的异常缺乏，并随之对古代戏曲和小说中的"大团圆主义"进行过空前的激烈批判。① 在左翼文艺理论家中，瞿秋白虽然在不少问题上想从根本上

---

① 王国维率先指出："吾国人之精神，世间的也，乐天的也，故代表其精神之戏曲、小说，无往而不著此乐天之色彩：始于悲者终于欢，始于离者终于合，始于困者终于亨；非是而欲餍阅者之心，难矣。"（王国维：《〈红楼梦〉评论》，载《王国维文集》第 1 卷，姚淦铭、王燕编，中国文史出版社 1997 年版，第 10 页。）胡适批判道："中国文学最缺乏的是悲剧的观念。无论是小说，是戏剧，总是一个美满的团圆。……这种'团圆的迷信'乃是中国人思想薄弱的铁证。"又说："做书的人明知世人的真事都是不如意的居大部分，他明知世上的事不是颠倒是非，便是生离死别，他却偏要使'天下有情人都成了眷属'，偏要说善恶分明，报应昭彰。他闭着眼睛不肯看天下的悲剧惨剧，不肯老老实实写天下的颠倒惨酷，他只图说一个纸上的大快人心。这便是说谎的文学。"（胡适：《文学进化观念与戏剧改良》，载《胡适文集》第 2 卷，欧阳哲生编，北京大学出版社 1998 年版，第 122 页。）鲁迅显然是认同上述观念的。他在《论睁了眼看》等文中曾严厉批评"瞒和骗"的文学，批评了"大团圆"的结构模式。

否定"五四"新文学，但在对"团圆主义"进行批判这一点上，却表现了与新文学先驱者相近的立场。瞿秋白在《普洛大众文艺的现实问题》等文中既批判了古代文学中的"团圆主义"，也批判了革命文学中存在的"团圆主义"现象。他认为，很多革命文学作品中都出现了想当然地描写群众斗争的场景：在这里，"没有失败，只有胜利；没有错误，只有正确"。这种观念通过一些明显同一的叙述模式和情节体现出来："工人痛苦，革命党宣传，工人觉悟，斗争，胜利。"于是，一些绝对的"好人"终于打倒了绝对的"坏人"，无产阶级及其政党取得了决定性的胜利。① 瞿秋白的批评虽然是从革命现实主义出发的，但无论如何，这是切中时弊的批评，也从一个方面承继了"五四"知识界对团圆主义的指摘。而现在，当我们把研究视域转向延安，一切在倏忽间似乎都变了：再也不是"左联"时期的文学观念了，更不用说五四时期的文学观念了。这不仅是由于我在上面所论述过的种种原因，而且根源于延安文艺界对于悲剧和喜剧观念的不同理解。艾青说："悲剧和喜剧是有阶级性的。"② 这句话基本上道出了延安文学中喜剧观念形成的奥秘。正是借助于阶级论观念，悲剧和喜剧也就具有内外有别的区分——对自己只能诉诸喜剧，对敌人或反动统治的黑暗时代却可以诉诸悲剧——通过悲剧尤其是社会悲剧这种形式去揭示旧的社会制度带给中国人民的苦难深仇，而通过喜剧来尽情宣泄广大群众当家做主的欢乐与自豪。于是，延安文学观念中的悲、喜剧也就不是五四时期所理解的悲、喜剧了。鲁迅说："悲剧将人生的有价值的东西毁灭给人看，喜剧将那无价值的撕破给人看。"③ 可在延安文学观念中，喜剧几乎成了"喜庆"或"皆大欢喜"的别称，或者说是一种被高度意识形态化了的乐观主义。富有历史意味的是，报告文学家黄

---

① 瞿秋白：《普洛大众文艺的现实问题》，载《瞿秋白文集》第 1 卷（文学编），人民文学出版社 1985 年版，第 478 页。

② 艾青：《秧歌剧的形式》，《解放日报》1944 年 6 月 28 日第 4 版。

③ 鲁迅：《再论雷峰塔的倒掉》，见《鲁迅全集》第 1 卷，第 192—193 页。

钢在介绍"鲁艺宣传队"的文艺活动时用的题目即是"皆大欢喜"。①
而且，尤其值得注意的是，相对于五四时期而言，延安文学观念中的
悲、喜剧概念并非是采取简单的否定形式来确立的，而是通过一番转
换性的论证来完成的。在这个意义上，延安文学理论家并非没有意识
到五四时期批判"团圆主义"的历史合理性，而是给出了符合新的意
识形态需要的说明。

周扬说："我是甚至主张大团圆的结局的。五四时代反对过中国
旧小说戏剧中的团圆主义，那是正确的，因为旧小说戏剧中的团圆不
过是解脱不合理的，建立在封建制度和秩序之上的社会的一个幻想的
出路，它是粉饰现实的。在新的社会制度下，团圆就是实际和可能的
事情了，它是生活中的矛盾的合理圆满的解决。"② 艾青也作了类似论
述，而且较周扬更为细腻地呈现了对于悲剧和喜剧进行转换的意图。
他说，传统的戏剧，是封建帝工和官僚地主的艺术，在主题上，描写
的是他们欺压人民的胜利，歌颂的是他们的"功"和"德"，人民却
被歪曲的描写，不是被写成"奴隶"，就是被写成"罪犯"，故而"许
多旧剧叫人看了常常有做恶梦的感觉，里面冲出一股逼人的阴森气
息——贯串着传统戏剧里的，是人民和所谓'命运'相纠缠，永远不
能解脱的悲剧"。与之相应，旧剧里的收场亦往往"是封建制度的凯
歌，写的是一切维护封建制度的人物的'大团圆'"，因而五四时代
的艺术家们提倡写"悲剧"，写"缺陷美"，写"苦闷"和"悲哀"，
用来和"大团圆主义"对抗，是正当的，具有积极的社会价值。但是
到了延安，到了新民主主义根据地，由于被"新的社会的因素——民
主政治、新的经济政策下的现实生活，作者和观众的思想情感等——
所决定"，因此延安的戏剧，也就必然发展成为一种群众的喜剧："在
我们的每个剧里，贯串着人民的觉醒、抬头、斗争以及胜利。我们的

---

① 参阅黄钢：《皆大欢喜——记鲁艺宣传队》，《解放日报》1942 年 2 月 17 日第 4 版。
② 周扬：《表现新的群众的时代——看了春节秧歌以后》，《解放日报》1944 年 3 月
21 日第 4 版。

秧歌剧的收场，也都成了喜剧的收场；而这是与旧剧的'大团圆'本质上不相同的，这是中国革命现实发展的必然的结果。表现人民的普遍觉醒和抬头，表现人民斗争的力量，表现人民的胜利的新的喜剧，是和中国革命现实，和新民主主义的社会生活完全相合致的——所以也是观众（人民大众）自己在思想情感上所要求的表现形式。"① 显然，周扬和艾青对悲喜剧形式及其相应的美学观念做了适应新的政治文化需求的历史性转化，打上了鲜明的阶级—民族色彩，而这正是为延安时期"党的文学"观和政治文化需求所内在决定的，也是为一种信仰的确立与认同所内在决定的。至此，即使单从美学观念来看，延安文学也必将走进一个皆大欢喜的喜剧时代。

延安文学进入这样一个喜剧时代，在那些曾经一意坚守西方现代性立场的批评者眼里，在本质上必然会被理解为是对"五四"新文学现代性的背叛，但在我看来，恐怕并不能采取这样一种本质主义立场来对此横加指责或否定。因为它不仅在新的历史条件下对"五四"新文学所内含的美学观念进行了一定程度的继承与转换，而且在一定意义上，也是延安文人在新的政治文化语境和党的文学、人民文学等观念引领下，对现代中国文学所能作出的最新探索和贡献，或者说，它不是否定和断裂了现代中国文学的现代性，而是正在宣告着一种新的现代性文学观念的形成。

---

① 艾青：《秧歌剧的形式》，《解放日报》1944 年 6 月 28 日第 4 版。

致袁盛勇谈《重构鲁迅和延安文学》（代跋）

盛勇兄，你好！

因为避疫，每天枯坐书斋读书写字，还掉一些文债。阅读你的新著《重构鲁迅和延安文学》书稿，原是计划中的事，但拖拖拉拉，竟有大半年过去了。之所以要给你写信，是觉得我们已经很久没有见面，又在避疫时期，书信可以拆除一些时间与疫情造成的隔膜，方便于沟通。你的书稿，见解有新意，叙述有激情，很吸引我。读了之后，也觉得有话要说。

我很欣赏你的研究态度，书名曰"重构"，就很对我的心思。学界向来有一种唯唯诺诺的市侩传统，万事只求"做小"，不敢有一点冒犯的意思。记得当年我和王晓明发起"重写文学史"，反对者蜂起，他们并不看内容是讲什么，反对的就是"重写"两个字，好像一被"重"他们就成了亡国奴。于是就有好心的前辈来劝我们：换个词吧，改用"另写文学史"，或者用"复写文学史"，就比较安妥了。我们当然没有采纳。今天看到你的"重构"云云，便联想到这段掌故。我是很赞成你在"引言"里所说的，你们这一代——70年代生的学人，"应该在具有强烈的问题意识和学术精神之外，还要有一个明确的代际意识，所谓一代人有一代人的学问是也"。我以前对"70后"一代的写作认识不足，曾经写过一篇讲"低谷的一代"的文章，虽然遭过批评，但我还是没有改变我的偏见。现在你发出这样的声音才让我真正松了一口气，我似乎看到了希望所在。

其实，"重"是一种思维习惯，也是一种人文学者应有的素质。假如没有"重写"，文学史就成为千篇一律的八股；假如没有"重构"，鲁迅也会变成一个空洞的偶像。民族文化的生命就是依靠一代代"重新来过"的扬弃，才能被激活和被延续，也只有在"重新来过"的激情之下，青年学人才能成长为真正的知识分子。用贾植芳先生的话说，就是要活得像一个人样，不能点一支烟也怕烧痛手指头。

在这样的意义下，我们讨论"重构"鲁迅和延安文学才会显示出新的意义。因为这两个领域都是现代文学史上绕不过去、至今仍然在发生深刻影响的领域，涉及的问题颇多，而且重大，显然不是你一本论著就能完成"重构"的。"重新来过"是一种思维的出发点，就如以前曾经发生过的"再读解""再评价""再出发""重写"一样，表现出代际意识的自觉性和可能性。你的论著能够这样来提出问题，阐释问题，来吸引更多的青年一代的学者参与"重构"，把"这一代"学者的真性情真正激发出来，就足以能够起到引领风气的作用。功莫大焉。

接下来我们可以讨论一些具体的学术观点。书中新见解颇多，无法逐一回应。我想仅就鲁迅研究和延安文学两大话题中各挑一个感兴趣的问题，做个对话，也算是我阅读大作的一点体会。

先说鲁迅研究。我感兴趣的是上编第三、四章，关于鲁迅与"左联"的关系，以及"言行一致"等问题，都很重要，但也都很难把它说透彻。尤其是第四章，你从鲁迅的"言行不一致"（即"我要骗人"的命题）入手，论述当时政治环境下言说的困难、说真话的不可能，这都是知人论世的见解。你把鲁迅因痛心疾首而发的"我要骗人"之说，提升到"伟大的德性"的高度来做评价，我略感到意外，但随之也明白，你对鲁迅的生存环境唯有切身体会才会这么说的。我比你痴长几年，看的东西可能还要多一些，原先我只是赞成鲁迅的世故以及对世故的坦率（其实把世故作为一种经验，坦率地、耸人听闻地说了出来，本身就不是真正的世故了）。然而，我从你高声赞美鲁迅的"伟大的德性"一说中有所领悟，我理解你的意思是想说，鲁迅之"仁"导致了鲁迅之"勇"的自我消解，他不忍以自己的直言而诱导青年去冒险，为之丧失生命。但是在鲁迅的时代，文网的缝隙还是相当大，鲁迅不道破真相，自会有别的人来道破，鲁迅身边的青年人，即便没有受到鲁迅影响，也一样会走上冒险的道路而丧掉性命，柔石便是一例。《为了忘却的记念》一文说得明明白白，鲁迅似乎把柔石走上革命道路归之于冯铿对他的影响，他说了一句半真半假的话，说自己"不自觉的迁怒到她（指冯铿——引者）的身上去了"。然而，鲁迅写完这句话后，又想要掩饰自己的真心情，于是就自我解嘲地说："我其实也并不比我所怕见的神经过敏而自尊的文学青年高明。"在这篇文章里，鲁迅用了许多曲笔，很多地方都含糊过去，但他对冯铿的迁怒，虽然轻轻一笔，我以为倒是真心所感。他深深了解，身处这样一个黑暗专制的环境里，知识分子如何做到既不卖身投靠，又要能够韧性战斗，有理有节地捍卫自身的说话权力，这是一门特殊学问，很多人学不好这一招而留下千古遗恨。（闻一多也是重蹈覆辙）。这与其说是鲁迅之"仁"（也是"伟大的德性"），我更愿意解释为鲁迅之"智"。在儒家学说里，"仁"总给人一种傻乎乎的迂腐之感，而"智"倒不一定属于儒家的专利，更多的是鲁迅深刻感受到时代的凶残，深深知道什么该由他说出来，什么又不能直接地说出来。再说了，"仁"即"不忍"，是对他人的怜悯，然而"智"更多的是从自我感受出发，也就是"己所不欲勿施于人"的一种认知方式。我们从鲁迅拒绝李立三建议他发表反蒋宣言，然后移居俄国的态度，便可窥见这一特点。郭沫若不像鲁迅，于是就有了亡命日本十年之灾。

所以在讨论鲁迅的"言行不一"或者"我要骗人"的命题时，我就有些拿捏不准，在仁、智与勇三者中，究竟哪一种因素更加接近鲁迅的"本尊"。《祝福》里祥林嫂遇到了读过书的"我"，就问：

人死了以后究竟有没有魂灵？这个"我"，也就是作者的化身，于是他写道："对于魂灵的有无，我自己是向来毫不介意的；但在此刻，怎样回答她好呢？我在极短期的踌躇中，想，这里的人照例相信鬼，然而她，却疑惑了，——或者不如说希望：希望其有，又希望其无……"于是，出于不想"增添末路的人的苦恼"，他就回答说，"也许有吧"。

如果我们把鲁迅这一段描写当作分析鲁迅内心世界的材料，首先就要弄清楚，关键词"毫不介意"究竟是什么意思？是说鲁迅根本不相信魂灵的存在，还是说他自己也没有认真想过"魂灵存在"的问题。如果是前者，那他就是对祥林嫂说谎，如果他说的"毫不介意"只是无所谓"究竟有没有魂灵"的意思，而回答"也许有吧"仅仅是出于对提问者的怜悯，并无原则可言。当然还可能有第三种理解，就是在"毫不介意"的背后，他还是隐隐约约相信魂灵存在的，那么，他说"也许有吧"则是真话，只是他自己不承认而已。凡这三种理解，第一种是明明不相信，偏要说谎，那是鲁迅之"仁"；第二种是明明无所谓，只是按对方所需要的回答（尽管他判断错了），那是鲁迅之"智"；第三种是自己暗暗相信只是不说，如今借着对方提问就说出来了，那是鲁迅之"勇"。盛勇你可能是相信第一种理解的，所以根据鲁迅之"仁"来立论，但是你也无法完全否定鲁迅之"智"和鲁迅之"勇"的可能性存在吧？所以说，鲁迅的"我要骗人"也未必是真的骗人，倒或许是一种战斗的策略，把"我要骗人"的谜面和谜底和盘托出，等于是把真话与说真话可能遭遇的危险，一并都告诉了他的读者。

还有一个问题是延安文艺的"重构"，我对这个领域很少涉及，也无从置喙。但是你在下编说到了延安文艺与民间的关系，引起我的兴趣。你提出一个观点：1942年后延安文艺中的"民间"在逻辑起点上正是从收编和改造民间艺人开始的。这是非常有见地的。毛泽东《在延安文艺座谈会上的讲话》中强调"文艺为工农兵服务"，并不是说，农民喜欢什么，文艺工作者就给他们什么。他的目的是明确的，文艺就是意识形态的宣教工具，为了让这种教化行之有效，就要把文艺言说降低到文化程度极低的农民（战士）能够接受的程度，那只有依靠民间文艺的形式。但正因为有这样的需要在先，自在的民间文艺才能浮出水面，进入"五四"新文化的视域，进而蜕变为主流意识形态传播的工具。所以，进入了主流的民间不再是原来意义上的民间，就像进入庙堂的知识分子也不再是原来意义上的知识分子。三者之间有可能彼此合二为一，也可能是"三位一体"，但是彼此间的改造与反改造的过程，也贯穿了以后的半个世纪的文艺斗争史。我认为这个内部充满矛盾运动的"三位一体"模型，是延安文艺留给当代文学史的一笔最核心的遗产。你重构延安文艺，抓住了这一个核心遗产，我认为是非常准确的。希望你顺利地深入研究下去，也许真有无限风光在险峰。

关于民间的问题，可以深入讨论下去。但我在这封信里讲得太多了，还是打住吧。我确实私心感到高兴，最近我阅读姚晓雷的新著和你的新著，都读到了你们对于民间理论问题的深入思考。我在二十多年前曾经尝试过用"民间"理论来解释文学现象，但只是浅尝辄止，没有深入纠缠下去。没有想到这么多年过去，你们这一代都已经成长为独立治学的学者，你们没有忘记这些当年学过的知识，并且在原有理论基础上提出反思和质疑，以求进一步开拓和发展，你们做得非常好。你们的深入思考对我也是一种鞭策，刺激我继续对民间理论问题探究下去。春节以来，因为疫情无法开学，图书馆也不用上班，丢开了一些啰唆事务，心底反倒清净、澄明了许多，我接下来的工作就打算认真清理以往的学术思路，再好好地写几本著述，阐述我的文学史理论建构。第一本就从探讨民间理论着手，探索一些悬而未决的学术问题。二十多年前我是孤军奋战，犹如黑暗中摸索，现在我感到你们这一代学生的力量，希望我们能够形成真正的学术对话，在学术互动中继续做一点有意义的工作。

祝你著述顺利，新书早日问世。

陈思和

2020 年 3 月 13 日

写于海上鱼焦了斋

（陈思和先生系复旦大学文科资深教授、著名文学史家）

责任编辑：陈晓燕

封面设计：九五书装

图书在版编目（CIP）数据

重构鲁迅和延安文学／袁盛勇 著 . — 北京：人民出版社，2023.6

（奔流·中国现代文学研究丛书／贾振勇主编）

ISBN 978－7－01－024309－2

I.①重…　II.①袁…　III.①鲁迅著作研究②中国文学－现代文学－文学研究

　IV.① I210.97 ② I206.6

中国版本图书馆 CIP 数据核字（2021）第 246061 号

重构鲁迅和延安文学

CHONGGOU LUXUN HE YAN'AN WENXUE

袁盛勇　著

人民出版社 出版发行

（100706　北京市东城区隆福寺街 99 号）

中煤（北京）印务有限公司印刷　新华书店经销

2023 年 6 月第 1 版　2023 年 6 月北京第 1 次印刷

开本：710 毫米 ×1000 毫米 1/16　印张：18.75

字数：260 千字

ISBN 978－7－01－024309－2　定价：58.00 元

邮购地址 100706　北京市东城区隆福寺街 99 号

人民东方图书销售中心　电话（010）65250042　65289539